Les Loups dorés

ROSHANI
CHOKSHI

LES LOUPS DORÉS

Traduit de l'anglais (États-Unis)
par Axelle Demoulin et Nicolas Ancion

DE SAXUS

Ceci est une œuvre de fiction.
Toute ressemblance avec des personnages, lieux, organisations
ou évènements existant ou ayant existé ne serait que purement fortuite.

AVERTISSEMENT DE CONTENU

VALIDISME, VIOLENCE, TORTURE, ANTISÉMITISME, HOMOPHOBIE, HARCÈLEMENT, MORT D'UN PROCHE, RACISME, ANXIÉTÉ, ARACHNOPHOBIE

Les Loups dorés
par Roshani Chokshi

Illustration de couverture / photo par James Iacobelli
Couverture : grille © Egorova Julia / Shutterstock.com ; feuilles © Boiarkina Marina / Shuterstock.com ; fleurs © Aiala Hernando / Offset ; Tour Eiffel © Hercules Milas / Alamy Stock Photo ; ciel © Nazar Yosyfiv / Shutterstock.com

Conception graphique de la couverture française : Eilean Books - Volodymyr Feshchuk

Ouvrage publié sous la direction de Sam Souibgui
Coordination et suivi éditorial : Christian Martin

SOMMAIRE

TROISIÈME PARTIE

QUATRIÈME PARTIE

CINQUIÈME PARTIE

SIXIÈME PARTIE

SEPTIÈME PARTIE

Pour Aman, qui m'a demandé : « Dis un truc cool sur moi. »
Pas question.

Flectere si nequeo superos Acheronta movebo.
« Si je ne peux fléchir les dieux d'en haut, je saurai mouvoir l'Achéron. »

Virgile

Jadis, il y avait quatre maisons de France.

Comme toutes les autres maisons de l'Ordre de Babel, la faction française avait juré de sauvegarder l'emplacement de leur fragment de Babel, la source de tout pouvoir de forgeage.

Le forgeage était un pouvoir de création qui n'avait d'égal que l'œuvre de Dieu.

Mais une maison est tombée.

Et la lignée d'une autre maison s'est éteinte sans héritier.

Désormais, il ne reste plus qu'un secret.

PROLOGUE

La matriarche de la maison Kore était en retard pour un dîner. D'habitude, elle ne se souciait pas d'être à l'heure. La ponctualité, avec ses relents déplacés d'empressement, était bonne pour les paysans. Et elle n'en était pas une et n'avait aucune envie d'endurer un repas en compagnie de l'héritier bâtard de la maison Nyx.

« Pourquoi mon attelage tarde-t-il tant ? » cria-t-elle dans le vestibule.

Une arrivée trop tardive provoquerait des rumeurs. Et cette simple idée était plus embêtante et inconvenante que d'arriver à l'heure.

Elle chassa un grain de poussière invisible sur sa nouvelle toilette. Sa robe en soie avait été dessinée par les couturiers de *Raudnitz & Cie*, place Vendôme, dans le 1er arrondissement. Des lys en taffetas ornaient le rebord de soie bleue ; le corsage décolleté et la longue traîne en tulle étaient parsemés de champs miniatures de boutons-d'or et de lierre qui scintillaient à la lueur des bougies. Le travail de forgeage était impeccable. Vu le prix élevé, c'était bien normal.

Son chauffeur passa la tête dans l'entrée. « Toutes mes excuses, madame. Nous sommes presque prêts. » La matriarche fit un geste du poignet pour balayer ces excuses. Son anneau de Babel – une torsade d'épines sombres traversées de lumières bleues – brillait à son index. La bague avait été soudée à son doigt le jour où elle était devenue matriarche de la maison Kore, après avoir triomphé des autres membres de sa famille et être sortie victorieuse des luttes intestines pour le pouvoir. Elle savait que ses descendants et même les membres de sa maison attendaient avec impatience qu'elle décède et transmette l'anneau, mais elle n'était pas encore prête. Et jusqu'à ce que cela se produise, seuls le patriarche de la maison Nyx et elle connaîtraient les secrets de l'anneau.

Quand elle toucha le papier peint, un symbole apparut brièvement sur les motifs dorés : une torsade d'épines. Elle sourit. Comme tous les objets forgés de sa demeure, le papier peint avait été marqué de l'emblème de la maison.

Elle n'oublierait jamais la première fois qu'elle avait laissé la marque de sa maison sur un artefact. Le pouvoir de l'anneau lui avait donné l'impression d'être une déesse incarnée. Mais ce n'était pas toujours le cas. La veille, elle avait retiré la marque de la maison Kore d'un objet. Elle ne le voulait pas, mais c'était pour la vente aux enchères de l'Ordre et certaines traditions étaient sacro-saintes…

Y compris les dîners avec le chef d'une maison.

La matriarche se dirigea vers la porte ouverte et s'arrêta sur le seuil en granit. Les fleurs de soie de sa robe se refermèrent au contact de l'air froid.

« Les chevaux sont prêts, j'imagine ? » appela-t-elle dans la nuit. Son chauffeur ne répondit pas. Elle resserra son châle et fit un pas de plus à l'extérieur. Elle vit la voiture, les chevaux qui attendaient… mais pas de cocher. « Est-ce que *tous* mes employés ont été frappés par une épidémie d'incompétence ? » marmonna-t-elle en se dirigeant vers son attelage.

Même son coursier – qui devait simplement se présenter à la vente aux enchères de l'Ordre, livrer un objet et repartir – avait échoué. À la liste de tâches qu'elle avait clairement établie, il avait sans aucun doute ajouté : se saouler à l'*Éden*, cet hôtel minable et vulgaire.

Plus près du carrosse, elle trouva son chauffeur étalé face contre terre dans le gravier. La matriarche tituba en arrière. Autour d'elle, le bruit des sabots martelant le sol s'interrompit brusquement. Le silence retomba comme une chape de plomb.

Qui est là ? voulut-elle demander, mais les mots moururent sur ses lèvres.

Elle recula. Ses talons ne faisaient pas le moindre bruit sur le gravier. Elle aurait pu être sous l'eau. Elle courut vers la porte et la poussa d'un coup. Elle se retrouva baignée par la lumière du lustre et crut un instant qu'elle était sauvée. Son talon s'accrocha à sa robe, la faisant trébucher. Elle ne s'étala pas sur le sol.

C'est un couteau qui vint à sa rencontre.

Elle ne vit pas la lame, elle n'en ressentit que l'effet : une pression qui s'enfonçait dans ses articulations, le claquement des os des doigts qui cédaient, une humidité chaude qui glissait le long de sa paume et de son poignet en tachant ses coûteuses manches ballon. Quelqu'un arracha la bague de son index. La matriarche de la maison Kore n'eut pas le temps de pousser un cri.

Ses yeux s'ouvrirent tout grands. Des lumières de papillons de nuit forgés, avec des ailes d'émeraude, glissaient sur le plafond. Une poignée d'entre eux étaient perchés le long de la voûte, comme des étoiles assoupies.

Puis, du coin de l'œil, elle aperçut un lourd gourdin qu'on balançait vers sa tête.

PREMIÈRE PARTIE

Extrait des archives de l'Ordre de Babel

Les Origines de l'Empire
Maître Emanuele Orsatti, maison Orcus de la faction Italie de l'Ordre
1878, règne du roi Umberto Ier

L'art du forgeage est aussi ancien que la civilisation. D'après nos traductions, les empires anciens attribuaient la source de leur pouvoir de forgeage à divers artefacts mythiques. L'Inde par exemple croyait que la source du pouvoir provenait du bol de Brahma, une divinité de la Création ; les Perses attribuaient leur pouvoir à la mythique coupe de Jamshid et ainsi de suite.

Toutes ces croyances – même si elles étaient recherchées et pleines de créativité – étaient erronées.

Le forgeage provient de la présence des fragments de Babel. Bien que personne ne puisse déterminer le nombre exact de fragments existants, l'auteur est convaincu que Dieu a jugé bon d'en disperser au moins cinq après la destruction de la tour de Babel (Genèse 11:4-9). Là où ces fragments de Babel se sont retrouvés, des civilisations ont vu le jour : les Égyptiens et les Africains aux abords du Nil, les Hindous près de l'Indus, les Orientaux non loin du fleuve Jaune, les Mésopotamiens entre le Tigre et l'Euphrate, les Mayas et les Aztèques en Amérique centrale, et les Incas dans les Andes. Naturellement, partout où il y avait un fragment de Babel, l'art du forgeage s'est développé.

La première trace écrite en Occident concernant un fragment de Babel remonte à 1112. Nos frères ancestraux, les Templiers, ont rapporté un fragment de Babel de la Terre sainte et l'ont enterré. Depuis lors, l'art du forgeage a atteint des niveaux de maîtrise inégalés sur tout le continent. Pour ceux qui ont la chance de posséder une affinité pour le forgeage, c'est un don de Dieu, comme tout art. Puisque nous sommes créés à Son image, l'art du forgeage reflète la beauté de Sa création. Forger n'est pas seulement améliorer une création, c'est aussi la remodeler.

Le devoir de l'Ordre est de sauvegarder cette capacité.

Nous avons reçu la tâche sacrée de préserver l'emplacement du fragment de Babel de l'Occident.

Nous retirer ce pouvoir serait, j'ose l'affirmer, la fin de la civilisation.

1

Séverin

Une semaine plus tôt…

Séverin jeta un coup d'œil à l'horloge : plus que deux minutes. Autour de lui, les membres masqués de l'Ordre de Babel agitèrent des éventails blancs en murmurant dans leur barbe. Ils attendaient avec impatience l'enchère finale.

Séverin pencha la tête en arrière. Sur la fresque du plafond, des dieux décédés fixaient la foule d'un regard morne. Il tenta de ne pas prêter attention aux murs, en vain. Les symboles des deux maisons restantes de la faction française l'entouraient de tous côtés. Des croissants de lune pour la maison Nyx, des épines pour la maison Kore.

Les deux autres emblèmes avaient été soigneusement retirés du motif.

« Mesdames et messieurs de l'Ordre, notre vente aux enchères de printemps est terminée, annonça le commissaire-priseur. Merci d'avoir été témoins de cet échange extraordinaire. Comme vous le savez, les objets mis en vente ce soir ont été récupérés dans des lieux aussi reculés que les déserts d'Afrique du Nord et les palais éblouissants d'Indochine. Une fois de plus, nous remercions et nous honorons les deux maisons de France qui ont accepté d'accueillir cette vente aux enchères de printemps. maison Nyx, nous vous honorons. maison Kore, nous vous honorons. »

Séverin leva les mains, mais ne voulut pas applaudir. La longue cicatrice sur sa paume prenait des reflets argentés sous la lumière du lustre, lui rappelant l'héritage qui lui avait été refusé.

Séverin, dernier de la lignée Montagnet-Alarie et héritier de la maison Vanth, murmura tout de même le nom de sa maison.

« Maison Vanth, je vous honore. »

Dix ans plus tôt, l'Ordre avait déclaré éteinte la lignée de la maison Vanth.

L'Ordre avait menti.

Alors que le commissaire-priseur se lançait dans un discours interminable à propos des devoirs sacrés et pénibles de l'Ordre, Séverin toucha son masque volé. C'était un enchevêtrement d'épines et de roses métalliques couvert de dorures de givre, forgé pour que la glace ne fonde pas et que les roses ne se fanent jamais. Ce masque appartenait au coursier de la maison Kore qui, si le dosage de Séverin était correct, était actuellement en train de baver sur le sol dans une somptueuse suite de l'*Éden*, l'hôtel dont Séverin était propriétaire.

D'après ses informations, l'objet pour lequel il était venu allait être mis aux enchères d'un moment à l'autre. Il savait ce qui se passerait ensuite. Des enchères peu élevées seraient placées, mais tout le monde se doutait que la maison Nyx avait truqué la vente pour remporter l'objet. Mais même si celle-ci l'achetait au final, c'est Séverin qui repartirait avec cet artefact.

Le coin de ses lèvres s'étira pour former un sourire, et il leva les doigts. Immédiatement, une flûte du lustre à champagne flottant au-dessus de sa tête se détacha et vint se loger dans sa main. Il porta le verre à ses lèvres sans boire, en profitant pour examiner une fois de plus par-dessus la coupe la disposition de la salle et les différentes sorties. Des rangées de macarons nacrés en forme de cygne géant marquaient la sortie est. De ce côté, le jeune héritier de la maison Nyx, Hypnos, vidait une flûte de champagne et faisait déjà signe pour en recevoir une autre. Séverin ne lui avait plus parlé depuis leur enfance. Plus jeunes, ils avaient été compagnons de jeu et rivaux, car ils avaient été élevés de façon presque identique et préparés tous deux à porter l'anneau de leurs pères.

C'était il y a une éternité.

Séverin détourna le regard d'Hypnos et s'intéressa plutôt aux colonnes bleu lapis qui gardaient la sortie sud. À l'ouest, quatre Sphinx montaient la garde, immobiles dans leurs costumes et masques de crocodile.

C'était à cause d'eux que nul ne pouvait voler l'Ordre. Le masque d'un Sphinx pouvait renifler et suivre à la trace n'importe quel objet marqué du symbole d'une maison, suite à l'apposition de l'anneau d'une matriarche ou d'un patriarche.

Mais Séverin savait que les artefacts arrivaient vierges pour la vente aux enchères et n'étaient marqués par la maison qu'à la fin de la vente, quand le nouveau propriétaire venait réclamer son achat. Ce qui laissait quelques précieuses minutes entre la fin de la vente et la prise de possession, au cours desquelles un objet pouvait être dérobé. Et personne, pas même un Sphinx, ne serait capable de dire où il était passé.

Cependant un objet non marqué, et donc vulnérable, n'était jamais laissé sans protection.

Séverin jeta un coup d'œil à l'extrémité nord, en diagonale par rapport à lui, là où se trouvait la salle de livraison, l'endroit où les objets non marqués attendaient leurs nouveaux propriétaires. Un gigantesque lion de quartz était tapi à l'entrée. Sa queue cristalline fouettait paresseusement le sol de marbre.

Un gong retentit. Séverin leva les yeux vers l'estrade sur laquelle un homme à la peau claire venait de monter.

« Notre dernier objet est celui que nous sommes le plus fiers de présenter. Cette boussole récupérée au Palais d'été de Chine en 1860 a été forgée au cours de la dynastie Han. Non seulement elle permet la navigation aux étoiles, mais parvient aussi à distinguer le mensonge de la vérité, expliqua le commissaire-priseur. Elle mesure douze centimètres sur douze et pèse 1,2 kilo. »

Un hologramme de la boussole scintillait au-dessus de sa tête. On aurait dit un simple morceau de métal rectangulaire, avec une indentation sphérique en son centre. Des caractères chinois sertissaient les surfaces du bloc de métal.

La liste des prouesses de la boussole était impressionnante, mais ce n'était pas ce qui l'intéressait. C'était la carte au trésor cachée à l'intérieur. Du coin de l'œil, Séverin vit Hypnos applaudir avec enthousiasme.

« L'enchère commence à 500 000 francs. »

Un homme de la faction italienne leva son éventail.

« 500 000 pour M. Monserro. Est-ce que je vois… »

Hypnos leva la main.

« 600 000, déclara le commissaire-priseur. 600 000 une fois, deux fois… »

Les membres se mirent à chuchoter entre eux. Il n'y avait aucune raison de tenter de s'acharner sur une vente truquée.

« Adjugé ! annonça le commissaire-priseur avec une joie forcée. À la maison Nyx pour 600 000. Patriarche Hypnos, à la fin de l'enchère, s'il vous plaît, faites en sorte que le coursier de votre maison et le serviteur désigné se présentent à la salle de livraison pour l'évaluation habituelle de huit minutes. L'objet attendra dans l'emplacement désigné afin que vous puissiez le marquer à l'aide de votre anneau. »

Séverin attendit un moment avant de prendre congé. Il longea d'un pas vif les bords de l'atrium pour s'arrêter près du lion de quartz. Derrière l'animal s'étendait une salle obscure bordée de piliers de marbre. Les yeux du lion de quartz glissèrent sur lui avec indifférence et Séverin résista à l'envie de porter la main à son masque volé. Déguisé en coursier de la maison Kore, il avait le droit d'entrer dans la salle de livraison et de toucher un seul objet pendant exactement huit minutes. Il espérait que le masque subtilisé serait suffisant pour lui permettre de passer devant le félin, mais si le redoutable vigile demandait à vérifier sa pièce catalogue – une pièce forgée répertoriant l'emplacement de tous les objets en possession de la maison Kore –, il serait mort. Il n'avait pas réussi à trouver ce maudit objet sur le coursier.

Séverin s'inclina devant le lion de quartz, puis resta immobile. Le garde ne réagit pas. Le regard impassible de l'animal lui brûlait le visage tandis que les secondes s'égrenaient. La respiration de Séverin se faisait de plus en plus lourde. Il s'en voulait de désirer à ce point cet artefact. Il y avait tellement d'*envie* en lui qu'il n'y avait presque plus de place pour que le sang circule dans son corps.

Il garda les yeux rivés au sol jusqu'à entendre le grincement des pierres qui se réalignaient. Il laissa échapper la respiration qu'il retenait depuis de longues secondes. Ses tempes palpitèrent alors que la porte de la salle de livraison apparaissait. Sans la permission du gardien, la porte forgée serait restée invisible.

Tout le long des murs de la salle, des statues en marbre représentant des dieux et des créatures mythologiques dépassaient de niches. Séverin se dirigea droit vers l'une d'entre elles : celle du Minotaure. Sa tête de taureau avait une expression hargneuse. Le jeune homme approcha son canif des narines évasées de la statue. Un souffle chaud embua la lame forgée.

D'un seul mouvement, il fit glisser la pointe de la lame le long du visage et du corps de l'objet, qui s'ouvrit en deux. Le marbre siffla et fuma alors qu'un jeune homme en sortait en titubant, pour finir par basculer contre Séverin. Enrique étouffa un cri et se secoua.

« Tu m'as caché dans un *Minotaure* ? Tristan n'aurait pas pu créer une cachette dans un beau dieu grec ?

— Il préfère la matière liquide. La pierre, c'est difficile pour lui, justifia Séverin en rempochant le couteau. C'était soit ça, soit un vase étrusque décoré de testicules de taureau. »

Enrique frissonna.

« Entre nous, qui voit un vase orné de testicules de taureau et décrète “Il me le faut” ?

— Les gens qui s'ennuient, les riches et les excentriques. »

Le jeune historien soupira : « Tout ce que j'ambitionne d'être dans la vie. »

Ils se tournèrent vers le cercle contenant les trésors. Beaucoup étaient d'anciennes reliques forgées, pillées dans des temples et des palais. Des statues, des rangées de bijoux, des instruments de mesure et des télescopes.

Au fond de la pièce, un ours en onyx représentant la maison Nyx leur jetait un regard noir, la mâchoire grande ouverte. À côté de lui, un aigle d'émeraude représentant la maison Kore battait des ailes. D'autres animaux symbolisant les factions de l'Ordre aux quatre coins du monde se tenaient au garde-à-vous, dont un ours brun sculpté en opale de feu pour la Russie, un loup en béryl pour l'Italie et même un aigle en obsidienne pour l'Empire allemand.

Enrique fouilla dans son costume de serviteur de l'Ordre et en sortit une pièce de métal rectangulaire identique à la boussole que la maison Nyx avait remportée.

Séverin s'empara du faux artefact.

« J'attends toujours que tu me remercies, se plaignit Enrique. Ça m'a pris des *lustres* de trouver et d'assembler ce truc.

— Ça aurait pris moins de temps si tu ne t'étais pas mis Zofia à dos.

— C'était inévitable. Elle prend de travers tout ce que je dis ou fais. Je n'ai même pas le droit de respirer.

— Alors, retiens ton souffle.

— Ça ne devrait pas être trop difficile, répliqua Enrique en levant les yeux au ciel. Je suis tellement stressé chaque fois qu'on prépare une nouvelle acquisition que je ne respire plus. »

Séverin rit. Il considérait l'acquisition d'objets comme son passe-temps. Cela avait quelque chose… d'aristocratique. De sain, même. C'était à l'Ordre qu'il devait cette passion. Après lui avoir refusé ses droits d'héritier de la maison Vanth, ils l'avaient banni de tous les établissements de ventes aux enchères. Il était désormais dans l'incapacité d'acheter légalement des antiquités forgées. Si on ne l'avait pas condamné de la sorte, peut-être aurait-il été moins curieux de savoir de quels objets on le privait. Il avait découvert que certains appartenaient à sa famille. Après que la lignée des Montagnet-Alarie avait été déclarée éteinte, toutes les possessions de la maison Vanth avaient été vendues. Dans les mois qui avaient suivi le seizième anniversaire de Séverin et la dissolution de son fonds légal, il avait récupéré un à un tous les objets de la maison Vanth qui avaient été mis en vente. Il avait ensuite offert ses services d'acquisition à des musées internationaux et à des guildes coloniales, à toute organisation souhaitant reprendre ce que l'Ordre avait dérobé.

Si les rumeurs sur la boussole étaient fondées, cet artefact lui permettrait peut-être d'exercer une pression sur l'Ordre et d'acquérir la seule chose qu'il désirait encore : sa maison.

« Tu recommences, observa Enrique.

— Quoi ?

— Tu regardes de nouveau au loin avec ton air infâme. Qu'est-ce que tu me caches, Séverin ?

— Rien.

— Toi et tes secrets...

— Les secrets donnent de l'éclat à mes cheveux, riposta-t-il en passant une main dans ses boucles. On y va ? »

Son partenaire acquiesça : « Vérification de la salle. »

Il lança une sphère forgée en l'air où elle resta suspendue.

Un rai de lumière en jaillit et balaya les murs et les objets pour les scanner.

« Aucun appareil d'enregistrement. »

Sur un signe de tête de Séverin, ils prirent position devant l'ours d'onyx de la maison Nyx. Il était posé sur une estrade, les mâchoires juste assez ouvertes pour que la boîte de velours rouge contenant la boussole chinoise brille comme une pomme. Dès que Séverin la toucherait, il disposerait de moins de huit minutes pour la remettre en place. Sinon – il posa les yeux sur les dents étincelantes de l'ours –, la créature la reprendrait de force.

Il retira la boîte rouge. Au même moment, Enrique sortit une balance. Ils pesèrent d'abord la boîte avec la boussole originale et notèrent le chiffre avant de le remplacer par la copie.

Enrique pesta : « Ce n'est pas exactement le même poids. Mais ça devrait marcher. La différence est à peine perceptible pour la balance. »

La mâchoire de Séverin se crispa. Ça n'avait pas la moindre importance que ce soit à peine perceptible pour la balance. Ce qui importait, c'était que la différence ne soit pas détectée par l'ours de pierre. Mais il était trop tard pour reculer maintenant.

Il plaça la boîte dans la gueule du plantigrade, l'enfonçant jusqu'à ce que son poignet disparaisse. Les dents d'onyx lui éraflèrent le bras. La bouche de la statue était fraîche, sèche... et bien trop calme. La main de Séverin tremblait.

« Tu respires ? chuchota Enrique. Parce que moi pas.

— Tes commentaires n'aident pas », grogna Séverin.

Il était enfoncé jusqu'au coude à présent. L'ours restait raide. Il ne clignait même pas des yeux.

Pourquoi n'accepte-t-il pas la boîte ?

Un craquement brisa le silence. Séverin recula sa main d'un mouvement brusque. Trop tard. Les dents de l'ours s'allongèrent aussitôt, formant de minces barreaux étroits. Quand Enrique vit que Séverin avait la main coincée, il pâlit et lâcha un seul mot :

« Merde ! »

2

Laila

Laila se faufila dans la chambre d'hôtel du coursier de la maison Kore. Sa robe, un uniforme de femme de chambre abandonné qu'elle avait repêché au fond d'une réserve, s'accrocha à l'encadrement de la porte. Elle grommela et tira dessus, ce qui eut pour seul effet d'arracher un ourlet.

« Parfait », marmonna-t-elle.

Elle se tourna pour faire face à la pièce. Comme toutes les chambres de l'*Éden,* la suite du coursier était somptueusement conçue et aménagée. La seule partie du décor qui ne semblait pas à sa place était le coursier inconscient, étendu face contre terre dans une flaque de salive. Laila fronça les sourcils.

« Ils auraient pu au moins te laisser dans ton lit, pauvre petit », déclara-t-elle en lui décochant un coup de pied pour le mettre sur le dos.

Pendant les dix minutes qui suivirent, Laila changea la scène. Elle retira des poches de son uniforme une paire de boucles d'oreilles de femme qu'elle jeta sur le sol, des bas déchirés qu'elle accrocha aux appliques murales, puis défit le lit et renversa du champagne sur les draps. Quand elle eut fini, elle s'agenouilla à côté du coursier.

« Un cadeau d'adieu. Ou des excuses. Comme tu préfères. »

Elle sortit sa carte de visite officielle du cabaret, souleva le pouce de l'homme et le colla sur le papier. Il devint iridescent et des mots prirent vie. Les cartes de visite du *Palais des Rêves* étaient forgées pour reconnaître l'empreinte du pouce des clients. Seul le coursier pouvait lire ce qui y était inscrit en la touchant. Elle glissa la carte dans une poche sur la poitrine de la veste de la victime, scannant les caractères avant qu'ils ne se fondent dans le papier crème :

Palais des Rêves
90, boulevard de Clichy
Dites-leur que c'est L'Énigme qui vous envoie...

Une invitation à une fête semblait un maigre lot de consolation pour avoir été assommé, mais, dans ce cas précis, c'était plus que cela. Le *Palais des Rêves* était le cabaret le plus exclusif de Paris et, la semaine suivante, une fête y était organisée pour célébrer le centenaire de la Révolution française. En ce moment, au marché noir, les invitations atteignaient la valeur d'un diamant. Mais le *Palais des Rêves* n'était pas la seule source d'effervescence : dans quelques semaines, la ville allait accueillir l'Exposition universelle de 1889, qui célébrerait la puissance de l'Europe et mettrait en avant les inventions qui traceraient la voie du nouveau siècle. L'hôtel *Éden* fonctionnait donc à plein régime en ce moment.

« Je doute que vous vous en souveniez, mais au Palais je vous recommande les fraises enrobées de chocolat, dit-elle au coursier. Elles sont divines. »

Laila jeta un coup d'œil à l'horloge : huit heures et demie. Elle savait que Séverin et Enrique ne rentreraient pas avant une heure au moins, mais elle ne pouvait s'empêcher de vérifier l'heure. L'espoir enflamma douloureusement son cœur. Elle avait passé deux années entières à tenter de retrouver la trace d'un livre ancien et cette carte au trésor serait peut-être enfin la réponse à ses prières. *Ils vont s'en sortir*, se dit-elle. Ils avaient l'habitude des acquisitions. Quand Laila avait commencé à travailler avec Séverin, il se contentait de récupérer les biens de sa famille. En échange de son aide, il l'avait épaulée pour rechercher un livre ancien sur lequel elle voulait mettre la main depuis longtemps. À sa connaissance, l'ouvrage n'avait pas de titre, elle savait juste qu'il appartenait à l'Ordre de Babel.

S'emparer d'une carte au trésor cachée dans une boussole semblait un jeu d'enfant en comparaison avec certaines de leurs expéditions précédentes. Laila n'oublierait jamais qu'elle s'était retrouvée suspendue au-dessus d'un volcan en activité sur l'île de Nisyros alors qu'ils essayaient de mettre la main sur un diadème antique. Mais cette opération était différente. Si les recherches d'Enrique et les renseignements de Séverin étaient corrects, cette petite boussole pourrait bien changer le cours de leur vie. Ou, dans le cas de Laila, lui permettre de rester en vie.

Perdue dans ses réflexions, elle lissa sa robe.

C'était une erreur.

Elle ne devait surtout pas toucher quoi que ce soit, quand ses pensées étaient trop frénétiques. Ce bref instant d'inattention permit aux souvenirs de la robe de s'immiscer dans ses pensées : *les pétales de chrysanthème accrochés à l'ourlet humide, le brocart tendu sur le repose-pieds du carrosse, les mains croisées en position de prière, puis…*

Le sang.

Du sang partout, le véhicule renversé, des os qui se brisaient à travers l'étoffe.

Laila écarta sa main en grimaçant. C'était trop tard. Les souvenirs de la robe l'avaient attrapée et ne la lâchaient pas. Elle serra les paupières et se pinça le plus fort possible. La douleur aiguë s'immisça comme une flamme rouge dans ses pensées et sa conscience s'enroula autour de cette souffrance comme si elle allait la sortir de l'obscurité. Quand les souvenirs s'estompèrent enfin, elle rouvrit les yeux. Elle rabaissa sa manche, les mains tremblantes.

Pendant un moment, Laila resta accroupie sur le sol, les bras autour des genoux. Séverin avait qualifié ce don d'« inestimable » avant qu'elle ne lui explique *pourquoi* elle pouvait lire les objets qui l'entouraient. Il avait été trop effrayé ensuite, ou peut-être trop horrifié, pour faire le moindre commentaire. Séverin était le seul du groupe à savoir qu'en touchant un objet, la jeune femme pouvait faire ressortir son histoire secrète. Inestimable ou non, ce don n'était pas… normal.

Elle n'était pas normale.

Laila se releva et quitta la chambre, les mains encore tremblantes.

Dans l'escalier de service, elle se débarrassa de l'uniforme de femme de chambre et enfila la tenue de pâtissière qui lui était si familière. La deuxième cuisine de l'hôtel était exclusivement dédiée à la pâtisserie et, en soirée, c'était son domaine exclusif. Comme elle ne devait pas monter sur la scène du *Palais des Rêves* avant la semaine prochaine, elle avait largement le temps de se consacrer à son second travail.

Dans l'étroit couloir, les serveurs de l'*Éden* allaient et venaient d'un pas rapide. Ils portaient des huîtres sur glace, des œufs de caille flottant dans une soupe d'os à moelle, du coq au vin fumant qui laissait une odeur de bourgogne et de beurre à l'ail dans le couloir de service. Sans le masque et la coiffe qui étaient sa marque de fabrique, aucun de ses collègues ne pouvait reconnaître en elle la star du cabaret, L'Énigme en personne. Ici, elle était juste une simple employée comme les autres.

Seule dans sa cuisine, Laila examina le plan de travail en marbre jonché de balances, de pinceaux, de perles comestibles posées dans un plat en verre et, depuis cet après-midi-là, d'un croquembouche d'un mètre vingt de haut. Elle s'était levée à l'aube pour préparer les boules de pâte à choux, les fourrer de crème sucrée en s'assurant que chacune des sphères avait le doré parfait de cet instant avant de les napper de caramel et de les empiler en pyramide. Il ne restait plus qu'à les décorer.

L'*Éden* avait déjà remporté bon nombre de prix pour sa cuisine raffinée – Séverin n'en aurait pas exigé moins –, mais c'étaient les desserts qui faisaient rêver les convives. Les créations culinaires de Laila, bien qu'elles ne fussent pas forgées, étaient de la magie à déguster. Ses gâteaux prenaient la forme de ballerines les bras tendus – les cheveux filés de sucre et d'or comestible, leur peau pâle comme de la crème et parsemée d'une délicate poussière de perles.

Les invités qualifiaient ses créations de « divines ». Et quand elle entrait dans la cuisine, elle avait l'impression d'être une divinité veillant sur un univers qui était encore à créer. Elle respirait plus facilement en ce lieu. Le sucre, la farine et le sel ne renfermaient pas de souvenirs. Ici, quand elle touchait les éléments, il ne se passait rien. C'était un simple contact entre deux entités, un geste sans conséquence.

Une heure plus tard, elle était occupée à apporter la touche finale à un gâteau, quand la porte s'ouvrit en claquant. Elle soupira sans lever les yeux. Elle savait de qui il s'agissait.

Six mois après que Laila avait commencé à travailler pour Séverin, elle jouait aux cartes avec Enrique dans la salle d'observation des étoiles lorsque Séverin était entré en portant une Polonaise sale et mal nourrie, aux yeux plus bleus que le cœur d'une flamme de bougie. Le patron de l'*Éden* avait déposé l'inconnue sur le canapé et l'avait présentée comme son ingénieure, sans rien dire de plus. Ce n'est que plus tard que Laila en avait appris davantage sur cette jeune Polonaise. Arrêtée pour incendie criminel et renvoyée de son université,

Zofia possédait une affinité rare pour forger tous les métaux et jonglait avec les chiffres.

Quand elle était arrivée à l'*Éden*, Zofia ne parlait qu'à Séverin et ne semblait pas du tout communicative quand quelqu'un d'autre l'approchait. Un jour, Laila avait remarqué que lorsqu'elle apportait des desserts pour les réunions, Zofia ne mangeait que les pâles sablés, délaissant les desserts multicolores. Le lendemain, la pâtissière avait posé une assiette de ces biscuits devant la porte de Zofia. Elle avait répété ce geste pendant trois semaines, puis, un jour où elle avait été absorbée par ses tâches en cuisine, elle avait oublié. Quand elle avait ouvert la porte pour aérer la pièce, elle avait trouvé Zofia tendant une assiette vide, la fixant les yeux remplis d'espoir. Un an s'était écoulé depuis.

Sans dire un mot, Zofia attrapa un bol propre, le remplit d'eau et le vida d'un trait. Elle essuya sa bouche sur son bras. Quand elle voulut attraper un bol de glaçage, Laila lui donna un petit coup sur la main avec son rouleau à pâtisserie. L'ingénieure lui jeta un regard noir, avant de plonger tout de même un doigt taché d'encre dans le glaçage. Un moment plus tard, elle se mit à empiler distraitement les verres doseurs en fonction de leur taille. La chef pâtissière attendit patiemment. Avec Zofia, on n'entamait pas la conversation, elle démarrait au hasard et on s'y embarquait jusqu'à ce que la jeune femme se lasse.

« J'ai allumé quelques foyers d'incendie dans la chambre du coursier de la maison Kore. »

Laila laissa tomber son pinceau.

« *Quoi ?* Tu étais censée le réveiller sans entrer !

— Ah bon ? Je les ai allumés quand je suis sortie. Ils sont minuscules. »

Voyant l'air abasourdi de son interlocutrice, l'ingénieure changea brusquement de sujet. Même si, pour elle, le virage à 180° ne paraissait probablement pas abrupt. « Je n'aime pas la musculature des crocodiles. Séverin m'a demandé une copie de ces masques de Sphinx...

— On peut revenir au feu ?

— ... le masque ne moulera pas facilement les expressions faciales humaines. Il faut que j'y parvienne. Oh, j'ai aussi besoin d'une nouvelle planche à dessin.

— Qu'est-ce qui est arrivé à la dernière ? »

Zofia inspecta le bol de glaçage et haussa les épaules.

« ... Tu l'as cassée, devina la chef pâtissière.

— Mon coude est tombé dessus. »

Laila secoua la tête et lui jeta un chiffon propre. Zofia l'examina sans comprendre.

« Pourquoi est-ce que j'ai besoin d'un chiffon ?

— Parce que tu as de la poudre à canon sur le visage.

— Et... ?

— ... et c'est légèrement inquiétant, ma chère. Lave-toi. »

Zofia passa le tissu sur sa figure. La jeune femme semblait en permanence émerger des cendres ou des flammes, ce qui lui avait valu le surnom de « phénix » parmi la bande de l'*Éden*. Ça ne dérangeait pas Zofia, même si l'oiseau n'existait pas. Tandis qu'elle se nettoyait le visage, les extrémités du chiffon s'accrochèrent à son étrange collier, qui ressemblait à des pointes de couteau glissées sur un fil.

« Quand est-ce qu'ils rentrent ? » demanda Zofia.

Laila ne put s'empêcher de ressentir de l'inquiétude.

« Enrique et Séverin devraient être là vers 21 heures.

— Il faut que j'aille chercher mes lettres.

— À cette heure-ci ? Il fait déjà noir. »

Zofia toucha son collier. « Je sais. »

L'ingénieure lui renvoya le chiffon. Laila l'attrapa et le jeta dans l'évier. Quand elle se retourna, Zofia empoignait la cuillère pour le glaçage.

« Excuse-moi, phénix, j'en ai besoin ! »

Zofia mit la cuillère dans sa bouche.

« Zofia ! »

La jeune Polonaise sourit. Puis elle ouvrit la porte et s'enfuit en courant, la cuillère toujours entre les lèvres.

Une fois le dessert prêt, Laila nettoya la cuisine et sortit. Elle n'était pas la chef pâtissière officielle et ne souhaitait pas le devenir. Une bonne part de l'attrait de ce travail, qu'elle considérait comme un hobby, c'était de ne le faire que pour le plaisir. Si elle n'avait pas envie d'accomplir une corvée, elle ne le faisait pas.

Plus elle avançait dans le couloir de service principal, plus l'*Éden* paraissait animé : les rires se mêlaient au tintement cristallin des lustres ambrés et des flûtes à champagne, elle entendait même le bourdonnement des papillons de nuit forgés et de leurs ailes en vitrail, qui voletaient en répandant une lumière colorée dans leur sillage. Laila s'arrêta devant le placard Mercure, le service de messagerie de l'hôtel. De petites boîtes métalliques portant le nom des membres du personnel étaient alignées à l'intérieur. Laila ouvrit la sienne avec sa clé d'employée, ne s'attendant pas à y trouver quoi que ce soit. Mais ses doigts frôlèrent un petit objet qui ressemblait à de la soie froide. C'était un simple pétale noir épinglé à un message où un seul mot était écrit :

Envie.

Même sans la fleur, Laila aurait reconnu n'importe où cette écriture serrée et inclinée : c'était celle de Tristan. Elle se retint de sourire : elle était toujours en colère contre lui.

Mais cela ne l'empêcherait pas d'accepter un cadeau.

Surtout un cadeau qu'il avait forgé.

Forgé. Ce mot lui paraissait toujours étrange, même si elle vivait à Paris depuis deux ans. Les empires et royaumes de l'Occident appelaient le don de Tristan et Zofia le *forgeage*, mais cette discipline portait d'autres noms dans d'autres langues. En Inde, on l'appelait *chhota saans*, le petit souffle, car si seuls les dieux insufflaient la vie à la création, cet art était en quelque sorte une goutte de ce pouvoir. Pourtant, quel que soit le nom qu'on lui donne, les règles qui guidaient cette pratique étaient les mêmes.

Il y avait deux types d'affinités de forgeage : celle de l'esprit et celle de la matière. Une personne possédant une affinité pour la matière pouvait influencer l'un des trois états matériels : liquide, solide ou gazeux. Tristan et Zofia possédaient tous deux cette affinité pour la matière, mais alors que celle de Zofia concernait la matière solide, principalement les métaux et les cristaux, celle de Tristan concernait l'état liquide. Plus précisément, le liquide présent dans les plantes.

Tout forgeage était en outre lié à trois conditions : la force de volonté de l'artisan, la clarté de l'objectif artistique et les limites des propriétés élémentaires des matériaux choisis. Ce qui signifiait que quelqu'un avec une affinité de forgeage pour la matière solide et plus spécifiquement la pierre n'irait nulle part sans maîtriser les formules chimiques et les propriétés de la roche qu'il souhaitait manipuler.

En règle générale, l'affinité se manifestait chez les enfants avant l'âge de 13 ans. Si l'enfant souhaitait améliorer son talent, il ou elle pouvait poursuivre des études. En Europe, la plupart des artisans forgeurs étudiaient pendant des années dans des institutions renommées ou suivaient un long apprentissage. Zofia et Tristan, eux, n'avaient pas emprunté ces voies. Zofia, parce qu'elle avait été renvoyée de l'université avant d'en avoir eu l'occasion. Et Tristan parce que… eh bien, Tristan n'en avait pas besoin. Sa maîtrise paysagiste semblait matérialiser les rêves fous d'un esprit de la nature. C'était troublant et magnifique. Paris ne se lassait pas de ses réalisations. À l'âge de 16 ans, la liste d'attente pour l'engager comptait des centaines de noms.

Laila se demandait souvent pourquoi Tristan restait à l'*Éden*. Peut-être était-ce par loyauté envers Séverin. Ou parce que l'hôtel permettait à Tristan de conserver ses étranges expositions d'arachnides. Mais quand Laila mettait le pied dans les jardins, elle *sentait* la raison. Le parfum enivrant des fleurs. Cette végétation qui paraissait sauvage à la tombée de la nuit. Et elle comprenait. Les autres clients de Tristan avaient tellement de règles, comme la maison Kore, qui avait commandé des topiaires extravagants pour sa prochaine fête. L'*Éden* était différent. Tristan aimait Séverin comme un frère, mais il restait ici parce que c'est en ce lieu qu'il pouvait faire jaillir des merveilles de son esprit, libéré de toute exigence.

Quand elle se trouvait dans les jardins de l'*Éden*, Laila était dans l'imaginaire de Tristan. Malgré le nom de l'hôtel, les jardins n'étaient pas un paradis, mais un labyrinthe de péchés. Sept, pour être précis.

Le premier jardin était celui de la Luxure. Ici, des fleurs rouges jaillissaient des bouches ouvertes des statues. Dans un coin, Cléopâtre crachait des amaryllis grenat et des anémones aux contours roses. Dans un autre, Hélène de Troie chuchotait des zinnias et des coquelicots. Laila se déplaça rapidement dans le labyrinthe. Elle dépassa la Gourmandise, où un ciel de fleurs luisantes dégageant un parfum d'ambroisie se refermait dès qu'on voulait les toucher. Puis l'Avarice, où un placage d'or enveloppait chaque plante élancée. Puis venait la Paresse, avec ses arbustes qui se déplaçaient lentement, la Colère et ses fleurs ardentes, puis l'Orgueil ou *Superbia*, avec ses énormes buissons mouvants taillés en forme de cerfs verts aux bois fleuris et de lions majestueux à la crinière de jasmin, pour atteindre l'Envie. Ici, c'était un épanchement de verdure. La teinte même du péché.

Laila s'arrêta devant la porte Tezcat, qui se dressait près de l'entrée. Pour quiconque ne connaissait pas ses secrets, la Tezcat ressemblait à un miroir ordinaire, avec un joli cadre qui imitait des feuilles de lierre dorées. D'après Zofia, il était impossible de distinguer ces portes des miroirs ordinaires sans un test compliqué impliquant du feu et du phosphore. Heureusement, la pâtissière n'avait pas besoin de recourir à cette méthode. Pour passer de l'autre côté, elle déverrouilla simplement l'ouverture en pinçant la quatrième feuille de lierre doré sur le côté gauche de l'encadrement. Une poignée dissimulée. Son reflet ondula tandis que l'argenté du miroir de la porte Tezcat s'amenuisait pour devenir peu à peu transparent.

À l'intérieur se trouvait l'atelier de Tristan. Laila huma l'odeur de terre et de racines. Tout le long des murs se trouvaient de petits terrariums, des paysages miniatures. Tristan les fabriquait de façon presque obsessionnelle. Quand elle l'avait interrogé à ce sujet, il lui avait expliqué que c'était parce qu'il aurait voulu que le monde soit plus facile. Assez petit et assez simple à gérer pour tenir dans le creux de la main.

« Laila ! »

Tristan s'avança vers elle, un large sourire illuminant son visage rond. Ses vêtements étaient maculés de terre et elle constata avec soulagement qu'il n'y avait pas trace de sa gigantesque araignée de compagnie.

Mais elle ne lui rendit pas son sourire. Elle se contenta de hausser un sourcil. Tristan essuya ses mains sur sa blouse.

« Oh… tu es toujours fâchée ?

— Oui.

— Tu serais moins furieuse si je t'offrais un cadeau ? »

Laila redressa le menton. « Ça dépend du cadeau. Mais d'abord, dis-le. »

Tristan se déplaça d'un air mal à l'aise. « Je suis désolé.

— De ?

— ... d'avoir mis Goliath sur ta coiffeuse.

— Où est la place de Goliath ? Et d'ailleurs, où est la place de *tous* tes insectes de compagnie et autres ? »

Tristan avait l'air hésitant. « ... pas dans ta chambre ?

— Bon, c'est presque ça. »

Il se tourna vers l'établi à côté de lui, où un grand terrarium en verre dépoli occupait la moitié de l'espace. Il souleva le couvercle et elle aperçut une unique fleur d'un violet profond. Les pétales fins ressemblaient à des fragments de ciel nocturne, un riche violet velouté attendant d'être arrosé par la lumière des étoiles. Laila passa délicatement le doigt le long des bords. Les pétales étaient presque exactement de la même couleur que les yeux de Séverin. Elle écarta la main à cette pensée.

« Voilà ! Ton cadeau, forgé avec un petit bout de soie découpé d'un de tes costumes... »

Quand il remarqua son air affolé, il ajouta :

« Un de ceux que tu allais jeter, promis ! »

Laila se détendit un peu.

« Alors... je suis pardonné ? »

Il savait déjà que c'était le cas. Elle décida tout de même de faire durer ce moment un peu plus longtemps que nécessaire. Elle tapa du pied en regardant le paysagiste se tortiller. Et puis :

« *D'accord.* »

Le jeune homme poussa un cri de joie et elle ne put s'empêcher de sourire. Tristan pouvait tout se faire pardonner, avec ses grands yeux gris.

« Oh, j'ai inventé un nouveau dispositif. Je voulais le montrer à Séverin. Où est-il ? »

Lorsqu'il aperçut son expression, le sourire de Tristan s'évanouit. « Ils ne sont pas rentrés ?

— Pas *encore*, souligna Laila. Ne t'inquiète pas. Tu sais que ces opérations prennent du temps. Pourquoi ne viens-tu pas à l'hôtel ? Je vais te préparer quelque chose à manger. »

Tristan secoua la tête. « Peut-être plus tard. Je dois aller voir Goliath. Je crois qu'il ne se sent pas bien. »

La pâtissière ne lui demanda pas comment il pouvait deviner l'état émotionnel d'une tarentule. Elle prit son cadeau et retourna à l'intérieur de l'hôtel. Tandis qu'elle marchait, un malaise assombrit ses pensées. En haut des escaliers, l'horloge sonna 22 heures. Laila ressentait l'heure qui venait de s'écouler comme une douleur dans ses os. Ils auraient déjà dû être rentrés.

Quelque chose n'allait pas.

3

Enrique

Enrique écarta les mâchoires de l'ours, l'air fâché. « Tu te souviens quand tu as dit *on va bien s'amuser* ?

— Ça ne peut pas attendre ? grogna Séverin entre ses dents serrées.

— Je suppose que si. »

Le ton d'Enrique était léger, mais il avait l'impression que son corps était pris sous une chape de plomb. L'ours en onyx serrait le poignet de Séverin entre ses crocs. À chaque seconde qui s'écoulait, la morsure était plus forte. Du sang commençait à ruisseler le long du bras. Bientôt, la pression des mâchoires de la créature n'allait pas seulement piéger le poignet…

Elle allait le briser en deux.

Au moins, l'aigle émeraude de la maison Kore ne s'en était pas mêlé. Cette créature de pierre pouvait détecter une activité « suspecte » et s'animer même quand l'objet dont elle avait la garde n'était pas en cause. Enrique faillit marmonner une prière de remerciement lorsqu'il entendit un léger croassement. Une bouffée d'air lui balaya le visage, provoquée sans doute possible par un battement d'ailes.

Bon.

« C'était l'aigle ? » grimaça Séverin.

Il n'arrivait pas à faire pivoter son corps pour se retourner.

« Non, pas du tout », mentit Enrique.

Devant lui, le rapace inclina la tête sur le côté. Enrique tira plus fort sur le poignet coincé de Séverin, qui poussa un gémissement.

« Laisse tomber. Je suis coincé. Nous devons l'endormir. »

Enrique était d'accord, mais la question était de savoir comment. Comme les créatures forgées étaient trop dangereuses pour rester incontrôlables, les artisans étaient tenus légalement de leur ajouter une sécurité, connue sous le nom de somno, qui mettait les objets en mode veille. Mais même si Enrique trouvait comment l'activer, le mécanisme pouvait être crypté lui aussi. Pire, s'il lâchait les mâchoires de l'animal, elles écraseraient le poignet de Séverin plus rapidement encore. Et s'ils ne sortaient pas de la salle avant que les huit minutes ne soient écoulées, les créatures forgées seraient le dernier de leurs soucis.

Séverin grogna : « Prends ton temps, je t'en prie. Je rêve d'une mort lente et douloureuse. »

Enrique le lâcha. Il se redressa, fit le tour de l'ours d'onyx sans prêter attention à l'aigle émeraude qui se rapprochait inexorablement. Il passa les mains le long du corps du plantigrade, de son arrière-train noir et de ses pattes hirsutes. Rien.

« Enrique », souffla Séverin.

Le propriétaire de l'*Éden* tomba à genoux. Des filets de sang dégoulinaient des mâchoires de la créature. Enrique jura dans sa barbe et ferma les yeux. Sa vue ne l'aiderait pas. Il y avait si peu de lumière dans la pièce qu'il allait devoir tâtonner pour découvrir s'il y avait des mots gravés. Il fit glisser ses doigts sur l'arrière-train et le ventre de l'ours jusqu'à palper quelque chose près de ses chevilles. Des creux ciselés dans la pierre, à intervalles réguliers et proches les uns des autres. Probablement une inscription. Les lettres et les mots prirent vie à son contact.

Fiduciam in domum

« La confiance dans la maison », traduisit le jeune historien. Il murmura à nouveau la phrase en passant en revue des hypothèses dans sa tête. « Je… J'ai une idée.

— Je suis tout ouïe », réussit à répliquer Séverin.

L'ours leva une de ses lourdes pattes de jais, projetant une ombre sur le visage de Séverin.

« Tu dois… lui faire confiance ! cria Enrique. Laisse-le faire ! Enfonce ton poignet plus loin ! »

Son ami n'hésita pas. Il se leva et poussa son bras. Mais sa main resta coincée. Il grogna. Il se jeta de toutes ses forces contre la créature et son épaule se disloqua avec un bruit affreux. Chaque seconde qui s'écoulait était comme une lame qui entaillait la peau d'Enrique. Soudain, l'aigle prit son envol. Il fit le tour de la salle, avant de plonger, les serres tendues. Enrique s'écarta pile au moment où les griffes d'émeraude effleuraient son cou. Il n'aurait pas autant de chance au prochain passage. L'oiseau revint et ses serres éraflèrent à nouveau le cou de l'historien et se fichèrent dans ses épaules, avant de le tirer vers le haut. Les talons du jeune homme décollèrent du sol. Il serra les paupières.

« Attention à mes cheveux… », commença-t-il.

D'un coup, il retomba sur le sol. Il entrouvrit les yeux et vit le plafond sans le moindre rapace. Derrière lui, il entendit le bruit de serres qui griffaient un piédestal. Il se redressa sur les coudes.

L'aigle était redevenu une statue immobile.

Séverin se remit sur pied en agrippant son poignet. Puis, tirant sur son bras, il le fit basculer vers l'avant. Enrique grimaça en entendant le craquement des articulations qui se remettaient en place. Séverin essuya le sang sur son pantalon et sortit la boussole forgée de la gueule de l'ours d'onyx. Il la glissa dans sa veste et lissa ses cheveux en arrière.

« Eh bien, finit-il par déclarer, c'était moins terrible que l'île de Nisyros.

— T'es sérieux ? » croassa Enrique. Il suivit son ami jusqu'à la porte. « *Ça se passera comme dans un rêve,* tu as dit. *Tellement facile qu'on pourrait le faire dans notre sommeil.*

— Les cauchemars, c'est aussi quand on dort.

— C'est une blague ? insista Enrique. Tu réalises que tu es mutilé. Ta main...

— Oui, j'en suis conscient.

— Tu as failli être dévoré par un ours !

— Pas un vrai.

— Ton démembrement aurait été bien réel, lui. »

Séverin se contenta d'afficher un large sourire.

« À tout de suite », lança-t-il en se glissant hors de la pièce.

Enrique s'attarda pour lui laisser un peu d'avance.

Dans l'obscurité, il sentit la présence du trésor de l'Ordre comme des yeux de cadavres qui le fixaient. La haine le fit frémir. Il ne pouvait pas se résoudre à contempler les gigantesques piles de biens « sauvés ». Il aidait peut-être Séverin à dérober des objets, mais les pires voleurs de tous étaient ceux de l'Ordre de Babel, parce qu'ils pillaient plus que des objets... ils s'emparaient de l'histoire, engloutissaient des cultures entières, chargeaient en secret sur de lourds navires les traces d'un passé illustre pour les emporter vers des terres indifférentes, qui ne se souciaient pas le moins du monde de ce que ces objets signifiaient vraiment.

Des terres indifférentes, se dit Enrique. *Voilà une bonne expression à ressortir plus tard.*

Il pourrait l'utiliser dans le prochain article qu'il soumettrait au journal espagnol dédié au nationalisme philippin. Il n'avait pas encore les relations suffisantes pour que ses élucubrations soient jugées dignes d'intérêt. Cette acquisition pourrait changer la donne.

Mais avant tout, il devait finir l'opération.

Enrique compta trente secondes, puis rajusta la tenue de serviteur qu'il avait empruntée, remit son masque bien en place et sortit pour rejoindre la salle de bal où la vente s'était tenue. Entre les piliers de marbre, il apercevait les éventails qui se dressaient pour placer une enchère.

Pile à l'heure pour son rendez-vous, le diplomate vietnamien Vũ Văn Đinh apparut à l'angle du couloir. Une lettre falsifiée sortait de sa manche. Tristan était exceptionnellement doué pour imiter l'écriture des gens, même s'il détestait le faire. Il avait sans difficulté copié celle de la maîtresse du diplomate.

La semaine précédente, Enrique avait partagé un verre avec le Vietnamien à l'*Éden*. Alors que le diplomate avait l'attention détournée, Laila avait chipé une lettre de la maîtresse dans la veste de Đinh et Tristan avait contrefait son écriture pour orchestrer cette rencontre.

Enrique jeta un coup d'œil aux vêtements de Đinh. Comme tant de diplomates de pays colonisés, il affichait son allégeance à l'Ordre. Autrefois, on trouvait des versions locales de l'Ordre dans le monde entier, chacune dédiée à la source de pouvoir de forgeage des différents pays – même si tous n'appelaient pas cet art par le même nom et n'attribuaient pas forcément son origine aux fragments de Babel. Mais c'était fini. Désormais, les trésors avaient été emportés dans d'autres pays, les techniques avaient changé et les guildes anciennes avaient dû choisir : s'allier ou mourir.

Enrique redressa son déguisement et s'inclina. « Puis-je vous aider, monsieur ? »

Il tendit la main, malgré la panique qui le gagnait. Đinh allait le regarder. Il allait le reconnaître. L'extrémité de ses doigts effleura la manche du diplomate.

« Non, absolument *pas* », répondit froidement Đinh, en retirant son bras.

Il ne posa pas un instant les yeux sur lui.

« Très bien, monsieur. »

Enrique s'inclina, laissa Đinh attendre une rencontre qui n'aurait jamais lieu et se dirigea vers le fond de la salle de bal. Il fit glisser ses doigts sur son visage et son cou. Une légère sensation de picotement parcourut sa figure, sa gorge et ses bras et une fine pellicule de couleur flotta au-dessus de sa peau et de ses vêtements, avant de tourbillonner pour lui donner l'apparence et la tenue de Vũ Văn Đinh.

Grâce à la poudre miroir au bout de ses doigts, il était maintenant identique en tout point à l'ambassadeur.

Cette poudre était interdite depuis longtemps et avait été confisquée ; c'est pour cette raison que l'Ordre ne prenait plus la peine de s'en prémunir lors des réunions. C'était sans compter sur l'amitié de Séverin avec l'officier responsable des douanes et de l'immigration.

Enrique se déplaça rapidement dans la foule. La poudre miroir était peut-être efficace, mais ses effets ne duraient pas longtemps.

Il descendit quatre à quatre les marches de l'escalier principal. En bas se trouvait une porte Tezcat qui semblait dater d'une époque où la maison déchue n'avait pas encore été évincée de la faction française de l'Ordre de Babel, car ses bords étaient ornés des symboles des quatre maisons originelles de France. Un croissant de lune pour la maison Nyx ; des épines pour la maison Kore ; un serpent se mordant la queue pour la maison Vanth ; une étoile à six branches pour la maison déchue. Des quatre, seules Nyx et Kore existaient encore. La lignée de Vanth avait été légalement déclarée éteinte. Et la maison déchue… portait bien son nom. On racontait que ses dirigeants avaient trouvé le fragment de Babel de l'Occident et avaient tenté de s'en servir pour reconstruire la tour biblique de Babel, espérant que cet édifice ne leur offrirait pas simplement une parcelle du pouvoir divin... mais sa puissance tout entière. S'ils avaient réussi à retirer le fragment de Babel de l'Occident, ils auraient pu détruire la civilisation telle qu'on la connaissait. Séverin disait que toute cette histoire n'était qu'une rumeur sans fondement. Il était convaincu que l'Ordre avait détruit la maison déchue pour s'emparer du pouvoir. Enrique n'en était pas si sûr. Des quatre maisons, on disait que la maison déchue était la plus avancée. Même les portes Tezcat forgées qu'ils fabriquaient ne se contentaient pas de camoufler une entrée. On affirmait qu'elles permettaient de se déplacer d'un point à un autre, comme un portail dimensionnel. Mais personne ne savait précisément ce qu'avait possédé cette maison. Pendant des années, l'Ordre avait essayé de découvrir ce qu'il était advenu de son anneau et de son immense trésor, mais personne n'avait réussi à mettre la main dessus.

À présent, les choses pourraient changer, se dit Enrique.

De l'autre côté de la Tezcat, il apercevait des couloirs rutilants, une foule élégamment vêtue et le scintillement de lustres au loin. Cela le perturbait toujours un peu que les gens de l'autre côté ne perçoivent qu'un banal miroir, alors que lui les observait sans peine. Il avait l'étrange impression d'être un dieu en exil, doté d'une sorte d'omniscience inutile. Il pouvait scruter le monde, mais le monde ne le voyait pas.

Enrique franchit la Tezcat et ressortit dans l'une des salles richement décorées du palais Garnier, l'opéra le plus célèbre d'Europe.

Un homme leva les yeux, stupéfait. Il fixa le miroir, puis le nouveau venu, avant d'examiner sa flûte de champagne.

Autour de lui, la foule se pressait dans l'indifférence la plus totale. Les gens ne soupçonnaient pas l'existence de la salle de bal forgée dont l'Ordre gardait le secret, comme tout ce qui le concernait. Même leurs invitations ne s'ouvraient qu'au contact d'une goutte de sang d'un invité approuvé. Si une autre personne recevait par erreur le précieux sésame, elle ne contemplerait que du papier vierge.

Pour le grand public, l'Ordre de Babel n'était que le département français de la recherche chargé de préserver le patrimoine. Ils ignoraient tout des ventes aux enchères, des trésors enfouis dans le sous-sol. La majorité des gens ne croyaient même pas que le fragment de Babel était un objet physique, le prenant simplement pour une métaphore biblique.

Enrique fendit la foule en tirant sur le revers de son uniforme de serviteur. Celui-ci se métamorphosa, les fils se défaisant et se tissant simultanément, jusqu'à ce que l'historien se retrouve vêtu d'un élégant smoking. Il fit tourner sa montre et le fin bracelet de cuir forgé se transforma en un chapeau haut de forme en soie qu'il s'empressa de poser sur sa tête.

Juste avant de sortir, Enrique hésita devant le buste en pierre de vérit. Ce n'était pas un objet de décoration, mais un dispositif de détection servant à repérer les armes cachées. Une once de vérit valait autant qu'un kilo de diamants et seuls les palais ou les banques pouvaient s'offrir cette pierre rare. Il s'assura qu'il n'avait pas emporté son couteau, puis franchit le seuil.

Dehors, Paris était un peu humide pour un mois d'avril. La nuit était parsemée d'étoiles et, de l'autre côté de la rue, un fiacre noir étincelait. Enrique monta à l'intérieur du véhicule et Séverin, déjà installé sur la banquette, lui adressa un sourire narquois. Dès qu'il frappa quelques coups contre le plafond du fiacre, les chevaux s'élancèrent sur les pavés. Séverin fouilla la poche de son manteau et en sortit son éternelle boîte de clous de girofle. Enrique plissa le nez. En soi, l'odeur du clou de girofle était agréable. Un peu boisée et épicée. Mais au fil des deux années que l'historien avait passées à travailler pour Séverin, les clous de girofle avaient cessé d'être un parfum pour devenir un signal. C'était l'odeur de la prise de décision de Séverin et elle pouvait être délicieuse ou dangereuse. Voire les deux à la fois.

« Voilà », déclara le propriétaire de l'*Éden* en lui tendant la boussole.

Enrique passa ses doigts sur le métal froid, suivant doucement la sinuosité des stries dans l'argent massif. Les anciennes boussoles chinoises ne ressemblaient pas aux occidentales. C'étaient des bols magnétisés, avec une dépression au centre où un cadran en forme de cuillère tournait d'avant en arrière. Il se sentit pris d'un frisson d'émerveillement. Cet objet avait plusieurs milliers d'années et il était là, à le *tenir*…

« Pas besoin de la séduire, l'interrompit Séverin.

— Je l'apprécie.

— Tu la caresses. »

Enrique leva les yeux au ciel. « C'est un authentique fragment d'histoire et elle doit être savourée.

— Tu pourrais au moins l'inviter à dîner d'abord, plaisanta Séverin, avant de pointer du doigt les bords métalliques. Alors ? Elle est comme on l'imaginait ? »

Enrique soupesa la moitié de la boussole dans sa main et étudia ses contours. En palpant les arêtes, il remarqua une légère déformation du métal. Il tapota la surface et leva les yeux.

« C'est creux », déclara-t-il stupéfait.

Il ne savait pas pourquoi il était surpris. Il savait que la boussole serait creuse, mais les possibilités offertes par la carte qui y était contenue défilaient rapidement dans son esprit. Il ne savait pas à quoi elle menait, il savait juste qu'elle était suffisamment rare pour déclencher l'enthousiasme discret de l'Ordre de Babel. Son hypothèse était qu'elle menait aux trésors perdus de la maison déchue.

« Casse-la, lui ordonna Séverin.

— Quoi ? » Enrique serra l'objet contre son cœur. « Elle a été fabriquée il y a des milliers d'années ! Il y a d'autres moyens de l'ouvrir *délicatement*… »

Séverin se jeta sur la boussole, Enrique tenta de la mettre hors de portée, mais il était moins rapide. D'un geste vif, Séverin saisit les deux côtés de la boussole. Enrique entendit le craquement avant de le voir. Un *crac* impitoyable et bref…

Quelque chose s'échappa de la boussole et tomba avec un bruit sourd sur le plancher du fiacre. Séverin l'attrapa en premier et à l'instant où il approcha la chose de la lumière, Enrique eut l'impression qu'une main glacée serrait ses poumons et lui coupait le souffle. L'objet dissimulé dans la boussole ressemblait effectivement à une carte. Il ne restait plus qu'une question : Où menait-elle ?

4

Zofia

Zofia préférait Paris le soir.

Pendant la journée, c'était trop pour elle. La capitale n'était que bruits et odeurs, un amas de rues sales encombrées par des foules agitées. Le crépuscule domptait la ville, la rendait tolérable.

Elle rentrait à l'*Éden* en serrant la lettre de sa sœur contre sa poitrine. Hela trouverait Paris magnifique. Elle aimerait les tilleuls de la rue Bonaparte. Il y en avait quatorze. Elle trouverait les marronniers jolis. Il y en avait neuf. Elle n'aimerait pas les odeurs. Il y en avait trop pour qu'on puisse les compter.

En ce moment, Paris n'était pas belle à voir. Du crottin de cheval maculait les routes pavées. Les gens urinaient sur les lampadaires qui éclairaient les rues. Et pourtant, la capitale avait quelque chose d'extraordinairement vivant. Rien ne paraissait immobile. Même les gargouilles de pierre se penchaient au rebord des bâtiments comme si elles étaient sur le point de s'envoler. Et rien ne semblait esseulé. Les terrasses avaient la compagnie de chaises en osier et des bougainvilliers d'un violet éclatant qui s'accrochaient aux murs de pierre. Même la Seine, qui traversait Paris comme une traînée d'encre, ne semblait pas abandonnée. Le jour, des bateaux la traversaient. La nuit, les lueurs des réverbères dansaient à sa surface.

Zofia jeta un nouveau coup d'œil à la dernière lettre d'Hela, parcourant des lignes sous chaque lanterne allumée. Elle lut une première phrase et se rendit compte qu'elle ne pouvait pas s'arrêter. Chaque mot lui rappelait la voix de sa sœur.

Zofia, je t'en prie, dis-moi que tu vas à l'Exposition universelle ! Si tu n'y vas pas, je le saurai. Crois-moi, ma chère sœur, le laboratoire peut se passer de toi pendant un jour. Instruis-toi en dehors d'une salle de classe pour une fois ! D'ailleurs, j'ai entendu dire que l'Exposition universelle accueillerait un diamant maudit et des princes venus de pays exotiques ! Peut-être que tu pourrais en rapporter un à la maison, comme ça, je n'aurai pas à jouer les gouvernantes pour notre stryk *si radin. Comment peut-il être le frère de père ? Dieu seul le sait. Va la visiter, s'il te plaît. Tu nous envoies tellement d'argent ces derniers temps que je crains que tu n'en gardes pas assez pour toi. Es-tu en bonne santé et heureuse ? Écris-moi bientôt, petite lumière.*

Hela avait à moitié tort. Zofia n'allait pas à l'école, mais elle apprenait beaucoup en dehors des salles de classe. Au fil de l'année et demie qui s'était écoulée, elle avait appris à inventer des choses que l'École des beaux-arts n'aurait jamais imaginé lui enseigner. Elle avait appris à ouvrir un compte épargne, qui pourrait bientôt contenir assez d'argent pour faire vivre Hela pendant ses études de médecine quand elle s'inscrirait enfin – à condition que la carte acquise par Séverin soit à la hauteur de leurs attentes. Mais la leçon la plus difficile avait été d'apprendre à mentir à sa propre sœur. La première fois que Zofia avait caché la vérité dans une lettre, elle avait vomi. La culpabilité l'avait fait sangloter pendant des heures, jusqu'à ce que Laila la trouve dans cet état et la réconforte. Elle ne savait pas comment la chef pâtissière avait compris ce qui la tracassait. Elle le savait, c'est tout. Et Zofia, qui n'avait jamais vraiment compris comment entamer une conversation, était reconnaissante que quelqu'un s'en charge à sa place.

Elle était encore en train de penser à Hela lorsque l'entrée en marbre de l'École des beaux-arts se matérialisa devant elle. La jeune ingénieure recula en titubant, manquant de lâcher les lettres.

L'entrée de marbre ne bougea pas.

Elle était non seulement forgée pour apparaître devant tous les étudiants inscrits – ils l'apercevaient dès qu'ils étaient à moins de deux pâtés de maisons –, mais elle était aussi un parfait exemple d'affinité pour la matière solide et d'affinité mentale œuvrant main dans la main. Une réalisation dont seuls pouvaient se rendre compte ceux qui étaient formés dans cet établissement.

Avant, Zofia suivait les cours à leurs côtés.

« Tu ne veux pas de moi », dit-elle doucement.

Des larmes lui piquèrent les yeux. Quand elle battit des paupières, elle revit le processus qui avait conduit à son expulsion. Après un an de scolarité, l'attitude de ses camarades de classe avait changé. Au début, son talent les impressionnait ; par la suite, il s'était mis à les offenser. Puis les rumeurs avaient couru. À son arrivée, personne ne semblait se soucier qu'elle soit juive. Mais ça n'avait duré qu'un temps. Certains s'étaient mis à affirmer que les Juifs étaient capables de voler n'importe quoi.

Y compris l'affinité de forgeage de quelqu'un d'autre.

Comme c'était complètement faux, elle avait ignoré ces racontars. Elle aurait dû se montrer plus prudente, mais le bonheur rendait aveugle, c'était la source de bien des problèmes.

Pendant toute une période, Zofia avait été heureuse. Puis, un après-midi, les chuchotements des autres étudiants avaient eu raison d'elle. Elle avait craqué dans le laboratoire. Il y avait trop de sons. Trop de rires. Trop de lumière qui filtrait derrière les tentures. Elle avait oublié le conseil de ses parents : compter à rebours jusqu'à se sentir apaisée. Les murmures s'étaient amplifiés suite à cet épisode. *Folle de juive.* Un mois plus tard, dix étudiants s'étaient enfermés avec elle dans le laboratoire. De nouveau les sons, les odeurs, les rires. Ils ne l'avaient pas touchée. Ils savaient qu'un léger frôlement, comme une plume qu'on fait glisser sur une peau nue, lui faisait plus mal encore. Elle n'avait pas réussi à retrouver son calme : elle avait eu beau compter à l'envers, les implorer de la laisser partir ou demander ce qu'elle avait fait de mal…

En fin de compte, c'est un simple mouvement qui avait tout déclenché.

Quelqu'un l'avait jetée à terre. Le coude d'une autre personne avait heurté une fiole sur une table. Le contenu avait formé une flaque, qui était entrée en contact avec le bout de ses doigts tendus. Elle tenait un morceau de silex en main quand la fureur avait explosé en elle. *Le feu.* Cette simple pensée – cette bribe de volonté, comme les professeurs le lui avaient appris – avait voyagé du bout de ses doigts jusqu'à la flaque, enflammant la fiole brisée, qui s'était transformée en brasier gigantesque.

Sept étudiants avaient été blessés dans l'explosion.

Elle avait été arrêtée pour incendie criminel et démence, puis jetée en prison. Elle y serait morte, sans l'intervention de Séverin. Il l'avait trouvée, libérée et, plus incroyable encore, lui avait offert du travail. Un moyen de regagner ce qu'elle avait perdu. Un moyen de s'en sortir.

Zofia frotta le serment tatoué sur la jointure d'un doigt de sa main droite. Heureusement, la marque n'était que temporaire, sinon sa mère aurait été consternée. On ne pouvait être enterré dans un cimetière juif avec un tatouage. Ce signe visible était un contrat entre Séverin et elle. L'encre était forgée de façon à ce que, si l'un des deux rompait l'accord, il ou elle serait assailli par les cauchemars. Elle n'oublierait jamais que Séverin avait eu recours à cette technique, un signe qu'ils étaient égaux, plutôt qu'à certains contrats plus sommaires.

Zofia tourna les talons et quitta la rue Bonaparte. Peut-être que l'entrée en marbre était incapable de détecter si un étudiant avait été expulsé ou non, car la façade ne bougea pas : elle resta à sa place jusqu'à ce que la jeune femme disparaisse au coin de la rue.

À l'*Éden*, Zofia se dirigea vers la salle d'observation des étoiles. Séverin avait convoqué une réunion qui aurait lieu après que lui et Enrique soient de retour avec leur dernière acquisition. Elle savait que c'était un terme sophistiqué pour signifier « vol ».

Zofia n'empruntait jamais l'escalier principal du majestueux hall d'entrée. Elle ne voulait pas apercevoir les personnes élégamment vêtues en train de rire et danser. En outre, ce spectacle était trop bruyant. Elle monta à l'étage par un passage de service et c'est ainsi qu'elle tomba sur Séverin. Il lui adressa un grand sourire malgré son apparence débraillée. Zofia remarqua qu'il se tenait délicatement le poignet.

« Tu es couvert de sang. »

Séverin inspecta ses vêtements. « Bizarrement, cela ne m'avait pas échappé.

— Tu es en train de mourir ?

— Pas plus que d'habitude ou que prévu. »

Zofia fronça les sourcils.

« Je n'ai rien de grave. Ne t'inquiète pas. »

Elle attrapa la poignée de la porte. « Je suis contente que tu ne sois pas mort.

— Merci, Zofia, répondit-il avec un petit sourire. Je vous rejoins bientôt. J'aimerais vous montrer quelque chose à l'aide d'un insecte mnémo. »

Sur l'épaule de Séverin, un scarabée argenté forgé se faufila sous le revers de sa veste. Les insectes mnémos enregistraient les images et le son, permettant la projection d'hologrammes si le détenteur le souhaitait. Ce qui signifiait qu'elle devait se préparer à un éclat de lumière inhabituel. Séverin savait qu'elle n'aimait pas ça. Ça désorganisait ses pensées. Zofia hocha la tête, le laissa dans le couloir et entra dans la pièce.

La salle d'observation des étoiles l'apaisait. C'était un espace large et spacieux, surmonté par un dôme en verre qui laissait passer la lumière des étoiles. Les murs étaient occupés par des planétaires, des télescopes, des vitrines remplies de cristaux polis et une multitude d'étagères chargées de vieux livres et de manuscrits anciens. Au milieu de la salle, une table basse portait les traces et les bosses de myriades de projets qui avaient pris vie sur sa surface en bois. Des sièges étaient disposés en demi-cercle tout autour. Zofia se dirigea vers le sien. C'était un grand tabouret en métal couvert d'une taie d'oreiller en lambeaux. L'ingénieure préférait ne pas être soutenue, elle n'aimait pas qu'on touche son dos. Laila était étendue sur une méridienne en velours vert en face d'elle et passait distraitement un doigt sur le bord de sa tasse de thé. Enrique était installé dans un fauteuil en velours encombré de coussins. Un gros livre sur les genoux, il semblait absorbé par sa lecture. Les deux places restantes étaient celle de Tristan – un simple coussin posé sur le plancher parce qu'il n'aimait pas être en hauteur – et celle de Séverin – un fauteuil en merisier noir que Zofia avait forgé sur mesure : des lames sortaient du dossier en cas de contact inconnu.

Tristan fit irruption dans la pièce, les mains tendues.

« Regardez ! Je croyais que Goliath était mourant, mais il va bien. Il a juste mué ! »

Enrique poussa un cri. Laila recula sur son siège. Zofia se pencha en avant pour examiner l'énorme tarentule dans les mains du nouvel arrivant. Elle n'avait pas peur des mathématiciens, et les araignées – comme les abeilles – n'étaient rien d'autre que cela. Une toile d'araignée était composée d'une multitude de rayons disposés suivant une spirale logarithmique et les propriétés de diffusion de la lumière de leur soie étaient fascinantes.

« Tristan ! le gronda Laila. Qu'est-ce que je viens de te dire à propos des araignées ? »

L'intéressé leva le menton. « Tu m'as dit de ne pas l'amener dans ta chambre. Ce n'est pas ta chambre. »

Face au regard furieux de la jeune femme, il se recroquevilla un peu.

« S'il te plaît, il ne peut pas rester pour la réunion ? Goliath est différent. Il est spécial. »

Enrique ramena ses genoux contre sa poitrine et frissonna. « Qu'est-ce que *ce truc* a de si particulier ?

— Eh bien, répondit Zofia, en tant que membre de l'infra-ordre des *Mygalomorphae*, la tarentule possède des crocs qui pointent vers le *bas*, alors que les araignées auxquelles tu penses ont des crocs qui se rejoignent en forme de pince. C'est assez spécial. »

Enrique fut pris d'un haut-le-cœur.

Tristan adressa un sourire ravi à Zofia. « Tu t'en souviens. »

Elle ne voyait pas ce que cela avait de remarquable. Elle se souvenait de presque tout ce qu'on lui disait. D'ailleurs, Tristan lui avait lui aussi accordé toute son attention quand elle lui avait expliqué les propriétés arithmétiques de la spirale d'une toile d'araignée.

Enrique fit un geste pour chasser la tarentule. « S'il te plaît, emporte ce truc, Tristan. Je t'en supplie.

— Tu n'es pas content pour Goliath ? Il était malade depuis plusieurs jours.

— On ne peut pas être content pour Goliath protégé par une vitre, un filet et une clôture ? demanda Enrique. Peut-être même un anneau de feu pour être sûr ? »

Tristan se tourna vers Laila avec une mine dépitée. Zofia connaissait cet arrangement des traits : les yeux écarquillés, les sourcils froncés, une fossette au menton et un très léger frémissement de la lèvre. Ridicule, mais efficace. Zofia approuvait la manœuvre. En face d'elle, Laila se cacha les yeux derrière ses mains.

« Je ne tomberai pas dans le panneau, prévint-elle sévèrement. Va jouer le chiot battu ailleurs. Goliath ne peut pas rester ici pendant une réunion, un point c'est tout. »

Tristan se renfrogna. « Très bien. » Puis il murmura à Goliath : « Je vais te préparer un gâteau de grillons, mon cher ami. Ne t'en fais pas. »

Une fois Tristan parti, Enrique se tourna vers Zofia.

« J'ai plutôt eu de la sympathie pour Arachne après son duel avec Minerva, mais je déteste ses descendants. »

Zofia s'immobilisa. Les gens et les conversations étaient déjà assez énigmatiques pour elle sans qu'on y ajoute tous ces mots alambiqués. Enrique était particulièrement déroutant. Le vocabulaire de l'historien était empreint d'élégance. Et elle ne pouvait jamais dire quand il était en colère. Sa bouche formait en permanence un demi-sourire, quelle que soit son humeur. Si elle répondait maintenant, elle passerait pour une idiote. Elle décida donc de ne rien dire, mais sortit une boîte d'allumettes de sa poche et la fit tourner entre ses mains. Enrique leva les yeux au ciel et se replongea dans son livre. Elle savait ce qu'il pensait d'elle. Elle l'avait entendu un jour. *C'est une snob.*

Il pouvait penser ce qu'il voulait.

Tandis que les minutes s'écoulaient, Laila distribua le thé et les desserts, en s'assurant que Zofia reçoive exactement trois sablés, tous pâles et parfaitement ronds. Elle se rassit sur son tabouret et regarda autour d'elle.

Tristan finit par revenir et s'installa théâtralement sur son coussin. « Au cas où vous vous poseriez la question, Goliath est profondément vexé et il dit... »

Ils ne connaîtraient jamais les griefs précis de la tarentule, car, juste à ce moment-là, un rayon de lumière traversa la table basse. La pièce s'obscurcit, puis, lentement, l'image d'un morceau de métal apparut. Quand Zofia leva les yeux, Séverin était derrière Tristan. Elle ne l'avait pas entendu entrer.

Tristan suivit son regard et faillit sursauter en apercevant Séverin. « T'es obligé de surgir comme ça ? Je ne t'ai même pas entendu arriver !

— Ça fait partie de mon esthétique », se défendit Séverin, en agitant une cloche assourdissante forgée.

Enrique rit. Pas Laila. Son regard était fixé sur le bras ensanglanté de Séverin. Ses épaules s'affaissèrent légèrement, comme si elle était soulagée qu'il ne soit blessé qu'au bras. Zofia savait qu'il était vivant et en assez bon état, elle porta donc son attention sur l'objet. C'était un carré de métal, avec des symboles arrondis aux quatre coins. Un grand cercle était inscrit au milieu. À l'intérieur, celui-ci était rempli de petites rangées de lignes empilées formant des carrés.

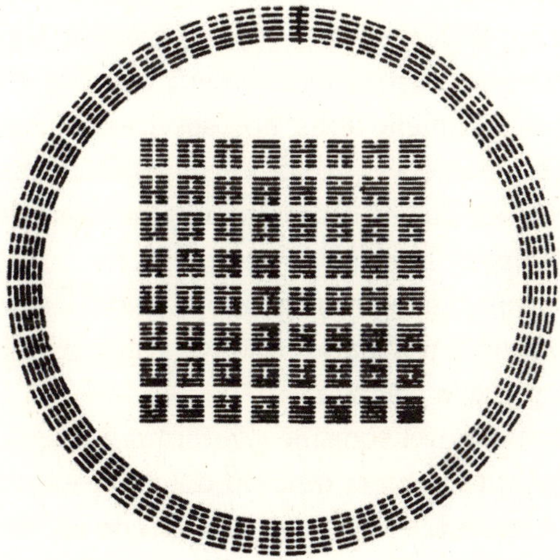

« C'est pour ce machin qu'on a préparé cette acquisition pendant des semaines ? demanda Tristan. Qu'est-ce que c'est ? Un jeu ? Je croyais qu'on cherchait une carte au trésor cachée dans une boussole ?

— Moi aussi, soupira Enrique.

— J'étais persuadé que ce serait une carte qui mènerait au trésor perdu de la maison déchue, renchérit Tristan.

— Moi, je pariais plutôt sur un livre ancien que l'Ordre a perdu il y a des années, ajouta Laila, l'air terriblement déçue. Zofia ? Tu pensais que ce serait quoi ?

— Pas ce truc, répondit-elle en montrant le diagramme.

— On se trompait tous, on dirait, conclut Tristan. C'est pas comme ça qu'on fera chanter l'Ordre.

— Comme on se trompait, au moins, aucun d'entre nous ne devra jouer les cobayes pour le prochain poison bizarre que Tristan concoctera, fit remarquer Laila.

— Bien vu ! s'exclama Enrique en levant son verre.

— Eh, c'est vexant, protesta Tristan.

— Ne considérez pas encore que c'est un échec, insista Séverin en arpentant la pièce. Ce diagramme pourrait encore se révéler utile. Si le patriarche de la maison Nyx le voulait, il doit y avoir une raison. Exactement comme il doit y avoir une raison pour laquelle tous nos services de renseignement étaient sur le qui-vive à cause de cette transaction. Enrique, tu peux nous éclairer sur ce qu'est ce diagramme ? Ou tu es trop occupé à prier pour le salut de mon âme ? »

Enrique se renfrogna et referma le livre posé sur ses genoux. Zofia jeta un coup d'œil au dos du gros volume. C'était la Bible. Instinctivement, elle s'écarta.

« J'ai renoncé à sauver ton âme », rétorqua Enrique. Il s'éclaircit la gorge et pointa l'hologramme du doigt. « Ce que nous avons devant nous ressemble peut-être à un jeu de société, mais c'est en fait un exemple de cléromancie chinoise. La cléromancie, une façon de prédire l'avenir : on produit des nombres au hasard, et ensuite ils sont interprétés comme la volonté de Dieu ou d'une autre force surnaturelle. Ce que vous voyez dans ce diagramme en argent sont les soixante-quatre hexagrammes trouvés dans le *I Ching*, qui est un ancien texte divinatoire chinois. On peut le traduire par “Le Livre des changements”. Ces hexagrammes – il désigna les petits carrés composés de six lignes empilées qui formaient un carré de huit sur huit – correspondent à des mots énigmatiques, comme “force” ou “diminution”. Ces dispositions sont censées traduire le destin.

— Et les espèces de spirales sur le bord ? » s'enquit Tristan.

Les quatre symboles ne ressemblaient ni aux caractères chinois ni aux traits nets qui formaient les hexagrammes.

« Ça… Je n'en suis pas tout à fait sûr, admit Enrique. Ça ne correspond à rien de reconnaissable dans les augures chinois. C'est peut-être une signature ajoutée par le propriétaire de la boussole après sa fabrication ? Quoi qu'il en soit, ça ne semble pas être une carte qui mène où que ce soit. Je reconnais que c'est décevant, mais ça ne veut pas dire que ce truc n'atteindra pas un bon prix sur le marché. »

Laila se redressa sur ses coudes, inclinant un peu plus la tête sur le côté. « Sauf si c'est une carte cryptée. »

Tout le monde se tut. Séverin haussa les épaules.

« Pourquoi pas ? demanda-t-il doucement. Des idées ? »

Zofia compta les lignes. Puis elle les recompta. Elle avait vaguement l'impression de discerner une suite logique, sans pouvoir mettre le doigt dessus.

« On a déjà été confrontés à ce genre d'énigmes, les encouragea Séverin avec enthousiasme. Vous vous souvenez du temple immergé d'Isis ?

— Comme si c'était hier, répondit Enrique. Tu nous avais dit qu'il n'y aurait pas de requins.

— Il n'y en avait pas.

— C'est vrai, excuse-moi, c'étaient juste des colosses mécaniques avec des ailerons dorsaux.

— J'accepte tes excuses, riposta Séverin, en inclinant la tête. Bon. Quand on s'est retrouvés face à ce code, on a dû changer d'approche. On a dû remettre en question notre hypothèse. Peut-être que ce que nous avons sous les yeux n'est pas une simple carte, mais plutôt un indice pour dévoiler ce à quoi elle peut mener ? »

Tristan fronça les sourcils. « Quelques lignes de divination ne constituent pas un trésor, cher frère.

— Des lignes, répéta distraitement Zofia en tirant sur son collier. Est-ce que ce sont des lignes ?

— *Voilà,* fit Séverin en la montrant du doigt. C'est exactement le type de raisonnement dont je parle. Remettre en question les hypothèses. Bien joué.

— Et si tu l'éclairais sous une lumière différente ? suggéra Tristan.

— Est-ce que ces symboles aux quatre coins forment un indice ? » demanda Enrique.

Zofia se taisait, mais elle avait l'impression que le motif s'était décollé du carré de métal. Elle loucha dessus. « Des chiffres, déclara-t-elle tout à coup. Si on change les lignes en chiffres… ça devient autre chose. On a fait la même chose l'année dernière avec l'énigme de l'alphabet grec codé. Je m'en souviens parce que c'était quand Séverin nous a emmenés en expédition sur l'île de Nisyros. »

Ils frissonnèrent tous les cinq dans un même mouvement.

Tristan ramena ses genoux contre sa poitrine. « Je déteste les volcans. »

Zofia se redressa sur son tabouret, surexcitée. Une suite avait finalement pris forme dans son esprit.

« Chacun des hexagrammes est composé uniquement de lignes brisées ou non. Si on remplace chaque ligne continue par un zéro et chaque ligne discontinue par un 1, ça devient une suite de zéros et de un. Une sorte de calcul binaire.

— Mais ça ne nous apprend rien sur le trésor, objecta Tristan.

— Je n'en serais pas si sûr. Les anciens étaient obsédés par les nombres, lui rappela Enrique d'un air pensif. C'est flagrant dans l'art. Du coup, je me demande ce que ce diagramme pourrait cacher d'autre. Ce n'est peut-être pas un étrange calcul. »

Il inclina la tête. « Hmm… »

Il désigna les symboles cachés aux quatre coins.

« Séverin, tu peux modifier l'image et séparer les quatre coins ? »

Séverin manipula l'hologramme mnémo de façon à ce que les quatre coins se détachent. Ensuite, il rétrécit le diagramme *I Ching*, agrandit les quatre coins et les plaça côte à côte.

« *Voilà*, fit Enrique. Je vois maintenant. Séverin, place-les en bloc et réarrange l'ordre. Tourne le premier symbole sur le côté, attache-le au deuxième, le troisième doit pendre vers le bas et le quatrième va sur la gauche. »

Séverin s'exécuta et, lorsqu'il recula, un nouveau symbole avait pris forme.

« L'œil d'Horus », souffla Enrique.

Zofia fut prise d'une vive jalousie.

« Comment… Comment as-tu vu ça ?

— De la même façon que tu as vu les nombres dans les lignes, expliqua Enrique avec suffisance. Tu es impressionnée. Admets-le. »

Zofia croisa les bras. « Non.

— Mon intelligence t'éblouit. »

L'ingénieure se tourna vers Laila. « Arrange-toi pour qu'il s'arrête. »

Enrique s'inclina et fit un geste vers l'image. « L'œil d'Horus est aussi connu sous le nom de *oudjat*. C'est un ancien symbole royal égyptien de pouvoir et de protection. Au fil des siècles, la plupart d'entre eux ont été perdus…

— Non, corrigea Séverin. Pas perdus. Détruits. Pendant la campagne de Napoléon de 1798 en Égypte, l'Ordre a envoyé sur place une délégation chargée spécifiquement de trouver et de confisquer tous les yeux d'Horus. La maison Kore a missionné la moitié de ses membres, c'est pour cette raison qu'ils possèdent la plus grande réserve de trésors forgés égyptiens d'Europe. Si des yeux d'Horus forgés ont survécu à cette campagne, ils sont entre leurs mains.

— Mais pourquoi ont-ils été détruits ? voulut savoir Laila.

— C'est un secret entre le gouvernement et l'Ordre, expliqua Séverin. Je suppose que certains yeux d'Horus forgés indiquaient les emplacements permettant d'activer les somnos sur l'artillerie de Napoléon. Si n'importe qui avait été en mesure de rendre ses armes inutilisables, que se serait-il passé ?

— Quelle est l'autre hypothèse ? demanda Laila.

— Napoléon était convaincu que ces yeux le regardaient bizarrement et il les a fait détruire », plaisanta Tristan.

Enrique se mit à rire.

« Mais alors, pourquoi dessiner un œil d'Horus sur un diagramme *I Ching* ? insista Zofia. Si c'est un calcul de zéros et de un, qu'est-ce que l'œil pourrait voir ? »

Enrique se figea. « *Voir.* » Ses yeux s'écarquillèrent. « Zéro et un… et *voir*. Zofia. Tu es un génie. »

Elle haussa une épaule. « Je sais. »

Enrique attrapa la Bible qu'il avait laissée sur la table basse et se mit à tourner les pages.

« Je la lisais tout à l'heure pour une traduction sur laquelle je travaille, mais la connexion mathématique de Zofia est parfaite. » Il cessa de feuilleter le gros ouvrage. « Ah. Voilà. Genèse XI, 4-9, aussi connu comme le passage de la tour de Babel. Nous le connaissons tous. C'est un conte étiologique qui n'est pas seulement destiné à expliquer pourquoi les gens parlent des langues différentes, il explique aussi la présence du forgeage dans notre monde. L'histoire de base, c'est que les gens ont tenté de construire une tour qui atteindrait le ciel. Comme Dieu ne voulait pas, il a créé de nouvelles langues pour qu'ils ne se comprennent plus, et la construction n'a pu être achevée. Mais il n'a pas simplement détruit le bâtiment, précisa-t-il avant de lire à haute voix : “… *et ils cessèrent de bâtir la ville. C'est pourquoi on l'appela du nom de Babel, car c'est là que l'Éternel confondit le langage de toute la terre, mais le Seigneur se réjouit de l'ingéniosité de sa création et déposa sur la terre les briques de la tour. Chaque brique portait son empreinte et laissa ainsi une trace du pouvoir de Dieu de créer quelque chose à partir de rien."* »

Quelque chose à partir de rien…

Zofia avait déjà entendu cette phrase…

« *Ex nihilo,* compléta Séverin avec un large sourire. *À partir de rien* en latin. Quelle est la représentation mathématique de rien ?

— Zéro, répondit Zofia.

— Donc, le passage de zéro à un est la puissance de Dieu, car quelque chose est créé à partir de rien. Les fragments de Babel sont considérés comme des bribes du pouvoir divin. Ils donnent vie aux choses, sans pour autant, bien sûr, permettre de ramener les morts à la vie ou de *vraiment* créer la vie », précisa Enrique.

En face d'elle, Zofia remarqua que le sourire de Laila s'effaçait.

Enrique se pencha en avant, les yeux étonnamment brillants.

« Si c'est de *ça* qu'il s'agit vraiment dans ce diagramme, alors qu'est-ce que ça implique pour l'œil d'Horus ? »

Laila laissa échapper un long soupir.

« Tu as dit que regarder à travers l'œil d'Horus révélait quelque chose… Dans ce cas, ce qu'il pouvait exposer devait être suffisamment dangereux pour que l'existence de l'instrument doive être cachée. Qu'est-ce qui serait assez dangereux pour menacer tout un empire ? Quelque chose qui a un rapport avec le pouvoir divin ? Car il n'y a qu'une seule chose qui me vient à l'esprit. »

Séverin s'enfonça dans son fauteuil. Zofia avait la tête qui bourdonnait. Elle avait l'impression d'être au bord d'un précipice. Comme si les mots qui suivraient allaient changer sa vie.

« En d'autres termes, résuma Séverin d'une voix lente, tu penses que ça pourrait expliquer que regarder à travers un œil d'Horus révèle un fragment de Babel. »

5

Séverin

Séverin fixait l'obscurité luminescente de l'œil d'Horus. En cette seconde, l'air sentait le métal, comme pour annoncer un orage. Il le voyait presque. Des masses grises ondulant dans le ciel comme s'il était agité par la fièvre. Des crocs de lumière zébrant les nuages, pour les provoquer, en quelque sorte. Cette découverte lui donnait l'impression d'assister à une tempête. Il était incapable d'arrêter ce qui allait arriver.

Et il ne le souhaitait pas.

Quand il avait entendu parler de la boussole pour la première fois, il s'était imaginé qu'elle les mènerait au trésor perdu de la maison déchue, la seule cache que l'Ordre ferait tout pour posséder. Mais cet objet… il avait l'impression d'avoir cherché une allumette et de se retrouver avec une torche en main. L'Ordre avait maintenu secrète sa chasse des yeux d'Horus et, à présent, il savait pour quelle raison. Si quelqu'un trouvait le fragment de l'Occident, il pourrait perturber tous les forgeages, non seulement en France, mais dans l'Europe entière, car sans un fragment pour alimenter l'art du forgeage, les civilisations étaient condamnées à agoniser. Et si l'Ordre pouvait connaître le secret des yeux, le reste du monde l'ignorait. Y compris de nombreuses guildes coloniales qui avaient été forcées par l'Ordre à se cacher. Des guildes qui connaissaient aussi bien que l'Ordre les mécanismes internes des fragments de Babel. Séverin n'avait aucun mal à imaginer ce qu'ils seraient prêts à faire pour mettre la main sur cette information et ce que l'Ordre ferait pour les en empêcher.

« Nous ne sommes pas… » Enrique s'interrompit, incapable de finir sa phrase. « Si ?

— Tu n'es pas sérieux ? » intervint Laila. Elle se pinçait le bout des doigts, c'était un des tics qui revenaient chez elle sous l'effet de la nervosité. Quand elle était préoccupée, elle ne pouvait pas toucher un objet sans le lire accidentellement ou sans que le monde entier ne lui devienne dangereusement visible. Quand elle était distraite par des pensées heureuses, en revanche, le reste du monde s'effaçait. C'était une information que Séverin n'arrivait pas à oublier. « Ça pourrait nous *tuer* », conclut-elle.

Séverin évita le regard de Laila, mais il sentait ses yeux sombres le défier. Il ne regardait que Tristan : son frère sur tous les plans, sauf le sang. Dans l'obscurité, il paraissait plus jeune que ses 16 ans. Un souvenir rejaillit dans la mémoire de Séverin. Ils étaient tous deux accroupis derrière un rosier, alors que les épines déchiraient la peau tendre de leurs cous, ils étaient cramponnés à la main de l'autre tandis que le père qu'ils surnommaient Colère hurlait leurs prénoms. Séverin ouvrit et ferma le poing. Une longue cicatrice argentée courait le long de sa paume droite et accrochait la lumière. Tristan en avait une identique.

« Tu l'es ? demanda doucement Tristan. Sérieux ? »

Ils cherchaient depuis toujours un artefact qui servirait de monnaie d'échange avec l'Ordre, qui l'obligerait à restituer à Séverin son héritage perdu. Il n'en avait pas trouvé, mais Séverin détenait des informations qui pouvaient soit être un rêve, soit une condamnation à mort… selon la façon dont il jouait ses cartes. Il saisit sa boîte de clous de girofle.

« Je n'en sais pas assez pour parler sérieusement, répondit-il prudemment. Mais j'aimerais en savoir suffisamment pour avoir plusieurs options. »

Tristan jura dans sa barbe. Les autres avaient l'air sous le choc, même Zofia fixait ses genoux d'un air absent.

« Cette information est dangereuse, souligna Tristan. Il vaudrait mieux que tu jettes simplement la boussole devant la porte de la maison Nyx.

— C'est dangereux, oui, mais les choses les plus gratifiantes le sont toujours, affirma Séverin. Je ne propose pas que nous allions trouver l'Ordre demain et que nous leur annoncions que nous avons mis la main sur un de leurs secrets. Je n'ai pas l'intention de précipiter les choses. »

Enrique ricana. « Une mort lente et douloureuse vaut mieux qu'une mort rapide, c'est sûr. »

Séverin se leva de son fauteuil. Pour une telle décision, il ne voulait pas se trouver à hauteur des regards. Il voulait les forcer à lever les yeux. Ce qu'ils firent spontanément.

« Pensez à ce que ça pourrait signifier pour nous. Cette découverte pourrait nous apporter tout ce que nous désirons. »

Enrique se passa la main sur le visage. « Tu vois comment les papillons de nuit sont attirés par un feu et pensent *oooh ! Ça brille !* puis meurent dévorés par les flammes et le remords ?

— Vaguement.

— D'accord. Je vérifiais juste pour être sûr.

— Et Hypnos ? demanda Laila.

— Qu'est-ce qu'il a ?

— Tu ne penses pas qu'il va remarquer que la boussole a disparu ? Il a la réputation d'être particulièrement… zélé quand ses biens sont en jeu. Et s'il *savait* ce que contenait réellement la boussole ?

— J'en doute, commenta Séverin.

— Tu ne crois pas qu'il pourrait le découvrir ? insista Laila.

— Non. Il ne t'a pas. » Lorsque les yeux de Laila s'écarquillèrent, il se reprit et fit un large geste pour englober tout le groupe : « Il ne *vous* a pas.

— Ooooh, fit Enrique. Quel sentiment admirable. Je l'emporterai dans ma tombe. Littéralement.

— Et puis Zofia et Enrique ont fabriqué une copie parfaite. Impossible qu'Hypnos puisse remonter jusqu'à nous. »

Enrique soupira. « Mon Dieu, je suis brillant. »

Zofia croisa les bras. « Moi aussi.

— Évidemment, l'apaisa Laila. Vous l'êtes tous les deux.

— Oui, mais moi plus... », fanfaronna Enrique.

Séverin les interrompit en frappant sèchement des mains à deux reprises. « Maintenant que nous détenons cet objet, examinons-le minutieusement. Nous ne faisons aucun plan au-delà de cela. Nous n'élaborons aucune hypothèse sur la suite des événements. Nous ne faisons *rien* tant que nous ne savons pas clairement à quoi nous avons affaire. Compris ? »

Ils acquiescèrent tous. La réunion était terminée. Ils se levèrent lentement. Enrique fut le premier à se diriger vers la porte.

Il s'arrêta devant Séverin. « Rappelle-toi... »

Puis il joignit ses pouces et battit des mains pour effectuer une étrange ondulation.

« Tu es un oiseau ?

— Un *papillon de nuit* ! Attiré par la flamme !

— Il est désespérant, ton papillon de nuit.

— C'est une métaphore.

— Ta métaphore aussi est désespérante. »

Enrique leva les yeux au ciel. Derrière lui, Zofia prit en douce des sablés qu'elle posa sur son assiette avant de passer devant lui.

« Les masques de Sphinx avancent bien ? »

Zofia ne ralentit pas et ne tourna pas la tête pour répondre :

« Pourquoi ?

— On pourrait bientôt en avoir besoin », répondit Séverin en s'adressant à son dos.

« Mmf. »

Lorsqu'il se tourna à nouveau vers la pièce, Séverin se figea. Même si la salle était presque plongée dans le noir, le peu de lumière semblait maintenant illuminer Laila. Il avait l'impression que le monde ne pouvait s'empêcher de vouloir être près d'elle... chaque rai de clarté, chaque paire d'yeux, chaque atome d'air. C'est peut-être pour cette raison que, parfois, il avait du mal à respirer quand il était près d'elle.

Ou peut-être était-ce sa mémoire qui l'étouffait dans ces instants-là. Les souvenirs d'une nuit qu'ils avaient tous deux juré d'oublier. Laila l'avait fait sans problème. Seul le destin, bien sûr, avait décidé d'empêcher Séverin d'en faire autant.

Laila fonça vers lui d'un air furieux. D'habitude, elle était rayonnante et infatigable. Elle détestait apercevoir une assiette vide et croyait toujours que tout le monde avait faim. Elle connaissait les secrets de chacun sans même avoir à lire leurs objets personnels. Au *Palais des Rêves,* elle avait transformé ce rayonnement en une allure qui lui avait valu le statut de tête d'affiche et le surnom unique de « L'Énigme ». Mais ce soir-là, Séverin n'eut même pas droit à un sourire. Les yeux sombres de la pâtissière ressemblaient à des éclats d'une pierre terne.

Oh oh.

« Pas de thé ni de compassion pour moi ? » demanda-t-il. Il leva sa main. « Je suis blessé, tu sais.

— Comme c'est attentionné de ta part de retarder l'heure de ta mort pour que je puisse en être le témoin direct », répliqua-t-elle froidement. Mais plus elle regardait son poignet, plus ses épaules se détendaient. « Ça aurait pu être grave.

— C'est le prix à payer pour réaliser ses désirs, déclara-t-il avec légèreté. Le problème, c'est que j'en ai trop. »

Laila secoua la tête. « Tu ne veux qu'une chose.

— Ah oui ? »

Il désirait juste la taquiner. Mais la posture de Laila changea presque immédiatement. Elle se fit plus langoureuse.

« Très bien », dit-elle. Elle se rapprocha et glissa la main sur le devant de sa veste. « Je vais te dire ce que tu veux. »

Séverin ne bougea pas. De si près, il pouvait compter ses cils et savourer la lumière des étoiles qui dorait sa joue. Il se souvenait du délicat battement de ses paupières contre sa joue quand elle l'avait attiré vers elle, il y a longtemps. La chaleur de sa peau s'infiltra sous le lin de la chemise de Séverin. À quoi jouait-elle ? Les doigts de Laila glissèrent dans la poche intérieure de la veste du jeune homme. Elle en sortit la boîte en argent, fit sauter le loquet et en retira un clou de girofle. Les yeux toujours fixés sur lui, elle passa son pouce sur la lèvre de Séverin. Le mouvement lui fit l'effet que laisse le soleil sur la rétine quand on le fixe. Deux images se superposèrent paresseusement : Laila qui frôlait sa bouche il y a longtemps et Laila qui la touchait en cet instant. Cette surimpression le secoua tellement qu'il ne se souvenait pas d'avoir entrouvert les lèvres. Mais il avait dû le faire parce que quelques secondes plus tard, un clou de girofle était posé sur sa langue. Laila s'écarta. Du froid s'engouffra dans l'espace qui les séparait. L'un dans l'autre, le contact n'avait pas duré plus de quelques secondes. Elle avait gardé son calme. Elle était restée détachée et sensuelle, comme l'artiste qu'elle était. L'artiste qu'elle avait toujours été. Il l'imaginait sans difficulté exécuter un numéro identique au *Palais des Rêves* : fouiller dans la veste d'un client pour s'emparer de son étui à cigarettes, en poser une entre les lèvres de l'homme et l'allumer avant de la prendre pour elle.

« C'est *ça* que tu veux, déclara-t-elle sombrement. Tu veux une excuse pour aller chasser. Mais tu as confondu le prédateur et la proie. »

Sur ce, ses jupes tourbillonnèrent autour de ses talons et elle s'en alla. Séverin mordit le clou de girofle et la regarda s'éloigner. Elle avait raison. Il chassait. Et elle aussi. Aucun des deux ne pouvait se permettre de perdre de vue sa proie, par conséquent, la nuit qu'ils avaient passée dans les bras l'un de l'autre était considérée comme une erreur et son souvenir définitivement enfoui dans l'obscurité. Il attendit un moment avant de se tourner vers Tristan.

Il savait quelle discussion ils allaient avoir. Il s'y était préparé et, pourtant, c'était douloureux de voir la lueur dans les yeux de son ami.

« Dis-moi », commença-t-il d'un ton las.

Tristan détourna le regard. « J'aimerais que cela soit suffisant pour toi. »

Séverin ferma les paupières. Ce n'était pas suffisant. Tristan ne pourrait jamais comprendre. Il n'avait jamais ressenti l'excitation de voir un avenir prometteur se dessiner… pour être aussitôt arraché et piétiné sous ses yeux. Il ne comprenait pas que, parfois, la seule façon de venir à bout de ce qui vous a détruit est de prétendre en faire partie.

« Être suffisant ou pas n'est pas le problème, expliqua Séverin. Il s'agit de rétablir l'équilibre. C'est une question d'équité. »

Tristan ne le regarda pas. « Tu as promis que tu nous protégerais. »

Séverin n'avait pas oublié. Le jour où il avait dit ça, il avait réalisé que certains souvenirs ont un goût. Et cette fois-là, comme sa bouche était pleine de sang, sa promesse avait un goût de sel et de fer.

« Imaginons que cette aventure ne nous tue pas. Qu'est-ce qui se passera si tu obtiens ce que tu veux ? Si tu récupères ta maison, tu deviendras un patriarche… » Sa voix monta d'un ton. « Parfois j'aimerais bien que tu n'aies même pas envie *d'être* un patriarche. Et si tu devenais comme…

— Ne dis pas ça. »

Sans le vouloir, il avait employé un ton glacial et Tristan tressaillit.

« Je ne serai *jamais* comme nos pères. »

Tristan et Séverin en avaient eu sept. Des pères adoptifs et des tuteurs à la chaîne, qui étaient tous des membres sans importance de l'Ordre de Babel. Ils avaient contribué à faire de Séverin ce qu'il était aujourd'hui, pour le meilleur et pour le pire.

« Faire partie de l'Ordre ne fera jamais de moi l'un d'entre eux, affirma Séverin d'une voix glaciale. Je ne veux pas être leur égal. Je ne veux pas qu'ils nous regardent droit dans les yeux. Je veux qu'ils détournent le regard, qu'ils clignent furieusement des paupières, comme s'ils étaient face au soleil. Je ne veux pas qu'ils soient debout devant nous. Je veux qu'ils s'agenouillent. »

Tristan ne dit rien.

« Je te protège, poursuivit Séverin avec douceur. Tu te souviens de cette promesse ? J'ai dit que je te protégerais. J'ai dit que je nous bâtirais un paradis.

— L'*Éden* », compléta Tristan d'un air misérable.

Séverin avait baptisé son hôtel non seulement en l'honneur du Jardin du Paradis, mais aussi pour respecter la promesse qu'il avait prononcée il y a longtemps, alors que tous deux n'étaient que des yeux méfiants et des genoux écorchés, alors que les maisons, les pères et les leçons changeaient autour d'eux aussi implacablement que les saisons.

« Je te protège, répéta Séverin, plus calmement cette fois. Toujours. »

Finalement, les épaules de Tristan se détendirent. Il s'appuya contre Séverin. Le haut de sa tête blonde chatouilla les narines de son ami jusqu'à ce qu'il éternue.

« Bien », grommela Tristan.

Le propriétaire de l'*Éden* chercha un autre sujet, n'importe lequel, qui empêcherait celui qu'il considérait comme son frère de penser à ce qu'ils allaient entreprendre tous les cinq.

« J'ai entendu dire que Goliath avait mué ?

— Ne fais pas semblant de t'intéresser à lui. Je sais que tu as essayé d'envoyer un chat à ses trousses le mois dernier.

— Pour être honnête, Goliath est cauchemardesque. »

Cela ne fit pas rire Tristan.

Au cours des dix jours qui suivirent, Laila espionna les membres de l'Ordre qui fréquentaient le *Palais des Rêves*, l'oreille attentive aux éventuelles rumeurs de vol après la vente aux enchères. Mais tout était calme. Même les fameux gardes Sphinx capables de suivre à la trace n'importe quel artefact marqué par une maison n'avaient pas été aperçus en dehors des villes où résidaient la maison Kore et la maison Nyx.

Tout allait bien…

C'était un espoir auquel Séverin s'accrochait encore, lorsque son majordome arriva avec le courrier.

« C'est pour vous. »

Séverin jeta un coup d'œil à l'enveloppe. Un H sophistiqué était inscrit sur le recto.

Hypnos.

Il congédia le serviteur, puis examina la missive. De petites taches brunes maculaient le papier, on aurait dit du sang séché.

Séverin toucha le sceau. Instantanément, quelque chose de tranchant s'enfonça dans la pulpe de son doigt : une épine forgée dissimulée dans la cire fondue. Il retira sa main en étouffant un cri, mais une goutte de sang coula sur l'enveloppe. Elle pénétra dans le papier, le H tarabiscoté trembla et se défit devant ses yeux jusqu'à s'ouvrir et dévoiler un court message.

Je sais que tu m'as volé.

DEUXIÈME PARTIE

Extrait des *Rapports de Nouvelle-Calédonie*

Amiral Théophile du Casse, faction française de l'Ordre de Babel
1863, Deuxième République de France sous Napoléon III

La population indigène, les Canaques, commence à être plutôt agitée. Par l'intermédiaire de nos traducteurs, nous avons déduit que le forgeage est considéré comme l'apanage des prêtres indigènes. Aucun de leurs artisans ne semble posséder une affinité pour l'esprit. Ils ont surtout une affinité pour la matière : soit l'eau salée, soit le bois. Chacune de leurs maisons est ornée d'une flèche faîtière sculptée dans laquelle est censée résider leurs ancêtres, qu'ils vénèrent. Mais nous avons découvert une autre utilisation de ces épis de faîtage.

Comme vous le savez, monsieur, nous avons repéré la présence de nickel sur les rives du fleuve Diahot. Bien que nos colons aient déployé maints efforts pour extraire le minerai, le meilleur moyen de le détecter est de faire appel à un de leurs supposés monuments faîtiers sacrés. Je dois vous informer d'un malheureux incident qui s'est produit la semaine dernière : pendant les heures de l'aube, un de mes hommes avait travaillé dur pour arracher l'épi de faîtage au sommet d'une hutte canaque. Alors qu'il était enfin parvenu à le retirer, la famille a refusé de nous expliquer comment faire pour que la flèche forgée réagisse au nickel. Une escarmouche a éclaté. Le Canaque s'est suicidé, déclarant que « certains savoirs ne sont pas censés être connus ».

Nous n'avons pas trouvé le moyen de faire fonctionner les épis de faîtage forgés.

Mais je vais persévérer.

6

Enrique

Enrique avait été convoqué au bar du grand hall d'entrée de l'hôtel.

Dans d'autres circonstances, il aurait été ravi de ce rendez-vous, mais le message de Séverin lui avait paru inhabituellement brusque. Enrique vérifia la grande horloge du hall : 5 heures pile. Son rendez-vous n'était pas prévu avant cinq heures et demie, ce qui lui laissait *juste* le temps de prendre un cocktail.

Le hall d'entrée était encerclé d'un majestueux ouroboros, un symbole de l'infini représenté sous la forme d'un serpent qui se mord la queue. L'imposant reptile en laiton forgé s'enroulait en un cercle sans fin, la lumière des bougies ondulant sur son corps métallique. Des rafraîchissements et des bouquets étaient nichés dans les écailles dorées de son dos et, chaque jour, à midi et à minuit, l'animal finissait par arracher sa queue et des confettis brillants se mettaient à pleuvoir du plafond. Autour de lui, des héritières vêtues de capes à plumes et des artistes aux doigts tachés d'encre se dirigeaient vers les jardins ou la salle à manger. Des politiciens complotaient à l'écart, la tête penchée, les yeux obscurcis par les volutes de fumée de leurs pipes. Comme d'habitude, Enrique fit la sourde oreille. Il y avait trop de langues, il préférait laisser les sons glisser sur lui sans y prêter attention. Ici et là, il percevait des dialectes aiguisés par le soleil du désert, des voyelles languissantes usées par le ressac des régions côtières. Rien ne ressemblait à une musique familière, jusqu'à ce qu'une phrase attire son attention : *magandang gabi po. Bonsoir*. C'était du tagalog, sa langue maternelle. Enrique pivota vers celui qui venait de prononcer ces mots et le reconnut instantanément : Marcelo Ponce. De l'autre côté de la pièce, Ponce lui adressa un signe de la main en guise de bienvenue.

Avec le Dr Rizal, Ponce faisait partie des Ilustrados, un groupe qu'Enrique avait rejoint parce que, comme lui, tous les membres étaient des Philippins ayant étudié en Europe qui rêvaient de réformes pour leur pays sous contrôle espagnol. Mais pour le groupe, il n'était qu'un membre comme les autres… pas un visionnaire. Certainement pas une personne qui traçait la voie d'un avenir différent, même s'il avait très envie de faire partie du noyau dur du clan.

« *Kuya* Marcelo », répondit Enrique avec respect. Il ressentait toujours une certaine fierté à l'idée d'appeler le grand Marcelo « frère », mais c'était plus une tradition qu'un signe d'intimité.

« *Kuya* Enrique », répondit chaleureusement son compatriote. Son regard se posa sur le stylo dans la main d'Enrique. « Tu travailles sur un nouvel article à soumettre à *La Solidaridad* ? Ou tu traduis une nouvelle langue ?

— Hum, un peu des deux, déclara-t-il en rougissant. En fait, si vous avez le temps, je pourrais peut-être partager mes nouveaux écrits avec vous ? Je…

— C'est vraiment une excellente nouvelle. Continuez à faire du bon travail », l'encouragea Marcelo distraitement. Il regarda par-dessus l'épaule d'Enrique. « En fait, je dois rencontrer quelqu'un qui pourrait nous aider à présenter une pétition à la reine d'Espagne.

— Oh ! s'exclama Enrique. Je... je pourrais vous aider ? »

Marcelo sourit. « Ah, mais bien sûr ! Enrique Mercado-Lopez : journaliste, historien et espion débonnaire. » Avant qu'Enrique ne puisse répliquer, l'homme lui tapota la joue. « Ceci dit, ça doit être assez facile pour vous de jouer les espions : vous n'avez pas du tout l'air d'être l'un des nôtres. Nous vous verrons à la prochaine réunion. *Ingat ka, kuya.* »

Marcelo lui serra l'épaule en passant devant lui. Enrique se força à continuer de marcher, même si son visage était en feu et qu'il avait l'impression que ses bras et jambes étaient en plomb.

Ça doit être assez facile pour vous de jouer les espions : vous n'avez pas du tout l'air d'être l'un des nôtres.

Marcelo avait prononcé ces mots sans méchanceté. D'une certaine façon, c'était encore plus dur à encaisser. À la naissance, Enrique ressemblait à son père, un Espagnol pur-sang. Aux Philippines, beaucoup considéraient cela comme un atout. On l'appelait *mestizo*. Ses oncles et tantes plaisantaient même en disant que sa mère à la peau foncée n'était pas dans la pièce lorsqu'il avait été conçu. C'est peut-être pour cette raison que les Ilustrados ne le laissaient pas intégrer leur cercle rapproché.

Ce n'était pas son intelligence qui faisait de lui un indésirable.

C'était son visage.

Enrique s'affaissa contre le bar. On ne devrait jamais boire de champagne quand on est malheureux. Il se contenta donc d'incliner la flûte d'avant en arrière en regardant les bulles s'échapper sur les côtés. Le bar secret de l'*Éden* était petit, conçu plutôt comme une crypte que comme un lieu de rassemblement, et dont l'accès était dissimulé derrière une bibliothèque.

À l'intérieur, des plantes grimpantes fleuries rampaient le long des murs. Leurs bourgeons ne produisaient pas de fleurs, mais de délicates tasses à thé ou des coupes à champagne en quartz taillé, selon l'heure de la journée. Les inventions de Tristan et Zofia dominaient la pièce. Lorsque les inspecteurs de la sécurité du bâtiment avaient jugé qu'un lustre en verre présentait des risques d'incendie, Tristan en avait forgé un à partir de fleurs de lune et d'anémones. Quand les autorités avaient déclaré que les lanternes à leur tour pouvaient être source d'incendie, Zofia avait ramassé des pierres phosphorescentes sur la côte bretonne et les avait forgées en un filet tendu au plafond qui ressemblait à des étoiles rayonnantes.

En contemplant ces créations, Enrique ressentit son habituelle pointe de jalousie. Il avait toujours rêvé de forger. Quand il était petit, il pensait que c'était de la magie. Maintenant, il savait que celle-ci n'existait pas : pas plus que les fées dans les forêts et les sirènes au fond des mers. Mais il y avait cet art, cette connexion au monde antique, au mythe de la création… et Enrique désirait ardemment le pratiquer. Il avait espéré que le forgeage ferait de lui un héros comme ceux que sa grand-mère évoquait quand il était plus jeune. Après tout, si le forgeage pouvait remodeler les objets, pourquoi cet art ne pouvait-il pas remodeler le monde ? Pourquoi Enrique ne pourrait-il pas devenir l'artiste, l'architecte même, du changement ? Mais son treizième anniversaire était passé et ni l'affinité de l'esprit, ni celle de la matière ne s'étaient manifestées. Quand il avait réalisé qu'il ne possédait pas le don, il avait choisi d'étudier les sujets qui se rapprochaient le plus du forgeage : l'histoire et les langues. Il pouvait encore changer le monde… peut-être pas avec des manifestations aussi impressionnantes ou grandioses que le forgeage, mais de manière plus intime. En écrivant. En racontant. Grâce au lien humain.

Quand il était venu à Paris, le cri de ralliement de la Révolution française s'était insinué dans ses rêves : *Liberté, Égalité, Fraternité.* Ces mots avaient résonné en lui comme ils résonnaient pour d'autres étudiants dans son genre. Des étudiants qui avaient commencé à remettre en question l'étau dans lequel l'Espagne maintenait les Philippines depuis près de trois cents ans. À Paris, Enrique avait trouvé des gens qui partageaient ses opinions, mais c'est Séverin qui avait changé sa vie, qui avait offert une chance à ses talents d'historien quand personne d'autre ne l'avait fait. Séverin avait prêté attention à ses rêves de changer le monde et lui avait montré ce qu'il fallait améliorer. Enrique avait un grand frère prêt à reprendre les affaires très lucratives de la famille et un autre aîné promis à l'église : ses parents l'avaient donc autorisé à faire ce qu'il souhaitait. Il savait ce qu'il voulait… il devait juste persuader les Ilustrados de l'accueillir dans leur cercle de confiance.

Peut-être que menacer l'Ordre avec le secret de l'œil d'Horus était la bonne réponse. Enrique se laissa aller à rêver de ce qui pourrait se passer ensuite… peut-être que Séverin et lui pourraient prévenir l'Ordre que la civilisation était en danger… Peut-être qu'ils pourraient les affronter sur une scène. L'éclairage était un élément essentiel pour une épreuve de force théâtrale. Et il fallait du champagne. Évidemment. Puis Séverin deviendrait patriarche… Enrique pourrait prononcer un discours sur la résurrection de la lignée, ça sonnerait bien, peut-être avec une pluie de confettis… La maison Vanth serait restaurée et aurait *naturellement* besoin d'un historien. *Lui*. Alors, les Ilustrados s'intéresseraient à lui parce qu'ils auraient enfin une personne de l'intérieur, un initié qui pourrait leur rendre compte des travaux de l'Ordre de Babel. C'était le seul angle mort de leurs services de renseignement. Ensuite, avec Séverin et toute leur équipe, ils pourraient changer le monde ! Peut-être qu'ils pourraient avoir des épées… Enrique n'avait aucune idée de ce qu'il en ferait, mais rien qu'en tenir une lui semblait héroïque. Et si quelqu'un réalisait une statue à son effigie…

« Allons-y. »

Enrique sursauta et sa flûte à champagne lui échappa des mains.

« Mon verre ! s'écria-t-il en le voyant s'écraser sur le sol.

— Tu ne buvais même pas. Tu rêvassais.

— Mais j'aimais bien le tenir…

— Viens. »

Séverin ne l'attendit pas pour s'élancer au pas de course dans le petit escalier. Enrique grommela une injure en tagalog pour laquelle sa grand-mère l'aurait giflé avec sa pantoufle. Séverin était moins brusque d'habitude. Il sembla particulièrement tendu alors qu'ils passaient devant le grand hall et l'entrée du jardin des Sept Péchés.

Non loin des écuries, un carrosse s'engagea discrètement sur l'allée. Contrairement à la flotte habituelle des véhicules de l'*Éden*, celui-ci ne portait ni nom ni signe distinctif. Enrique y grimpa à la suite de Séverin. Le cocher ferma la porte et des rideaux sombres tombèrent pour occulter les fenêtres.

Enrique tripota nerveusement ses manches. « … alors, *maintenant*, j'ai le droit de savoir ce qui se passe ? »

Séverin sortit une enveloppe de sa poche. Le sceau rouge sang avait été fendu en deux, mais la lettre estampillée à la cire était facile à déchiffrer. *H.*

Enrique se figea. Quelques secondes s'écoulèrent. « Hypnos ? »

Il comprit au moment où il prononçait ce nom que c'était bien de lui qu'il s'agissait. L'atmosphère semblait confirmer ses soupçons. Le vent s'engouffra à travers une déchirure dans le rideau, lui glaçant la peau.

La mâchoire de son ami se crispa. « Il sait que nous l'avons volé. Il a demandé à me rencontrer.

— *Quoi ?* »

Enrique avait cru que le plan était infaillible. Pas d'empreintes. Pas d'enregistrement. Rien qui puisse trahir leur présence dans la salle de livraison de la vente aux enchères.

En tant que patriarche de l'Ordre, Hypnos aurait pu les faire arrêter. Ou pire encore. Le fait qu'il propose une rencontre laissait présager autre chose… un jeu d'échange de services et de chantage. Enrique ne savait pas que penser du fait que Séverin n'ait choisi que lui pour l'accompagner. Cela signifiait-il qu'il était le plus précieux de tous ou… que personne ne regretterait sa disparition ?

Enrique ne connaissait pas grand-chose au sujet du patriarche de la maison Nyx, mais Tristan avait un jour laissé échapper une information : Hypnos et Séverin avaient été camarades de jeu, à l'époque où les deux garçons étaient élevés pour devenir héritiers de leurs maisons. Un rapide coup d'œil à Séverin confirma qu'ils n'avaient pas été en contact depuis cette époque lointaine. Son expression était de marbre, ses yeux tirés. Il passait son pouce le long de la cicatrice argentée dans sa paume.

« Et s'il… » Enrique ne put se résoudre à prononcer les mots *nous tue.*

Séverin sembla tout de même deviner ce qu'il voulait dire : « Hypnos a toujours été intelligent, répondit-il lentement. Mais s'il tente quoi que ce soit, j'ai des infos sur lui qui pourraient ternir sa réputation auprès de l'Ordre, si l'idée de lever la main sur nous lui passait par la tête.

— D'accord, mais c'est difficile de savourer la vengeance quand on est mort. »

Séverin baissa le rebord de son chapeau. « Je n'ai pas l'intention de mourir. »

Quand la voiture s'arrêta, Séverin se pencha pour déverrouiller la porte. Le mouvement permit à Enrique d'apercevoir la lettre qu'il tenait dans sa main bandée. Le Philippin fronça les sourcils.

La page était vierge.

Hypnos avait baptisé sa résidence Erebus, en référence à un lieu de la mythologie grecque où les cauchemars fleurissent à côté des coquelicots rouges. Ridicule. Enrique trouvait son surnom, Hypnos, tout aussi prétentieux. Personne n'aurait donné à un bébé le nom du dieu du sommeil. C'était souhaitable pour le bien de ce pauvre enfant, en tout cas.

Alors que la plupart des maisons du monde occidental utilisaient et collectionnaient les objets forgés grâce à l'une des deux affinités, la maison Nyx amassait des trésors d'une nature bien particulière : uniquement ceux qui faisaient appel à une affinité de l'esprit. La maison Nyx avait des objets qui amalgamaient les souvenirs, imbibaient les rêves, rassemblaient la volonté de quelqu'un en un poing serré ou produisaient des illusions saisissantes. L'affinité de l'esprit était utilisée aussi bien dans les bordels et les lieux de divertissement que dans les camps de prisonniers. C'était la plus réglementée et la seule qui exigeait que la personne choisisse volontairement d'affiner ou non le talent. Certaines techniques d'affinité mentale étaient même interdites, pour de bonnes raisons. Jusqu'à vingt ans plus tôt environ, les objets de manipulation mentale étaient particulièrement populaires dans les États du sud des États-Unis, où les riches propriétaires terriens possédaient des esclaves.

L'entrée d'Erebus se dressait devant eux. Deux lions sculptés en diorite flanquaient l'entrée et au-dessus brillait une bande de jade laiteux en pierre de vérit. Comme celle du palais Garnier, la pierre pouvait détecter toute arme ou tout objet forgé dangereux. Le seul moyen de neutraliser son effet était de porter une pierre de vérit sur soi, comme deux aimants qui se repoussent. En théorie, il n'existait aucun équivalent à cette substance dans le monde, mais Enrique était récemment tombé sur un traité concernant un artefact nord-africain qui lui laissait supposer le contraire.

« Hypnos est connu pour ses illusions, lui rappela Séverin en interrompant ses pensées. Concentre-toi sur une chose précise et ne te laisse pas avoir par ses tours. »

La porte s'ouvrit. Séverin s'avança sans hésiter entre les deux félins. Lorsqu'il passa sous la pierre de vérit, celle-ci vira au rouge vif et les lions de pierre tournèrent la tête vers lui en grognant. Un garde costaud apparut aussitôt.

« Montrez votre arme, ordonna-t-il.

— Mes excuses », déclara posément Séverin. Il sortit un petit couteau. « J'en ai toujours un à portée de main pour couper les pommes. »

Enrique garda une expression impassible. Son ami mentait.

« Vous devrez repasser par l'entrée surmontée de la vérit…

— Nous sommes déjà en retard, objecta Séverin. Le patriarche Hypnos n'appréciera pas et je peux vous assurer que je n'ai rien d'autre sur moi. Tenez, je vais retourner mes poches devant vous. »

Il souleva ostensiblement le bas de son pantalon et l'intérieur de ses manches. Quand il arriva à ses poches, une carte voleta sur le sol. Le garde la ramassa, les yeux écarquillés.

« Ah, et ça, c'est un bon pour deux nuits gratuites dans l'hôtel que je possède. Vous en avez peut-être entendu parler. Il s'appelle l'*Éden*. »

L'homme connaissait naturellement l'établissement.

« Pourquoi ne pas le garder et me laisser passer ? À moins que vous ne préfériez que je le reprenne et le range pendant que je passe par cette stupide entrée une seconde fois ? »

Le garde hésita, puis fit signe à Séverin de franchir les portes. Enrique le suivit sans incident. Il n'avait jamais eu la moindre raison de porter une arme.

Il découvrit bientôt qu'Erebus portait bien son nom. À peine avaient-ils traversé le vestibule que la pièce se mit à changer. Il avait d'abord aperçu un parquet, des piliers d'ébène couverts de filigranes dorés et un tapis somptueux à quelques centimètres de ses orteils. Il aurait dû garder les yeux posés sur le sol, mais un mouvement avait attiré son attention. Dès qu'il avait levé les yeux, le vestibule s'était transformé en forêt sauvage. Un crépuscule argenté s'infiltrait entre les branches d'arbres givrées. Le lustre se dissolvait en congère. Les rares bouts de tapis qu'il apercevait encore étaient saupoudrés de blanc. Il sentit le froid sur sa peau et l'odeur minérale de la neige flottait dans l'air. Ses narines brûlaient sous l'effet du gel. Il était dans un monde de glace et de sucre. Des éclaboussures de sang sur de la soie blanche. Non, pas du sang. Des coquelicots. Des coquelicots qui fleurissaient, flétrissaient, bourgeonnaient pour former des motifs ressemblant à des glyphes. Des secrets semblaient être cachés sous les pétales et la neige, si seulement il…

Une voix brisa l'illusion. « Oh mon Dieu, comme c'est impoli de ma part. »

Les images fondirent en un instant. Plus de neige, de coquelicots ou de sucre.

Enrique était à genoux, les mains étalées sur le tapis écarlate comme s'il voulait le déchirer. Devant lui, une paire de chaussures cirées. Il leva les yeux avant de réaliser qu'il aurait dû se remettre debout. Le patriarche de la maison Nyx le fixait.

Jusqu'alors, il n'avait aperçu Hypnos que de loin. Il connaissait son teint, terre d'ombre profond, pareil à l'écorce d'un chêne mouillée par la pluie. Il connaissait les vagues texturées de ses cheveux coupés court. Il connaissait même ses yeux étranges, d'un bleu si pâle qu'ils ressemblaient à des perles de givre. Hypnos était déjà beau de loin. De près, il était tout simplement stupéfiant. Enrique se redressa en titubant, espérant que leur hôte ne remarque rien. Quand il leva la tête, les yeux d'Hypnos étaient plus sombres. Les pupilles dilatées, comme s'il essayait de l'observer tout entier lui aussi.

« Si j'avais su que tu étais en si belle compagnie, j'aurais peut-être demandé à te voir plus tôt, Séverin », déclara Hypnos, sans quitter Enrique des yeux.

Séverin laissa échapper un rire cassant. « J'en doute. Tu es patriarche depuis deux ans et tu dois encore obtenir la permission de l'Ordre de Babel pour tes moindres faits et gestes. Je n'ose pas imaginer ce qu'ils doivent penser du fait que tu me rencontres. J'avais cru comprendre que tout membre de l'Ordre qui se souviendrait de mon existence avait interdiction de me parler. Est-ce qu'ils sont même au courant de ce que tu fais en ce moment ? »

Hypnos haussa un sourcil. « Tu veux qu'ils le sachent ? »

Séverin ne répondit rien et leur hôte n'insista pas.

« Tu as demandé à me voir, reprit Séverin. Pourquoi ? »

Après tout ce temps, pensa Enrique.

Hypnos grimaça. « Je voulais rencontrer mes voleurs.

— Eh bien, tu nous as trouvés. »

Hypnos lâcha un *tss*. « Allons, allons. Je n'ai fait qu'une petite partie du travail. Vous avez fait le reste. »

Enrique se secoua pour chasser les restes de l'illusion. Il fit un pas de plus vers Séverin. Il se concentra pleinement sur les intonations d'Hypnos.

« Que voulez-vous dire ? demanda-t-il.

— Oh ! Il parle ! » s'exclama Hypnos, joyeux. Il applaudit aussitôt. « Cette fausse boussole que vous m'avez laissée était un joli leurre, mais il y avait du sang dessus. J'ai effectué un petit test… La personne qui m'avait volé avait saigné partout sur mon pauvre nounours de pierre. Alors, j'ai ajouté un peu de forgeage de sang à ma lettre pour m'assurer que seul le voleur pourrait la lire. J'ai demandé à mes hommes de la remettre à toutes les personnes auxquelles je pouvais penser ! Qui pourrait *me* voler ? me suis-je demandé. Et *pour quelle raison* ? Et puis, bien sûr, quand je n'avais plus d'autres possibilités, je te l'ai envoyée. Le propriétaire d'un hôtel de luxe dont la réputation est un *peu trop* irréprochable, toujours dans les parages lorsqu'un objet est dérobé à l'Ordre. Donc, vous voyez, conclut-il en prenant tout à coup une expression très sérieuse, je ne t'ai pas trouvé. C'est toi qui es venu à moi. »

Enrique ferma les yeux. Il se souvint d'avoir entrevu la lettre de Séverin. La page était étrangement vierge : pas étonnant qu'il n'ait pas pu la lire.

Séverin ne trahit aucune émotion : « Astucieux.

— On peut toujours compter sur l'orgueil démesuré des hommes. Je me doutais que tu ne voudrais pas partager le contenu de la lettre. » Hypnos inclina la tête. « Ça doit être *affreux* pour toi. Décevoir ton équipe et admettre que tu as échoué. Oh, ne me regarde pas comme ça, Séverin. L'Ordre ne fait peut-être plus attention à toi depuis tout ce temps, mais moi si.

— Je suis flatté que tu me trouves digne d'attention. »

Hypnos lui décocha un clin d'œil. « Avec un visage pareil ? Je ne dois pas être le seul.

— Qu'est-ce que tu veux, Hypnos ?

— Tu sais ce que je peux vous faire. Je peux te faire arrêter, exécuter, te faire couvrir de goudron et de plumes, etc. Il n'y a aucun intérêt à entrer dans les détails. » Le patriarche de la maison Nyx s'accorda une pause pour sourire. « Mais je ne veux rien faire de tout ça. En réalité, je suis un être humain exceptionnel et je me considère comme relativement généreux. Je ne demande donc que deux choses. Premièrement, que vous me rendiez la boussole. Ensuite, que vous utilisiez vos compétences d'acquisition pour un objet que je convoite depuis longtemps. En échange, je vous donnerai ce que vous désirez. »

Les traits de Séverin s'étaient durcis, sa bouche n'était plus qu'une ligne et ses yeux noirs lançaient des éclairs.

Lentement, Hypnos leva la main. Son anneau de Babel, un mince croissant de lune qui s'étendait au milieu de sa main, captait la lumière. De là où était Enrique, on aurait dit une faucille.

« *Mon cher*, toi et moi avons toujours eu beaucoup de points communs, reprit Hypnos. Maintenant, nous en avons encore davantage ! Regarde-nous. Deux orphelins bâtards avec des mères de couleur. » Il se pencha plus près de Séverin. « Comme c'est étrange… La tienne ne se voit pas sur ta peau comme la mienne. Ma mère était fille d'esclaves dans une plantation de canne à sucre que mon père, un aristocrate français, possédait en Martinique. Quand je suis né, il l'a quittée. Mais je me souviens que *toi*, tu avais la tienne. Cela m'a toujours rendu jaloux, je l'admets. Elle avait des cheveux magnifiques… Elle était quoi ? Égyptienne ? Algérienne ? Son nom était si beau aussi…

— Ça suffit », le prévint Séverin d'un ton sec. Un muscle de sa mâchoire se crispa.

Hypnos haussa légèrement les épaules et se tourna vers Enrique, souriant comme s'il était un invité parmi tant d'autres et que c'était une journée banale.

« Vous a-t-il expliqué comment fonctionne le test d'héritage de l'Ordre ? »

Le Philippin secoua la tête.

Hypnos s'approcha d'Enrique. « Voici comment ça se passe. Puis-je, mon beau ? »

Enrique parvint à acquiescer. Hypnos retourna la main de l'historien et passa le pouce le long de sa paume avant de s'arrêter juste avant son pouls qui battait à toute allure.

« Dans chaque anneau de Babel, il y a un noyau contenant le sang de la matriarche ou du patriarche. Le sang alimente notamment la capacité de l'anneau à laisser la marque des maisons. Lorsque la matriarche ou le patriarche meurt, ou s'ils souhaitent renoncer à leur siège plus tôt, un chef de maison est convoqué pour administrer le test d'héritage. Tout d'abord, l'anneau qui sera transmis coupe la paume de l'héritier. » Hypnos fit glisser un bord du croissant de lune sur la main d'Enrique. À travers sa peau, celui-ci sentit un bourdonnement de pouvoir, comme un éclair qui courait dans ses veines. « Ensuite, l'anneau du Témoin est maintenu au-dessus de l'anneau ensanglanté. Si l'héritier est du même sang que la matriarche ou le patriarche, les deux anneaux deviennent bleus. Si l'héritier n'est pas…

— … on te retrouve avec une belle cicatrice », termina froidement Séverin.

Hypnos laissa retomber la main d'Enrique.

« Il arrive à l'Ordre de falsifier le test d'héritage, déclara-t-il en faisant face à Séverin. Des familles qui souhaitaient faire passer un autre membre de la famille avant l'héritier l'ont déjà fait par le passé.

— Pour quelles raisons pourraient-ils refuser à un héritier son héritage ? » voulut savoir Enrique.

Leur hôte énuméra les raisons sur ses doigts. « Ils pourraient ne pas apprécier le fonctionnement de l'esprit de l'enfant ou ses préférences affectives ou…

— Ou bien l'Ordre pourrait aimer que ses lignées soient bien claires et nettes, ajouta Séverin d'une voix distante. Deux héritiers de sang-mêlé ne feraient pas l'affaire. Une solution facile est de choisir l'un plutôt que l'autre. »

La mâchoire d'Hypnos se crispa. Son attitude détendue avait disparu : le regret déformait ses beaux traits.

« Si ma mémoire est bonne, tu as essayé de me dire ça il y a des années, commenta-t-il doucement.

— Et si ma mémoire est bonne, tu ne m'as pas écouté. »

Des taches de couleur apparurent sur les joues d'Hypnos. « Comme tu l'as si bien fait remarquer, l'Ordre contrôle mes moindres faits et gestes depuis le jour où mon père est décédé et m'a transmis l'anneau. Mais si vous m'obtenez cet artefact, j'administrerai le test d'héritage moi-même. Pas de falsifications comme la dernière fois. Je peux te rendre ton anneau… Je sais où il est gardé. »

Enrique eut l'impression que tout l'air avait été évacué de la pièce. Séverin évita le regard d'Hypnos et demanda :

« Que veux-tu ?

— Un œil d'Horus. »

Enrique étouffa un cri.

« Où est-il ? »

Hypnos hésita un moment avant de répondre : « Dans les chambres fortes de la maison Kore.

— Non, décréta Séverin immédiatement. Je n'entrerai pas dans la maison de cette femme. »

Pas étonnant, pensa Enrique. La matriarche de la maison Kore avait dû aider à falsifier les résultats du test d'héritage qui avaient permis de voler le titre de Séverin.

« Juste avant la vente aux enchères, elle a été brutalement attaquée, les informa leur hôte. Son anneau a été volé.

— Sans doute par quelqu'un de sa maison, avança Séverin. Nous ne trempons pas dans ce genre de choses. »

Nous. Enrique ressentit un frisson de fierté. *C'est vrai !* avait-il envie d'ajouter. Mais il se tut.

« Je ne te demande pas de retrouver son anneau, précisa Hypnos. D'autres se consacrent déjà à cette recherche. Ce pour quoi j'aimerais votre aide va au-delà de ça. Comme tu t'en souviens certainement, les anneaux de nos maisons gardent l'emplacement du fragment de Babel de l'Occident. »

Séverin rit. « Et tu crois que ce brillant voleur connaît l'emplacement du fragment et qu'il souhaite exercer une activité néfaste là-bas avec l'anneau volé ? Parce que si je me souviens bien, pour révéler l'emplacement du fragment, il faut *deux* anneaux, pas *un seul*. Votre précieux savoir doit être en sécurité. »

Enrique connaissait peu de choses sur les rouages de l'Ordre, mais Séverin lui avait expliqué que la connaissance de la localisation du fragment de l'Occident circulait entre les maisons des différents empires et changeait chaque siècle. La France était le plus récent détenteur du secret et connaissait donc l'emplacement. Si l'anneau de la maison Kore avait vraiment été volé, cette information était en grand danger. Et si Séverin avait raison et que ce vol était un coup monté de l'intérieur, Enrique comprenait d'autant mieux pourquoi Hypnos voulait voler l'œil d'Horus plutôt que d'enquêter.

S'il y avait un traître dans la maison Kore, alors personne n'était digne de confiance. Et si, par hasard, le voleur *avait* apporté l'anneau à l'endroit où se trouvait le fragment, il suffirait de regarder à travers l'œil d'Horus pour connaître instantanément son emplacement.

« Avec un seul anneau, la maison déchue a presque déséquilibré le monde, déclara Hypnos. Ils en ont payé le prix, c'est certain, mais l'histoire se répète toujours. »

Enrique se souvint du seuil forgé du palais Garnier alors qu'il quittait la vente aux enchères. Une image se détachait dans son esprit : un hexagramme écaillé sur un miroir doré. Le symbole de la maison déchue tombée en disgrâce. Quelque chose à propos de cet hexagramme le taraudait.

« Et, si je peux me permettre d'être direct – ce que je suis – je vais l'être : tu n'as pas le choix, Séverin, tu dois m'aider.

— Tu peux me menacer d'emprisonnement, je m'évaderai. Tu peux lancer tes gardes sur nous, mais j'ai déjà caché une sphère incendiaire et je pourrais faire flamber ta maison avant que tu ne fasses un pas », le prévint Séverin.

Enrique réprima un immense sourire. Le mensonge de Séverin à l'entrée. Le petit couteau qu'il avait cédé sans protester. Il avait distrait le garde avec une fausse arme pour dissimuler la vraie.

« Quand as-tu... »

Séverin sourit. « Je devais bien m'occuper pendant que tu faisais les yeux doux à mon historien.

— Quoi ? J'ai servi d'appât ? s'offusqua Enrique.

— Tu es flatté. »

Peut-être un peu.

Quand Hypnos regarda autour de lui, Séverin agita la main.

« Ne te donne pas cette peine. Tu ne trouveras pas l'engin à temps. Et je ne m'approcherai pas de cette maison, décréta Séverin en tournant les talons. Nous pourrons peut-être trouver un autre accord. En attendant, Enrique et moi devons y aller. »

Hypnos soupira.

« Je déteste quand je suis obligé de faire ça ! Les tempéraments qui s'enflamment, les menaces voilées, beurk. Ça me vieillit, *mon cher,* et je déteste ça. »

Il tapa du pied. Une image ondula à la surface du tapis écarlate. Enrique fut pris de nausées. Devant lui vacillait l'image de trois corps agenouillés au loin... leurs têtes étaient penchées en avant, les mains liées... mais les silhouettes étaient parfaitement reconnaissables.

Laila.

Zofia.

Tristan.

Séverin pâlit immédiatement.

« Tu vois ? Tu peux te retirer de notre transaction et survivre. Mais je ne peux pas en dire autant des autres. Je veux que tu fasses le serment de rendre la boussole, d'aller à la maison Kore et de me rapporter l'œil d'Horus, lui ordonna Hypnos, en tendant la plume forgée qui tatouait les serments. Fais ce que je te demande, Séverin, et je pourrai te rendre ta maison. »

Séverin restait figé sur place. « Ils sont vivants ?

— Marché conclu ou pas ? demanda Hypnos d'une voix chantante.

— *Est-ce qu'ils sont en vie ?*

— Ils ne le seront pas si tu ne prêtes pas serment. Nous serons liés de façon égale, Séverin. Je t'assure que c'est pour le mieux. Tu vas aimer travailler avec moi, je te le promets ! Je suis fabuleux en soirée, j'ai un excellent goût en matière de vêtements pour hommes, *et cætera, et cætera,* fit Hypnos en agitant la main. Et si tu ne me donnes pas ton accord, je briserai tous les os de leurs corps et je graverai ton nom sur les fragments. Comme ça, tout le monde saura que tu es responsable de leur mort. »

Le sourire d'Hypnos paraissait aussi tranchant que du verre brisé. « Tu ne veux toujours pas ? »

7

SÉVERIN

Colère était le deuxième des sept pères de Séverin.

Certains de ses pères n'avaient duré que quelques mois. D'autres des années. Certains avaient des épouses qui ne le laissaient pas les appeler mère. Certains étaient décédés avant qu'il n'ait appris à les détester. D'autres étaient morts précisément parce qu'il les détestait.

La dernière fois que Séverin avait vu l'anneau de son père, il avait sept ans. L'anneau était un ovale déformé en cuivre terni représentant un serpent se mordant la queue. Le bas de celle-ci était une lame. Après que l'incendie eut tué ses parents, la matriarche de la maison Kore avait fait glisser l'anneau de son père sur la paume de Séverin et la queue du serpent s'était enfoncée dans sa peau comme un couteau chaud dans une motte de beurre. Pendant un instant, il avait vu l'éclair bleu promis… l'éclat dont son père avait souvent parlé et qui prouvait que Séverin était le véritable héritier de la maison Vanth… mais le bleu avait disparu, masqué par la cape du patriarche de la maison Nyx. Séverin se souvenait de ces gens, qu'il avait autrefois appelés Tante et Oncle, discutant à voix basse. Quand ils s'étaient retournés pour lui faire face, on aurait dit qu'ils ne l'avaient jamais fait sauter sur leurs genoux et ne lui avaient jamais donné une deuxième part de dessert. En l'espace d'une minute, ils étaient devenus des étrangers. « Nous ne pouvons pas te laisser être l'un des nôtres », avait déclaré la matriarche.

Il n'oublierait jamais la façon dont elle l'avait fixé… Elle avait osé faire preuve de pitié. « Tante… », avait-il réussi à articuler, mais elle l'avait coupé, le repoussant sèchement de sa main gantée.

« Tu ne peux plus m'appeler comme ça. »

Séverin avait entendu son ancien oncle déclarer : « C'est dommage, mais nous ne pouvons pas en avoir plus d'un. »

Un groupe d'avocats avait ensuite informé Séverin qu'il serait pris en charge jusqu'à ce qu'il atteigne l'âge où il pourrait hériter des fonds, car bien qu'il ne soit pas l'héritier de sang, son nom apparaissait sur tous les actes et contrats, lui donnant ainsi droit aux actifs de la maison Vanth.

Séverin pleurait moins la mort de son père que celle de Kahina. Son père ne lui permettait pas de l'appeler mère et, en public, elle l'appelait « Monsieur Séverin ». Mais la nuit, quand elle se glissait en cachette dans sa chambre pour lui chanter des berceuses, elle lui murmurait toujours avant de partir : « Je suis ton Oummi. Et je t'aime. »

Le premier jour dans la maison de Colère, Séverin avait pleuré en répétant : « Kahina me manque. » Colère n'y avait pas prêté attention. Le deuxième jour, Séverin n'avait pas cessé de pleurer et avait répété : « Ma Kahina me manque. »

Colère s'était arrêté sur le chemin des toilettes. Il s'était retourné. Ses yeux étaient si clairs que parfois ses pupilles semblaient incolores.

« Redis son nom », avait ordonné le vieil homme.

Séverin avait hésité. Mais il aimait le nom Kahina. Il évoquait son odeur… comme les fruits d'un jardin de conte de fées. Il se souvenait que quand il l'appelait par son nom, elle se penchait sur lui, ses cheveux noirs formant un rideau autour de sa petite tête, pour qu'il puisse prétendre que c'était la nuit et… donc l'heure qu'elle lui raconte une histoire. Il adorait ces moments.

Au moment où Séverin prononça son nom, Colère le gifla du dos de la main. Il recommença encore et encore, exigeant que le petit dise « Kahina » jusqu'à ce que le nom de sa mère n'évoque que le sang et plus les contes de fées.

« Elle est morte, mon garçon, avait conclu Colère quand il avait cessé de le frapper. Morte dans l'incendie avec ton père. Je ne veux plus entendre son nom. »

Le fils bâtard de Colère vivait aussi dans la maison, même si son père ne le traitait guère comme son propre descendant. Il était plus jeune que Séverin et avait de grands yeux gris. Quand Colère s'emportait, il ne se souciait pas de savoir quel garçon il attrapait tant qu'il s'en trouvait un à sa portée.

Dans son bureau, Colère gardait un casque de Phébus, un objet forgé par affinité mentale capable d'extraire les cauchemars de celui qui le portait et de les rejouer en boucle…

Colère ne regardait que lorsque les garçons se mettaient à hurler, une fois que le casque de Phébus était fixé sur leurs têtes. Il ne les touchait jamais, sauf pour les frapper.

« Votre imagination vous blesse bien plus que tout ce que je pourrais jamais vous infliger », avait-il déclaré.

Un jour, Colère avait appelé son bâtard. À ce moment-là, Séverin avait appris qu'il se nommait Tristan. Il avait aperçu le gamin accroupi dans l'ombre. Aucun des deux n'avait bougé.

« Tu l'as vu ? » avait demandé Colère sans ménagement.

Séverin avait dû réfléchir avant de répondre, puis il avait rétorqué : « Non. »

Colère l'avait pris à la place de Tristan.

Le lendemain, Colère les avait appelés tous les deux. Séverin était dehors, il se promenait dans la propriété. Les pas de Colère résonnaient bruyamment. Séverin aurait pu se faire attraper s'il n'avait pas senti une petite traction sur sa manche. Le garçon silencieux était tapi dans les rosiers, sous un amas de fleurs. Il s'était décalé sur le côté pour faire de la place à Séverin.

« Je te protège », avait chuchoté Séverin.

Je te protège.

Une promesse.

Une promesse et il n'était même pas capable de la tenir.

Chaque fois qu'il battait des paupières, il revoyait leurs corps. Les cheveux brillants de Zofia ébouriffés par la crasse. Tristan accroupi, titubant… et Laila. Laila qui aurait dû avoir du sucre dans les cheveux, pas des éclats de verre. Laila qu'il…

Séverin enfonça ses ongles dans sa paume, hurlant au cocher d'aller plus vite.

À côté de lui, Enrique n'était que l'ombre de lui-même, il chuchotait et égrenait un chapelet entre ses doigts. À la seconde où ils arrivèrent à l'*Éden*, le Philippin sauta de la voiture.

« Je vais voir s'ils sont à l'intérieur. »

Séverin acquiesça, puis traversa à toute vitesse le jardin des Sept Péchés.

Il ne ralentit pas avant d'atteindre l'atelier de Tristan dans l'Envie. Le jeune homme lui tournait le dos. Il était penché en avant, la nuque courbée. Son établi était jonché de feuilles et de bouts de pétales, les éléments des mondes miniatures qu'il façonnait de manière obsessionnelle.

Séverin n'arrivait pas à reprendre sa respiration. L'avaient-ils étranglé et disposé son cadavre dans l'atelier pour faire une blague macabre ? Si oui, qu'en était-il de Laila et de Zofia ? Étaient-elles mortes dans les cuisines et le laboratoire ? Ou...

Tristan se retourna. « Séverin ? »

Séverin était muet et tanguait.

« Pourquoi est-ce que tu as l'air nauséeux ? C'est le client somnambule de la chambre 7 ? Je l'ai surpris en train de marcher *nu* dans les quartiers des domestiques la nuit dernière et, si c'est ça qui te met dans cet état, honnêtement, je te comprends...

— Les autres, articula Séverin dans un râle. Est-ce qu'ils sont... ils sont... »

Le jeune homme fronça les sourcils. « Je viens de voir Laila et Zofia dans les cuisines. Pourquoi ? Qu'est-ce qui ne va pas ? »

Séverin le serra brusquement dans ses bras.

« J'ai l'impression que quelque chose d'important m'échappe, constata Tristan.

— Je te croyais mort. »

Tristan éclata de rire. « Pourquoi est-ce que tu as cru ça ? » Mais quand il vit l'expression de Séverin, il redevint sérieux. « Qu'est-ce qu'il s'est passé ? »

Le propriétaire de l'*Éden* lui raconta tout, depuis la proposition d'Hypnos... jusqu'à la récompense qui l'attendait à la fin.

« La maison *Kore* ? s'exclama Tristan outré. Après ce qu'elle a...

— Je sais.

— Tu vas accepter l'offre ? »

Séverin leva sa paume et montra l'entaille du serment tatoué. « Je n'ai pas le choix. »

Le visage de celui qu'il considérait comme son frère était insondable.

Après un instant qui sembla durer une éternité, Tristan retourna sa main. La cicatrice argentée sur sa paume était identique à celle de Séverin. Aucun des deux ne savait où Tristan se l'était faite. Mais cela n'avait pas la moindre importance.

Finalement, Tristan plaça sa main sur celle de Séverin, superposant leurs cicatrices avant de déclarer :

« Je te protège. »

L'un des secrets les mieux gardés de la maison déchue était l'endroit où ils se réunissaient jadis.

On disait que la clé pour accéder au lieu de réunion secret et à leur trésor perdu se trouvait dans les pendules en os offertes autrefois à chaque membre de la maison. Au cours des cinquante ans qui avaient suivi l'exil des membres et leur exécution par l'Ordre, personne n'avait réussi à déchiffrer le code de ces pendules. Cette histoire n'était d'ailleurs plus considérée que comme une rumeur, que le temps avait peu à peu transformée en légende. Mais ça n'empêchait pas l'intérêt pour les pendules en os. Elles étaient d'ailleurs devenues des objets de collection, ces dernières années.

L'un des rares exemplaires survivants trônait sur l'étagère de Séverin.

Depuis qu'il la possédait, elle n'avait révélé aucun de ses secrets. Parfois, pourtant, elle s'arrêtait à 2 h 06, ce qu'il trouvait plutôt étrange étant donné qu'un seul mot figurait sur l'horloge : *nocte*.

Minuit.

Séverin la contemplait souvent quand il réfléchissait.

Cinquante ans plus tôt, il semblait impossible que quoi que ce soit puisse entraîner la ruine de la maison déchue. Et maintenant… La pendule servait de rappel à Séverin. Tout pouvait s'écrouler. Des tours qui frôlent les cieux, des maisons plus riches que les empires, des séraphins brillants autrefois dans la confidence de Dieu. Même les familles censées vous aimer sans réserve. Rien n'était immuable, sauf le changement.

Séverin était encore en train de fixer le cadran de l'horloge quand la lettre d'Hypnos lui parvint.

Il déchira l'enveloppe, parcourut la première ligne et se renfrogna :

Pour être honnête, tu aurais fait la même chose.

Il serra si fort la missive que les jointures de ses doigts pâlirent.

Avant de la jeter au feu, j'espère que tu écouteras la graine de raison enfouie au plus profond de ta fureur. Nous devons collaborer et, même si ma méthode pour soutirer des promesses n'est pas la meilleure, j'honore toujours mes engagements. Et je sais que toi aussi.

Dis-moi ce dont tu as besoin.

Séverin détestait ce terme. *Besoin*. Il détestait qu'en lui promettant un nouveau test d'héritage, Hypnos ait donné vie à ce mot.

Par moments, il aurait préféré ne pas se souvenir de sa vie avant l'Ordre. Il aurait aimé que quelqu'un doté d'une affinité de l'esprit fouille dans ses souvenirs et détruise ces années. Il était hanté. Pas par les gens, mais par des sensations fantômes : la lueur du feu délimitant le contour de ses doigts, un chat à la queue touffue faisant la sieste au pied de son lit, de l'eau de fleur d'oranger sur la peau de Kahina, une cuillère trempée dans du miel et glissée en cachette dans sa main, le vent sur son visage quand on le lançait en l'air et qu'il était rattrapé par des bras chauds, des mots qui s'enfonçaient dans son âme comme des racines qui poussent au soleil : *Je suis ton Oummi. Et je t'aime*. Séverin ferma les paupières. Il aurait préféré ne pas savoir ce qu'il avait perdu. Peut-être qu'il n'aurait pas la même impression tous les jours : celle d'avoir été capable de voler, mais que les cieux l'avaient fait tomber, ne lui laissant que le souvenir des ailes.

Séverin redressa ses épaules. Les empreintes humides de ses doigts étaient visibles sur la lettre d'Hypnos. Il la froissa dans son poing. Il savait ce qu'il allait faire. Ce qu'il *devait* faire. Alors qu'il franchissait la porte de son bureau, une douleur fantôme s'insinua entre ses omoplates.

Comme si le poids des ailes lui manquait.

À travers la porte en verre dépoli de la cuisine, il apercevait leurs silhouettes groupées autour des hauts plans de travail. Il entendait le tintement de la porcelaine anglaise et des cuillères en argent contre les soucoupes. Le craquement des biscuits. Il les imaginait avec une clarté parfaite. Zofia coupant soigneusement son biscuit en deux, avant de plonger chaque moitié dans le thé. Enrique exigeant de savoir pourquoi elle torturait les gâteaux. Tristan décrétant que le thé n'est jamais que des feuilles trempées dans l'eau chaude et lançant son traditionnel : *Laila, est-ce qu'il y a du chocolat chaud ?*

Laila. Laila qui se déplaçait comme une sylphide entre eux, les observait avec ses yeux qui disaient qu'elle connaissait leurs pires secrets et les pardonnait quand même.

Laila qui avait toujours du sucre dans les cheveux.

Il sentait leur présence à tous et ça le terrifiait.

Il posa la main sur la poignée de la porte. Les tatouages de serment sur sa main droite semblaient le fixer avec fureur. Ses amis lui devaient peut-être leurs emplois. Mais c'était lui qui était lié à eux.

Au final, c'est lui qui resterait tout seul. Bientôt, la dette de Zofia serait remboursée et elle serait assez riche pour commencer une nouvelle vie. Bientôt, Enrique serait admis au sein du cercle intime des visionnaires philippins et quitterait l'*Éden*. Bientôt, Laila s'en irait aussi. Quand elle lui avait offert ses services et lui avait confié son histoire, comme il lui avait confié la sienne, elle l'avait prévenu qu'elle cherchait un objet et irait là où cette quête la mènerait.

Ce qui laissait Tristan. Le seul qui resterait de son plein gré.

Mais s'ils obtenaient l'œil d'Horus…

Hypnos serait obligé d'effectuer le test à nouveau et, cette fois, personne ne pourrait tricher. La maison Vanth renaîtrait de ses cendres. En tant que patriarche, Séverin pourrait leur offrir bien plus que la mise en relation avec des personnes fortunées. Il pourrait payer les études de médecine de la sœur de Zofia ; donner à Enrique l'accès et les renseignements dont ses Ilustrados rêvaient ; aider Laila à trouver le livre ancien qu'elle cherchait ; honorer la promesse qu'il avait faite à Tristan.

Il pourrait leur offrir bien plus que le minimum qui leur permettait de patienter jusqu'à la prochaine acquisition.

Il pouvait leur offrir assez pour rester.

Ses quatre partenaires le fixèrent quand il entra. À en juger par la tasse de thé vide, ils l'attendaient depuis un certain temps. Après quelques longues secondes, Laila lui servit du thé. Même si ses cheveux cachaient son visage, il sentait qu'elle souriait. Il détestait savoir ça. Deux ans plus tôt, il ignorait que ce genre de choses était possible.

À l'époque, Laila venait juste de commencer à travailler au Palais comme espionne et dans les cuisines comme chef pâtissière. Elle avait fait irruption dans le bureau de Séverin un beau jour, les cheveux mouchetés de farine blanche, une tartelette aux fruits scintillante à la main. Elle avait déjà charmé la moitié du personnel et obtenu plus d'acquisitions qu'il n'en avait jamais été capable seul. Qu'elle passât son temps libre à errer dans la bibliothèque ou les cuisines ne l'aurait pas dérangé si elle n'avait pas tenté de le forcer à tester ses créations ou de donner son avis sur tout et n'importe quoi alors qu'il essayait de travailler. Le pire, c'est qu'elle ne demandait rien en retour.

Elle posait des pâtisseries sur son bureau et s'il tentait de la payer, elle lui tapait sur la main.

« Goûte, goûte », avait-elle insisté ce jour-là en repoussant sa chaise et en lui tendant la tartelette.

Il était tellement surpris par ses irruptions inattendues et répétées, comme un rêve qui ressurgit alors qu'on vient enfin de l'oublier, qu'il n'avait pas eu le temps de dire *je ne veux pas de ces fichus desserts*. Les doigts de la jeune femme avaient entrouvert ses lèvres. Sur sa langue, les saveurs étaient devenues incandescentes. Il avait peut-être même gémi. Il ne s'en souvenait plus.

« Tu sens ça ? avait-elle chuchoté. J'ai mis du zeste de yuzu des vergers au lieu de l'écorce de citron et une gousse à la place du simple extrait de vanille. Le glaçage est une confiture d'hibiscus que j'ai faite moi-même. Pas le bête abricot traditionnel. Qu'est-ce que tu en penses ? Tu ne trouves pas que ça a le goût d'un rêve ? »

C'était à ce moment-là qu'il avait réalisé pour la première fois qu'il pouvait *sentir* son sourire. Comme la lumière derrière les paupières fermées. Il cligna des yeux, les rouvrit et observa ses lèvres qui formaient un croissant radieux. Depuis lors, chaque fois qu'elle souriait, il se rappelait le goût de cette tarte aux fruits, la saveur parfumée de l'hibiscus et de la vanille sucrée. Inattendu et délicieux.

Enrique se racla la gorge et Séverin se ressaisit.

« Enfin, décréta le Philippin en enfournant le dernier biscuit. Considère ça comme une pénalité pour être arrivé si tard », poursuivit-il la bouche pleine.

Séverin tira une chaise, sentant leurs regards sur lui. Laila fut évidemment la première à prendre la parole.

« Séverin… qu'est-ce qu'on va faire ? Enrique nous a raconté ce qui s'est passé chez Hypnos. »

Enrique rougit d'un air coupable et avala une gorgée de thé pour cacher son malaise.

« Tu es *lié* à Hypnos », souligna Laila.

Séverin fléchit les doigts et regarda sa cicatrice s'étirer.

« La suite ne dépend pas de moi, répondit-il. Ce ne sera pas comme nos acquisitions précédentes. Ce sera encore plus dangereux. Et si vous choisissez une autre voie, je ne vous en voudrais pas. Je désactiverai les serments tatoués et vous paierai en conséquence. »

Séverin n'osa pas les examiner avant d'entendre le soupir résigné d'Enrique.

« J'en suis, annonça l'historien après un long moment.

— Moi aussi », dit Laila.

Zofia acquiesça d'un signe de tête.

Tristan déglutit, les yeux fixés sur le plan de travail. C'est lui qui mit le plus de temps pour lever son regard vers Séverin et hocher la tête.

Une douleur chaude se répandit dans la poitrine de Séverin. Pas une douleur physique, plutôt les dents tranchantes de quelque chose de redoutable. De l'espoir. Il refusa de le manifester. Au lieu de cela, il s'efforça de sourire.

« Bien. Maintenant, pour sortir l'œil d'Horus de la chambre forte, nous devons nous concentrer sur deux choses. D'abord, trouver l'emplacement exact de l'œil à l'intérieur de la chambre forte de Kore. Pour ça, nous allons avoir besoin de la pièce catalogue. Nous allons donc aller rendre visite à un vieil ami, le coursier de la maison Kore. Grâce à Laila, nous savons exactement où il se trouvera demain.

— Au *Palais des Rêves* », compléta Laila en souriant.

Enrique poussa un cri aigu. « Quoi ? Non ! Je veux y aller ! C'est la fête de l'année ! »

Zofia fronça les sourcils. « Qu'est-ce que ça a de si extraordinaire une fête ?

— Ça va être *somptueux*, fit Enrique avec un soupir envieux.

— Qui a dit que je pouvais vous faire entrer ? demanda Laila.

— Attends, attends, attends… *comment* comptes-tu faire pour que le coursier de la maison Kore se sépare de sa pièce ? voulut savoir Enrique. Nous n'avons même pas réussi à la trouver quand nous en avions besoin pour la vente aux enchères.

— C'est là que le masque du Sphinx entre en jeu, expliqua Séverin. Grâce à Zofia. Je me fais passer pour un Sphinx. Mais j'ai besoin de quelqu'un déguisé en officier de la Sûreté. »

La Sûreté était la branche d'enquêtes des forces armées. Les seules personnes autorisées à arrêter un membre de l'Ordre pour l'interroger. Séverin se tourna vers Tristan, qui gémit.

« Pourquoi *moi* ?

— Ton visage est parfait.

— C'est quoi le problème avec *mon* visage ? s'offusqua Enrique. Je peux y aller ?

— Il veut y aller ! fit remarquer Tristan. Pourquoi il ne peut pas s'en charger ?

— Parce que je t'ai choisi. »

Enrique pleurnicha. « Séverin ne me trouve pas beau.

— Séverin, dis-lui qu'il est beau », l'implora Laila.

Séverin croisa les bras. « Zofia, dis-lui qu'il est beau. »

Zofia ne leva pas le nez de sa tasse de thé. « Personnellement, je suis indécise, mais si nous l'évaluons sur des critères objectifs, selon les principes du nombre d'or, aussi connu sous le nom de phi, qui est approximativement de 1,618… la beauté de ton visage est mathématiquement agréable.

— Je suis en pâmoison, grommela Enrique.

— Il faut que ce soit Tristan, insista Séverin. Il faut un visage honnête. Du genre qui inspire confiance. »

Il entendit un bruit sourd : Tristan venait de donner un coup dans le pied d'une table. Cette petite crise de colère signifiait qu'il était presque convaincu. Tristan adressa un regard furieux à Séverin.

« Ce sera pendant la journée ?

— Non, de nuit.

— Et Goliath ? »

Tout le monde soupira.

« Goliath a un horaire d'alimentation très strict. Il aime avoir ses grillons exactement à minuit. Ni avant ni après. Qui va le nourrir ?

— Goliath n'est pas déjà assez gros comme ça ? s'enquit Laila.

— C'est probablement lui qui dévore tous les oiseaux du jardin, répliqua Enrique. Vous avez remarqué qu'il n'y en a plus ? »

Tristan s'éclaircit la gorge. « *Qui va nourrir Goliath ?* »

Enrique leva mollement la main. « Moi. »

Mais Tristan n'avait pas fini.

« Si j'accepte, vous devez *tous* m'aider pour mon prochain projet de miniature. »

Les autres bougonnèrent.

Tristan croisa les bras. « Très bien, alors je ne le ferai pas.

— *Tu as gagné* », concéda Séverin.

Tristan sirota son cacao d'un air triomphant.

« Obtenir la localisation de l'œil nous met sur la voie, mais il nous reste la maison Kore elle-même. Leur festival du printemps est dans deux semaines. Tristan est le seul d'entre nous à y être allé plusieurs fois pour l'aménagement des jardins forgés, donc il s'occupera du plan extérieur.

— Et les invitations ? s'inquiéta Enrique. Elles ont été livrées il y a des mois.

— Hypnos s'en chargera, suggéra Séverin. Il faut bien qu'il serve à quelque chose.

— Nos instruments ne passeront pas la pierre de vérit, signala Zofia.

— Elle a raison. Nous serons arrêtés à la porte d'entrée, renchérit Enrique. La seule chose qui repousse la pierre de vérit, c'est la *pierre de vérit*. Je ne vois pas qui aurait un morceau de vérit qui traîne pour perturber les capteurs. »

Séverin mit un clou de girofle dans sa bouche.

« Oh non, dit Enrique. Je déteste quand tu fais ça. Qu'est-ce que tu mijotes ?

— Je crois me souvenir que tu as parlé d'un artefact nord-africain qui prétendait avoir des propriétés similaires. »

Les yeux de l'historien s'écarquillèrent. « Je ne savais *pas* que tu m'écoutais.

— Surprise.

— Mais, euh, oui… il y a un artefact que je voulais examiner, mais il est gardé sous clé dans une vitrine. Il fait partie d'une exposition consacrée aux superstitions des colonies, mais elle ne sera pas ouverte avant l'Exposition universelle.

— Très bien. »

Enrique cligna des yeux. « Attends. Tu veux que *moi*, je m'introduise dans l'Exposition ?

— Bien sûr que non…

— Merci mon Dieu…

— Zofia vient avec toi.

— *Quoi ?* s'exclamèrent les deux intéressés en même temps.

— Je travaille seule, rappela Zofia.

— La plupart des femmes seraient prêtes à tuer pour être seules avec moi, souligna le Philippin d'un air excédé.

— J'ai appris qu'un élément n'a pas besoin d'être animé pour qu'on utilise le mot *tuer*, les informa Zofia. Certaines personnes disent "tuer le temps", par exemple. Peut-être que les femmes dont tu parles tuent leurs exigences pour être avec toi ? »

Tristan recracha la moitié de son cacao par les narines, puis consulta l'horloge et blêmit.

« Je dois y aller. J'ai une commande à rendre. »

Enrique soupira. « Je dois faire des recherches sur l'artefact. Zofia, tu pourrais m'accompagner. Tu auras besoin de connaître ces informations aussi. »

Zofia glissa de sa chaise l'air mécontent, laissant Séverin et Laila en tête à tête dans la cuisine. Séverin prit son thé. Il était reconnaissant que la cuisine soit lumineuse et qu'ils soient assis de part et d'autre d'une large table. Même si les circonstances de cette fameuse nuit ne s'étaient jamais représentées, chaque fois qu'il était seul avec elle, il avait l'impression que ses pensées glissaient du haut d'une falaise… où des images qu'il valait mieux oublier venaient se fracasser comme des vagues fantômes.

« Laila.

— *Majnun*. » Seule Laila l'appelait *Majnun* ou « fou ». Habituellement, elle prononçait ce surnom avec une certaine affection, mais cette fois, son ton était froid.

Séverin examina la cuisine. Laila aimait qu'un chaos chaleureux et bouillonnant règne dans son espace de travail. D'habitude, des recettes tachées tapissaient les murs. Les bols mélangeurs étaient ébréchés : elle affirmait qu'ils avaient trempé dans le bonheur et pour cette raison étaient supérieurs à des nouveaux. Des cuillères en bois sur lesquelles étaient gravés les noms des personnes qu'elle aimait étaient suspendues au plafond, d'où elles se balançaient et s'entrechoquaient. Mais ce jour-là, tout semblait impeccable. Rien ne traînait sur les surfaces. Tout était rangé. C'était le contraire du bonheur.

« Tu n'apprends jamais, constata-t-elle en sirotant son thé. Peut-être qu'on aurait pu éviter tout ça si tu m'avais laissée lire ta correspondance.

— La lettre était forgée, il n'y avait pas moyen…

— Le *sceau* était forgé. Le papier lui-même était ordinaire. J'aurais pu te dire : où elle était allée ? Par combien d'endroits elle était passée avant de t'être livrée. J'aurais pu te prévenir que c'était un piège. »

Elle avait raison et il le savait. Mais l'admettre devant tout le monde aurait seulement prouvé qu'il les avait mis en danger.

« Que veux-tu que je fasse ?

— Je voudrais que tu me fasses confiance, répondit-elle. Comme je l'ai fait pour toi. »

Cette confiance était la raison pour laquelle il n'y avait pas de contrat ou de serment tatoué entre eux. Deux ans plus tôt, la jeune femme lui avait sauvé la vie en lisant la montre à gousset d'un hôtelier qui souhaitait l'assassiner pour reprendre l'*Éden*. Elle lui avait prouvé ses capacités en déchiffrant un ancien pendentif ouroboros qu'il avait hérité de son père… et après avoir déterré ses secrets, elle lui avait révélé les siens.

Avec ce qu'elle avait découvert à son sujet, elle aurait pu bénéficier de l'ascendant, mais au lieu de cela, elle lui avait fourni une arme à son tour. C'était comme ça. Ils souriaient et les informations compromettantes étaient comme des couteaux posés sur la gorge de l'autre. À part celle de Tristan, c'était l'amitié la plus solide qu'il ait jamais connue.

« Tu fais toute une montagne de cette histoire », dit Séverin.

Un regard à Laila suffit à lui faire comprendre qu'il avait dit exactement ce qu'il ne fallait pas.

« C'est ma vie, Séverin, déclara-t-elle avec fermeté. Et ça compte beaucoup pour moi. »

Il rougit. « Ce n'est pas ce que je voulais dire…

— Je me fiche de ce que tu voulais dire. Ça me dérange quand quelque chose se met en travers de ma quête, reprit-elle avec ferveur. Y compris ton ego. »

Laila en revenait toujours à sa quête du Livre forgé qui contenait des réponses concernant son existence, même si elle ignorait tout de son contenu. Elle était aussi insatiable et implacable vis-à-vis de sa recherche que vis-à-vis de ceux qu'elle aimait. Rien ne pouvait la retenir. Ni la famille qu'elle avait laissée en Inde, ni, bientôt, la famille qu'elle s'était faite ici.

« Tout ce que je demande, c'est que tu nous fasses confiance comme nous te faisons confiance, reprit-elle. Tu sais ce que je suis ?

— Fâchée ? » suggéra-t-il avec un faible sourire.

Cela n'amusa pas Laila. « Je suis un instrument. Je le sais. Tu le sais.

— Ne dis pas ça… », commença-t-il. Mais elle poursuivit sans le laisser parler : « Pourtant tu refuses de m'utiliser même quand je te le demande. On dirait que tu as besoin qu'on te le rappelle. »

Elle tendit la main pour attraper son poignet.

« Laila, prévint-il.

— Tu as renversé ta boîte de clous de girofle sur tes manches ce matin. Tu as caché un des engins incendiaires de Zofia dans le hall d'entrée d'Hypnos. Tu as fixé la pendule en os dans ton bureau pendant presque une heure. Tu veux que je continue ? Parce que je peux t'en dire plus. » La voix de la jeune femme faillit se briser. « Ce costume a été fabriqué par une femme qui a sangloté dans le tissu en découvrant qu'elle était enceinte hors mariage. Ce costume…

— *Stop* », lui ordonna-t-il en se levant si vite que sa chaise heurta la vitre derrière lui.

Il baissa les yeux vers les doigts de Laila, qui touchaient encore son poignet. Aucun des deux ne bougea. Il entendait sa respiration, faible et rapide, de l'autre côté de la table. Depuis qu'ils s'étaient mis d'accord pour collaborer trois ans plus tôt, elle n'avait jamais lu ses objets. À son contact, il se sentait dangereusement mis à nu. Il devait partir. Tout de suite.

« Tu n'es pas un instrument. Pas pour moi, déclara-t-il sans la regarder. Mais si tu y tiens tellement, alors rends-toi utile. Mets-moi sur la liste des invités du *Palais des Rêves*. »

Alors que la soirée approchait, Séverin entendit de l'agitation en dehors de son bureau. Rien de nouveau. Il ignora le vacarme et se concentra sur les documents devant lui. Pour une raison étrange, il avait l'impression qu'une odeur de sucre et d'eau de rose flottait dans l'air. Le parfum que Laila conservait dans une bouteille en quartz rose et, matin et soir, elle passait le bouchon en cristal sur ses poignets, puis le long de son cou de bronze. C'était une senteur légère… qu'il n'avait perçue que lorsque ses lèvres avaient effleuré la nuque de la chef pâtissière.

Séverin se pinça l'arête du nez.

Sors de ma tête, nom d'un chien.

D'un côté de son bureau se trouvaient les plans du palais de la maison Kore. De l'autre, la copie d'un masque de Sphinx réalisée par Zofia. Tout à coup, il entendit un nom crié dans le couloir :

« L'Énigme ! »

Oh non, pensa Séverin.

« Laissez-nous », ordonna une voix impérieuse.

Nous ?

Le propriétaire de l'*Éden* repoussa sa chaise, prêt à traverser la pièce et à verrouiller la porte quand Laila, bien que personne ne puisse la reconnaître pour l'instant, entra. Séverin ne l'avait jamais vue en Énigme. Il n'allait jamais au cabaret, mais il avait entendu les rumeurs sur l'effet qu'elle avait sur le public. En la regardant en cet instant, il était évident que les ragots ne faisaient pas honneur à la réalité. Avec sa coiffe en plumes de paon et son masque assorti, L'Énigme ressemblait plus à un mythe qu'à une jeune femme. Des plumes aux tons de pierres précieuses descendaient le long de son dos. De la soie pâle s'accrochait à ses jambes, forgée pour onduler comme si un vent invisible l'accompagnait. Sa blouse n'était guère plus qu'un corset de perles.

Laila fit quelques pas en avant et s'arrêta juste assez longtemps pour permettre à la foule qui s'amassait à l'extérieur de voir sa main glisser le long du bras de Séverin.

« Je voulais te faire une surprise », déclara-t-elle d'une voix mielleuse. Puis elle se retourna vers la porte ouverte et les visages curieux de plus en plus nombreux. « Sommes-nous obligés d'avoir un public ? »

Quelqu'un tira sur le battant pour le fermer.

Au moment où la porte claquait, Séverin s'écarta de la jeune femme en jetant un coup d'œil en direction du couloir, où les ragots devaient aller bon train.

« C'était quoi, ça ? »

Il ne se sentait pas en état de lui demander plus que ça.

« Tu m'as demandé de m'arranger pour que tu figures sur la liste des invités. Voilà qui est fait. »

Laila se drapa dans l'un des fauteuils du bureau, puis retira sa coiffe. Au contact de ses doigts, les plumes de paon forgées rétrécirent et devinrent un simple collier ras-de-cou en soie verte avec un pendentif en résine. Elle écarta ses cheveux d'un côté tout en tripotant le fermoir de son bijou.

« Il n'arrête pas de se défaire, commenta-t-elle en fronçant les sourcils. Je pense qu'Enrique l'a mal fermé. Tu peux m'aider ? »

Son langage corporel semblait complètement détendu. Leur dispute était passée. Ce n'était pas leur premier affrontement et ce ne serait pas le dernier, aucun des deux ne prit donc la peine de s'excuser. Séverin se plaça derrière elle.

« Explique-moi comment cette mise en scène me permet d'être sur la liste des invités ? » demanda-t-il en attrapant le fermoir.

« Toutes les courtisanes sont autorisées à inviter un amant qui peut rester dans leurs quartiers privés pendant le spectacle. Ce soir, cet homme, c'est toi. »

Les doigts de Séverin glissèrent et Laila se raidit.

« Je n'ai pas oublié la promesse que nous avons faite », précisa-t-elle avec légèreté.

Un an et demi plus tôt, il lui avait dit : *Nous ne pouvons pas recommencer.*

Et elle avait répondu : *Je sais.*

Il avait une maison à reconquérir, un avenir à faire surgir de l'obscurité.

Il avait déjà eu des filles dans son lit, mais rien de comparable à cette nuit-là. Rien qui lui ait fait oublier, l'espace d'un instant, qui il était. Qui il était censé être.

Mais aucun désir ne valait la peine de risquer son avenir.

Depuis, ni l'un ni l'autre n'avaient mentionné la promesse qu'ils avaient prononcée. Ils faisaient comme si rien ne s'était passé et ça fonctionnait. Ils pouvaient travailler ensemble. Ils pouvaient être amis. Ils étaient capables de tourner la page.

« C'est juste une rumeur, s'empressa-t-elle d'ajouter. Je ferai en sorte de me montrer avec quelqu'un d'autre le lendemain pour te libérer de tout lien avec moi. »

Les pensées de Séverin bloquaient sur les mots *ce soir* et il n'aimait pas cela.

Alors qu'il finissait d'attacher le collier de Laila, son pouce effleura la nuque de la chef pâtissière. Celle-ci frissonna et se pencha en avant. Le dessus de la longue cicatrice à côté de sa colonne vertébrale dépassa du costume.

« Tes mains sont glacées, se plaignit-elle. Quel genre d'amant a les mains froides ?

— Celui qui compense la température par le talent. »

Il voulait plaisanter, mais son ton était trop rude. Laila se retourna sur son siège. Sans réfléchir, il posa les yeux vers sa bouche. Elle s'était préparée à la hâte. Une légère poussière blanche était accrochée au rebord de sa lèvre ourlée de rouge. De la poussière de sucre. Était-elle en train de faire de la pâtisserie quand elle avait remarqué que le temps pressait ? Ou était-ce un oubli intentionnel ? Une invitation à la dégustation ?

Ils s'écartèrent d'un bond lorsqu'un éclair de lumière rouge apparut sur le bureau. Laila sursauta, puis grimaça. Sa main était collée au bord de la table.

« J'ai dû le toucher par accident. »

Le bureau de Séverin était forgé pour ne répondre qu'à l'empreinte de sa main. Si quelqu'un d'autre le touchait alors que le dispositif était activé, il ou elle restait coincé. Le jeune homme s'approcha et appuya la paume sur la table de jade. La lueur rouge disparut et Laila retira sa main. Séverin ne savait pas quoi dire. L'air était tellement chargé de la présence de la danseuse qu'il en avait à peine assez pour prendre une courte inspiration.

« *Majnun*, le mot que tu cherches est *merci* », lâcha Laila en se levant de sa chaise.

Et elle se dirigea vers la porte. Juste avant d'attraper la poignée, elle toucha son ras-de-cou. Sa coiffe forgée se déploya et s'enroula sinueusement autour de son visage, masquant l'expression qui n'était apparue qu'un instant. Séverin se rassit à son bureau.

Majnun, *le mot que tu cherches est* merci.

Laila avait presque toujours raison, ce qu'il ne lui avouerait jamais, même sous peine de mort.

Mais aujourd'hui, cependant, elle avait tort.

8

Laila

Laila commençait à paniquer.

D'abord, il lui restait moins de deux heures avant la représentation au *Palais des Rêves*. Or, elle n'avait pas encore récupéré sa nouvelle robe chez le couturier et il y aurait forcément la queue chez son tailleur préféré. Ensuite, elle ne trouvait pas son collier forgé et refusait de partir sans lui. Le ras-de-cou contenait sa coiffe de paon et si elle ne la portait pas, un spectateur pourrait la reconnaître.

Laila balança sur le sol l'un des nombreux oreillers de son lit, puis secoua les rideaux de gaze de son baldaquin.

« Où est-il ? demanda-t-elle. C'est toi qui l'as pris ?

— Pourquoi est-ce qu'on *me* jette toujours la pierre ? » protesta Tristan.

Il était couché sur le ventre sur le sol de la chambre. Un oreiller sous le menton, il rangeait minutieusement la collection de parfums de Laila qu'il avait alignée devant lui. Elle reconnaissait tous les flacons sauf un, une sphère en verre contenant des billes noires.

« Tu pourrais te rendre utile et m'aider, grommela-t-elle. Qu'est-ce que tu fais ici d'ailleurs ? Tu as ta chambre.

— Je fais des recherches.

— Tu ne pourrais pas aller faire tes recherches ailleurs ?

— Si je vais dans le laboratoire de Zofia, j'aurai droit à une leçon de maths. Si je vais dans le bureau d'Enrique, il me donnera un cours d'histoire.

— Et Séverin ? »

Tristan fit la moue. Laila savait ce que cela signifiait : les deux garçons s'étaient disputés. Typique.

« Tu sais qu'il tient à toi, hein ? » insista-t-elle.

Il ne répondit rien. Il tendit le bras, déboucha un parfum, le renifla et fit la grimace.

« Celui-là sent la baleine mourante. »

Laila lui arracha le flacon des mains.

« Je l'aime bien celui-là », se défendit-elle avec raideur.

Elle examina le sol de sa chambre. Il était jonché de soies d'anciens costumes qu'elle pensait transformer en rideaux, de paniers débordant de colliers inachevés, d'un étalage de chaussures et de deux ou trois croquis d'artistes de cabaret qui l'avaient dessinée sur scène.

Elle tira nerveusement sur une mèche de cheveux. « Je ne peux pas partir sans mon ras-de-cou. Je pensais qu'il était juste… »

Elle aperçut un ruban derrière Tristan. Elle le ramassa et le mit sous le nez du jeune homme.

« Tristan ! Il était *pile* à côté de toi ! Tu ne pouvais pas regarder ? »

Il la contempla, les yeux écarquillés. « Désolé ?

— Tu n'es *pas* désolé », pesta-t-elle.

Elle tourna les talons, mais glissa et tomba en arrière.

Tristan tenta de la rattraper, mais il ne fut pas assez rapide et la tête de la danseuse heurta douloureusement le sol. Il plaça un oreiller sous son cuir chevelu. « Laila ! Ça va ? »

Alors qu'elle essayait de se mettre en position assise, son bras buta contre la sphère en verre contenant les petites billes noires. « Mon expérience ! » s'écria Tristan.

La sphère se brisa. Au lieu de se répandre sur le sol, les billes noires rebondirent en l'air. Sous le choc, elle fixa bouche bée les billes qui flottaient. L'instant d'après, elles reprirent leur chute. Laila voulut se protéger le visage, mais l'une d'elles vint frapper sa langue. Elle recracha immédiatement la bille et des panaches d'encre explosèrent, l'éclaboussant d'ombres épaisses.

« TRISTAN ! » hurla-t-elle.

Elle entendit un bruit de lutte juste devant elle. Elle ne savait pas de quoi il s'agissait, car elle ne voyait plus rien. Mais ensuite, une voix qui était indubitablement celle de Tristan lâcha : « Oh oh. »

Une heure plus tard, Laila était à bord de son carrosse et essuyait une tache d'encre sur son pouce.

Les billes noires étaient la dernière invention forgée de Tristan, qui combinait l'encre de seiche et de la cellulose extraite de végétaux. Lorsqu'on les gardait en bouche et qu'on les recrachait, les billes créaient un nuage d'obscurité. D'où leur nom : bouchées de nuit. Elles avaient aussi la capacité d'asperger d'encre un adversaire et d'obscurcir sa vision pendant près de vingt minutes. Plutôt utile au cours d'un affrontement avec des ennemis. Beaucoup moins quand on était censé se produire devant le public quelques heures plus tard. Au moins Zofia avait pu préparer une solution chimique qui avait permis de dissiper l'encre. Enrique avait aussi « aidé », mais il avait surtout passé son temps à rire pendant que Tristan courait en cercle en criant : « Désolé, désolé, désolé. »

Tandis que sa voiture cahotait sur la route pavée, Laila se pencha par la fenêtre. Avec sa coiffe et son masque, elle était immédiatement reconnaissable. Même son carrosse – qui arborait une traîne en fer forgé en forme de plumes de paon – annonçait sa présence. Ça lui plaisait. Être tapageuse dans une vie lui permettait d'être la discrétion même dans d'autres.

Paris attendait de L'Énigme un comportement théâtral. L'Énigme brûlait les bijoux de ses ex-amants (en fait, il s'agissait de pièces en toc habilement conçues par Zofia). L'Énigme avait des rivales (des amies qui s'étaient mises d'accord sur un calendrier préétabli de « querelles » à exécuter devant le public). L'Énigme était une princesse condamnée à l'exil pour être tombée amoureuse d'un noble britannique, une démone lâchée dans les rues de Paris. L'Énigme était une tentatrice sans pitié qui dansait parce que briser entre ses dents le cœur d'un pauvre homme était bien plus gratifiant que n'importe quelle rétribution.

L'Énigme était Laila, mais Laila n'était pas L'Énigme.

La voiture s'arrêta devant le numéro 7, rue de la Paix, l'adresse à la mode d'un célèbre couturier parisien. D'autres véhicules s'y parquaient au même moment. Des femmes vêtues de toilettes variées, de chapeaux à plumes et de sacs à main sertis de bijoux en sortaient, s'attardant juste assez longtemps pour que les curieux sachent où elles se rendaient.

Bien que le printemps fût anormalement froid, Laila s'assura que tout le monde la voyait se débarrasser de son vison noir. La fourrure glissa de son épaule, exposant la bretelle ornée de bijoux de son costume baptisé *La nuit et les étoiles*.

Le crépuscule avait déposé un linceul de velours sur la rue de la Paix. Une musique légère se fondait dans le bruit des sabots des chevaux heurtant la pierre. Au loin, la colonne de la place Vendôme ressemblait à une aiguille ayant percé le ciel et dérobé sa pluie. Les rues luisaient à la lumière des lanternes, qui jetaient des stries d'or sur les pavés. Autour de Laila, des badauds se pressaient et leurs questions bruyantes prenaient le dessus sur les acclamations et les cris d'admiration.

« L'Énigme ! Avez-vous entendu que La Belle Otero a brûlé des plumes de paon sur scène hier soir ?

— L'Énigme ! l'apostropha un homme. Est-il vrai que La Belle Otero et vous ne vous parlez plus ? »

Laila rit en se couvrant la bouche d'une main gantée. Ses bagues forgées en serpent glissèrent le long de ses doigts. « La Belle Otero réalise des exploits avec sa bouche. Parler n'en fait pas partie. »

La foule poussa des exclamations scandalisées. Certains lui adressèrent des remontrances. D'autres répétaient sa réplique en riant. La danseuse ne leur prêta pas la moindre attention. C'était exactement ce que Carolina et elle souhaitaient. Carolina, connue du public sous le nom de La Belle Otero, avait imaginé l'insulte elle-même. La vedette des Folies Bergère était une danseuse exceptionnelle, mais une stratège encore plus remarquable quand il était question de publicité. Elles avaient mis au point ce manège un mois plus tôt autour d'un thé. Laila se promit de lui envoyer une boîte de ses ananas séchés préférés.

Une fois dans le salon, la jeune femme foula d'un pas rapide le parquet et passa devant les hauts miroirs. Elle entendit les murmures s'élever dans son sillage.

« Vous avez entendu qui elle a pris pour amant ? »

Tous ses « amants » étaient soit imaginaires, soit rendus publics dans le seul but de rendre service à des amis qui n'avaient aucune envie d'accueillir des femmes dans leur lit. C'était une règle qu'elle appliquait depuis son arrivée en France.

Elle n'y avait dérogé qu'une seule fois.

Avec Séverin.

Elle n'avait cédé qu'une seule fois à son attirance pour un homme. *Qu'est-ce que ça peut faire une petite exception ?* C'est du moins ce qu'elle avait pensé en le tirant vers elle. Le désir était une chose, mais ce qu'elle avait ressenti cette nuit-là était une attirance… le genre d'attraction qui empêche les étoiles de tomber du ciel la nuit. Une force colossale. Qui ne ressemblait en rien à ce qu'elle avait imaginé.

C'était une erreur.

Dans le salon, des robes forgées flottaient sur un podium en cristal. Les tissus ondulaient et s'étiraient comme si un corps humain invisible les portait. Des couturiers grimpaient sur des échelles, soulevant des mètres de crinoline raide aux couleurs de pierres précieuses ou des rouleaux de soie forgée qui imitaient tout, aussi bien un ciel d'automne tardif qu'un crépuscule brumeux parsemé d'étoiles pâlissantes.

Son couturier l'accueillit à l'entrée.

« Ma robe du soir est-elle prête ?

— Bien sûr, mademoiselle ! Vous allez l'adorer ! J'y ai travaillé toute la nuit.

— Et elle sera assortie à mon costume ?

— Oui, oui », lui assura-t-il.

Bien que son costume de *La nuit et les étoiles* ne changeât pas, il lui fallait une robe pour faire son entrée à la soirée révolutionnaire du *Palais des Rêves*. Le couturier la guida vers une cabine d'essayage. À l'intérieur, un lustre de champagne forgé tournait sur lui-même au plafond. Une flûte s'en détacha et vint se poser dans sa main. Laila la tint sans la boire.

« Voilà ! » annonça le tailleur.

Il frappa dans les mains et une robe glissa jusqu'à la cabine. Elle était en satin ivoire, avec des manches bouffantes, une encolure en croissant ornée de petites perles et une superposition de treillis noirs qui ressemblait à un rinceau en fer. Elle les toucha délicatement. Aussitôt, le rinceau s'entortilla et le treillis de soie noire se fondit en un nouveau motif de fleurs d'encre.

« Magnifique, souffla-t-elle.

— Et parfaitement adapté à l'Exposition universelle, renchérit-il. Je l'ai modelé d'après les treillis de la tour Eiffel. Je vais laisser mademoiselle évaluer mon travail. J'espère que si mademoiselle apprécie cette tenue, elle envisagera de sortir du magasin en la portant ? »

Laila savait déjà que sa réponse était positive. Mais c'était son personnage de diva qui commandait ce soir. Elle haussa les épaules. « Je vais l'examiner moi-même et décider. »

Le couturier masqua sa déception derrière un sourire bien rodé. « Bien entendu. »

Et, sur ce, il la laissa avec la robe. Quand elle fut sûre qu'il était parti, Laila déposa sa flûte de champagne sur la petite table en ivoire et se mit à se déshabiller. Elle aurait bien aimé qu'il y ait moins de miroirs.

Elle détestait contempler son propre reflet. Dans les miroirs, son dos mal en point se reflétait mille fois.

Avec précaution, elle passa une main par-dessus son épaule et traça les contours de la cicatrice, tentant de *lire* son propre corps. À chaque fois qu'elle essayait, elle n'obtenait aucun résultat. Et elle poussait un soupir de soulagement. Elle ne pouvait déchiffrer que les objets, pas les gens. Est-ce que ça signifiait qu'elle était vraiment humaine ? Ou que son corps était muet comme n'importe quel objet forgé, les seuls qu'elle ne pouvait pas explorer ?

C'était une question qu'elle posait à sa mère tous les soirs en Inde. Avant d'aller se coucher, sa mère lui appliquait de l'huile d'amande douce sur le dos et massait le tissu cicatriciel.

« Ça va s'estomper, affirmait-elle.

— Et après, je serai bien réelle ? » demandait Laila.

Les mains de sa mère s'arrêtaient toujours au moment où elle posait cette question.

« Tu es réelle, ma fille, car tu es aimée. »

Les mains de son père n'avaient pas toujours été aussi douces. Il ne savait pas quoi penser d'elle. De cette enfant forgée.

Peut-être était-ce parce qu'elle ne ressemblait pas du tout à ses parents ? Elle avait des yeux sombres de jeune cygne, d'une étrange nuance de noir animal, et des cheveux brillants comme la fourrure humide d'un chat des marais. Après tout, c'était ce qu'avait utilisé le *jaadugar* : un oisillon volé dans un nid de cygne et une bête malchanceuse piégée dans un fossé.

Le reste de son corps avait été subtilisé dans une tombe d'enfant.

En Inde, ceux qui étaient dotés d'affinités de forgeage étaient appelés magiciens. *Jaadugars*. Si on payait le prix, ils pouvaient exécuter des techniques complexes. On disait que les *jaadugars* de Pondichéry étaient particulièrement versés dans les arts obscurs, grâce à un livre ancien rédigé dans une langue morte. L'ouvrage était censé contenir des secrets de forgeage qui rivalisaient avec la puissance des dieux.

Le *jaadugar* auquel les parents de Laila avaient fait appel était capable de fabriquer un nouveau corps à partir de fragments. Il pouvait même extraire la conscience et la transférer dans un nouveau réceptacle. C'était exactement ce que ses parents avaient demandé lorsqu'ils avaient amené Laila – mort-née – dans la hutte du *jaadugar* à l'extérieur de la ville.

Des années plus tard, on lui avait expliqué que si elle était arrivée chez le *jaadugar* ne serait-ce qu'une heure plus tard, son âme aurait déjà abandonné son corps. C'était un détail que sa mère aimait à rappeler et que son père souhaitait ardemment passer sous silence.

Ils avaient demandé la jolie fille dont ils rêvaient et l'avaient obtenue. Rouge et hurlante comme n'importe quel nouveau-né.

Elle était devenue magnifique, c'est vrai, mais elle arborait encore une longue suture le long de sa colonne vertébrale. Comme si elle avait été cousue.

Après le décès de sa mère, son père avait changé. Il faisait demi-tour quand il apercevait Laila, prenait ses repas dans sa chambre, lui parlait à peine sauf quand elle était en face de lui. Il s'était mis à avoir peur d'elle et avait pris l'habitude de lui envelopper les mains pour ne pas qu'elle l'effraye avec ses pouvoirs. Sa mère disait que c'était un don ; son père considérait en revanche que c'était une simple conséquence de sa fabrication, car ils n'avaient jamais entendu parler de quelqu'un doté d'une capacité similaire. Ce n'est qu'à l'âge de 16 ans, alors que ses amies se préparaient à se marier ou organisaient leurs fiançailles, qu'elle avait affronté son père.

Un soir, elle lui avait montré les bracelets que sa mère lui avait laissés. « Père, pourrai-je les porter après que tu auras arrangé mon mariage ? »

Il était assis dans l'obscurité, le regard distant. Quand il posa les yeux sur elle, il éclata de rire.

« Ton mariage ? » demanda-t-il. Il désigna le corps de la jeune fille de l'index. « Le *jaadugar* qui t'a fabriquée a dit que son travail ne tiendrait pas après ton dix-neuvième anniversaire. Quel serait l'intérêt d'organiser un mariage ? En plus, tu es une fille fabriquée, tu n'es pas réelle. Qui voudrait de toi ? »

Ces mots hantèrent Laila jusqu'à l'ashram des *jaadugars*, mais l'homme qui avait façonné son corps était mort depuis longtemps et le livre des secrets avait été volé… emmené dans une ville appelée Paris par une organisation dénommée l'Ordre de Babel.

Depuis lors, elle cherchait des indices sur l'emplacement du livre dans tous les objets qu'elle lisait, mais jusqu'à présent ses recherches s'étaient avérées infructueuses. Si seulement elle pouvait avoir un accès direct aux connaissances de l'Ordre !

Elle était certaine qu'elle le localiserait immédiatement. Hélas, c'était impossible, à moins d'avoir un patriarche à ses côtés. Ce qui serait enfin possible quand ils acquerraient l'œil d'Horus. Ironie du sort : ce patriarche était la seule personne à lui avoir fait oublier qu'elle était une chose fabriquée et qu'une date d'expiration planait au-dessus de sa tête. C'était une raison de plus pour prétendre que cette nuit n'avait jamais eu lieu.

Aucune distraction ne valait la peine de perdre la vie.

Laila regarda sa cicatrice bouger dans le reflet du miroir. Délicatement, elle appuya les doigts le long des bords froncés. Elle se demandait si, le jour de ses 19 ans, elle s'ouvrirait par le milieu et se décomposerait en un amas de peaux brillantes et d'os usés, jusqu'à ce que la lueur minuscule d'une presque-fille disparaisse dans l'air comme de la fumée.

S'ils acquéraient l'œil d'Horus, elle n'aurait jamais à savoir si ce qu'elle imaginait était la réalité.

Laila remonta la fermeture à glissière de sa robe, dissimulant la couture dans son dos. Elle quitta le magasin, arborant la robe en ferronnerie, les bretelles de son costume de *La nuit et les étoiles* scintillant sous le satin.

Sur le boulevard de Clichy, le *Palais des Rêves* méritait largement son nom. On eût dit une boîte à bijoux. Sur le toit, des faisceaux lumineux tournoyaient dans le ciel. La façade en pierre était forgée pour faire apparaître des nuages aux couleurs du crépuscule : leurs ventres pourpres et gonflés de rêves frôlaient les balcons. Laila avait admiré cet édifice à de nombreuses reprises et pourtant elle se sentait transformée à chaque fois. Comme si ses poumons n'aspiraient plus l'air, mais le ciel nocturne. Des étoiles pétillaient dans ses veines.

L'alchimie de la musique et des illusions du Palais transformait la simple danseuse en… rêve incarné.

Laila franchit l'entrée de l'escalier secret du Palais. À l'intérieur, elle fut accueillie par un garde tenant un bâton lumineux.

« L'Énigme », dit-il avec respect.

Laila resta immobile tandis que le faisceau balayait ses pupilles. C'était le protocole de routine pour quiconque entrait au Palais. La lumière révélait si une personne était ou non sous l'influence d'une affinité de l'esprit. Le forgeage de l'esprit était un talent dangereux auquel les assassins recouraient volontiers, pour pouvoir ainsi rejeter la faute sur un innocent.

Une fois qu'elle eut passé le contrôle, Laila pénétra dans le Palais. Elle fut envahie par un sentiment de plénitude. Le parfum familier de la scène lui emplit les narines. L'odeur des parquets cirés se mêlait à celle des oranges piquetées de clous de girofle suspendues au plafond, à celles du talc et du caoutchouc. À l'intérieur, des lucarnes astucieusement conçues filtraient la lueur des étoiles. Le plafond au-dessus de la scène était voûté. Des lustres à champagne flottaient au-dessus du public, scintillant comme des constellations piétinées par des danseurs fébriles.

Sur la large scène festonnée, une chanteuse, La Fée verte, interprétait un magnifique chant révolutionnaire. Sa robe verte vaporeuse flottait derrière elle et de fines ailes en nacre s'ouvraient et se fermaient lentement dans son dos. Une odeur âcre d'absinthe dansait dans l'air et ses plus fervents admirateurs levaient bien haut les coupes fumantes contenant la précieuse liqueur. La Fée verte avait choisi une étrange toile de fond… non pas la Bastille, la forteresse prise d'assaut par une foule de révolutionnaires… mais les catacombes de Paris. Cet ossuaire contenait les ossements de millions de personnes et les restes des voix horribles et grandioses de la Révolution. L'image sur la scène était glaçante : des rangées et des rangées de crânes grimaçants, de fémurs alignés formant des couloirs et des croix. Mais c'était aussi un rappel : toute victoire a un coût.

Le second étage était réservé aux loges. Chaque étoile du Palais disposait de la sienne, personnalisée selon ses demandes. Laila jeta un regard depuis le balcon, scruta rapidement le public et repéra celui qu'elle cherchait. Le coursier de la maison Kore. Il n'avait pas l'air sûr de lui, assis dans un fauteuil en velours. Un bol de fraises enrobées de chocolat était posé sur la table devant lui. Laila sourit. *Vous avez suivi mon conseil.*

Un Sphinx se tenait immobile dans le coin, comme Séverin et elle s'y attendaient. Le Palais en gardait toujours deux sous la main pour les grandes occasions, pour éviter les tentatives d'escroquerie sur un membre de l'Ordre ou le vol des trésors marqués par la maison. Ce jour-là, le deuxième garde ne se montrerait qu'une heure plus tard : Zofia et Tristan avaient astucieusement manipulé l'horaire des Sphinx forgés du Palais. Mais un autre « Sphinx » viendrait prendre sa place : Séverin. Tristan l'accompagnerait, déguisé en policier. Un leurre serait glissé dans la poche du coursier. Un objet qui semblait porter la marque d'une maison, ce qui permettrait à un Sphinx de l'approcher. À partir de là, le coursier serait accusé de vol, emmené dans une cellule, délesté de tous ses effets personnels, y compris la pièce catalogue contenant l'emplacement de l'œil d'Horus, puis enfin « interrogé » et relâché.

Simple.

La Fée verte venait d'achever son morceau sous un tonnerre d'applaudissements. Ce serait bientôt son tour.

La jeune Indienne ouvrit la porte de sa loge. À l'intérieur, des flammes dansaient au sommet de bougies chétives. La faible lumière conférait à la pièce une atmosphère somnolente et dorée. Un bouquet de roses blanches l'attendait sur une table d'appoint, près de sa coiffeuse.

Et sur sa méridienne bordeaux...

Un jeune homme. Il était étendu sur le flanc et arrachait distraitement les pétales d'une rose. Il dut l'entendre ouvrir la porte, car il leva la tête et lui adressa un grand sourire. Ses yeux étaient étonnamment pâles par rapport à sa peau foncée et lustrée.

« Ah, bonjour ma chère.

— Qui êtes-vous ? »

Il se mit debout et s'inclina. « Hypnos. »

Laila redressa le menton. « Et qu'est-ce que vous faites ici ? »

Hypnos se mit à rire. « Je vous adore déjà ! Si impérieuse ! Je parie que Séverin aime qu'on lui donne des ordres, pas vrai ? »

Au nom de Séverin, Laila se raidit d'un coup.

« Qu'est-ce que vous lui avez fait ? »

Hypnos frappa dans les mains et soupira.

« Oh, bonté divine, vous tenez à lui ! C'est compréhensible. Il fait penser aux recoins les plus sombres des contes de fées. Le loup dans le lit. La pomme dans la paume d'une sorcière… »

Il lui adressa un clin d'œil.

La chaleur monta aux joues de la jeune femme.

« Je ne…

— Ça m'est égal de toute façon », la coupa Hypnos en agitant la main. Son sourire paraissait aussi dangereux qu'un secret obtenu par la force. « Et ce n'est pas pour ça que je suis venu, ma jolie. Je suis là parce que si nous n'agissons pas très vite, Tristan et Séverin mourront dans l'heure. »

9

Zofia

Zofia mâchouillait une allumette, les yeux fixés sur la porte de l'exposition. La structure accueillant l'exposition consacrée aux superstitions coloniales était une enceinte de verre et d'acier de la taille d'une vaste serre. Elle contenait d'anciens objets de forgeage issus de tout l'Empire français d'outre-mer. Le service de l'agent de sécurité devait s'achever d'un instant à l'autre. Enrique et elle se faufileraient alors à l'intérieur, déroberaient un artefact qui, d'après l'historien, pourrait neutraliser les effets de la pierre de vérit, avant d'aller retrouver les autres à l'*Éden*.

« Mon Dieu, que cette attente est pénible », se lamenta Enrique.

À cette heure tardive, il n'y avait plus personne au Champ-de-Mars si ce n'est des vagabonds, des mendiants et quelques touristes qui essayaient d'apercevoir l'Exposition avant son ouverture officielle. Au cours des mois précédents, les préparatifs avaient transformé la ville, modifiant quotidiennement le paysage urbain. Des tentes colorées surgissaient du jour au lendemain et le gazouillis de nouvelles langues se joignait au bourdonnement des lumières électriques.

Mais rien ne captivait autant Zofia que l'imposante tour Eiffel, entrée officielle de l'Exposition universelle de 1889. Les journaux disaient qu'ensemble, le forgeage et la science allaient ouvrir une nouvelle ère pour l'industrie. Mais aux yeux de la jeune Polonaise, le forgeage était de toute façon indissociable des sciences. Pour elle, il ne s'agissait pas d'un art divin rendu possible par d'anciens artefacts, mais d'une science qui n'était pas encore comprise.

Elle examina l'imposante tour Eiffel. Certains la qualifiaient de tour de Babel d'un nouvel âge, car toutes deux avaient été construites sans forgeage et marquaient le début d'une nouvelle ère, mais la tour de Babel avait été édifiée pour atteindre Dieu et les cieux. Zofia ne savait pas quel genre de dieu le monde cherchait à rejoindre aujourd'hui.

« Qu'est-ce qui lui prend si longtemps, à cet agent de sécurité ? grommela Enrique. Il était censé être sorti à 20 heures. Il est presque 21 heures.

— Il n'a peut-être pas l'heure. »

Il la dévisagea. « Tu fais enfin une blague ?

— Je souligne une lacune dans ton observation. »

Le jeune Philippin soupira. « Et dire que j'aurais pu danser au *Palais des Rêves* ce soir.

— Ils ne voulaient pas de toi, tu te souviens ? Séverin a dit que ton visage ne convenait pas du tout.

— Merci.

— De rien. »

Au-delà de l'exposition consacrée au forgeage s'élevaient les pointes de temples de pierre, les sommets de palmiers et les tentes en soie abritant les vastes pavillons coloniaux le long de l'esplanade des Invalides. On les annonçait comme la plus grande attraction après la galerie des machines et la tour Eiffel. Selon les journaux, les pavillons coloniaux comprenaient

« un village nègre avec près de quatre cents Africains dans leur habitat naturel ».

Zofia était frappée par le mot *habitat* : il était mal employé. Il lui semblait qu'il aurait dû être réservé aux animaux. Or, les gens n'étaient pas des animaux. Cela ne semblait pas juste qu'ils soient là uniquement pour être observés.

« C'est moche », déclara-t-elle. Elle ne se rendit pas compte qu'elle parlait à haute voix avant de s'entendre.

« Quoi ? » voulut savoir Enrique.

Il suivit son regard jusqu'au sommet des tentes et sa bouche se tordit en une grimace. « Ça fait partie de la "mission civilisatrice" de l'Europe », répondit-il doucement.

Zofia connaissait la définition du mot « civiliser », mais elle ne comprenait pas pourquoi on l'utilisait. À l'école, « civiliser » signifiait amener les gens à un stade de développement jugé avancé. Mais elle avait vu les illustrations dans les livres de voyage : les temples majestueux, les inventions complexes, les techniques et les progrès de la médecine qui avaient été découverts et mis en œuvre bien avant qu'ils ne soient connus en Europe.

« Ce mot ne convient pas. »

La peau de Zofia se hérissa. Elle avait appris à détecter la répulsion chez les autres. Mais ce n'était pas ce qu'Enrique semblait ressentir. Il avait la bouche tombante, les yeux écarquillés et la mâchoire crispée. Les caractéristiques de la tristesse mélangée à autre chose…

« Je sais. »

Zofia réalisa ce que son expression indiquait d'autre : il comprenait.

Un bruit dans la ruelle les fit sursauter.

« Un Sphinx, siffla-t-il. Ne bouge pas. »

La jeune femme resta immobile tandis que la lumière du lampadaire détourait une silhouette reptilienne familière.

Chargé de retrouver les objets volés portant la marque d'une maison, le Sphinx opérait pour l'Ordre et lui répondait. Enrique et Zofia se tapirent dans l'ombre lorsqu'il passa devant leur cachette. Derrière lui, un voleur boitait, le bras disloqué et le poignet saignant encore coincé dans les mâchoires de la bête.

Zofia détourna le regard. Dès qu'un Sphinx prenait quelqu'un pour cible, leurs masques de crocodile forgés prenaient le relais. Les créatures se déplaçaient à une vitesse inhumaine et leurs mâchoires broyaient la peau et les os de la partie du corps qu'ils attrapaient en premier.

L'homme avait eu de la chance que le Sphinx n'ait visé que son poignet.

Une fois que l'animal et sa proie furent passés, Zofia et Enrique eurent l'attention attirée par un cliquetis dans l'Exposition sur les superstitions coloniales. Le vigile avait terminé son service et la porte s'était ouverte. Une fois qu'il eut fini de verrouiller, le gardien de nuit posa la main sur une vitre. Celle-ci s'illumina brièvement d'une teinte bleutée. L'homme examina les environs. Au loin, des mendiants étaient allongés pour la nuit. Des chats maigres se dissolvaient dans les ombres.

Le Philippin ajusta sa tenue, qui se composait d'une chemise et d'un manteau usés. « N'oublie pas ce que Séverin a dit : le vol doit ressembler à un accident.

— Pas d'explosifs, récita-t-elle comme si elle trouvait cela ennuyeux à mourir.

— *Pas* d'explosifs. »

Zofia ne mentionna pas qu'elle avait apporté son ruban inflammable, son incinérateur, et des allumettes. Juste au cas où.

Enrique mit un masque sur sa tête. Le garde se mit à marcher vers la rue. La lumière d'un lampadaire scintilla sur le bord de son chapeau haut de forme.

Enrique se dirigea lentement vers lui en brandissant la bouteille de vin vide qu'il avait trouvée près du tas d'ordures.

« Toi là ! brailla-t-il. T'as de l'argent sur toi ? »

Le vigile recula. Zofia se tapit contre un appentis, ce qui signifiait qu'elle ne voyait plus son partenaire. Mais elle l'entendait toujours. La bagarre. Le garde qui poussait un cri. Les pièces de monnaie qui tombaient sur le sol. Les excuses avinées d'Enrique qui se répercutaient sur les façades.

Maintenant, c'était à elle de jouer.

Zofia traversa les ordures à pas de loup. Elle était déguisée en mendiant, comme son complice, en version un peu plus soignée. Se faire passer pour quelqu'un d'autre était facile, c'était un soulagement même. Elle avait un scénario, elle le suivait. C'était tout.

« Monsieur ! » lança-t-elle.

Le vigile accéléra le pas.

« Monsieur, vous avez laissé tomber ça ! »

Elle courut pour le rattraper avant qu'il ne parte. Pendant la poursuite, elle prit garde à ce que ses mains couvertes de gel ne touchent rien de plus que le nécessaire. L'homme se retourna et jeta un coup d'œil à sa paume ouverte contenant des pièces d'argent.

« Merci », dit-il en récupérant la monnaie, mal à l'aise.

Zofia ne bougea pas. Elle afficha un sourire qui se voulait plein d'espoir et plia les genoux pour paraître plus petite. Plus enfantine. Si tout ne se passait pas comme prévu, il y avait une stratégie de rechange. Son collier était caché sous son col montant et elle sentait ses dangereux pendentifs contre sa peau comme des morceaux de glace.

« Pour ta peine », déclara le garde d'un ton bourru, laissant tomber une pièce d'argent sur le sol.

Zofia attrapa sa main ouverte et la souleva pour l'emprisonner à plat entre les deux siennes.

« Merci, monsieur, répondit-elle avec une voix de fausset. Oh, merci beaucoup. »

L'homme s'empressa de se dégager, puis s'enfuit dans la nuit. La jeune femme le suivit du regard, puis examina ses paumes. Le gel était de la trace de Sia, un matériau de forgeage développé dans l'Égypte ancienne, capable de conserver la forme des empreintes. Plus précisément, les empreintes de mains. Dans sa version normale, le gel était bleu vif et glacial, mais elle avait modifié la formule pour le rendre incolore et chaud comme de la peau humaine. On racontait que la maison déchue pouvait faire bien plus avec la trace de Sia. Qu'ils pouvaient la forger non seulement pour qu'il conserve les empreintes de mains, mais aussi pour *laisser* des marques sur une personne permettant de la suivre à la trace. Hélas, cette technologie, si elle avait jamais existé, avait été perdue avec la maison déchue.

À l'entrée de l'exposition consacrée au forgeage, Enrique sortit de l'ombre. Il avait troqué son déguisement de mendiant contre un costume et un chapeau haut de forme sombres.

« Tu l'as ? »

Elle leva la main. Enrique monta la garde pendant qu'elle collait sa paume contre la vitre. Celle-ci brilla d'un bleu terne. *Les empreintes correspondaient*. Les chaînes en acier se défirent autour des poignets et tombèrent avec un fracas métallique.

L'intérieur de l'exposition était bien plus grand que ce que laissait croire l'extérieur. La galerie s'étendait dans l'obscurité, éclairée par quelques points lumineux posés çà et là devant des tables d'exposition et des piédestaux. Même si la façade semblait être en acier et en verre, la lumière naturelle ne filtrait pas à l'intérieur. De grandes peintures murales recouvraient les fenêtres. Tout le long du mur du fond s'étendaient d'immenses brocarts, si soyeux et brillants qu'ils avaient presque l'air mouillés.

Enrique sortit de sa poche un dispositif de détection sphérique forgé – une invention de Zofia – et le lança en l'air. Tandis que la sphère redescendait lentement en spirale, une lumière jaillit de l'engin éclairant les contours de la pièce.

La salle semblait déserte, mais la jeune femme n'aimait pas cet endroit. Trop fermé, malgré l'espace.

« Il n'y a personne, annonça-t-elle. Et il n'y a pas d'appareil d'enregistrement. Viens… »

Alors qu'elle faisait un pas en avant, Enrique l'attrapa et la tira rapidement contre son torse.

« Lâche-moi !

— Doucement, phénix, doucement, chuchota le Philippin dans son oreille. Regarde le sol. »

La sphère s'était arrêtée près d'un des nombreux piédestaux. Une grille de lumière rouge rayonnait en spirale, projetant un filet sur tout le sol.

« Ils ont caché les appareils d'enregistrement dans le sol ?

— C'est malin de leur part, admit Enrique en la libérant. Nous allons devoir aller plus lentement que je ne le pensais. »

Zofia jeta un coup d'œil à la porte d'entrée en pensant à la chaîne en acier de l'autre côté du battant. Enrique avait généreusement graissé la patte de la tenancière d'une maison close fréquentée par le gardien de nuit qui devait assurer la relève, l'homme n'arriverait pas avant vingt minutes au moins. Cela aurait dû leur donner largement l'amplitude nécessaire pour accomplir leur forfait.

Mais ils avaient calculé le temps dont ils disposaient en partant du principe que les appareils d'enregistrement seraient accrochés aux murs. Pas sur le sol.

« Tant que nous ne touchons pas la lumière rouge, tout ira bien », souligna Enrique.

Il prit les devants. Il progressait prudemment et restait strictement dans l'espace délimité par la lumière rouge. Zofia le suivait, imitant chacun de ses pas. Au bout de cinq minutes, elle commença à ressentir des crampes aux mollets. Les emplacements devenaient plus étroits. Elle parvenait à peine à y faire entrer la totalité de son pied. Elle se hissa sur les pointes, les bras tendus pour garder l'équilibre. Enrique l'imita.

« On y est presque, chuchota-t-il. Nous venons de passer le septième piédestal et l'artefact se trouve sur le neuvième. »

Zofia ne leva pas les yeux du sol. Elle avait la sensation que l'obscurité se resserrait autour d'elle. Elle savait que ce n'était pas une pièce close. Elle le savait et, pourtant, elle avait l'impression de sentir l'air la toucher. Doux comme une plume qu'on aurait passée sur sa peau. De la bile remonta dans sa gorge. *C'est ouvert. C'est ouvert*. Elle leva la tête. Il fallait qu'elle voie le ciel. Qu'elle sache que ce n'était pas un mur, que les piédestaux n'étaient pas des étudiants, que le ronronnement électrique n'était pas un rire.

Enrique s'arrêta à un mètre d'elle. « Nous y sommes là ! Je vois l'artefact… »

La chaussure de Zofia glissa.

La ligne rouge en face d'elle se brisa en deux.

Des faisceaux de lumière descendirent du plafond. À l'extérieur du hall d'exposition, des sirènes se mirent à hurler dans la nuit. L'historien se retourna vers elle. *« Qu'est-ce que t'as fait ? »*

Zofia leva les yeux, affolée, mais son regard ne se dirigea pas vers son complice ni vers la colonne noire où se trouvait l'artefact, mais vers l'homme appuyé contre la paroi derrière eux. Dans l'obscurité, il s'était fondu dans l'ombre, mais les lumières du plafond avaient révélé sa présence. Il plissa les yeux et ses lèvres se retroussèrent en un rictus alors qu'il levait la main. De la lumière se refléta sur une lame.

« Attention ! » cria Zofia.

L'inconnu lança le couteau et Enrique pivota pour s'écarter. L'instinct de la jeune femme prit le relais. En matière de relations sociales, elle avait du mal à savoir quoi faire. Mais quand il fallait se battre, c'était différent. Un affrontement n'était qu'une suite de mouvements, une question d'anticipation de ce que les muscles allaient faire. Ça, elle était capable de le gérer. Elle attrapa son collier. Dès qu'elle le toucha, les pendentifs forgés bougèrent.

Enrique bondit pour être à ses côtés.

« Occupe-toi de l'artefact », lui ordonna Zofia.

Il regarda tour à tour son visage et le pendentif, les sourcils froncés pendant un bref instant. L'homme au couteau voulut saisir l'ingénieure, mais elle lui balança son coude dans le nez. Avant qu'il ne puisse glapir, elle lui décocha un crochet du droit dans les côtes. L'assaillant grogna et la gifla du revers de la main. Zofia sentit son visage piquer et recula. Puis, elle fit claquer ses talons. Des éperons d'acier sortirent de ses chaussures. L'homme s'élança à nouveau et elle lui lança un coup de pied qui l'attrapa à hauteur des rotules. Il s'effondra en se tordant de douleur.

À la seconde où il fut à terre, la jeune Polonaise courut vers Enrique, qui se démenait pour détacher l'artefact carré du bloc de bois. Un grognement s'éleva derrière elle. Leur assaillant s'était relevé. Alors qu'il s'avançait vers eux d'un pas lourd, une chaîne en or s'échappa du col de sa chemise.

« Idiote », râla-t-il.

Il attrapa quelque chose dans sa cape. Zofia détacha un pendentif à son tour et le lui lança à la figure. Chimiquement parlant, c'était juste un oxydant et un combustible tous deux métalliques, mais Zofia l'avait forgé pour qu'il ne produise pas simplement un éclair de lumière. Elle avait insufflé sa volonté à l'objet, l'encourageant à puiser du combustible dans l'air. Le pendentif produisit des étincelles et s'embrasa en sifflant au contact du visage de l'homme. Ses mains s'agitaient autour du brasier alors qu'il essayait en vain de se débarrasser de l'objet.

« Je l'ai ! » cria Enrique.

Trois policiers apparurent à l'entrée.

« Arrêtez ! » ordonna le premier.

Les trois voleurs levèrent les yeux. La bouche de l'inconnu se tordit en un sourire méchant. Il saisit le chapeau melon sur sa tête et l'expédia en tournoyant vers le policier. Zofia remarqua un éclat étrange sur le bord du couvre-chef.

Dès qu'elle réalisa ce que c'était, elle agita les bras pour attirer l'attention des policiers. « Écartez-vous ! C'est une lame ! »

Trop tard. Le bord du chapeau trancha la gorge d'un des policiers et du sang gicla sur son uniforme.

« Non ! hurla-t-elle. Non ! »

Leur assaillant en profita pour lui attraper le poignet. Elle essaya de se dégager, mais il était trop fort. À la place, elle tira sur la chaîne en or qu'il portait au cou. Il eut le souffle coupé un instant avant que celle-ci ne se brise entre les doigts de Zofia et que la force de l'affrontement ne la projette au sol.

« Vous ne savez pas ce que vous empêchez, siffla l'inconnu. C'est le début de quelque chose de nouveau. Une véritable révolution. »

Il s'approcha d'elle d'un air menaçant. Sa silhouette sombre masquait la lumière. Encore sous le choc, la jeune femme rampa en arrière et attrapa la bande forgée cachée sous son col. Elle la décolla et la lança entre l'homme et elle. En la lâchant, elle la supplia… *Enflamme-toi.*

Une vague de flammes jaillit du sol et la chaleur fit vibrer l'air. À travers le brasier, elle aperçut le visage de leur assaillant, furieux et rougi par la lueur du feu.

Enrique aida Zofia à se relever, sa voix qui l'encourageait paraissait lointaine : « Viens, viens ! » La sortie était à portée de main. Un premier pas, un deuxième, puis cavaler de toutes ses forces. Les portes vitrées s'écartèrent. Les pas martelèrent le trottoir. L'odeur âcre du feu piquait encore le nez de la jeune femme. Elle avait en bouche un goût de fer et de sel parce qu'elle s'était mordu accidentellement la langue dans la fuite. Les derniers mots de l'inconnu résonnaient à ses oreilles : *Révolution*.

10

LAILA

Laila n'arrivait pas à rassembler assez d'air pour alimenter ses poumons.

Ce qu'Hypnos lui avait dit lui donnait le tournis.

Tristan et Séverin mourront dans l'heure.

« Que voulez-vous que je fasse ? »

Hypnos battit des mains avec enthousiasme : « J'adore quand on me pose cette question. »

Laila plissa les yeux. « Pourquoi ne pas… », commença-t-elle.

Mais il ne l'écoutait pas. Il traversa la loge pour atteindre le grand miroir doré de Laila, posé sur sa coiffeuse.

« Permettez-moi de vous montrer la scène que je viens de laisser derrière moi sur le sol du Palais. »

Il colla une main contre le miroir et l'image se mit à onduler. Le reflet de la loge céda la place à une vue à hauteur d'yeux du public face à la scène. Dans le miroir, des hommes allumaient leurs cigares, des serveuses se faufilaient entre les tables, elles portaient des ailes façonnées à partir de papier journal sur lequel on pouvait lire des mots de la Constitution française :

Liberté, Égalité, Fraternité. Laila observa Hypnos avec méfiance. Seules les courtisanes et les danseuses du Palais savaient ce dont les miroirs étaient capables.

Il croisa son regard et haussa les épaules.

« Je vous en prie, ma chère, ce n'est pas la première loge de danseuse où je suis invité. »

Laila ne répondit pas, car elle venait d'apercevoir quelque chose dans le reflet. Un Sphinx.

« Nous nous attendions à ce qu'il y ait un Sphinx dans la foule, précisa-t-elle mal à l'aise. Ce n'est pas une révélation… »

Hypnos désigna le miroir. Près de l'entrée de la salle côté est, un second Sphinx faisait les cent pas. Le coursier de la maison Kore était assis à la table la plus proche. Au début, Laila se sentit soulagée. Peut-être que Séverin et Tristan étaient arrivés plus tôt que prévu. Peut-être que Tristan avait déjà placé le leurre sur le coursier de la maison Kore.

« Ça doit être Séverin… », commença-t-elle.

Juste à ce moment-là, à l'heure prévue, un troisième Sphinx franchit les portes à l'autre extrémité de la salle. À ses côtés marchait un officier de la Sûreté en uniforme.

Séverin et Tristan.

Tristan aperçut le coursier de la maison Kore au fond de la salle.

« Non ! » cria Laila.

Elle savait que c'était inutile. L'objet ne transmettait que les images, pas le son. Personne ne pouvait l'entendre.

S'il avançait encore, il sortirait du cadre. Le miroir n'offrait qu'une vue fixe du public. Tristan semblait sur le point de faire un pas en avant, lorsque quelque chose le tira en arrière. Malheureusement, un groupe d'hommes se leva d'une table, empêchant Laila de voir Tristan et Séverin pendant quelques instants. Quand ils s'éloignèrent, Laila aperçut ses amis tapis derrière une large colonne de marbre. D'un instant à l'autre, les deux véritables Sphinx allaient repérer l'imposteur. Une image terrifiante défila devant ses yeux : Séverin et Tristan, face contre terre dans une mare de sang.

La danseuse se retourna vers Hypnos. « Faites-leur parvenir un message ! Et vous êtes un patriarche de l'Ordre. Ne pouvez-vous pas rappeler les Sphinx ?

— Dès que je sors de chez moi, tous mes faits et gestes sont enregistrés et rapportés à l'Ordre à la fin de chaque mois », lui expliqua-t-il en tapotant son revers où était épinglé un insecte mnémo en forme de papillon de nuit. Pas étonnant qu'il soit venu ici. Les loges étaient forgées pour annuler l'effet de tous les dispositifs d'enregistrement.

Quelqu'un frappa quelques coups rythmés contre le battant, pour signifier qu'elle devait entrer en scène. Laila examina les vêtements élégants d'Hypnos, sa montre et l'insecte mnémo, ses boutons de manchettes en forme de croissant de lune.

« Tous vos accessoires sont-ils marqués par la maison ? »

Il afficha un air hautain et caressa sa broche assortie en forme de croissant de lune.

« Bien sûr. Ils sont bien trop raffinés pour être portés par des roturiers. »

Elle avait une idée. Elle défit sa robe, la lumière de la bougie se reflétait sur son costume de *La nuit et les étoiles*.

Hypnos haussa les sourcils. « Oh, bonté divine ! Je comprends que vous me trouviez irrésistible, mais je ne veux pas avoir sur la conscience la mort des gens que j'ai engagés.

— Votre vertu ne craint rien avec moi. » Elle lui adressa un clin d'œil. « Que diriez-vous de causer un peu de scandale ? » suggéra-t-elle en enlevant le reste de sa robe. Sa coiffe en plumes de paon forgée lui chatouillait la peau.

Les dents d'Hypnos brillèrent à la lumière des bougies. « C'est ma raison de vivre, ma jolie. »

L'Énigme ne monta pas sur scène comme prévu.

Elle ne monta pas sur scène du tout.

Laila descendit par l'escalier principal au lieu d'emprunter celui qui menait directement au plateau. Elle ne prévint personne, ni le régisseur, ni les musiciens, ni même les autres danseuses. Et c'était parfait ainsi. Quand la grande courtisane l'avait formée, elle lui avait expliqué que la seule règle à respecter était de suivre son instinct et de respecter le choix des couleurs. Ce soir-là, la danseuse fit les deux.

Elle marqua une pause en haut des marches. Dans une main, elle tenait une bouteille de champagne à moitié pleine. L'autre débordait de colliers de perles, d'une paire de boucles d'oreilles en émeraude et deux boutons de manchettes en forme de croissant de lune. Les deux Sphinx n'avaient pas bougé. Tristan et Séverin étaient invisibles.

« Hypnos ! » cria-t-elle.

La foule se retourna. La musique du cor et du piano s'interrompit brusquement. Le patriarche était assis à une table, un bras passé autour d'un bel homme. Quand il leva les yeux vers elle, il lui adressa un sourire malicieux.

Laila descendit quelques marches en se déhanchant généreusement pour que la lumière s'accroche à son corset pailleté. Cela faisait six mois qu'elle n'avait pas simulé une querelle amoureuse. Elle le devait à son public.

Hypnos retira précautionneusement le bras de l'épaule de son compagnon.

« Tu m'as menti », lança-t-elle d'une voix forte.

Hypnos se mit debout et leva les mains. « Ma chérie, je peux t'expliquer… »

Laila lança la bouteille de champagne, qui décrivit un large arc de cercle. Certaines personnes se jetèrent au sol pour l'esquiver, d'autres coururent pour la rattraper avant qu'elle ne se brise, mais ils arrivèrent trop tard. La bouteille s'écrasa sur le parquet et des éclats scintillants furent projetés sur la piste de danse. Le Sphinx le plus proche de la scène leva la tête. Ses narines se dilatèrent.

« Elle n'était rien pour moi ! s'écria Hypnos en tombant à genoux.

— *Elle* ? répéta Laila. Je parlais d'un homme.

— Oh. » Hypnos grimaça. « Tu es au courant pour lui aussi ?

— C'est terminé ! annonça Laila. J'arrête *tout* ! »

Du haut des escaliers, Laila brisa le collier, les perles se mirent à pleuvoir sur les spectateurs. Alors que la foule se précipitait sur les petites boules qui roulaient au sol, le deuxième Sphinx leva la tête.

« L'Énigme ne se produira pas aujourd'hui ! » prévint la danseuse avant de tourner les talons et de remonter les marches.

Le régisseur protesta, mais elle s'en fichait. Son contrat permettait – et encourageait même sans détour – un scandale et une représentation annulée par an.

Elle ne faisait que son travail.

Dès que Laila fut de retour dans sa loge, elle toucha le miroir et observa la scène qui se déroulait dans la salle. Séverin et Tristan n'étaient pas là et le coursier de la maison Kore non plus. Les deux vrais Sphinx étaient à genoux sur le plancher, triant les perles et les bijoux, les mains mouillées de champagne. Elle avait jeté les boutons de manchettes marqués de la maison d'Hypnos et la broche en forme de croissant de lune en même temps que le reste. Il lui semblait qu'un des boutons avait glissé entre les planches du parquet, ce qui signifiait qu'ils allaient chercher pendant des heures.

Laila ôta son costume, puis choisit une robe en crêpe de Chine violette dans sa garde-robe. Des pendentifs en améthyste polie forgés pour absorber le clair de lune ornaient le V bien dessiné de la taille et les extrémités des manches flottantes. Laila prit le temps de remettre du rouge à lèvres, avant d'emprunter un escalier spécialement aménagé derrière son armoire. Il menait à la sortie de service et à la cave qui servait de cellule de détention. Au sous-sol, elle colla son oreille à la porte.

Derrière le battant en bois, les voix étaient indistinctes. Au bout d'un moment, elle entendit une chaise racler le sol. Puis une porte se refermer en claquant.

Si tout s'était passé comme prévu, Tristan avait fini d'interroger le coursier de la maison Kore pendant que Séverin localisait l'œil d'Horus. Laila s'efforçait encore de percevoir d'autres sons quand la porte s'ouvrit. Elle perdit l'équilibre et sa tête heurta un torse dur. Elle leva les yeux et un cri s'étrangla dans sa gorge. *Un Sphinx*. Sa gueule était grande ouverte. Ses yeux reptiliens ressemblaient à une pièce d'or fendue en son milieu. Il l'attrapa d'une main et, de l'autre, retira son masque. Dessous apparut un Séverin échevelé. Il lui sourit.

« Je t'ai bien eue, non ?

— Bon Dieu, souffla Laila en serrant son cœur.

— Un simple mortel, à votre service », déclara-t-il en s'inclinant.

Le masque du Sphinx l'avait décoiffé et les mains de Laila frémirent lorsqu'elle repensa à ses doigts passant entre ses mèches, à leur texture étonnante, qui faisait croire à de la soie rugueuse. Elle chassa ce souvenir. Elle connaissait par cœur les caractéristiques de Séverin, qu'il avait assemblées avec soin. Il était la tromperie même, dissimulée derrière un vernis d'élégance, un sourire charmeur et un regard troublant. Ses yeux avaient exactement la couleur du sommeil : d'un velours ocre avec des reflets violets, on pouvait aussi bien y lire la promesse d'un cauchemar que d'un rêve.

Séverin lui tint la porte et elle le frôla en passant. La cellule au sous-sol était étroite, les murs étaient couverts d'étagères et de couverts rouillés. Tristan était en train de se débarrasser de son uniforme de la Sûreté pour le troquer contre un manteau en queue d'aronde et un chapeau haut de forme. Il la salua d'un geste timide.

Laila lui expédia un baiser volant. « Alors ? Vous avez la pièce catalogue ? »

Séverin sourit. « Oui.

— Où est le coursier ?

— En train de boire un alcool fort, j'imagine.

— Tu as gardé la pièce ou…

— Je l'ai rendue. Pas la peine de la garder une fois qu'on avait noté les coordonnées.

— Bien. » Elle commençait à se sentir coupable pour ce pauvre coursier. L'idée de lui causer encore plus de problèmes avec ses employeurs ne lui plaisait pas. « Qu'est-ce qu'il s'est passé avec les horaires des Sphinx ? »

Séverin se passa une main dans les cheveux. « Je n'en sais rien. Zofia a forgé le planning à la perfection. Tristan l'a livré à temps. Une erreur administrative, peut-être. Mais tu nous as sauvés. Feindre une querelle d'amoureux avec Hypnos ? »

Il frissonna.

« Contrairement à ce que tu crois, c'était amusant », lui assura Laila. Séverin sembla se raidir et la jeune femme en ressentit un léger frisson. « C'est lui qui est venu me prévenir.

— Ah bon ? s'exclamèrent Tristan et Séverin en même temps.

— En effet, c'est moi qui l'ai prévenue. »

Ils se tournèrent tous les trois vers le seuil de la porte. Hypnos était appuyé contre le chambranle. Il brandit son insecte mnémo endommagé, signe que pour l'instant, du moins, il n'enregistrait rien.

Hypnos adressa un sourire triomphant à Tristan. « Ah ! Je te reconnais, je t'ai utilisé comme appât ! » Il s'avança vers lui, la main tendue. « Enchanté. »

Tristan croisa les bras. « Je devrais lancer une de mes araignées à vos trousses. Elles sont très venimeuses, vous savez. »

Hypnos regarda autour de lui. « Elles sont ici ? »

Tristan hésita. « Eh bien, non, pas exactement, à cette heure-ci, Goliath mange, vous comprenez, et... »

Séverin l'interrompit : « Qu'est-ce que tu fiches ici ?

— Nous faisons affaire ensemble, non ? » demanda Hypnos. Il balaya la pièce en inclinant la tête sur le côté : « Où est le bel historien ?

— Il s'occupe d'une *affaire*, justement, répondit sèchement Séverin. C'est le seul sujet dont je suis prêt à discuter avec toi.

— Ah, oui. Les affaires. Alors, avez-vous réussi à obtenir la pièce catalogue ? »

Séverin l'examina un moment avant de hocher la tête.

« Nous avons les coordonnées exactes de l'œil d'Horus dans la collection de la maison Kore. Il ne nous manque plus que l'invitation.

— Ça, c'est mon domaine, naturellement.

— Et j'aurai aussi besoin de la liste des invités et du nom de l'organisme de sécurité privée que la matriarche de la maison Kore a engagé pour cet événement.

— Considère que c'est fait ! déclara Hypnos en frappant dans ses mains. C'est ça le travail d'équipe ? Comme c'est... hiérarchique. » Il adressa un clin d'œil à Laila. « Bonjour, chère maîtresse.

— Ex-maîtresse », corrigea-t-elle d'un ton légèrement affectueux.

Hypnos lui rappelait Enrique, s'il avait été nourri de champagne et de fumée âcre pendant une bonne dizaine d'années. Le visage de Séverin s'assombrit. Un muscle de sa mâchoire se contracta, comme s'il mastiquait un clou de girofle imaginaire pour se calmer. Il s'approcha d'un pas furieux et s'interposa entre Laila et Hypnos.

« Toi et moi, on devrait parler en privé, lança-t-il à Hypnos.

— Je viendrai prendre le thé demain.

— Ce n'est pas nécessaire que tu viennes à l'hôtel. »

Hypnos eut l'air déçu et sa voix grimpa dans les aigus comme celle d'un enfant. « Mais j'en ai envie ! » Puis il sourit et parla à nouveau normalement : « Et je fais toujours ce que je veux. Je te verrai demain. »

Hypnos envoya deux baisers à Tristan, qui fit mine de les écraser sous son talon. Puis, il dépassa Séverin et se pencha sur la main de Laila.

« Je garderai votre identité secrète, chère Énigme. Et avant d'oublier, je dois vous dire que j'ai adoré votre costume. Il est tellement brillant. Je suis tenté de voir s'il peut m'aller. »

Il se dirigea vers la porte. Une fois qu'il fut sorti, Tristan se détendit et poussa un soupir de soulagement.

« Je ne veux vraiment pas de lui à l'hôtel. »

Pendant un instant, son expression parut froide et lointaine. Laila savait à quel point il était protecteur envers Séverin, mais elle ne l'avait jamais vu comme ça. Un instant plus tard, son visage s'illumina d'un sourire chaleureux. « Oh, j'ai adoré ton costume aussi, Laila. Tu étais magnifique. »

La jeune femme s'inclina, puis examina Séverin. Ce dernier était habillé avec un soin inhabituel. La couleur de sa pochette en soie était assortie à la teinte argentée de sa cicatrice. Sur le deuxième bouton de sa chemise, il avait épinglé une broche sophistiquée en forme d'ouroboros, un bijou qui s'enfonçait dans sa peau et lui faisait mal, elle le savait, parce qu'il le lui avait confié. Il portait des chaussures usées ayant appartenu à son père, le patriarche de la maison Vanth, disparu de longue date. Le cœur de Laila se serra. Ce soir, Séverin avait choisi de s'habiller d'une souffrance subtile. Elle l'avait compris, car elle s'infligeait la même chose chaque soir lorsqu'elle se déshabillait et passait les doigts sur la cicatrice le long de son dos pour essayer de lire son propre corps. Parfois la douleur lui rappelait d'où elle venait… qui elle était… et ce qu'elle voulait être.

Les yeux de Séverin croisèrent les siens et elle se força à afficher un sourire narquois.

« Tristan et Hypnos ont admiré ma tenue, souligna-t-elle en posant la main sur sa hanche. Aucun compliment de ta part ?

— Je n'ai pas eu l'occasion de bien te regarder. » Il lui adressa un sourire forcé. « J'étais trop occupé à éviter une mort certaine. Ça déconcentre énormément, tu sais. »

Il pouvait prétendre ce qu'il voulait, elle n'avait pas oublié comment il l'avait examinée la veille. Comment il s'était figé en la voyant. Comment ses yeux s'étaient assombris, ne laissant qu'un halo de violet. Les hommes l'avaient regardée de mille façons et des milliers de fois, mais aucun ne lui avait fait ressentir ce qu'elle avait éprouvé la veille, le sentiment exquis et presque douloureux d'être dévoilée par un simple regard. Ça l'avait aidée à prendre conscience de toute sa personne : de la peau tendue sur ses os, de la soie qui entourait ses bras et ses jambes, de son souffle qui réchauffait l'air. Elle s'était sentie vivante.

Et ça la terrifiait.

C'est pour la même raison qu'après une nuit passée avec Séverin, elle avait décidé que ça devait s'arrêter sans attendre. Il n'y avait aucune raison d'entretenir cette illusion, alors que dans moins d'un an, elle n'existerait même plus. Mais elle se souvenait encore. Elle se souvenait que c'était elle qui avait fait le premier pas et lui qui avait été le premier à mettre un terme à leur relation.

Elle devait partir.

« Le chauffeur m'attend », prévint-elle.

En sortant, elle examina Séverin par-dessus son épaule.

« Arrange-toi pour prendre un air très triste à l'*Éden*. Si tu étais vraiment mon amant, tu devrais être effondré à la fois à cause de ce que je t'ai fait subir en public et à cause de mon somptueux costume. »

Elle ne s'attarda pas pour voir son expression.

11

Enrique

Enrique s'écroula dans son fauteuil bleu préféré, dans la salle d'observation des étoiles. Un orage secouait les vitres et les tentures brodées de constellations tremblaient comme des pans de ciel nocturne.

« Quelqu'un nous attendait.

— Un révolutionnaire », précisa Zofia.

Le Philippin l'examina. Elle était recroquevillée dans le fauteuil en face de lui et semblait nerveuse. Comme à son habitude, elle mâchouillait une allumette.

« Qu'est-ce que tu as dit ?

— C'était un révolutionnaire, répéta-t-elle sans le regarder. Il m'a parlé de révolution et du début d'une nouvelle ère. Par ailleurs, le capteur aurait dû le repérer, mais il ne l'a pas détecté. »

Cela avait dérangé Enrique aussi. C'était presque comme si l'homme les avait observés de loin et était apparu seulement après qu'ils se furent assurés qu'il n'y avait ni appareils d'enregistrement ni présence humaine. Mais il n'avait pas pu entrer…

la porte était verrouillée, les fenêtres étaient toutes obstruées par des peintures murales. La sortie était barricadée jusqu'à ce que la police casse la barre qui maintenait la porte close. Il n'y avait rien dans cette salle en dehors des objets forgés exposés et d'un impressionnant mur de miroirs.

Zofia ouvrit ses paumes et une chaîne en or s'en échappa. Un pendentif pas plus grand qu'un franc y était attaché. Elle l'approcha de son visage et retourna le bijou.

« Où as-tu eu ça ?

— Il la portait autour du cou. »

Enrique fronça les sourcils. Derrière Zofia, les aiguilles de l'ancienne pendule approchaient lentement de minuit. La salle d'observation des étoiles portait les traces de leurs préparatifs. Toutes les surfaces étaient jonchées de papiers et de plans. Plusieurs croquis de l'œil d'Horus étaient suspendus au plafond. Cette acquisition avait débuté comme n'importe quelle autre : de l'organisation, des repérages, des discussions autour d'un gâteau.

Jusqu'à ce que l'homme brandisse un couteau dans la direction d'Enrique.

C'est à ce moment qu'il avait réalisé que quelqu'un ne voulait probablement pas qu'ils trouvent l'œil d'Horus et était prêt à tout pour les en empêcher. Cette idée l'avait glacé. Enrique sortit de la poche de sa veste l'artefact qu'ils avaient réussi à emporter. D'après ses recherches, à l'origine, il était placé au-dessus de l'entrée d'une église copte en Afrique du Nord. Il inspecta l'objet. Il était façonné en laiton et ses bords étaient dentelés. Quand l'historien passa le pouce le long de la partie supérieure, il sentit des sillons, mais la couche de vert-de-gris était trop épaisse pour qu'il voie bien. Le pourtour portait encore les marques de coups de ciseau pour déloger la pièce de la base d'une statue représentant la Vierge Marie. Si l'on en croyait les habitants du coin, ce carré métallique serti dans le socle de la statue émettait une étrange lueur lorsque quelqu'un qui portait le mal dans son cœur entrait dans l'église. Enrique n'avait jamais entendu parler d'une pierre forgée pour produire cet effet, mais la seule qui soit capable de détecter les armes était la vérit. Si ce carré en contenait un fragment – ou quelques miettes, même si cela semblait impossible – peut-être avait-il détecté une arme sur l'homme qui était entré dans l'église ? Peut-être que le porteur était vraiment mal intentionné et que, quand les habitants de la région avaient remarqué la lueur émise par la pierre, ils l'avaient accosté, avaient trouvé l'arme et en avaient tiré leurs propres conclusions. Les superstitions étaient toujours basées sur un fond de vérité.

« C'est une abeille, déclara tout à coup Zofia.

— Quoi ? »

Elle leva la chaîne et le pendentif. « Regarde, il est en forme d'abeille.

— Une mode étrange, commenta Enrique, qui avait encore l'esprit ailleurs. Ou un symbole ? Peut-être un sympathisant de Napoléon ? Il me semble que les abeilles étaient considérées comme un symbole de son règne.

— Est-ce que Napoléon aimait les mathématiciens ?

— Quel est le rapport ?

— Les abeilles à miel font des prismes hexagonaux parfaits. Mon père les appelait les mathématiciennes de la nature.

— Peut-être ? répondit Enrique, fatigué. Mais vu que Napoléon est mort en 1821, je ne pense pas que j'aurai l'occasion de lui poser la question. »

Zofia le regarda en battant des cils et il s'en voulut. Elle ne comprenait pas toujours l'humour comme les autres et ses tentatives pour faire de l'esprit étaient parfois plus mordantes qu'habiles. Mais Zofia ne le remarqua pas. Elle haussa les épaules et posa la chaîne sur la table basse entre eux.

Enrique retourna l'artefact dans sa main. « D'où sortait cet homme ? Est-ce qu'il attendait là ou est-ce qu'il y avait une porte ?

— Il n'y avait aucune porte en dehors de l'entrée et de la sortie que nous avons repérées.

— Je ne comprends pas ce qu'il voulait. Pourquoi nous attendre ? Qui était-ce ? »

Zofia jeta un coup d'œil à la chaîne et émit un *hmmm* qui n'engageait à rien, puis tendit la main. « Passe-moi ce truc.

— Tu n'as jamais entendu le dicton "on n'attrape pas les mouches avec du vinaigre" ?

— Pourquoi est-ce que je voudrais attirer des mouches ?

— Peu importe. »

Enrique lui tendit l'objet. « Fais attention.

— C'est juste du laiton un peu corrodé, souligna-t-elle avec dédain.

— Tu peux retirer la corrosion ?

— Sans problème. » Elle secoua le carré de métal. « Je croyais que tu avais dit que ça pouvait être de la vérit solide à l'intérieur ? On dirait une breloque porte-bonheur comme on en vend dans mon village. Quelle preuve avais-tu ? Sur quoi étaient basées tes recherches ?

— Sur des superstitions. Des légendes, répondit Enrique, avant d'ajouter, juste pour l'agacer : sur un instinct qui me venait des tripes. »

Zofia grimaça. « Les superstitions sont sans intérêt. Et les tripes ne peuvent pas être dotées d'instinct. »

Elle saisit un flacon de solution sur son établi improvisé et nettoya le carré. Quand elle eut fini, elle le fit glisser sur la table. À présent, Enrique parvenait à distinguer un motif en forme de grille et les contours de quelques lettres, mais rien d'autre. Dans la salle où ils se trouvaient, les feux étaient couverts. Les lanternes n'étaient pas autorisées, pour ne pas gêner la contemplation des étoiles et il n'y avait que quelques chandelles sur la table.

« Je ne vois pratiquement rien, se plaignit Enrique. Tu n'as pas une pierre à feu pour allumer une allumette ?

— Non. »

Enrique soupira et regarda autour de lui. « Bon, alors je... »

Il s'interrompit en entendant le son caractéristique d'une allumette qui s'enflamme. Zofia tenait le bâtonnet incandescent dans une main. De l'autre, elle prit une deuxième allumette et la frotta contre le bas d'une de ses canines. Le feu illumina un instant son visage. Ses cheveux platine ressemblaient à la brume d'un éclair sous un nuage. Cette lueur semblait naturelle sur elle. Comme si c'était ainsi qu'on était censé la regarder.

« Tu viens de craquer une allumette avec tes dents », constata-t-il.

Elle le contempla d'un air intrigué.

« Je vais devoir recommencer si tu n'allumes pas les bougies avant que les allumettes s'éteignent. »

Il s'exécuta rapidement, puis saisit la chandelle et la positionna au-dessus du disque métallique qui s'était échappé de la boussole pour l'examiner. En l'inspectant de plus près, il parvint à déchiffrer des inscriptions gravées sur la surface. Toutes les lettres du carré étaient concentrées au milieu, mais il y avait assez de cases pour que vingt-cinq lettres soient écrites verticalement et horizontalement.

S	A	T	O	R
A	R	E	P	O
T	E	N	E	T
O	P	E	R	A
R	O	T	A	S

Son cœur s'emballa soudain, comme à chaque fois qu'il se sentait sur le point de faire une découverte.

« On dirait du latin, avança-t-il en inclinant le disque. *Sator* pourrait signifier fondateur, généralement de nature divine ? *Arepo* est peut-être un nom propre, même si ça ne sonne pas vraiment romain. Peut-être égyptien. *Tenet* signifie tenir ou préserver... ensuite il y a *opera*, comme le travail, puis *rotas*, pluriel de roue.

— Du latin ? demanda Zofia. Je croyais que cet artefact provenait d'une église copte en Afrique du Nord.

— C'est bien le cas, confirma Enrique. L'Afrique du Nord est l'une des premières régions où le christianisme s'est répandu, probablement dès le Iᵉʳ siècle... et Rome avait des interactions fréquentes avec l'Afrique du Nord. Leur première colonie était un territoire qu'on appelle aujourd'hui la Tunisie. »

Zofia attrapa une autre bougie et l'approcha du disque.

« Si la vérit est à l'intérieur, je peux le casser ? »

Enrique s'empressa d'enlever le carré de laiton de la table et le serra contre lui. « Non.

— Pourquoi ?

— J'en ai *assez* que les gens cassent les objets avant que j'aie l'occasion de les examiner. Et en plus, regarde cet interrupteur sur le côté. »

Il lui montra un petit bouton enfoncé dans la largeur du carré. « Certains anciens artefacts sont équipés de mécanismes de sécurité qui protègent l'objet qu'ils contiennent. Si tu le brises, tu pourrais détruire ce qu'il y a à l'intérieur. »

Zofia s'enfonça dans son siège et posa le menton dans sa paume. « Peut-être qu'un jour je découvrirai comment ciseler directement la pierre de vérit. »

Enrique émit un sifflement admirateur. « Tu serais la femme la plus dangereuse de France. »

En règle générale, la pierre de vérit était impossible à fendre. Chaque fragment placé à l'entrée des palais, des banques et d'autres institutions opulentes étaient des pierres brutes qui s'étaient séparées naturellement au cours du long processus d'extraction et de purification. Il était donc impossible de se procurer ne serait-ce qu'un fragment de vérit de la taille d'un caillou, même sur le marché noir qui pourvoyait généralement à leurs besoins.

« Les mots sont les mêmes, déclara Zofia.

— Qu'est-ce que tu veux dire ?

— Ils sont tout simplement identiques. Tu ne le vois pas ? »

Enrique étudia les lettres, puis comprit ce qu'elle voulait dire. Il y avait un « S » dans le coin supérieur gauche et inférieur droit. Un « A » adjacent aux deux « S ». À partir de là, la suite de lettres avait un sens.

« C'est un palindrome, dit-il.

— C'est un carré en métal avec des lettres.

— Oui, mais les lettres se lisent de la même manière à l'envers et à l'endroit. On gravait des palindromes sur des amulettes pour protéger celui qui les portait contre le mal. Pas seulement des amulettes d'ailleurs, maintenant que j'y pense. On en a trouvé un en grec ancien à l'extérieur de l'église Sainte-Sophie à Constantinople. *Nipson anomemata me monan opsin*. "Lave mes péchés, pas seulement mon visage." Les anciens pensaient que le jeu de mots dérouterait les démons.

— Les jeux de mots me déroutent aussi.

— Je m'abstiendrai de tout commentaire », déclara Enrique. Il examina une nouvelle fois les lettres. « Cette composition me rappelle quelque chose… j'ai l'impression de l'avoir déjà vue. »

Il se dirigea vers la bibliothèque de l'observatoire. Il cherchait un volume spécifique, quelque chose sur lequel il était tombé lorsqu'il travaillait son latin, pendant ses études de linguistique…

« Je t'ai trouvé », fit-il en sortant un petit livre : *EXCURSIONS DANS LA CITÉ ANTIQUE DE POMPÉI*. Il parcourut rapidement les pages avant de trouver ce qu'il cherchait.

« Je le savais ! Cette disposition de lettres s'appelle le carré Sator. Il a été découvert dans les ruines de Pompéi dans les années 1740, lors de fouilles commandées par le roi de Naples. Apparemment, l'Ordre de Babel a contribué à financer les excavations de l'ingénieur espagnol Roque Joaquín de Alcubierre, dans l'espoir qu'elles permettraient de mettre la main sur des outils de forgeage inconnus jusqu'alors.

— Ça a marché ?

— On ne dirait pas.

— Et la signification du palindrome ?

— Elle est toujours à l'étude. Rien de semblable n'est apparu dans l'ancien royaume, ça peut aussi bien être une énigme qu'un cryptogramme ou une inscription laissée par quelqu'un qui s'ennuyait juste avant d'être enseveli par la lave d'un volcan en éruption. Personnellement, je pense que c'est une clé… Si on trouve le code, le carré de laiton se déverrouillera. Peut-être qu'il y a des mathématiques dans l'énigme… Zofia ? Une idée ? »

La jeune femme mordilla l'extrémité d'une allumette. « Il n'y a pas de maths. Juste des lettres. »

Enrique se figea : une idée venait de lui passer par l'esprit.

« Mais les chiffres et les lettres ont beaucoup en commun, commença-t-il d'une voix lente. Les mathématiques et la Torah ont conduit à la gematria, une méthode d'interprétation kabbalistique de la Bible hébraïque qui assigne une valeur numérique aux mots. »

Zofia se redressa. « Mon grand-père aimait bien nous donner des énigmes de ce genre. Comment connais-tu ça ?

— Ça existe depuis pas mal de temps », répondit Enrique en prenant sans le vouloir son ton académique. Il aurait aimé être confortablement assis dans un vieux fauteuil en cuir, un gros chat sur les genoux. Et une pipe à la main. « Les mathématiques sont depuis la nuit des temps considérées comme un langage sacré. D'ailleurs le système des codes alphanumériques n'est pas réservé à l'hébreu. Les Arabes l'utilisaient avec des chiffres *abjad*.

— Notre *zeyde* nous a appris, à ma sœur et moi, à nous écrire des messages codés », expliqua doucement Zofia. Elle enroula une mèche de cheveux platine autour de son doigt. « Chaque chiffre correspondait à sa position alphanumérique dans l'alphabet. C'était… amusant. »

À cet instant, un minuscule sourire effleura son visage. Enrique ne l'avait jamais entendu parler de sa famille. Mais à peine avait-elle abordé le sujet qu'elle prit un air déterminé. Avant qu'il ne puisse dire quoi que ce soit, Zofia attrapa une plume et des bouts de papier.

« Si je prends toutes les lettres de ton carré Sator, que je regarde leur position dans l'alphabet et que je les additionne, voici ce qu'on obtient. »

S A T O R ⇒ S + A + T + O + R = 19 + 1 + 20 + 15 + 18 = 73
A R E P O ⇒ A + R + E + P + O = 1 + 18 + 5 + 16 + 15 = 55
T E N E T ⇒ T + E + N + E + T = 20 + 5 + 14 + 5 + 20 = 64
O P E R A ⇒ O + P + E + R + A = 15 + 16 + 5 + 18 + 1 = 55
R O T A S ⇒ R + O + T + A + S = 18 + 15 + 20 + 1 + 19 = 73

« Ça ne semble pas très utile. »

Zofia fronça les sourcils. « Sépare les chiffres. Le résultat de la première ligne est soixante-treize. Sept plus trois font dix. Passe à la ligne suivante. Cinq et cinq font dix. Chaque résultat devient dix lorsqu'on le traite comme un nombre entier séparé. Ou peut-être que ce n'est pas dix. Peut-être que c'est juste un et zéro. Tu vois ?

— Comme le *I Ching*, dit Enrique, impressionné. Le mouvement de zéro à un est le pouvoir divin. *Ex nihilo* et tout ça. Ça pourrait se tenir, car s'il y a un morceau de vérit à l'intérieur de ce carré, la pierre était censée examiner l'âme, comme le ferait une divinité. Mais ça ne nous donne pas d'indice sur la façon d'ouvrir la boîte. En plus, on dirait que les lettres… *glissent* ? »

Zofia souleva le carré de métal et l'inclina d'avant en arrière. Elle appuya sur la lettre « S » et déplaça son doigt. Le « S » glissa de quelques places vers la droite.

Pendant l'heure qui suivit, Enrique et Zofia recopièrent les lettres sur au moins vingt feuilles de papier différentes avant de les découper et d'essayer de les réarranger. De temps en temps, le Philippin jetait un coup d'œil au visage de la jeune femme. Pendant qu'elle travaillait, elle fronçait les sourcils et sa bouche était déformée par une grimace. Depuis environ un an qu'elle travaillait pour Séverin, Enrique n'avait jamais passé beaucoup de temps avec elle. Elle était soit trop silencieuse, soit trop coupante. Elle riait rarement et était plus souvent renfrognée que souriante. En l'observant en cet instant, Enrique commençait à penser qu'elle n'était pas vraiment renfrognée… que c'était peut-être juste l'expression qu'elle avait quand elle réfléchissait… comme si tout dans l'existence était un exercice de calcul. Et là, avec les chiffres et l'énigme devant eux, il avait l'impression de la voir s'animer enfin.

« Le langage du divin, le langage du divin, se répéta Enrique. Encore et encore. Mais comment est-ce qu'il *veut* être disposé ? Je vois des “A” et des “O” qui pourraient théoriquement représenter l'alpha et l'oméga du pouvoir de Dieu. Incidemment, c'est la première et la dernière lettre de l'alphabet grec, ce qui suggère que Dieu est le premier et le dernier.

— Alors enlève les deux “A” et les deux “O”, suggéra Zofia. Ça ne serait pas logique que ce soit séparé ? »

Enrique fit ce qu'elle suggérait. Peut-être était-ce la lumière de la pièce ou le fait que ses yeux avaient étrangement du mal à se focaliser sur un point précis à cause de la fatigue, mais il se mit à penser à chez lui, tandis qu'il murmurait une prière rapide. Il se revoyait agenouillé avec sa mère, son père, Lola et ses frères entre les bancs de l'église, la tête courbée pendant que le prêtre récitait le « Notre Père » en latin : *Pater Noster, qui es in caelis, sanctificetur nomen tuum…*

« *Pater Noster,* souffla Enrique, en rouvrant d'un coup les paupières. C'est ça. Le "Notre Père" en latin. »

Il parcourut du regard les lettres étalées devant lui et disposa frénétiquement les morceaux de papier en croix.

« Zofia, annonça-t-il. Je crois que je sais comment l'utiliser. »

Il lui reprit le disque métallique, puis fit coulisser les lettres afin qu'elles forment deux PATER NOSTER qui se croisaient, avec les « A » et les « O » placés à l'extérieur de la croix. Le carré se fendit au milieu et une lueur fantomatique scintilla devant leurs visages ébahis. Zofia tituba lorsque la moitié supérieure du carré de laiton glissa pour dévoiler quatre fragments de pierre de vérit de la taille d'un caillou, avec lesquels on pourrait acheter tout un royaume.

12

Séverin

Séverin avait 10 ans lorsqu'il avait été amené chez son troisième père, Envie. Envie les avait pris en charge après que Colère eut accidentellement bu du thé empoisonné à l'aconit. Sa mort n'avait pas été paisible. Séverin le savait, car il avait assisté à son agonie.

Envie avait une femme qui s'appelait Clotilde et deux enfants dont Séverin avait oublié les prénoms. Dès le premier jour auprès d'Envie, Séverin était tombé amoureux. Il aimait beaucoup la charmante maison blanchie à la chaux et les merveilleux enfants qui avaient le même âge que Tristan et lui. Lorsque les hommes en costume et chapeaux les avaient déposés devant la maison, Clotilde leur avait déclaré à tous deux, de façon adorable, bien sûr : « Appelez-moi maman. » Il avait aussitôt senti qu'une énorme boule se formait dans sa gorge. Il avait tellement envie de prononcer ce mot que c'était douloureux.

Clotilde leur avait accordé presque toute une semaine parfaite. Thé au lait et biscuits le matin, câlins chaleureux dans l'après-midi, faisan luisant et doré pour le dîner, cacao juste avant le coucher. Deux lits avec des matelas en plumes au fond du couloir, près des deux autres enfants.

Puis, avant la fin de la semaine, Séverin avait entendu Clotilde et Envie se disputer derrière une porte close alors qu'il se dirigeait vers le petit salon de Clotilde, en serrant un bouquet de fleurs qu'il avait passé la matinée à cueillir avec Tristan.

« Je croyais que c'étaient des héritiers ! hurlait Clotilde. Tu m'as dit que c'était l'occasion de regagner notre place !

— Plus maintenant, répondit Envie d'une voix dépitée. Un des deux possède une immense fortune, mais il n'en verra pas un centime avant sa majorité.

— Qu'est-ce qu'on est censés faire alors ? Les nourrir et les habiller avec la maigre allocation que nous octroie l'Ordre ? Les repas de cette semaine ont coûté les yeux de la tête ! Nous ne pouvons pas continuer comme ça ! »

Envie finit par soupirer : « Non. Non, tu as raison. »

Cette discussion sonna la fin du thé au lait et des biscuits, des câlins chaleureux dans l'après-midi, des faisans luisants et dorés, du cacao au lit. C'était la fin des « maman » aussi, car leur mère adoptive préférait qu'ils l'appellent dorénavant Madame Canot. Séverin et Tristan furent relogés dans le pavillon des invités. Les deux autres enfants ne cherchaient plus leur compagnie. Le seul point positif était que Tristan et Séverin eurent droit à un tuteur de l'université. Et comme c'était tout ce qu'on leur accordait, Séverin se consacra totalement à ses études.

Après que Mme Canot les eut installés dans le pavillon des invités, Tristan pleura pendant des semaines. Séverin ne pleurait pas. Il ne versa pas une larme lorsque le repas de Noël fut organisé uniquement pour Envie, sa femme et leurs deux enfants. Il ne pleura pas quand les filles d'Envie reçurent en cadeau un chiot aux oreilles soyeuses, tandis que Tristan et lui essuyaient des remontrances parce qu'ils n'avaient pas rangé leurs chambres exiguës et froides. Il ne versa pas une seule larme.

Mais il les observait.

Il les observait sans relâche.

Séverin fixait la pendule en os.

Il l'avait déplacée de son étagère pour la poser sur son bureau, car elle l'aidait à se concentrer. Derrière lui, le soleil de fin d'après-midi inondait la pièce par les hautes baies vitrées de l'*Éden*.

Deux semaines s'étaient écoulées depuis qu'ils avaient découvert quelques précieux morceaux de pierre de vérit et l'emplacement de l'œil d'Horus grâce à la pièce catalogue. Dans trois jours, ils se rendraient au Château de la Lune, propriété de la maison Kore, pour assister au festival de printemps. C'était sur ces vastes terres que se cachait l'œil d'Horus, ce rare artefact capable de voir le fragment de Babel.

L'acquisition qui allait tout changer.

Pourtant, un fait continuait à le tarauder… Un homme avait attendu Enrique et Zofia, tapi dans l'obscurité de l'exposition. Ce point les tracassait tous. Tristan, surtout. Mais cela n'avait rien d'étonnant : Tristan était le plus craintif de la bande ; il était en permanence préoccupé par le fait qu'ils frôlaient la mort ; il cherchait sans cesse un moyen de se défiler. Cette fois, Séverin ne l'avait pas laissé faire.

La veille, ils avaient posé des pièges dans le jardin pour essayer d'attraper la créature qui tuait tous les oiseaux.

« Tu es sûr que ce n'est pas Goliath ? avait demandé Séverin.

— Goliath ne ferait jamais une horreur pareille ! avait protesté Tristan en rougissant. Mais laisse tomber l'animal qui massacre les oiseaux. Préoccupe-toi plutôt de l'homme qui a failli tuer Enrique et Zofia. Séverin, cette acquisition n'est pas *sûre*.

— Nos opérations ne l'ont jamais été.

— Mais personne n'a jamais essayé de s'en prendre à nous. Il pourrait nous arriver quelque chose. De *vraiment* grave. » Le jeune homme se renfrogna. « Je suis convaincu que c'est Hypnos. Je parie qu'il nous attire dans un piège. Comment est-ce que quelqu'un d'autre pourrait savoir qu'on cherche l'œil d'Horus ?

— Il a fait le serment de ne pas nous faire de mal. Il ne peut pas le rompre.

— Et si c'était quelqu'un qui travaille avec lui ?

— Nos services de renseignement ont approuvé tous ses gardes.

— Mais il y a clairement quelqu'un…

— … certainement de la maison Kore, compléta Séverin. Ils ont des équipes dédiées à la recherche de l'anneau de Babel dérobé à leur matriarche et ils ont peut-être pris Zofia et Enrique pour les voleurs.

— Tu es trop enthousiasmé par ce projet pour voir ce qui est sous ton nez ! cria Tristan. Nous courons plus de risques que d'habitude ! Et tu ne m'écoutes pas ! Honnêtement, tu fais ça juste pour ton ego. Quel est l'intérêt de ce…

— *Ça suffit !* »

Tristan avait tressailli. Ce n'est que lorsque Séverin avait baissé les yeux qu'il s'était rendu compte qu'il avait frappé le bureau du plat de la main. Mais il n'avait pas pu s'en empêcher.

« Quel est *l'intérêt* ? avait répété Séverin. L'intérêt, c'est de récupérer ce qui a été subtilisé, mais tu ne comprends pas ça, hein ? Tu es parvenu à t'habituer à Colère, mais pas moi. J'avais une famille, Tristan. Un putain d'avenir. Qu'est-ce que j'ai maintenant ? »

Tristan voulut répondre, mais Séverin le devança : « Je t'ai toi, bien sûr. »

Tristan le contempla avec méfiance. Il était tendu. « Mais ? »

Séverin tourna la paume de sa main vers le ciel et examina sa cicatrice argentée. « Mais j'avais beaucoup plus que ça avant. »

Tristan était parti en trombe. Quand Séverin avait voulu aller lui parler, il avait trouvé la porte Tezcat verrouillée. Il avait eu beau tambouriner la surface et faire tourner la feuille de lierre dorée… il n'avait pas réussi à passer.

Apparemment, Tristan n'était pas le seul à être en colère contre lui. Laila se montrait inhabituellement distante avec lui. Il avait passé des tas de fois en revue leurs dernières interactions sans trouver ce qu'il avait pu faire de mal.

Un coup frappé à sa porte l'arracha à ses pensées. Il se redressa sur sa chaise. « Entrez. »

Au début, son cerveau n'enregistra que des cheveux noir de jais. Quelque chose se noua dans sa poitrine. Une centaine de souvenirs comme celui-ci. Laila qui entrait dans son bureau à l'improviste chaque semaine, du sucre scintillant dans les cheveux, apportant un nouveau dessert qu'elle avait hâte de faire goûter à quelqu'un.

« Heu, bonjour ? »

Enrique se tenait devant lui, une feuille de papier à la main, l'air interloqué.

Séverin se secoua. Il avait besoin de sommeil. Il jeta un coup d'œil à l'historien et remarqua les cernes sous ses yeux, ses cheveux noirs habituellement impeccables complètement ébouriffés. L'insomnie les tenaillait tous.

« Qu'est-ce que tu as là ?

— Si je me fiais à la façon dont tu me regardais, je dirais : le secret de la domination du monde. Malheureusement, ce n'est pas ça. » Puis Enrique sourit jusqu'aux oreilles. « Par curiosité… tu m'as pris pour *qui*, quand je suis entré ? »

Séverin leva les yeux au ciel. « Personne.

— Ça n'en avait pas l'air.

— Bon, Enrique. Qu'est-ce que tu m'apportes ? »

Le Philippin se laissa tomber dans le fauteuil en face de lui et poussa dans sa direction un morceau de papier sur lequel des notes étaient gribouillées à la hâte. « Tu as demandé un rapport sur la symbolique de l'abeille, mais je n'ai rien de particulièrement révolutionnaire à t'apprendre. Comme je l'ai déjà dit, elles apparaissent dans bon nombre de mythologies, le plus souvent comme présages, à cause de ce que les anciens imaginaient au sujet de leur miel, ou comme psychopompes, c'est-à-dire des créatures capables de transporter les morts d'un monde à l'autre. En ce qui concerne plus particulièrement la France, tout ce que j'ai pu trouver c'est qu'elles faisaient partie de l'emblème de Napoléon Bonaparte. Il les a peut-être choisies pour paraître plus lié aux Mérovingiens, les anciens rois des Francs. »

Séverin tendit la main vers sa boîte de clous de girofle. « C'est tout ?

— C'est tout. Et on ne peut pas retourner jeter un coup d'œil à la zone de l'Exposition où nous avons été attaqués non plus. Le coin grouille de policiers. Et même si je ne nie pas que nous avons quelqu'un à nos trousses, pour moi la chaîne et le pendentif de notre assaillant n'étaient qu'un simple bijou en forme d'abeille. Peut-être que quelqu'un dans sa famille a travaillé pour Bonaparte.

— Peut-être. »

Enrique l'examina. « Il y a quelque chose que tu ne me dis pas ? »

Séverin balaya la question d'un geste. « Non, non. Je te remercie pour tes recherches. Continue à dénicher ce que tu peux. »

Enrique acquiesça, puis repoussa son siège. Quand il se leva, son regard tomba sur un objet posé sur le bureau de Séverin. La pendule en os censée avoir appartenu à la maison déchue.

« C'est nouveau ? demanda Enrique.

— Non, elle est ancienne.

— Les marques dessus sont… originales. Mais c'est macabre de décider de donner à de l'or pur la forme d'os humains. Et ça, c'est le motif d'une étoile à six branches ? On dirait presque…

— C'est ce que tu crois. »

Les yeux d'Enrique s'écarquillèrent. « C'est une relique de la maison déchue ? Pourquoi est-ce que tu l'as ?

— C'est un rappel.

— Tu n'as pas… Je veux dire…, avança Enrique mal à l'aise. Tu n'as pas l'intention de…

— Je ne compte absolument pas imiter la maison déchue, le rassura Séverin. Je suis juste à la recherche de l'œil d'Horus. Je n'ai pas l'intention d'essayer de réunir tous les fragments de Babel pour tenter de rejoindre les cieux ou je ne sais quoi que la maison déchue comptait faire.

— Je me demande pourquoi ils ont fait ça, déclara tranquillement Enrique en fixant la pendule.

— Je suppose qu'ils pensaient que c'était leur devoir sacré. Même si la façon dont ils s'y sont pris a entraîné des meurtres horribles, du moins c'est ce qu'on raconte. Qui sait. On s'en fiche. La maison déchue est tombée. Cette pendule en os est un rappel de cet événement.

— Tu as des goûts tellement joyeux, Séverin.

— Je fais de mon mieux. »

Enrique examina la pendule avec avidité. Il avait toujours la même expression, quand il se trouvait face à un objet qu'il rêvait d'analyser. Séverin soupira. « *Après* cette acquisition, tu pourras l'inspecter…

— Elle est à moi ! Hourra ! J'ai gagné ! » L'historien exécuta une petite danse de joie, redressa sa veste et se ressaisit. « On se retrouve en haut ?

— Oui. Prépare tout le monde. Je veux qu'on passe en revue le plan du Château de la Lune. Hypnos sera présent aussi, avec les invitations et les nouvelles identités. »

Des taches de couleur apparurent sur les pommettes d'Enrique.

« Il vient souvent, non ? » Puis, comme pour le justifier lui-même, il ajouta : « Je veux dire, j'imagine qu'il n'a pas trop le choix. »

Le patriarche de la maison Nyx était souvent présent, mais toujours en cachette. L'Ordre n'aurait pas apprécié qu'ils se fréquentent, même si depuis le jour où il avait atteint sa majorité, ils avaient considéré Séverin comme indigne de leur attention. Ça rendait Séverin méfiant. Il aurait aimé que tout le monde trouve la compagnie d'Hypnos répugnante… malheureusement, ce n'était pas le cas. Enfin, la plupart des gens n'étaient pas de cet avis. Tristan, pour sa part, refusait de lui adresser la parole. Un jour, l'un d'entre eux avait même joué un tour à Hypnos en cachant ses chaussures, mais personne n'avait avoué avoir commis ce forfait. Le patriarche de la maison Nyx ne l'avait pas mal pris. Au contraire, il avait battu des mains avec enthousiasme. *Vous m'avez joué un mauvais tour ! Entre amis, ça se fait, non ?*

Non.

Mais Hypnos refusait de se laisser convaincre.

« Je crois qu'il vient surtout pour la cuisine de l'*Éden*. »

Enrique rigola. « Sans doute. »

Séverin mâcha un clou de girofle. Quand l'historien partit, il ouvrit un tiroir dérobé de son bureau et en sortit un dossier qu'il avait subtilisé dans le bureau du médecin légiste.

Enrique avait vu juste. Il y avait quelque chose qu'il ne leur avait pas dit : le coursier de la maison Kore était mort.

On l'avait retrouvé dans un bordel avec la gorge tranchée. Tous ses effets personnels avaient disparu, à l'exception de la pièce catalogue. Elle avait été laissée sur lui accidentellement ou intentionnellement. Séverin repensa au moment où il avait interrogé l'homme avec Tristan. Quand il avait sorti la pièce catalogue, elle n'était pas sur lui comme ils l'avaient imaginé, mais dans sa bouche, cachée sous sa langue comme une drachme d'or placée là en guise de paiement pour le nocher des morts. Cependant, quand le médecin légiste avait examiné la bouche du coursier, il avait trouvé un autre objet caché derrière ses dents.

Une abeille en or.

Tout le monde attendait dans la salle d'observation des étoiles.

Tristan arpentait la pièce en faisant tourner une marguerite aux pétales dorés dans une main. Séverin se rappela qu'il s'agissait d'un prototype pour l'installation estivale de l'hôtel intitulée « Le toucher de Midas ». Zofia était assise en tailleur, une allumette pendouillait de sa lèvre, sa blouse noire maculée de cendres. Enrique était concentré sur un livre qu'il manipulait avec des gants en chevreau. Laila était allongée sur sa méridienne. Elle arborait une coiffure élégante et portait une robe gris tourterelle avec des perles à l'encolure. Dans sa main, elle faisait tourner paresseusement ce qui ressemblait à un morceau de ficelle noire. Séverin y regarda de plus près : ce n'était pas une ficelle… mais un lacet. Il n'avait pas prêté une attention particulière aux chaussures d'Hypnos, mais il était convaincu que ce lacet leur appartenait. Laila croisa le regard de Séverin et lui adressa un sourire comploteur. Elle lisait les objets d'Hypnos. Séverin lui sourit en retour.

« Où est Hypnos ? demanda-t-il en regardant autour de lui.

— Qui sait ? demanda Tristan d'un air mécontent. On doit l'attendre ?

— Étant donné que c'est lui qui a nos papiers d'identité et nos invitations, oui. C'est le dernier élément qu'il nous reste à planifier. »

Juste au moment où on prononçait son nom, la porte s'ouvrit et Hypnos fit son entrée, vêtu d'un costume vert foncé, arborant des chaussures décorées d'émeraudes.

« J'apporte des cadeaux ! annonça-t-il.

— *Time Danaos et dona ferentes* », répliqua Enrique sans lever les yeux de son livre.

Tous les cinq le fixèrent sans comprendre.

« Pardon ? demanda Zofia.

— Ça vient de *L'Énéide*. *Je crains les Grecs, même quand ils font des cadeaux.*

— Je ne suis pas grec.

— Le principe est le même, rétorqua Enrique avec un sourire aux lèvres.

— Ce sont nos invitations ? » interrogea Laila en regardant la poignée de cartons dorés dans la main d'Hypnos.

Il les étala en éventail sur la table basse.

« Une pour chacun. Sauf Tristan, qui doit de toute façon être sur place pour aménager les jardins. Je me suis arrangé pour que vous arriviez vendredi, à temps pour le banquet de minuit. Vous partirez samedi à minuit, car le dimanche est strictement réservé aux membres de l'Ordre.

— Parfait, approuva Séverin. On entre et on sort.

— La première invitation est adressée à notre vieil expert en fleurs orientales, venu tout droit de Chine, M. Chan », expliqua Hypnos.

Il tendit le carton doré à Enrique.

Au lieu de l'accepter, celui-ci la fixa comme si c'était une abomination. « Tu es sérieux ?

— Je suis Hypnos.

— *Je ne suis pas* chinois. Je suis philippin et espagnol. » Enrique prit l'invitation. « C'est très insultant. »

Hypnos haussa les épaules. « C'est très pratique aussi ; la matriarche de la maison Kore est obsédée par tout ce qui vient de Chine. Ensuite, un carton pour la danseuse *nautch* qui va rejoindre la troupe aguicheuse qui se charge du divertissement de l'assemblée. »

Séverin secoua la tête. Même si Laila se produisait sur la scène du Palais sous le pseudonyme de L'Énigme, il savait que pour elle, la danse – la danse traditionnelle pour laquelle elle avait été formée en Inde – était une activité sacrée. Laila saisit l'invitation d'un air supérieur. Le dégoût se lisait sur ses traits.

« Toutefois, les danseuses n'arriveront techniquement que le lendemain du festival, vous devrez donc d'abord vous faire passer pour une servante de la maison Nyx. »

Laila hocha la tête d'un air crispé. « C'est logique…

— Non ! Ce n'est pas logique ! Pourquoi doit-elle faire semblant d'être une servante de l'Ordre, protesta Tristan en se levant. Elle ne fait pas partie de l'Ordre ! Aucun de nous n'en fait partie !

— Tristan, mon chéri, répondit Laila avec un calme menaçant. Si tu te mets en travers du chemin d'une femme, tu devras affronter son épée. »

Le jeune homme se rassit en rougissant.

« Oh, comme c'est attendrissant ! commenta Hypnos. Vous ne voulez pas qu'elle soit souillée par association avec moi, je suppose. Ça me va. Cependant, il serait imprudent de passer en fraude tous les outils dont vous pourriez avoir besoin en un seul trajet. Je crois qu'il vaut mieux séparer le fardeau. Quel est le dicton ? *Il ne faut pas mettre tous les paniers sur sa tête ?* »

Enrique leva les yeux au ciel. « C'est : *Il ne faut pas mettre tous ses œufs dans le même panier.*

— Je déteste les œufs. Je préfère ma version », rétorqua Hypnos. Il attrapa le carton doré suivant. « La prochaine invitation est pour Claude Faucher, fonctionnaire du gouvernement. Et, ne vous inquiétez pas, chaque invité est tenu de porter un masque et, autant que je sache, je suis le seul membre de l'Ordre à encore me soucier de savoir à quoi tu ressembles. »

Séverin accepta l'invitation en repoussant des sentiments de soulagement, de culpabilité et, même si ça l'horripilait, d'indignation. Tant de temps s'était écoulé, il avait accompli tant de choses et l'Ordre n'avait jamais daigné regarder dans sa direction. Sa culpabilité prenait le dessus. L'ascendance algérienne de sa mère n'apparaissait que subtilement dans ses traits. Il pouvait facilement se faire passer pour un Français. Ce n'était pas le cas de tout le monde.

« Et enfin, une invitation pour la baronne russe Sophia Ossokina. »

Zofia parcourut la pièce des yeux, même si Hypnos lui tendait le carton. « Moi ?

— Oui.

— Je dois être une baronne *russe* ? »

Zofia avait beau ne pas s'intéresser à la politique, sous le tsar Alexandre, la Russie n'aimait pas les Juifs, et *elle* n'aimait pas la Russie non plus.

« Vous serez grandiose », lui assura Hypnos en jetant l'invitation sur ses genoux.

Une fois ses mains vides, le patriarche les contempla l'air de se demander ce qu'il devait en faire, puis les joignit derrière son dos. Son geste était ridiculement enfantin. Dans la lumière, ses chaussures parsemées d'émeraudes semblaient plus voyantes qu'imposantes. Il mettait énormément de soin dans son apparence, mais quand on n'est pas bien dans sa peau, les vêtements ne font jamais illusion.

Personne ne regarda Hypnos. Ni ne le remercia. Séverin comprenait ses amis. Chaque invitation était en quelque sorte une gifle à l'image qu'ils avaient d'eux-mêmes. Mais il comprenait aussi qu'Hypnos avait élaboré un scénario et s'était donné du mal pour s'assurer que chacun pourrait entrer dans le Château de la Lune sans incident.

« Si vous jouez le rôle qui vous a été assigné, personne ne vous regardera de trop près. Si vous êtes furieux, laissez votre colère vous animer, leur conseilla Séverin en fixant chacun de ses partenaires dans les yeux. N'oubliez pas que dès que quelqu'un manifeste suffisamment de pouvoir et d'influence, c'est impossible de détourner les yeux. Dans ce cas, vous serez au centre de l'attention. »

Il ne croisa pas le regard d'Hypnos, mais il remarqua que ses épaules se détendaient.

« Maintenant, en ce qui concerne le Château », poursuivit-il en faisant apparaître les plans par hologramme mnémo. Les autres se penchèrent en avant avec intérêt.

Hypnos restait bouche bée. « Comment les avez-vous obtenus ?

— J'ai mes sources, répondit Laila en souriant.

— Un de ses nombreux prétendants, qui s'est révélé bien utile », expliqua rapidement Séverin. Il ne voulait pas s'attarder sur les cohortes d'hommes fous d'amour qui composaient l'arsenal de Laila. « Bon, le Château n'a rien de particulier. Deux salons, une grande salle de banquet, les cuisines, une salle à manger, une chapelle, une crypte et un vestiaire. La matriarche de la maison Kore a fait construire des escaliers forgés qui mènent aux quartiers des domestiques, ce qui présentera une difficulté. »

Le Château était situé sur près de cinquante hectares de terrain et était entouré d'un ensemble de bâtiments de plus petites dimensions. Des carrés de pourpre délimitaient les jardins : le verger d'hiver et le verger de printemps. Une étoile indiquait l'observatoire. Une feuille d'arbre désignait la serre, un bâtiment tentaculaire, et plusieurs cercles bleus représentaient les fontaines du domaine. Un X rouge marquait la bibliothèque. C'était leur objectif, l'endroit où se trouvait l'œil d'Horus.

« Ce sont les caractéristiques principales du domaine, reprit Séverin. Tristan, le seul d'entre nous à avoir visité les lieux, a noté que des aspects comme la disposition des tentes et des pavillons de divertissement changent selon la saison. Ces marques, dit-il en pointant du doigt les tirets alternativement noirs et rouges qui entouraient les bâtiments, indiquent la position des gardes engagés pour l'événement. Au total, une centaine d'hommes et de femmes armés de fusils. La maison paie pour qu'ils soient remplacés toutes les huit heures. Vingt qui arrivent, vingt qui partent. Probablement dans le but que personne ne reste assez longtemps pour commettre des actes répréhensibles. »

Enrique siffla. « Cent gardes ? Ça ne me dérange pas de quitter une fête avec des trous de mémoire, mais je préfère m'en tirer sans être perforé de part en part. Je ne tiens pas à finir dans les Catacombes.

— Tu pars du principe que les fusils seront chargés, souligna Séverin.

— Ils ne le seront pas ?

— Seulement la moitié, d'après notre informateur de la police. À votre avis, quels sont les deux endroits les plus jalousement gardés ?

— La bibliothèque et la serre, devina Zofia.

— Exact. »

Après tout, c'étaient les deux pièces dont la maison Kore était la plus fière. L'accès aux jardins féeriques et à ses vastes collections.

« Mais nous le savions déjà, fit remarquer Enrique.

— C'est exact aussi, reconnut Séverin. Mais la moitié des forces de police postées autour de la bibliothèque ont des balles à blanc dans leurs fusils. »

Enrique haussa un sourcil. « Et les gardes de la serre ?

— Ils ont tous des armes chargées de vraies balles.

— Pourtant, d'après la pièce catalogue, l'œil d'Horus est à la bibliothèque, intervint Laila. Pourquoi veiller ainsi sur la serre ?

— Un mystère que seul l'accès à la serre pourra résoudre. Tristan ? »

Le jeune homme était resté étrangement silencieux jusqu'alors. Quand il leva les yeux vers Séverin, ils étaient cerclés de rouge. Il afficha un sourire qui semblait forcé.

« Je peux m'en charger, assura-t-il. Avec l'aide de mon vieil ami, l'honorable botaniste, M. Ching. »

Enrique poussa un gémissement. « Rhoo. C'est *Chang*. Mais je ne sais même pas pourquoi je te corrige.

— Et les fusils ? » voulut savoir Hypnos.

Zofia balaya son inquiétude d'un geste. « Mes inventions sont supérieures.

— Et comment on sort ? demanda Enrique.

— Pour ça, je peux vous aider, répondit Hypnos. Je peux invoquer les règles de l'Ordre pour que la matriarche place certains objets dans ses coffres les mieux protégés. Elle ne saura pas de quoi il s'agit et ça pourrait être tout ce dont vous avez besoin pour assurer la fuite. Des vêtements de rechange et d'autres choses.

— Bien. Mais les armes ? insista Enrique. Nous ne pouvons pas débarquer armés jusqu'aux dents.

— C'est vrai, admit Zofia en fronçant les sourcils.

— Je ne sais pas comment vous allez régler ce problème, soupira Hypnos. Tout d'abord, la matriarche de la maison Kore doit organiser la fête pour sauver les apparences, mais elle ne prend aucun risque en matière de sécurité depuis le vol de son anneau. Ensuite, les entrées seront toutes équipées d'une pierre de vérit, il sera donc impossible d'introduire des armes. Enfin, les Sphinx seront présents. »

Laila sourit jusqu'aux oreilles en entendant ces mots.

Elle décocha un clin d'œil. « Faites confiance au gâteau. »

Séverin hocha la tête : il savait sur quoi la chef pâtissière travaillait pour contourner la sécurité de la maison Kore.

Mais Hypnos semblait horrifié. « Ayez pitié de ma silhouette, ma chère. »

C'était un commentaire idiot qui n'avait rien à voir avec les plans de Laila. Et c'est sans doute ce qui fit rire Séverin. Derrière Hypnos, Tristan avait l'air effaré.

Le rire de Séverin s'étrangla dans sa gorge.

Il avait promis à Tristan que l'Ordre ne les toucherait jamais.

Et maintenant, ils s'apprêtaient à… Hypnos attrapa un biscuit dans l'assiette de douceurs que Laila avait préparée. Le patriarche de la maison Nyx souriait avec ses deux fossettes asymétriques, un sourire que Séverin connaissait depuis l'enfance.

Hypnos assis parmi eux… les faisant rire alors même que Séverin portait ce serment tatoué comme une dague enfoncée dans le cœur.

Hypnos prit une bouchée de biscuit et adressa un signe de tête approbateur à Laila.

« Bon plan ! Maintenant, nous pouvons tous… »

Séverin se glaça.

« Il n'y a pas de *nous*. »

Les quatre membres de son équipe échangèrent des regards perplexes.

Il allait devoir se montrer plus clair. « Hypnos, tu utilises nos services pour un bénéfice mutuel. Tu n'es pas l'un des nôtres. »

Lentement, Hypnos déposa le reste du biscuit. Son regard s'était éteint. Quand il se leva, il ne les regarda pas, préférant épousseter quelques miettes invisibles sur son beau costume.

« Puisque nous avons un accord professionnel, je dois être tenu au courant de vos avancées et je continuerai à m'en enquérir, déclara-t-il d'un air crispé. Nous nous reverrons dans trois jours au Château de la Lune. Oh, et Séverin, tu n'as jamais participé à une fête de l'Ordre, si ? »

Hypnos savait parfaitement que non. C'était juste un prétexte pour rappeler que lui était de toutes les festivités, alors que Séverin n'était jamais qu'un orphelin cherchant à être admis au sein de l'Ordre. Inutile d'apporter à Hypnos la satisfaction de répondre.

« Je dois te prévenir. C'est comme si tes yeux voyaient pour la toute première fois, expliqua Hypnos en souriant lentement. Et, si vous échouez dans votre mission ou que vous vous faites prendre, eh bien, ce sera aussi la toute dernière fois. »

TROISIÈME PARTIE

Lettre de la matriarche Delphine Desrosiers
de la maison Kore à sa sœur,
la comtesse Odette, à l'occasion
de son initiation à l'Ordre de Babel

Chère sœur,

J'ai tellement hâte de rencontrer mon nouveau neveu lorsque tu viendras me rendre visite ! Tu m'as demandé l'effet que cela me faisait d'avoir été chargée de la lignée de notre famille, je dois avouer que je ressens un mélange d'émotions. D'une part, je suis émerveillée par la responsabilité sacrée qui m'a été confiée et, d'autre part, je ressens de la méfiance... Te souviens-tu de la maison qui est tombée ? Son nom a été effacé des registres et on ne la connaît plus que sous le nom de maison déchue. Mon père disait qu'elle était tombée à peu près à l'époque de ma naissance, mais il m'a montré une lettre qu'il a reçue de son patriarche exécuté. Pour lui, ce document devait nous rappeler que nous ne comprenons pas totalement l'importance de ce que nous protégeons. Cela me hante, ma sœur, car le patriarche exécuté a écrit :

« Je ne peux pas m'empêcher de me demander si, malgré tout ce que nous faisons pour que le fragment de Babel de l'Occident soit protégé du public, nous ne protégeons pas aussi le public *de* ce fragment... »

13

ZOFIA

Zofia aimait calculer à haute voix. Les maths la calmaient, lui changeaient les idées.

« Deux cent vingt-deux au carré, ça fait quarante-neuf mille deux cent quatre-vingt-quatre », marmonna-t-elle en montant les marches de marbre.

Dans sa main, l'invitation dorée ressemblait à une flamme sortie d'un brasier. Elle caressa de l'index les lettres sophistiquées : *Baronne Sophia Ossokina.*

« Sept cent quatre-vingt-onze au carré, ça fait… » Elle fronça les sourcils. « Six cent vingt-cinq mille six cent quatre-vingt-un. »

Elle n'était plus aussi rapide qu'avant. Il lui avait fallu presque quinze secondes pour calculer le résultat. Et elle aurait dû se sentir plus apaisée.

Ce n'était pas le cas.

Dans une heure, ils allaient monter à bord d'un train en direction du Château de la Lune. À minuit, ils assisteraient à la cérémonie d'ouverture. Ce serait plus compliqué que lors des acquisitions précédentes, où se faire passer pour quelqu'un d'autre impliquait juste de mémoriser quelques répliques. Cette fois, elle devait se cacher à la vue de tous. Cela aurait été plus facile si elle était juste une somme seule. Mais à cause de la présence de Séverin et des autres, elle faisait partie d'une équation. Si elle échouait, elle n'échouerait pas seule. Elle entraînerait aussi Séverin, Enrique, Laila et tous leurs espoirs. Et aussi Hela, qui faisait office de gouvernante pour leurs cousins gâtés, en attendant la liberté. Et ce rêve auquel Zofia s'accrochait, cette image qu'elle se repassait sans cesse… le plaisir de marcher dans la rue en ayant l'impression de ne pas être différente des autres.

Tant de choses fragiles pesaient dans la balance.

Elle avait les mains moites lorsqu'elle traversa le dernier couloir menant à la chambre de Laila. Elle ne s'y était rendue qu'une seule fois et ça ne lui avait pas plu. L'odeur était trop forte. Et c'était trop coloré. Pas comme les cuisines avec leurs douces nuances de crème.

Avant qu'elle n'ait le temps de frapper, Laila ouvrit la porte avec son sourire habituel.

« Prête ? » demanda-t-elle avec enthousiasme.

Des effluves de parfum parvinrent aux narines de l'ingénieure. Elle plissa le front et eut un vif mouvement de recul, comme un animal acculé.

Laila laissa le battant ouvert et disparut dans sa chambre. Elle n'invita pas Zofia à entrer et n'attendit pas de réponse. De l'endroit où elle se tenait, la jeune Polonaise n'apercevait qu'une partie de la pièce. Un soupçon de soie verte sur les murs. Une fenêtre drapée de rideaux en lin pour éviter que la chambre soit trop lumineuse. Près du seuil, une petite table en jade. Et posé dessus, un sablé parfaitement pâle et rond.

Zofia fit un pas en avant et chipa le biscuit. Elle voulut se retirer immédiatement, mais aperçut la coiffeuse. Laila était de nature désordonnée. Une fois, l'ingénieure avait tenté de réorganiser la cuisine, mais elle s'était arrêtée quand la chef pâtissière avait menacé de ne plus préparer de desserts. Lorsque Zofia était venue dans cette chambre la dernière fois, le spectacle était désastreux : des pots de produits cosmétiques sur le sol, des bijoux accrochés aux luminaires, le lit non seulement défait, mais posé de travers, car Laila « aimait se réveiller avec le soleil sur le visage ». Zofia en avait eu des frissons.

Aujourd'hui, les choses semblaient avoir changé.

Zofia passa la tête par la porte. Tous les produits cosmétiques sur le meuble étaient espacés de manière égale, exactement comme l'ingénieure les aurait disposés. Mais il y avait une erreur. Un tube dépassait d'un alignement descendant parfait. Ça la démangeait de réarranger les produits.

Elle jeta un coup d'œil à sa gauche. Laila était en train de manipuler une longue robe noire sur un cintre. Juste devant elle se trouvait un autre biscuit pâle en équilibre sur un coffre près de la coiffeuse. Zofia entra prudemment dans la pièce. Elle s'approcha du deuxième biscuit et l'avala rapidement. Elle se sentait… moins mal. Mais c'était peut-être juste l'effet du gâteau sec.

« J'ai presque fini de choisir tes tenues », l'informa Laila. Elle était à présent assise en tailleur sur le sol et faisait gonfler la traîne de la robe noire. « Il faudra que tu changes quatre fois de toilette entre la fête de minuit de vendredi et le bal de minuit de samedi. Bien sûr, tu auras le temps de les personnaliser avec tous les engins incendiaires que tu jugeras nécessaires. Je pense que tout ça devrait tenir dans ta malle de voyage. »

La malle de Zofia se trouvait au fond de la pièce. C'était plutôt un espace de travail qu'une garde-robe de voyage. Quand l'imposant bagage était complètement fermé et verrouillé, il ressemblait à un empilement de valises en maroquinerie. Lorsqu'il était ouvert, c'était une autre histoire. Toutes les « valises » étaient attachées et avaient été forgées pour abriter des compartiments contenant un kit de chimie, du matériel pour crocheter les serrures, des moulages, des fioles de terre de diatomée, de la limaille de fer, divers acides… et des robes. Un morceau de précieuse pierre de vérit se trouvait au fond, rendant le contenu indétectable pour les capteurs de la maison Kore.

« Tu vas t'en sortir, la rassura Laila avec douceur. Tu as l'allure d'une baronne. Tu dois juste y croire. »

Elle décrocha la robe du cintre et l'apporta à Zofia. Celle-ci recula. Elle repensa aux femmes qu'elle avait examinées dans le hall de l'hôtel. Elles avaient l'air horriblement mal à l'aise. La taille serrée et les pieds coincés dans des chaussures étroites, elles riaient pour des choses pas drôles.

« Essaie-la ! lui suggéra Laila. Mon couturier à la *Maison du Sublime* l'a créée spécialement pour toi. Il y a un paravent à droite… »

Zofia ôta son tablier, se débarrassa de ses chaussures d'un coup de pied et entreprit d'enlever ses vêtements sur place.

Laila secoua la tête en riant. « Ou tu peux faire comme ça. »

Zofia connaissait ce soupir retenu.

Sa mère émettait ce son dès qu'elle trouvait que sa fille manquait de pudeur. Manquait. Encore un mot qui ne convenait pas. Ce n'était pas comme si elle avait une réserve secrète de pudeur qu'elle avait épuisée. Elle avait appris ce qui était considéré comme pudique. Se déshabiller en public ? Mal vu. En privé ? Pas de problème. Elle se trouvait dans une pièce fermée, ce qui signifiait qu'elle était dans un lieu privé. Qu'est-ce que cela pouvait bien faire ? Et elle n'avait jamais aimé la sensation de porter trop de vêtements. Elle ne comprenait surtout pas pour quelle raison elle devait être gênée de son corps, de toute façon. C'était juste un corps.

Malgré tout ça, le soupir de sa mère lui manquait. Après la mort de leurs parents dans l'incendie de leur maison, Hela avait fait de son mieux pour que leurs journées ne soient pas ravagées par le chagrin, mais il s'infiltrait tout de même dans les fissures de leur vie.

« Dis-moi quand tu ne peux plus respirer, grogna Laila, en tirant sur les lacets.

— Ça n'a... Aucun. Sens.

— Ma chérie, la mode, comme l'univers, n'a aucun compte à te rendre. »

Zofia essaya de protester, mais réussit juste à haleter.

« Voilà, c'est assez serré ! annonça Laila. Lève les bras ! »

Zofia obéit. De la soie noire scintilla autour d'elle. Elle baissa les yeux et remarqua des perles de jais rondes qui formaient de l'écume à l'ourlet comme au bord de vagues noires. Elles étaient forgées aussi, et les vagues semblaient onduler et se déplacer en rythme le long du tissu. L'esprit de Zofia se focalisa sur le motif.

« Elles n'ont pas été découvertes avant 1746 par d'Alembert. »

Laila s'arrêta dans ses arrangements. « Tu m'as perdue.

— Les ondes ! précisa Zofia, en montrant le motif de perles noires qui ondulaient sur le tissu. La physique classique regorge d'ondes. Ce sont de belles équations aux dérivées partielles hyperboliques. Il y a des ondes sonores, des ondes lumineuses, des ondes à la surface de l'eau... »

La chambre s'effaça tandis que Zofia discourait au sujet des ondes. Son père, professeur de physique à Głowno, lui avait appris à discerner la beauté des mathématiques. Comment on pouvait l'entendre – même l'effet des ondes – dans une chose aussi complexe qu'un morceau de musique. Tandis qu'elle parlait, elle sentait à peine Laila tirer sur les lacets du corset, glisser ses pieds dans les chaussures ou lui tirer les cheveux.

« ... et, enfin, les ondes longitudinales et transversales », finit-elle en levant les yeux.

Ce n'est pas le visage de Laila qu'elle découvrit, mais le sien, qui la fixait dans le reflet du miroir.

Elle ne se ressemblait pas. Du noir soulignait ses yeux, du rouge sa bouche et ses joues. Une aigrette avec une plume blanche et des perles grises était épinglée sur une mèche de cheveux enroulés. Elle ressemblait aux femmes du grand hall de l'hôtel. Elle leva la main pour palper l'élégant chignon qui surplombait sa tête.

« Vous êtes magnifique, baronne Sophia Ossokina. »

Zofia se pencha et scruta son reflet. Elle ressemblait peut-être aux femmes qu'elle avait observées dans le hall, mais elle n'était pas du tout comme elles. À la limite, Laila l'était. Elle était aussi élégante qu'une onde.

« Ça devrait être toi », décréta Zofia.

Les yeux de la danseuse s'écarquillèrent dans le miroir. Ses épaules s'affaissèrent légèrement. Un signe de tristesse.

« Je ne peux pas, répondit-elle avec douceur. Tu te souviens de ce que Séverin a dit. Si tu t'habilles comme les gens imaginent que tu dois l'être, tu peux les voler en toute discrétion. Même si je préférerais ne pas devoir y aller en danseuse *nautch.* » Sa bouche se tordit lorsqu'elle utilisa ce mot. « Les danseuses *nautch* sont sacrées dans les temples. Dans mon pays, la danse est une expression du divin.

— Comme au *Palais des Rêves* ? »

Laila émit un ricanement de mépris. « Non. *Pas* comme au Palais. Ce n'est pas moi sur cette scène, tu sais. Et même si c'était moi, personne ne serait digne d'une démonstration de ma foi. »

Zofia tira sur l'extrémité de ses gants. Les mots ne sonnaient pas juste quand elle les prononçait. Laila la regarda, les traits déformés par l'inquiétude. Puis elle lui prit le menton.

« Oh Zofia. Ne sois pas triste. Tout le monde se cache. »

Zofia fut la première à monter dans le train.

Séverin avait réservé une série de compartiments pour Enrique, Zofia et lui. Les autres voyageaient séparément. Tristan était déjà parti la veille s'occuper de l'aménagement paysager de la propriété de campagne de la maison Kore et Laila était partie avec Hypnos en emportant un gâteau gigantesque et impressionnant que la maison Nyx transporterait. Ils devaient tous arriver au Château de la Lune à la même heure.

Une fois dans son compartiment, Zofia baissa les rideaux de velours de la fenêtre. Le simple fait de regarder le quai de gare bondé, la foule enveloppée par la vapeur de la locomotive, lui donnait mal au ventre. Son nez piquait à cause de l'odeur de brûlé des en-cas vendus dans la rue et elle en avait marre des posters forgés qui flottaient le long du quai. Tous vantaient les mérites de l'Exposition universelle, qui devait ouvrir ses portes dans quatre jours.

Zofia tira sur un fil défait de sa robe. Sur ses genoux se trouvait la canne qu'elle avait forgée pour Enrique. Elle était creuse, en ébène polie et son pommeau était sculpté en forme d'aigle aux ailes déployées. Zofia soupira. Elle regrettait de ne pas avoir pu emporter son tableau noir. Il n'y avait rien à faire, à part attendre Séverin ou Enrique. Pour tromper l'ennui, elle compta les cristaux taillés qui pendaient du lustre : cent douze. Ensuite, elle dénombra les boutons dorés cousus dans les sièges en satin matelassés : dix-sept. Elle s'apprêtait à s'asseoir sur le sol pour compter les franges du tapis quand la porte de son compartiment coulissa.

Un vieil homme au dos voûté se tenait dans l'embrasure. Il était chauve, avec des taches sombres sur le crâne. Il s'inclina très bas.

« Qu'est-ce que tu en penses ? Il m'a fallu presque trois heures pour dissimuler ma beauté extraordinaire. »

Zofia battit des paupières. « *Enrique ?*

— À votre service », commença-t-il en la regardant. Il s'arrêta et Zofia lutta contre l'envie de se blottir tout au fond du compartiment.

Sois comme Laila, lui intima une voix dans son cerveau.

Elle se redressa, soutint son regard, puis fit ce qu'elle avait vu Laila faire à plusieurs reprises lorsqu'elle regardait Séverin : soulever très légèrement le coin de ses lèvres, tout en baissant en même temps la tête. Non, ça n'allait pas, elle ne voyait plus rien maintenant, ah oui, Laila levait parfois une épaule…

« Mais… mais, qu'est-ce que tu fabriques ?

— J'imite des façons de flirter.

— Attends. Tu flirtes. Avec… *moi* ? »

Zofia fronça les sourcils. Pourquoi pensait-il cela ? Elle venait de lui expliquer qu'elle imitait la stratégie d'autres femmes.

« Peut-être que j'ai mal appliqué la méthodologie. J'ai aussi vu des femmes faire ceci. C'est mieux ? »

Elle se détendit. Puis elle fit comme s'il y avait quelque chose sur sa lèvre supérieure et la lécha d'un lent coup de langue.

Enrique battit rapidement des cils, puis secoua la tête.

Secouer la tête signifie *non*.

Zofia haussa les épaules et fit un geste de la main. « Je m'entraînerai plus tard.

— Tu… tu n'as pas besoin de beaucoup d'entraînement », déclara Enrique d'une voix plus grave que d'habitude. Il ne la regardait pas. Elle devait être vraiment très mauvaise.

Il s'assit en face d'elle. À cause de la bosse dans son dos, il était obligé de rester penché en avant. Le soleil illuminait son visage et mettait en évidence une légère saillie le long de sa joue qui appartenait à un masque forgé.

« Dans le noir, ça ne ressemblera pas du tout à un masque, lui assura-t-il en touchant délicatement son visage. J'ai vérifié. Et je ne serai pas obligé non plus de me tenir dans la lumière. Apparemment, mon identité de vieux botaniste me permet de me comporter comme un animal nocturne.

— Tu es une moufette.

— Merveilleux. »

À ce moment-là, le train fit un bond en avant. La canne sur les genoux de Zofia commença à rouler. Elle s'empressa de la rattraper et la lui tendit.

« Elle est à toi. »

Enrique la prit. « C'est un accessoire pour mon déguisement ? »

L'historien faillit la faire tomber sur le sol.

« C'est une bombe, ne la lâche pas, lui conseilla Zofia.

— Une *bombe* ? Peut-être que tu aurais pu commencer par ça ?

— C'est une bombe légère.

— Ça ressemble à un oxymore.

— Une bombe légère dans le sens où elle libère surtout une lumière vive.

— Oh. »

L'ingénieure désigna le milieu de la canne. « Le manche est creux. Il est rempli d'un mélange pyrotechnique métal-oxydant de magnésium et d'un oxydant de perchlorate d'ammonium.

— Qu'est-ce que ce jargon signifie en clair ?

— Si tu la cognes contre quelque chose, elle explose.

— Rien de tout cela n'est de bon augure.

— Et ça produira un éclair de lumière qui aveuglera ton ennemi pendant une minute entière. Ne l'utilise qu'en cas d'urgence.

— Je m'en doutais un peu, quand tu as prononcé le mot *bombe*. »

Elle pointa du doigt la protubérance dans son dos. Elle avait fabriqué cette prothèse la semaine précédente après que Séverin eut conçu un réceptacle antivérit.

« Donne-moi la bosse. »

Enrique se mit à rire.

Zofia inclina la tête. « Est-ce qu'une désintégration instantanée suite à un acide industriel a quoi que ce soit de drôle ? »

Il cessa de rire. Tout son corps se raidit. Il se pencha en avant en se cambrant légèrement comme s'il tentait d'éloigner sa peau de la bosse.

« C'est… c'est ce qu'il y a dans ce truc ? »

Zofia acquiesça.

« J'aurais préféré le savoir *avant* de l'attacher à mon corps. »

Le compartiment s'ouvrit à nouveau. Séverin entra, vêtu de la tenue d'un membre du gouvernement. L'emblème doré de Marianne brillait à son revers. Un symbole de la Troisième République française.

« Merci de m'avoir prévenu que je portais de l'acide dans le dos quand tu m'as filé la bosse. »

Séverin éclata de rire.

Zofia croisa les bras. Elle détestait quand elle ne comprenait pas les blagues. Elle aurait aimé que Laila soit là.

« Qu'est-ce que la désintégration a de si drôle ?

— Rien, répondit Séverin en s'essuyant l'œil. J'avais bien besoin de rire. Donne ce truc à Zofia. Elle va te montrer. »

La mine renfrognée, Enrique retira sa veste, détacha la bosse puis la tendit à la jeune Polonaise. Celle-ci retira une de ses épingles à cheveux et s'en servit pour ouvrir délicatement l'accessoire.

« Il me faudrait une de ces…, commença Enrique.

— Il y en a une cachée dans le talon de ta chaussure, lui expliqua Zofia. Il suffit de les claquer l'un contre l'autre et elle sortira. »

Le Philippin laissa échapper un sifflement. « D'abord, la canne. Puis l'acide. Et maintenant ça. Sans parler de ce que tu fais avec les chiffres. J'aime ta manière de penser, Zofia. »

Zofia se figea, l'épingle toujours en main. Personne ne lui avait jamais rien dit de pareil. À bien y réfléchir, d'habitude, sa façon de penser était plutôt la source de ses ennuis.

Elle fronça les sourcils. « Tu le penses vraiment ? »

Enrique sourit. Un sourire sincère. Elle le savait parce que c'était le même que celui qui se formait quand Laila lui donnait une deuxième part de gâteau.

« Oui, je le pense vraiment. »

Je le pense vraiment.

Elle retourna à l'épingle à cheveux et à la serrure, mais quelque chose s'agita dans le bas de son ventre. La bosse s'ouvrit avec un petit *pop*, révélant un tube de verre sur un lit de velours.

« De la solution piranha, détailla Séverin. C'est ce que tu utiliseras quand tu seras escorté dans la serre sous l'identité de M. Ching…

— … c'est *Chang* !

— *Chang*, désolé. L'essentiel, c'est que c'est toi qui vas lancer l'opération. Dis-moi ce que tu as à faire.

— Ce n'est pas ma première…

— Enrique.

— Hmpf. » Il croisa les bras. « Nous arrivons au Château de la Lune avant minuit. Zofia, Hypnos et toi partez festoyer et vous comporter comme les gens riches, même si je suis un botaniste émérite qui a voyagé sur beaucoup, *beaucoup* d'océans et…

— Enrique.

— … ensuite nous nous retrouvons dans vos chambres pour faire un dernier topo. Entre 3 et 4 heures du matin, Tristan et moi, on se rejoint dans la serre. On ouvre le conteneur d'acide, on déclenche l'alarme et on s'assure que la serre est isolée. »

Zofia bâilla. Elle savait déjà tout cela.

« Exact.

— Tristan va nous trouver des masques à gaz pour qu'on puisse continuer à respirer après avoir utilisé le piège chimique mortel de Zofia, puis on se montre à nouveau là-bas avant la huitième heure.

— C'est bien ça.

— Je ne sais pas pourquoi tu fais une fixation sur la serre. Qu'est-ce que tu crois qu'il y a, là-bas ?

— Au minimum, c'est une zone sûre pour garder l'œil d'Horus. Mais je pense que c'est plus que ça. Sinon, pourquoi toutes les armes des gardes seraient-elles chargées là et pas ailleurs ? C'est intrigant. Mais je ne ferai aucune supposition avant la fin du festin de minuit. Hypnos apporte quelque chose de précieux, du moins c'est ce qu'il a annoncé. Selon le règlement de l'Ordre, il peut exiger que tout objet qu'il juge important soit immédiatement emporté et placé dans les coffres-forts les mieux protégés de la maison.

— La bibliothèque, compléta Zofia.

— Exactement. La matriarche de la maison Kore n'aura pas le choix : elle sera obligée de mettre en sécurité ce qu'il demande. Pendant qu'Hypnos s'occupe de ça, je vais les suivre, lui et la matriarche de la maison Kore. » Séverin sortit sa boîte de clous de girofle de la poche de sa veste et en fourra un dans sa bouche. « Zofia. Explique-lui comment fonctionne la solution piranha.

— C'est du chlorure d'hydrogène et de l'acide sulfurique, donc le processus chimique est assez simple…

— Pas comme ça, Zofia. »

Elle montra la fiole.

« J'ai forgé le verre avec du titane en lévitation. Il suffit de le casser, puis de le lancer en l'air dans la serre. Il va retomber lentement en pulvérisant de l'acide. Attention, une fois le conteneur brisé, ne laissez pas le contenu entrer en contact avec votre peau. Sauf si vous voulez vous désintégrer. »

Elle se mit à rire.

Séverin et Enrique la fixèrent sans comprendre ce qu'il y avait de drôle.

« Vous voyez ? C'est comme la blague de tout à l'heure ! Désintégrer !

— Oh, Zofia », soupira Séverin.

Il jeta un coup d'œil à sa montre et fit la moue. « J'ai des choses à régler. On se revoit à la sortie. Nous avons tous des voitures séparées à l'arrivée. »

Alors qu'ils approchaient du château, la brume illuminée par la lune rappela à Zofia la lumière qui était apparue quand le carré Sator en métal s'était fendu en deux. Elle se souvenait de ce qu'elle avait ressenti en regardant les lettres coulisser d'avant en arrière, des chiffres qui s'étaient parfaitement alignés dans une répétition de zéros et de un. Enrique avait qualifié les mathématiques de langage divin. Quand elle pensait au pouvoir de l'œil d'Horus, elle avait la chair de poule. Ce dont il était *capable* ne semblait pas à la portée de l'homme, mais c'était l'avantage des chiffres : contrairement aux humains, ils ne pouvaient pas dire une chose et en faire une autre. Ils n'avaient rien à voir avec les codes incompréhensibles qui régissaient les conventions sociales ou les conversations.

Les chiffres ne mentaient jamais.

14

Séverin

Quand Séverin atteignit l'âge de 11 ans, Envie et Clotilde les abandonnèrent, lui et Tristan, et ils durent s'installer dans la maison de leur quatrième père : Gourmandise. C'était le père préféré de Séverin. Il faisait de drôles de grimaces et racontait des histoires désopilantes. Il se débarrassait de ses vêtements après les avoir portés une seule journée. Il jetait à la rue les gâteaux qui présentaient la moindre imperfection. Il faisait disparaître les bijoux dans les vitrines en un clin d'œil. Il ne possédait rien en dehors d'un titre aristocratique poussiéreux et de quelques terres en friche à la campagne. Mais ça ne le dérangeait pas.

« En réalité, mes chers portefeuilles, aristocratie est juste un terme édulcoré pour désigner le vol. Je suis simplement l'incarnation de ce dont j'ai hérité à la naissance, vous voyez ? »

Il ne les appelait jamais par leurs prénoms, car il préférait désigner les enfants en fonction de la façon dont il les considérait. Mais, prénoms ou pas, il les nourrissait régulièrement, leur avait trouvé des tuteurs et même un spécialiste des affinités de forgeage pour Tristan. Ce dernier aimait Gourmandise, car il lui lisait des poèmes le soir et lui promettait qu'il pourrait remodeler le monde comme il l'entendait. Séverin aimait Gourmandise parce qu'il nourrissait une faim en lui.

Les précepteurs l'avaient peut-être nourri de langues et d'histoire, mais c'est Gourmandise qui lui avait appris la diction et comment reconnaître à l'oreille la façon de parler des riches. Il lui avait enseigné à se placer au même niveau qu'un interlocuteur grâce à une simple tournure de phrase, comment commander des plats et les renvoyer en cuisine. Il lui avait expliqué les terroirs des vins et le sublime d'un plat qui satisfait tous les sens.

« Ce n'est pas seulement le gras, l'acidité et le sel, mon cher portefeuille. Il faut aussi le dévorer avec les yeux, lécher les saveurs avec la vue. Et il ne faut jamais sous-estimer l'importance de la présentation. »

Il lui enseigna à manger et à avoir faim de choses qui étaient hors de portée, à voler sans jamais avoir l'air de manquer de rien. Il lui expliqua tous ses tours et tout ce qu'il savait jusqu'au soir où il dégusta son porto de 50 ans d'âge avec un soupçon de mort-aux-rats. À son enterrement, Séverin vola une bouteille de champagne dans le restaurant préféré de Gourmandise et la posa sur sa tombe.

De tous ses pères, c'est à lui qu'il pensait le plus souvent.

« Avoir l'air victorieux, c'est la moitié de la victoire, mon cher portefeuille. »

Séverin, Enrique et Zofia attendaient derrière les portes du train. De l'autre côté des vitres, la nuit était noire. Pas du tout l'obscurité hésitante de Paris, où les lampes à gaz et la vapeur d'eau brouillaient les étoiles et plongeaient la ville dans un crépuscule éternel. Séverin sentait l'odeur de la campagne, celle du foin et de la terre retournée, celle d'un printemps pas encore assez avancé pour chasser totalement l'hiver dans l'air.

À côté de Séverin, Enrique tapotait sa moustache postiche.

« Je suis beau ? demanda-t-il, en tirant sur sa fausse barbe et en palpant ses bajoues, ses rides et ses taches de vieillesse. Sois honnête.

— *Beau*, c'est un peu excessif. J'aurais plutôt dit *impressionnant* ou *qui attire irrésistiblement le regard*.

— Oooh. Comme le soleil ?

— Je pensais plutôt à une scène macabre. »

Enrique laissa échapper un grommellement vexé.

Après deux ans et un nombre incalculable d'acquisitions, Séverin savait comment son équipe manifestait son anxiété. Enrique se réfugiait derrière une panoplie de blagues toutes prêtes. Zofia arborait un calme mécanique, elle parcourait une dernière fois le compartiment des yeux, sans doute à la recherche de quelque chose à compter. Dans le silence pesant, il avait l'impression de voir leurs désirs s'étendre et déformer l'air.

Trois jours.

Dans trois jours, ils trouveraient l'œil d'Horus et s'en empareraient. Grâce à cet artefact, Hypnos pourrait protéger l'emplacement du fragment de Babel – peut-être même retrouver l'anneau disparu de la maison Kore – et Séverin récupérerait son héritage. La lumière d'une lanterne éclaira les vitres colorées du train, leur conférant une nuance d'or fondu. La cicatrice de Séverin se contracta. Il cligna des yeux, et l'image de l'abeille en or trouvée dans la bouche du coursier le tarauda à nouveau.

Un coup violent fut frappé à la porte du compartiment. Le signal du départ. Il toucha son chapeau et parla sans regarder les autres :

« Après minuit. »

Les deux autres se séparèrent pour se diriger vers des portes et des voitures différentes. Leurs désirs s'étendaient devant eux comme des ombres.

Il devina qu'il approchait de la maison Kore lorsque la route se mit à changer.

Son père l'avait amené ici quand il avait 7 ans… à l'époque, tante Delphine – c'est ainsi qu'il appelait alors la matriarche de la maison Kore – l'avait emmené faire de l'équitation. *Je le considère comme un fils !* avait-elle dit. *Bien sûr que je vais lui apprendre à monter à cheval.* Elle l'avait tenu près d'elle, son dos collé contre sa poitrine, laissant son rire cascader dans l'oreille du petit garçon. *L'été prochain, nous nous entraînerons à sauter. Qu'est-ce que tu en dis ?*

Mais il n'y avait pas eu d'été prochain. Il n'y eut plus jamais rien après le jour où elle lui avait fait passer le test d'héritage et lui avait lâché les mains comme s'il était un fruit pourri.

« Tante ? avait-il essayé, mais elle avait frémi.

— Tu ne peux plus m'appeler comme ça. Plus jamais. »

Séverin chassa rapidement ce souvenir. Il appartenait à une autre vie.

Devant, la route se divisait en cinq branches qui ressemblaient à des rivières. L'une d'elles était une hématite polie dont la surface d'argent ondulait. Une autre rougeoyait et ressemblait à la lueur déformée d'une bougie. Une autre encore, d'un bleu pâle, ressemblait à un ciel sans nuages. À côté d'elle, une voie en verre semblait creusée de fossettes comme si une pluie invisible ne cessait de cabosser sa surface. Et enfin, la dernière était une voie de fumée. Au-delà des cinq voies camouflées en rivières, le brouillard et la brume s'étiraient ou se contractaient en prenant des formes fantastiques : des chiens à trois têtes la gueule béante exhibant des dents translucides, des mains gigantesques raclant des ongles de brume sur la montagne, des femmes portant des tuniques en lambeaux, courbées en deux dans un sanglot infini. Et plus loin… et bien, Séverin entendait la musique. Les rires.

« Léthé, Styx, Phlégéthon, Cocyte et Achéron », récita-t-il à voix basse.

Les cinq cours d'eau du royaume d'Hadès.

La maison Kore avait transformé son domaine à la campagne en majestueuse réplique des Enfers. *Comme ça tombe bien*, pensa-t-il. Cet endroit était *son* enfer.

La porte du carrosse s'ouvrit sur le fleuve Styx. Devant lui se dressait une entrée sophistiquée : un crâne de jade lumineux qui aurait pu être celui d'une créature mythologique, avec une rangée de dents cachant la pierre de vérit. Un picotement glacé lui parcourut l'échine. Lors de leurs tests, la vérit qu'Enrique et Zofia avaient dénichée avait fonctionné comme un charme.

Ça va marcher… Il faut que ça marche.

Un groupe de trois gardes était posté à gauche de l'entrée. Les pointes de leurs baïonnettes dépassaient de leurs épaules et captaient la lumière verte blafarde de la pierre.

« Monsieur Faucher, bienvenue sur les terres de la maison Kore, le salua le premier garde. Si vous le permettez, pouvons-nous vous contrôler avant que vous n'entriez par les mâchoires ?

— Dans la gueule du loup, en quelque sorte. »

Le gardien laissa échapper un rire nerveux. Le bâton lumineux dans sa main clignota.

« Puis-je ?

— Bien sûr. »

Séverin se força à ne pas tressaillir alors que la lumière s'approchait de sa peau. Chaque fois qu'il voyait un bâton lumineux, il repensait à Colère, qui s'en servait pour vérifier qu'il ne restait aucun indice de l'affinité d'esprit qu'il avait utilisée sur eux. Séverin savait toujours quand l'Ordre avait planifié son contrôle mensuel parce que, pendant douze heures qui lui étaient précieuses, son père ne plaçait pas le casque de Phébus sur sa tête. Cet intervalle était assez long pour effacer toute trace de manipulation mentale... juste assez long pour que personne de l'Ordre ne puisse croire les affirmations de Séverin.

La lumière familière balaya ses pupilles. Sa mémoire fit remonter des cauchemars du casque de Phébus, mais la lumière s'éteignit très rapidement et le garde lui fit signe d'avancer vers les mâchoires de vérit.

Derrière lui, il entendit des carrosses grincer. Les autres étaient arrivés juste à temps. Y compris Hypnos dont il reconnut le rire grave. Ce qui signifiait que Laila était là aussi et poussait une gigantesque glacière contenant des gâteaux et des outils forgés dissimulés par une pierre de vérit cachée dans le métal.

Alors que Séverin franchissait les mâchoires, il retint son souffle... mais le petit bout de vérit dans sa chaussure fonctionna parfaitement. Une fois l'entrée passée, il se dirigea vers un quai enveloppé dans le brouillard où Zofia et Enrique l'attendaient déjà.

« Bienvenue dans le domaine de la maison Kore, annonça une voix calme et désincarnée depuis les airs. Nous vous informons que les bateaux ne peuvent transporter que trois invités à la fois. »

Une longue embarcation taillée dans l'onyx surgit de l'eau.

Une fois dans la barque, le faux Styx défila en dessous d'eux et les conduisit vers une grotte. Les murs en onyx ciselé et lustré luisaient d'humidité, des stalactites s'égouttaient du plafond. Après quelques minutes, le petit bateau s'arrêta devant un nouveau quai élégamment aménagé et lui aussi enveloppé de brume, à l'exception d'une gigantesque double porte en ébène où les visages hargneux et aboyants de Cerbère, le chien de garde à trois têtes des Enfers, avaient été forgés. Chacune aboya :

« In...

— … vit…

— … ations. »

Les trois têtes gardèrent la gueule grande ouverte. L'un après l'autre, Séverin, Zofia et Enrique posèrent leurs précieux sésames sur les langues noires. Les mâchoires des chiens se refermèrent d'un coup sec et les têtes se fondirent dans le bois et la pierre. Quelques instants s'écoulèrent avant que les portes ne s'ouvrent. De la lumière, des éclats de voix et de la musique jaillirent de l'ouverture, aveuglant Séverin. Les trois complices étaient debout et l'embarcation tanguait. Les têtes de chiens réapparurent d'un coup, mais cette fois un morceau de velours pendait de leurs crocs.

« Prenez…

— … vos…

— … masques. »

Ils s'exécutèrent.

Zofia entra la première. Puis Enrique. Séverin passa en dernier. Aucun retour en arrière ne serait possible, une fois qu'il aurait franchi le seuil. Passé le vestibule d'accueil, un sol en marbre noir dépoli absorbait la lumière des lustres en os sculptés et en verre coloré. Ça ne ressemblait à aucun de ses souvenirs d'enfance et il en fut soulagé.

Sous un lustre, un motif délicat rappelant un nautile s'enroulait en spirale sur le sol. Les murs étaient formés d'un entrelacs de plantes grimpantes en cristal et de veines de quartz, comme si les visiteurs se trouvaient dans un endroit somptueux sous terre. Des invités masqués vêtus de noir, de gris et de rouge sang se déplaçaient dans les couloirs. L'écho d'un carillon s'attardait dans l'air. Ils étaient arrivés quelques instants après le gong annonçant le dîner. Il ne restait plus que la matriarche et un groupe de serviteurs. Elle s'avança vers eux, vêtue d'une robe sang de bœuf et d'un ras-de-cou d'épines en diamant noir. Son visage était dissimulé derrière un masque en or.

Séverin la fixa une seconde de trop, convaincu qu'elle le reconnaîtrait. Il n'en fut rien. La dernière fois qu'il l'avait vue, il avait aperçu la lueur bleue sur l'anneau de Babel – la couleur indiquant qu'il était l'héritier légitime – avant qu'elle ne soit arrachée de sa vue. La dernière fois qu'elle lui avait parlé, c'était la dernière fois qu'il avait eu une famille.

« Bienvenue à notre festival de printemps », déclara-t-elle de sa voix rauque, le sourire crispé.

Elle tendit une main gantée de velours. Séverin remarqua que le gant de sa main droite était rembourré : visiblement ses doigts étaient encore bandés suite au vol de son anneau. Enrique se pencha sur la main qu'elle lui tendait et Zofia exécuta une parfaite révérence. La matriarche chuchota quelque chose à ses serviteurs, qui s'empressèrent de les conduire tous deux vers différentes parties du château.

Enfin, la matriarche se tourna vers lui. Séverin s'y était préparé, mais l'entraînement n'était rien par rapport au véritable face-à-face. Onze ans plus tôt, cette main gantée l'avait condamné à l'ombre et l'avait dépouillé de son titre. Et maintenant il devait l'embrasser. Pour la remercier. Il prit les doigts de la matriarche avec lenteur. Ses propres mains tremblaient. Elle sourit. Elle devait croire qu'il était impressionné et se sentait insignifiant devant tant d'opulence. Devant *elle*. Il plissa les yeux et serra fermement les articulations des doigts cassés de son hôtesse.

« C'est un honneur d'être ici. »

Il posa sa seconde main sur la sienne, regarda la respiration de la matriarche s'étrangler, son sourire se déformer.

« Vraiment », insista-t-il.

Il devait lui reconnaître un mérite, elle ne retira pas sa main. Elle finit par la laisser retomber mollement sur le côté. Séverin sourit.

L'avoir fait un peu souffrir était mieux que rien.

Dès qu'il s'assit dans la salle à manger de la maison Kore, Séverin sentit que l'*Éden* lui manquait. La pièce n'avait rien à voir avec le vert vif de son hôtel. Ici, le plafond avait été forgé pour ressembler à l'intérieur d'une grotte sertie de bijoux. Des amas de rubis rouge sang, des cabochons d'émeraude et de jaspe projetaient une lumière colorée sur la table d'onyx en dessous. Des bougies en forme de fleurs semblaient sortir de tas de neige disposés à intervalles réguliers. Sur le sol, Séverin reconnut les créations de Tristan : des plantes grimpantes qui poussaient à côté des invités et éclosaient en révélant de délicats verres à vin, pour la plus grande admiration et le plus grand plaisir des convives.

Comme il s'y attendait, son insignifiance lui valut un siège près de la sortie, loin de la matriarche. Bon nombre d'invités autour de lui avaient été ou seraient bientôt des clients de l'*Éden*. Ils auraient pu le reconnaître s'ils l'avaient examiné avec assez d'attention. Mais ils n'en firent rien.

Près d'une des extrémités de la grande table, Hypnos vidait ses verres avec un abandon joyeux. Le sourire de la matriarche se crispait à chaque fois qu'il ouvrait la bouche. Au milieu de la table, Zofia avait perfectionné son interprétation d'une aristocrate : elle était belle et ne cachait pas son ennui. Elle bougeait les doigts selon un rythme étrange et parcourait la salle à manger des yeux. *Elle comptait à nouveau des objets.* Quand elle croisa le regard de Séverin, il leva son verre dans sa direction. Elle fit de même, le maintenant en l'air suffisamment longtemps pour que des convives le remarquent.

Les plats se suivaient rapidement : foie gras poêlé, pousses de poireaux dans un riche bouillon de moelle, œufs de caille crémeux servis sur un nid de pain de seigle, puis un filet de bœuf tendre. Enfin, la pièce de résistance : une portion d'ortolan. Cet oiseau chanteur était un mets rare et recherché. Une fois capturés, les volatiles étaient noyés dans l'Armagnac, rôtis, pour être mangés entiers. La sauce dégoulinait en grosses gouttes sur l'assiette, laissant des traces rouge sang sur la porcelaine immaculée. En bout de table, la matriarche présidait le repas. Elle prit sa serviette cramoisie et la plaça sur sa tête. Les convives l'imitèrent. Alors que Séverin prenait la sienne, l'homme à côté de lui rit doucement.

« Savez-vous à quoi servent les serviettes, jeune homme ?

— J'avoue que je l'ignore. Mais j'aime trop la mode pour refuser de suivre une tendance. »

De nouveau, son voisin de table rit. Séverin prit un moment pour l'étudier. Comme tous les autres, il portait un loup de velours noir sur les yeux. Il avait des plis autour de la bouche et ses cheveux étaient striés de gris. La peau que Séverin voyait était pâle et fine, rendue cireuse par la maladie. Son costume couleur moutarde ne semblait pas forgé, il n'appartenait donc probablement pas à l'aristocratie. Quelque chose brillait à son revers, mais il se retourna avant que Séverin ne puisse découvrir ce dont il s'agissait.

« Le but des serviettes, expliqua l'homme, en plaçant la sienne sur sa tête, est de cacher à Dieu notre honte de manger une si belle créature.

— Est-ce notre honte que nous cachons ou l'illusion que nous sommes capables de nous dissimuler à son regard ? »

Séverin aperçut les coins du sourire de son voisin sous sa serviette.

« Vous m'êtes sympathique, monsieur. »

Le propriétaire de l'*Éden* n'examina pas de trop près la chair brune sur son assiette. Il savait que c'était, en toute objectivité, un mets raffiné. Gourmandise disait souvent qu'il souhaitait que son dernier repas soit de l'ortolan. Mais Séverin n'avait jamais accepté que ce plat figure au menu de l'*Éden*. Ça ne lui semblait pas juste de manger ce petit volatile.

Il mordit avec précaution dans l'oiseau. Les os fins craquèrent entre ses dents. Son palais s'emplit du goût de la chair, tendre et riche, ainsi que de la saveur des figues, des noisettes, mêlée au goût de son propre sang, car de petits morceaux d'os entaillaient l'intérieur de sa bouche.

Il se lécha les lèvres, détestant que ce mets soit délicieux.

Le brandy suivit le dessert et les convives furent encouragés à passer dans un salon. En se levant, Séverin vit Hypnos murmurer quelque chose à la matriarche de la maison Kore. Les lèvres de celle-ci se plissèrent en une moue désapprobatrice, mais elle acquiesça d'un signe de tête et chuchota quelques mots à un serviteur. Hypnos appela son factotum qui attendait dans un coin. L'homme portait une boîte noire.

Le moment était venu.

Hypnos avait invoqué la règle de l'Ordre et la matriarche devait maintenant mettre l'objet à l'abri en pénétrant dans la chambre forte. Tandis que les invités quittaient la salle à manger, Séverin s'attarda près de la porte en faisant semblant qu'il venait d'apercevoir une connaissance. La matriarche franchit le seuil, Hypnos sur ses talons. Le patriarche de la maison Nyx adressa un demi-sourire discret à Séverin en passant devant lui. Un signal l'invitant à les suivre. Séverin leur laissa prendre de l'avance. Puis, alors qu'il s'apprêtait à se mettre en route, l'homme en costume moutarde lui barra le passage.

Il avait une voix sifflante et son front ruisselait de sueur. « C'était un plaisir de parler avec vous, monsieur…

— … Faucher, compléta Séverin en refoulant son agacement. Je n'ai pas entendu votre nom ? »

L'homme sourit. « Roux-Joubert. »

À l'extérieur de la salle à manger, le grand escalier bloquait la lumière. Le hall d'entrée se divisait en trois vestibules distincts.

Séverin avait mémorisé la disposition des lieux avant de venir, y compris l'entrée de la bibliothèque où étaient conservés les trésors forgés. Il resta dans l'ombre. Grâce aux plans, il savait où la maison Kore avait disposé ses insectes mnémos et se déplaça pour éviter leurs circuits de surveillance. Il s'arrêta à l'entrée d'une salle remplie de miroirs tordus. Il plongea la main dans la manche de sa veste et arracha les coutures de soie qui cachaient une cloche forgée par Zofia. Il la fit tinter deux fois de suite et ses pas devinrent silencieux.

Entre la galerie des glaces et la bibliothèque se trouvait une rotonde remplie d'instruments astrologiques surplombée par une imposante verrière. La matriarche, Hypnos et les serviteurs lui tournaient le dos. Séverin appuya la pointe de sa chaussure contre un mur, avant de s'esquiver discrètement dans l'une des alcôves du côté opposé. Un fil de verre forgé, mince et presque invisible, s'étendit à travers la salle jusqu'à la chaussure de Séverin.

Il entendait les autres discuter :

« … un moment pour que je place la boîte dans mes coffres.

— Bien sûr, répondit Hypnos. Je vous suis reconnaissant, vraiment. Mais n'est-ce pas la tradition de coller nos anneaux l'un contre l'autre pour sceller notre accord ? Vous me connaissez, je suis très attaché aux traditions. J'ai ça dans le sang. »

La pique qu'Hypnos s'envoyait à lui-même arracha à Séverin un sourire narquois.

« Je ne crois pas que ce soit nécessaire, affirma-t-elle, la voix légèrement plus aiguë. Nous sommes de vieux amis, n'est-ce pas ? Nos dynasties sont anciennes et les seules qui subsistent des maisons de France… puisque je vous rends un service qui me coûte énormément, nous pouvons bien nous passer des formalités ? »

La proposition d'Hypnos était un test. La matriarche n'avait visiblement pas révélé à l'Ordre que son anneau avait été volé.

Ses paroles prouvaient qu'elle aussi pensait que le vol avait été commis de l'intérieur.

« Bien entendu, lui assura Hypnos d'un ton enjoué.

— Puis-je vous parler franchement ? »

Séverin perçut son hésitation lorsqu'il déclara : « Évidemment. Sinon, à quoi servent les vieux amis ? »

La matriarche prit une profonde inspiration.

« Je sais que vous êtes au courant pour le vol de mon anneau. »

Hypnos feignit un cri de surprise, mais elle l'interrompit en s'emportant :

« Ne m'humiliez pas. Tous les membres de ma maison en qui j'ai confiance l'ont cherché… Je ne vous demande pas d'envoyer vos propres gardes à sa recherche, mais je vous prie d'être vigilant. Je sais que nous avons eu des différends, mais le… le dommage qui pourrait être causé n'affecterait pas que nous.

— Je le sais, admit Hypnos solennellement.

— Très bien. Maintenant, si vous voulez bien m'excuser. »

Séverin entendit le cliquetis d'une serrure : les énormes portes de la bibliothèque qui se déverrouillaient. Les secondes se transformèrent en minutes. Hypnos se mit à taper du pied. Après exactement neuf minutes quarante-cinq secondes, les portes de la bibliothèque s'ouvrirent à nouveau.

« On y va ? » demanda Hypnos.

La matriarche ne répondit pas. Peut-être lui avait-elle pris le bras. Séverin entendit leurs pas approcher rapidement.

Il ouvrit sa montre et en sortit de la poudre miroir. Il en enduisit ses doigts, les fit glisser le long du mur derrière lui et toucha ses vêtements. Instantanément, ils se mirent à briller avant d'adopter le même motif de brocart que la paroi. Le camouflage tiendrait un peu plus d'une minute, il n'avait pas besoin de plus. Séverin souleva son pied, prêt à passer à l'action. Mais la matriarche s'arrêta juste à côté du fil, comme pour reprendre son souffle.

Cela ne faisait pas partie du plan.

« C'est beau, n'est-ce pas ? demanda-t-elle.

— Oui, oui, très... »

Le ton d'Hypnos était irrité. Les doigts de Séverin se crispèrent. Il jeta un coup d'œil à sa montre. Il n'avait pas réussi à obtenir une nouvelle commande de poudre miroir à temps, il ne lui en restait plus. Ses vêtements se mirent à scintiller.

Dans moins de trente secondes, le camouflage disparaîtrait. Les autres le verraient.

Il restait dix secondes.

Les serviteurs passèrent devant lui.

Quatre secondes.

Hypnos escorta la matriarche. Séverin se força à respirer et à ne pas laisser ses mains devenir moites et absorber ce qui restait de poudre miroir.

Trois secondes.

La matriarche était sur le point de buter contre le fil de verre. Séverin souleva sa chaussure. Juste au bon moment : elle trébucha. Hypnos la rattrapa avant qu'elle ne tombe, mais sa robe s'était gonflée et soulevée assez haut pour que l'on voie ses chaussures. Séverin chercha attentivement la seule trace qui aurait pu prouver que son hypothèse était exacte et la trouva :

De la boue.

« Vous ne vous êtes pas fait mal ? » s'enquit Hypnos.

Il écrasa le fil de verre et fit pivoter la matriarche pour qu'elle tourne le dos à Séverin, juste au moment où les dernières traces de poudre disparaissaient de ses doigts.

Lorsque Séverin entra dans sa chambre à 2 h 30 du matin, il trouva son lit occupé.

« Je suis flatté, mais sors de là. »

Enrique s'agrippa à un oreiller.

« Non. C'est d'un confort extraordinaire.

— Tu sais très bien que je déteste que mes oreillers soient chauds.

— Comme ça ? » Enrique se mit à frotter son visage contre les oreillers et à les serrer contre lui.

« Beurk. C'est bon, prends-les. »

Sur le lit derrière Enrique, Tristan était allongé sur le dos et fixait le plafond. Il n'avait rien dit quand Séverin était entré. Même quand Enrique lui balança un coup d'oreiller sur la tête, il se contenta de grogner et de se tourner sur le côté. Il avait des cernes sous les yeux. Il paraissait épuisé, mais il ne cessait d'ouvrir et de fermer les mains, d'enfoncer ses ongles dans ses paumes. Il était comme ça parfois… perdu dans ses pensées. Séverin ou Laila devaient souvent lui bander les mains pour l'empêcher de s'entailler la peau. Laila se dirigea vers le côté du lit où il se trouvait et lui aplatit soigneusement les paumes. Ils adoptaient tous un comportement différent vis-à-vis de Tristan. Laila le dorlotait, Enrique le taquinait, Zofia l'instruisait. Séverin le protégeait.

Depuis leur dispute dans son bureau, il n'avait pas réussi à s'excuser. Les non-dits s'accumulaient et rendaient l'atmosphère entre eux électrique.

Des bruits de pas résonnèrent derrière la porte. Laila posa un doigt sur ses lèvres et leur adressa un regard d'avertissement.

Le battant s'ouvrit et Zofia se glissa à l'intérieur. La première chose qu'elle fit fut d'enlever ses chaussures à talons. Comme le lit et le fauteuil étaient occupés, elle s'effondra sur le plancher.

« Comment se fait-il que nous ayons dû nous cacher dans une pile de linge sale pour entrer ici et qu'elle, elle débarque tranquillement dans ta chambre ? » se plaignit Enrique.

Zofia commença à se masser les pieds. « Nous avons une liaison.

— Visiblement torride », observa Séverin.

Zofia grogna.

Voyant l'expression déconcertée d'Enrique, il ajouta : « Nous avons levé notre verre de vin à table et nous nous sommes regardés longuement. Et voilà. Le moyen le plus facile d'aller quelque part sans se faire remarquer, c'est d'annoncer à tout le monde où on va. Bon. Qu'est-ce que vous avez pour moi ? »

La porte s'ouvrit en grinçant. Ils se levèrent tous d'un bond chacun attrapant un couteau ou de la bande de feu…

C'était Hypnos.

Il sourit dans l'embrasure de la porte et leur adressa un signe de la main.

« Qu'est-ce que tu fabriques ici ? lui demande Séverin.

— C'est mon plan aussi. Je t'ai aidé en bas…

— Tu attires inutilement l'attention.

— Au contraire, je confirme tes penchants inavoués. Une rumeur que j'ai judicieusement répandue au dîner. Et, comme tu viens de l'expliquer, le moyen le plus facile d'aller où que ce soit sans se faire remarquer, c'est de crier à tout le monde où on va. Si je partais maintenant et que quelqu'un me voyait, ça pourrait attirer… Comment as-tu dit ? Oh. » Hypnos sourit jusqu'aux oreilles. « Inutilement l'attention. »

Séverin se rembrunit.

« Bon. Assieds-toi, ne dis pas un mot et ne touche à rien. Ni à personne. »

Hypnos se posa sur le sol à côté de Zofia.

Laila prit la parole la première. « J'ai la confirmation que les seuls gardes dont les armes sont chargées sont ceux qui protègent les terrariums et le mur du jardin de la serre. Je peux également confirmer qu'ils sont régulièrement relevés. Toutes les huit heures, vingt gardes sont remplacés.

— Et sur les terrains extérieurs face à la bibliothèque ? demanda Séverin.

— Tous leurs fusils de chasse sont équipés de balle à blanc. »

Enrique et Zofia eurent l'air abasourdis.

« Comment as-tu compris ça sans tirer avec leurs fusils ?

— J'ai fouillé leur artillerie et leur vestiaire. Ils se trouvent juste à côté des quartiers des femmes de chambre.

— Mais pourquoi la matriarche fait-elle garder ses *fleurs* par ses meilleurs hommes ? interrogea Enrique. Est-ce que ça veut dire qu'elle ne se soucie pas du tout des objets ? Peut-être que l'œil d'Horus a été placé ailleurs…

— Non, trancha Séverin. Il est ici. Sur ces terres.

— Alors pourquoi ne le cache-t-elle pas dans la bibliothèque où elle a affirmé qu'il était ?

— Il est dans une bibliothèque, insista Séverin en pensant à la boue. Elle en possède une autre.

— Dans la serre ? demanda Enrique.

— Non, répondit Séverin en souriant. En dessous.

— Comment le sais-tu ?

— J'ai vu la boue sur ses chaussures. Et puis, tu as vu les plans. Les dimensions de la bibliothèque sont trop petites pour héberger la collection qu'elle est censée contenir. La matriarche doit accéder à la vraie bibliothèque sous terre. C'est certainement pour cette raison que les gardes armés surveillent les jardins. C'est là que se trouve notre prochaine étape. Enrique et Tristan, vous êtes prêts à libérer la solution piranha ? »

Ils acquiescèrent.

« Bien. Elle mettra environ huit heures à agir. Laila, comment est-ce que ça se passe avec la glacière ? »

Elle n'eut pas l'occasion de répondre.

« Tout est prêt pour que ce soit présenté comme une surprise à la matriarche demain soir ! expliqua Hypnos. Je me suis même arrangé pour que la glacière soit transportée sur roues dans le bureau où la matriarche garde la clé physique de la chambre forte. Elle ne peut plus y accéder en utilisant son anneau, elle n'est donc pas forgée. Le costume de danseuse *nautch* de Laila est déjà caché sous le coussin de la méridienne. Une fois qu'elle a la clé, elle peut sortir du bureau habillée en danseuse *nautch* censée s'être égarée dans le bâtiment. Ensuite, pendant que Séverin, en gentleman serviable, l'aide à retrouver son chemin, elle lui glisse la clé. Il la donne à Zofia, qui en fait une copie. Au dîner, Zofia me donne l'original et je le remets dans le bureau. Séverin et moi passons par l'accès de la maison, tandis que les autres passent par la serre et on se retrouve dans la chambre forte de la bibliothèque !

— Hypnos ?

— Oui ?

— Tu t'appelles Laila ? »

Le patriarche de la maison Nyx baissa la tête. « … Non.

— Laila ? »

Elle pointa Hypnos du doigt. « C'est comme il a dit.

— C'est clair ? interrogea Séverin. Laila se procure la clé. Zofia fait la copie. Hypnos et moi empruntons le passage par la bibliothèque, on se retrouve dans la chambre forte souterraine. On récupère l'œil d'Horus et on est dehors au plus tard une heure après minuit quand notre transport arrive. »

Hypnos, Enrique, Zofia et Laila acquiescèrent en même temps. Tristan, qui était pelotonné sur le lit en silence, fut le dernier à hocher la tête.

Enrique partit le premier en s'échappant par le toboggan à linge, armé de cloches forgées qui étouffaient les bruits. Ensuite, ce fut le tour d'Hypnos et de Zofia, têtes baissées et rapprochées. Ce qui laissait Tristan et Laila.

« Tu restes un moment, Laila ? » demanda Séverin.

Elle fronça les sourcils, mais approuva d'un signe de tête.

Tristan se déplaça jusqu'à Séverin, qui fourra les mains dans ses poches et baissa les yeux dans sa direction.

« Écoute… », commença Tristan.

Au même moment, Séverin dit :

« Je te pardonne. »

Tristan marqua une pause. « Je ne te demande pas de me pardonner. » Il déglutit avec difficulté, puis leva la tête. Ses yeux gris étaient sombres et manquaient cruellement de sommeil. « Je ne fais pas confiance à Hypnos. Ni à l'Ordre. »

Séverin gémit : « Tu ne vas pas recommencer.

— Je suis sérieux cette fois. J'ai… j'ai un mauvais pressentiment et je voudrais que tu m'écoutes…

— *Tristan.* » Séverin l'agrippa par les épaules. « Tu fais partie de ma famille et je te protégerai toujours. Mais je refuse d'écouter tes craintes à tout bout de champ.

— Mais…

— Un mot de plus et je trouverai le moyen de t'expulser de notre opération et de te renvoyer à l'*Éden* sans détour. C'est ce que tu souhaites ? »

Le visage de Tristan devint pourpre et brûlant. Il quitta la chambre d'un pas furieux sans un mot. Séverin fixa la porte close.

« Tu n'aurais pas dû le rembarrer comme ça », lui reprocha Laila.

Il ferma les paupières, envahi par l'épuisement. « Il ne m'a guère laissé le choix.

— On a toujours le choix, *Majnun.* »

L'homme fou. Ce nom qui n'était destiné qu'à lui. Sur les lèvres de la jeune femme, ce surnom sonnait comme un talisman. Un objet capable de le protéger. De repousser l'obscurité. Il sentit son odeur lorsqu'elle s'approcha. Sucre et eau de rose. Avait-elle emporté son flacon de parfum ? En avait-elle appliqué dans son cou et sur ses poignets quand le train s'était arrêté ? C'était un autre homme qui résoudrait ces mystères. Pas lui. Il se rendit soudain compte qu'il ne s'était pas retrouvé seul avec elle dans une chambre depuis cette fameuse nuit…

« *Majnun ?* » fit-elle en inclinant la tête.

Il s'empressa de trouver quelque chose à dire.

« Je ne t'ai jamais demandé pourquoi tu m'appelais comme ça.

— C'est un secret que tu ne mérites pas encore de connaître. »

Elle sourit. Sa bouche était rouge. Pas de maquillage, mais de sang. Sur sa lèvre inférieure, il distinguait les légères empreintes de ses dents. Il était subjugué.

« Qu'est-ce que je dois faire pour conquérir le droit de savoir ? » demanda-t-il. Sa voix était rendue rauque par le manque de sommeil et son ton était plus bourru qu'il ne l'aurait voulu.

« Qu'est-ce que tu offres ? » le taquina Laila.

Ses cheveux s'étaient détachés de leur chignon. Il les préférait comme ça : un peu sauvages, un peu doux. Tout à fait elle. Des mèches de soie noire s'enroulaient autour de son long cou. Elle en replaça une derrière son oreille.

Séverin aurait aimé qu'un vent fort souffle dans la chambre, ne serait-ce que pour qu'elle répète ce geste.

« Qu'est-ce que tu veux, Laila ? Une plume d'un oiseau légendaire ? Une pomme magique ?

— Je t'en prie. Je déteste avoir des doublons dans ma garde-robe. »

Il marqua une pause. Garde-robe. Ce mot le ramena à l'instant présent. C'était de cela qu'il voulait lui parler. C'est dans le vestiaire des gardes qu'elle avait pu lire leurs uniformes.

« Laila. Dans l'armoire des gardes, je pense que tu as seulement pu lire les uniformes des gardes entrants. Pas de ceux qui partent. Je voudrais que tu revérifies. Nous ne pouvons pas nous permettre de mauvaises surprises. »

Pendant une seconde, on aurait dit qu'elle voulait ajouter autre chose. Mais finalement, elle acquiesça simplement. « Bien sûr. J'y vais tout de suite. »

Après son départ, Séverin ne bougea pas de sa place contre le mur. Il pensait aux mains gantées de la matriarche, aux doigts qu'il aurait pu écrabouiller s'il l'avait voulu. Même si Enrique ne l'avait pas dégoûté de ses oreillers, il ne pouvait pas se résoudre à se glisser dans ce lit de la maison Kore. Et s'il y avait dormi une fois quand il était petit et ne s'en souvenait pas ? Il s'assoupit là où il était assis, affalé, la tête contre le mur. Il rêva du craquement des os d'ortolan et de traces de dents sur la bouche rouge sang de Laila.

15

Enrique

Enrique tenait sa canne légèrement au-dessus du sol, en veillant à ne pas faire tomber la bombe lumineuse. La serre était de l'autre côté des pelouses. Des fêtards tourbillonnaient autour de lui. Des femmes en corsage de velours avec des masques de loup, des hommes dans des costumes sur mesure avec des ailes attachées aux épaules. À proximité, les serveurs et serveuses affichant des masques de renard et de lapin se faufilaient entre les invités, portant des plateaux d'une boisson fumante qui rendait la vision kaléidoscopique. Tandis qu'ils se déplaçaient, certains serveurs changeaient de taille, s'élevant brusquement sur des échasses forgées dissimulées dans leurs talons et versant de minces flots de champagne dans la bouche grande ouverte des invités hilares. Les plateaux de nourriture flottaient entre les convives sans que personne les porte. Enrique y aperçut des grenades évidées, des gâteaux légèrement dorés ou encore des huîtres servies sur des plaques de glace dégoulinantes.

Contrairement à la vente aux enchères de l'Ordre de Babel, presque personne ici n'avait la peau foncée ou un accent chantant. En revanche, la décoration était exotique. Elle était composée de créatures magnifiques et monstrueuses tirées de contes venus des quatre coins du monde, forgées par affinité liquide en êtres de fumée. Il y avait des dragons issus des mythes de l'Orient, des sirènes aux paupières lourdes, des *bhuts* – fantômes d'Inde – avec des pieds tournés vers l'arrière. Et même s'ils ne faisaient pas tous partie de contes familiers, il se reconnaissait dans ces figures : lui aussi était repoussé dans les recoins les plus sombres. Il était comme ces créatures : aussi insignifiant que la fumée et tout aussi impuissant.

Il était méconnaissable ce soir-là. Mais il ne ressemblait pas non plus aux Chinois qu'il avait croisés dans sa vie. Il se cachait derrière une caricature et personne ne semblait s'en soucier. C'était peut-être moche d'utiliser des stéréotypes pour se dissimuler, mais il était ici dans ce but, justement… pour ne plus jamais devoir se cacher.

La serre se profilait devant lui. Dans la pénombre, il distinguait les étranges symboles gravés tout autour. Un exemple parfait de géométrie sacrée. Même le sentier où il se trouvait était couvert de symboles : des étoiles disposées en mosaïque dans des cercles, des fractales d'étoiles tapies dans les arbres. Même l'avant-toit des bâtisses de la maison Kore évoquait la symbolique ancienne avec leurs motifs de nautiles qui se répétaient.

Enrique était presque arrivé à la serre lorsque quelqu'un lui attrapa l'épaule. Il glapit et faillit bondir. Il se retourna et vit Laila s'abriter derrière un tronc d'arbre.

« Je suis contente de t'avoir rattrapé », souffla-t-elle. Elle lui glissa quelque chose dans la main. « J'ai trouvé ça dans les uniformes des gardes, mais seulement sur ceux qui surveillent la serre. »

Quand Enrique ouvrit sa paume, il ne vit qu'une fleur de violette cristallisée.

« Je n'ai pas trop envie de sucreries en ce moment, mais…

— Tu refuses de la nourriture ? » Laila écarquilla les yeux. « Tu dois *vraiment* être nerveux. Ce n'est pas un bonbon. C'est un antidote.

— Contre quoi ?

— Le venin. » Elle fronça les sourcils. « Tristan ne te l'a pas expliqué ? »

Il entendit quelque chose craquer sous une semelle au loin. Laila tourna brusquement la tête et gémit :

« Je dois filer. Je crois que je suis suivie. »

Enrique se renfrogna. Laila devait sans cesse affronter ce genre de situation au Palais, il avait espéré que ce soir au moins elle serait tranquille sur ce plan-là.

« Imbéciles d'ivrognes. Tu as un couteau ?

— Plusieurs. »

Elle posa la main sur la joue d'Enrique un instant avant de se fondre dans la nuit.

L'air autour de la serre était étouffant. Aucun fêtard ne s'aventurait jusqu'ici, ce qui était logique. Cinquante gardes armés de baïonnettes n'avaient rien d'accueillant. La serre était une structure imposante, avec des parois en verre dépoli, tandis que la toiture était transparente. Une odeur caractéristique de terre et d'humidité flottait dans l'air. Le long des murs, Enrique aperçut un motif familier. Le même que sur le miroir doré du palais Garnier : une étoile à six branches, aussi appelée hexagramme, entrelacée avec des croissants de lune, des épines pointues et un grand serpent se mordant la queue. Les symboles des quatre maisons originelles. Quelque chose dans cette étoile le troublait. C'était l'emblème de la maison déchue, celle qui avait osé ne pas protéger le fragment de Babel, mais *s'en était servie*, parce qu'ils étaient convaincus que c'était la volonté de Dieu. Les poils de la nuque d'Enrique se hérissèrent.

Un garde l'arrêta devant la serre. « Vous êtes ? »

Il envisagea de répliquer, puis se ravisa après avoir jeté un coup d'œil à la baïonnette. Avec ou sans balle, cette arme était tout de même dotée d'une extrémité pointue et tranchante.

« Bonsoir », commença-t-il en prenant une voix plus rauque. Il tendit sa carte d'accès. « Je suis ici pour prêter assistance à M. Tristan Maréchal.

— À cette heure-ci ?

— La beauté suit-elle les heures du jour ? demanda l'historien en haussant le ton. Est-ce que les cieux disent simplement *non merci* parce qu'il est un peu plus de minuit ? Je ne crois *pas* ! Mon métier n'a pas d'horaire. Je ne sais même pas quelle heure il est. Ni où je me trouve. Qui suis-je ? Qui êtes-*vous*… »

Le garde leva les mains. « C'est bon, c'est bon, je vais accepter la carte. Mais sachez que j'ai ordre de ne répondre qu'à M. Maréchal. Pas à *vous*. Et la matriarche a demandé que personne à part lui ne passe plus de dix minutes dans la serre. »

Seulement dix minutes ? Séverin n'avait pas l'air au courant. Le garde lui tint la porte. Enrique entra. Tristan l'attendait, les mains plongées jusqu'aux coudes dans une plante hideuse.

« Fleur de cadavre ! » annonça-t-il avec enthousiasme.

Il avait l'air plutôt heureux, mais un étrange halo bleuté qui soulignait le contour de ses yeux trahissait l'insomnie. Les cauchemars, même.

« Ce n'est pas le sobriquet que je préfère, j'avoue.

— Je ne parlais pas de toi, Enrique. *Ceci* est une fleur de cadavre.

— C'est pour ça qu'il flotte dans l'air une odeur de mort ?

— La taxonomie fait rarement preuve de beaucoup d'imagination », reconnut Tristan en se relevant.

Les lumières de la serre étaient bien plus vives que celles de la chambre de Séverin. Pour la première fois, Enrique remarqua à quel point le teint de Tristan était cireux. D'habitude, ses joues rondes étaient colorées et il arborait un sourire en coin.

Mais même s'il s'était montré assez enthousiaste quand il avait aperçu Enrique, il paraissait à présent épuisé.

« Est-ce que tu vas bien ? » s'inquiéta Enrique. Il posa sa canne avec précaution. Il n'en aurait pas besoin ici.

Tristan déglutit. « Pas mal. Ou, du moins, bientôt, j'irai pas mal. »

Bientôt. Quand ils auraient trouvé l'œil d'Horus. Quand Séverin aurait été nommé héritier de la maison Vanth et que le monde serait peut-être enfin à leur portée.

Enrique lui serra l'épaule. « Plus qu'un jour. »

Tristan hocha la tête.

« Qu'est-ce que c'est que cet endroit ? l'interrogea l'historien en retirant sa veste.

— Un jardin vénéneux… C'est moi qui l'ai fait. Mais les araignées ne sont pas autorisées à y venir. Stupides règles de la maison Kore. Goliath serait furieux. »

Enrique s'arrêta alors qu'il détachait sa bosse prothétique. Il jeta un coup d'œil à sa veste sur le sol, où la violette cristallisée reposait dans la poche de poitrine. Un antidote. Il n'avait pas été surpris que Laila soit au courant, mais pour quelle raison Tristan l'ignorait-il ? Il aurait prévu le nécessaire.

La serre semblait bien trop paisible pour être toxique, mais il apercevait du poison tout autour de lui. De l'aconit jaune et des lauriers roses pendaient de la verrière. Le lierre de la veuve et le laurier noir poussaient en abondance. Des pieds-d'alouette de la couleur d'un ciel de fin de soirée s'épanouissaient dans les coins, et des joueurs de flûtes mortelles si pâles qu'elles ressemblaient à des nuages montaient en spirale vers le ciel comme si elles tentaient d'y retourner. Enrique rapprocha ses pieds pour bien rester dans l'allée. Les fleurs vénéneuses et la solution piranha ne faisaient pas bon ménage.

« C'est magnifique, tu ne trouves pas ? »

Enrique frissonna. « Tellement beau que la jalousie me donne envie de tout détruire. »

Tristan lui donna une tape sur le bras.

Enrique se servit de la clé cachée dans le talon de sa chaussure pour ouvrir la bosse en métal. Il lança à Tristan une paire de petites pinces que Zofia y avait placées et quelques aiguilles. Ils se mirent au travail pour déverrouiller la base de la prothèse en retirant la coque métallique et les couches protectrices, afin de libérer la boîte contenant la solution piranha. Enrique et Tristan sortirent leurs masques à gaz escamotables dans un même mouvement. Tristan versa de l'eau sur les verres et Enrique vérifia qu'il n'y avait pas de fissures. Aucune. Une seule aurait suffi à lui faire perdre un œil et à l'intoxiquer. Ou pire encore.

Enrique tenait un petit marteau, les doigts tremblants. S'ils s'y prenaient mal, il se brûlerait probablement les mains. Mais il pourrait ne pas s'en rendre compte tout de suite parce qu'il perdrait d'abord la vue. Tristan jeta un coup d'œil à la porte d'entrée.

Un coup.

Deux.

Le boîtier se brisa.

Enrique le lança à la verticale d'un geste vif. Ils disposaient d'environ quatre minutes avant d'avoir des problèmes.

« Allons-y… », commença-t-il, mais il entendit Tristan haleter. Le jeune homme attrapa les doigts du Philippin et les écrasa presque tellement il les serra. Enrique vit le visage déjà pâle de son ami se teinter de bleu.

On frappa à la porte.

« Que se passe-t-il là-dedans ? demanda l'un des gardes d'un ton autoritaire.

— Rien ! répondit le faux M. Chang.

— Nous ne sommes autorisés à recevoir des ordres que de M. Maréchal. Monsieur, est-ce que tout va bien ? »

Tristan tira sur ses lunettes de protection. Puis il brossa quelque chose sur sa veste. Des pétales. D'un geste frénétique, il désigna les joueurs de flûtes vénéneuses. Enrique avait lu un jour qu'il suffisait de toucher les pétales pour libérer des huiles capables de s'infiltrer à travers la peau. Tristan avait dû accidentellement frôler l'un de ces végétaux.

« Monsieur ? insista le garde. Devons-nous entrer ? Nous interpréterons votre silence comme une réponse affirmative. »

Le visage de Tristan vira carrément au bleu.

« Il ne peut pas parler, car il s'est approché trop près d'une plante toxique ! cria Enrique en réfléchissant à toute vitesse. S'il ouvre la bouche, il inhalera des émanations toxiques et… et mourra sur le coup ! »

Dehors, les gardes s'agitaient en discutant entre eux. Enrique secoua Tristan. « Crache un mot ! »

Les yeux de Tristan s'éclaircirent et devinrent larmoyants. Ses paupières tombaient. Puis il s'effondra.

« Non non non non, marmonna Enrique en jetant les outils dans la bosse métallique avant de la fixer n'importe comment sur ses épaules.

— Nous entrons ! » prévint le garde.

Les portes s'entrouvrirent. Pendant un moment, Enrique se demanda s'il ne devait pas simplement briser le reste du récipient contenant la solution piranha, mais il ne pouvait le faire sans risquer de graves brûlures. Plusieurs gardes passèrent la tête dans l'entrebâillement en pointant leurs fusils.

Un des hommes à l'arrière chuchota : « Sa bosse n'était pas de l'autre côté ? »

Mais l'un des deux qui étaient entrés poussa Enrique au sol. « Monsieur Maréchal ! Il est blessé. »

Les autres jouaient des coudes pour pénétrer dans la serre. Leurs cris résonnaient dans l'air.

« Qu'est-ce que c'est ? » demanda le premier garde en fixant la solution piranha qui chutait lentement du plafond.

Une brume épaisse commençait à descendre sur les plantes. Des panaches de soufre se répandaient dans la serre.

« Je vous ai dit que si vous le laissiez parler, il inhalerait trop de fumées toxiques. Regardez dans quel état il est. Vous devriez sortir avant de risquer de graves blessures.

— Attendez une minute, cette solution est en train d'attaquer le sol…

— Ah oui ? C'est curieux. Je ne me souviens pas qu'elle ait cet effet. »

Le premier garde plissa les yeux. « Qu'est-ce qui est arrivé à votre accent ?

— Accent ? » répéta Enrique en essayant de se glisser à nouveau dans son personnage.

L'homme s'avança. « Votre moustache se détache.

— Ce sont les fumées toxiques. Vous savez. Les moustaches sont toujours les premières affectées. »

Le garde arma son fusil.

« Non ! Ne faites pas ça. C'est totalement inutile. Vous avez peut-être juste un problème de vue… »

Enrique se jeta sur sa canne. Il ne pouvait pas avoir la mort – ou la désintégration – de ces hommes sur la conscience.

« Notre vue est excellente, vieil homme.

— Vous en êtes sûrs ? »

L'historien leva sa canne au-dessus de sa tête, puis l'abattit en se protégeant les yeux avec le bras. Une lumière blanche jaillit du bâton, suivie d'une déflagration à déchirer les tympans. Il aperçut ensuite les deux gardes inconscients, allongés face contre terre. Il les enjamba précautionneusement, se pencha et murmura : « Comment va votre vue, à présent ? »

Mais les cris stridents à l'extérieur coupèrent net son élan victorieux. La solution piranha se répandait rapidement sur le sol du terrarium, s'arrêtant non loin des gardes allongés. La peau de Tristan était plus bleutée que jamais. Enrique tapota sa veste avec des doigts tremblants jusqu'à trouver ce qu'il cherchait : la violette cristallisée.

Il enfonça le bonbon dans la bouche de Tristan et lui pinça le nez pour le forcer à avaler. Le bilan n'était pas fameux : deux gardes inconscients, une moustache hors d'état et la porte d'entrée qui tremblait sous les efforts de l'équipe de sécurité. Son espoir était mince, mais il s'y cramponna quand même. C'était tout ce qui lui restait.

16

LAILA

Laila tâtonnait dans l'obscurité totale, la respiration courte et rapide.

Si tu paniques, ce sera encore pire.

Un goût de métal envahit sa bouche. Elle grimaça. Le crochet pour forcer la serrure avait éraflé l'intérieur de sa joue. Elle cracha dans sa main, puis se mit à palper la surface pour trouver les charnières.

Dans un sens, c'était sa faute. Trois semaines plus tôt, elle avait raté un gâteau. Séverin, pour tenter de la consoler ou plus probablement la faire sortir rapidement de son bureau, lui avait dit : « Ce n'est qu'un gâteau. C'est pas comme s'il y avait quelque chose de précieux dedans.

— Ah vraiment ? » avait-elle riposté.

Elle avait fait cuire son sceau préféré en forme de serpent dans une tarte aux fruits qu'elle avait laissée sur son bureau avec un petit mot : « Tu te trompes. »

Alors à qui la faute, quand Séverin avait fait glisser le message qu'elle avait écrit sur la table de la cuisine, lui avait parlé de son plan, et lui avait déclaré en souriant « Prouve-le » ?

Et c'est ainsi qu'elle se retrouvait là. Enfermée dans un gâteau.

Se faufiler dans la base avait été facile une fois l'assemblage finalisé. Elle n'avait eu besoin de Zofia que pour la dernière étape : le refermer.

Laila tâtonna jusqu'à trouver enfin le fermoir. La sueur rendait ses paumes moites. Les aiguilles en métal étaient luisantes de salive et glissaient entre ses doigts. Elle n'entendait que les battements de son cœur. Puis l'aiguille s'encocha dans un orifice minuscule. La jeune danseuse s'immobilisa en tendant l'oreille. Elle écoutait le léger cliquetis du métal, le déclic sourd d'éléments qui s'alignent…

Clac.

Les charnières se défirent et tombèrent au fond du socle avec un bruit sourd. Laila sourit de toutes ses dents.

Puis elle poussa. Le compartiment refusait de bouger. Elle redoubla d'efforts, mais quelque chose entravait l'ouverture. Elle inséra la petite pièce de métal entre les bords pour faire levier. Un espace s'ouvrit, juste assez pour qu'elle puisse apercevoir ce qui bloquait sa sortie.

Le serviteur qui avait apporté le gâteau sur un chariot avait dû coincer la base contre une étagère.

Elle était prise au piège.

Dehors, l'horloge sonna 20 heures. Le son des clochettes des danseuses *nautch* résonnait dans les couloirs. Son cœur bondit lorsqu'elle reconnut quelques notes de sitar jouées au loin : les musiciens accordaient leurs instruments pour les danseuses. D'une seconde à l'autre, Séverin se posterait dehors, ravi de venir en aide à la danseuse en détresse, tandis qu'elle lui remettrait discrètement la clé.

Mais c'était impossible qu'elle sorte à temps.

Laila se jeta de tout son poids contre la paroi de métal, mais rien ne céda. Une cloche tinta de nouveau. Des bruits de pas se firent entendre de l'autre côté de la porte. Si Séverin avait attendu qu'elle lui remette la clé, il était déjà parti.

Arc-boutée dans l'obscurité, Laila se baissa pour enlever ses chaussons. Le droit glissa. Puis le gauche. Elle les inséra l'un dans l'autre, puis les introduisit dans l'interstice à la base du gâteau. Ses bras tremblèrent lorsqu'elle poussa de tout son poids sur les chaussures emboîtées qui forçaient contre la bibliothèque.

Au début, rien ne se passa. Le chariot ne bougea pas. Puis un centimètre céda. Un peu plus de lumière pénétra dans la base. Laila poussa à nouveau, s'éraflant le coude.

Les roues de la desserte grincèrent et partirent vers l'arrière, laissant *juste* assez de place pour qu'elle puisse glisser une jambe dehors, puis la seconde, avant d'atterrir sur le tapis. Elle laissa échapper un soupir.

Elle vérifia que la base creuse ne contenait ni mèche de cheveux ni morceau de tissus avant de s'occuper rapidement des serrures. Les bruits de la fête lui parvenaient à travers la porte. Elle posa les yeux sur le coussin de la méridienne dans le coin de la pièce sous lequel Hypnos avait caché son costume.

Laila chassa de ses pensées toute trace de peur. Elle trouverait un moyen de faire parvenir la clé de la chambre forte de la maison Kore à Séverin plus tard. D'abord, il fallait qu'elle mette la main dessus.

Le bureau de la matriarche ressemblait à un immense nid-d'abeilles élaboré. Les murs étaient couverts de centaines d'hexagones dorés imbriqués, chargés de livres, de plantes ou de gravures de son défunt mari. Le plafond était un ruban d'or avec des incrustations de cramoisi, représentant des flammes immobiles. Un bureau en néphrite, comme celui de Séverin, était installé à l'écart des fenêtres. La bibliothèque qui se trouvait derrière s'étendait du sol au plafond. Elle croulait sous autant d'objets curieux que de livres : des crânes remplis de fleurs séchées, des animaux emprisonnés dans l'ambre, des bocaux et des bocaux de conserves étranges. Si elle l'avait voulu, Laila aurait pu laisser traîner ses doigts sur la surface du bureau afin de chercher l'image d'une clé qui l'aurait touché. Mais son instinct l'arrêta.

Elle ramassa un petit trombone sur le sol et le lança sur la surface de jade. Le bureau émit une lueur rouge en signe d'avertissement. Sa bouche se crispa.

Le bureau était forgé, comme celui de Séverin.

Elle se tourna vers les murs en nid-d'abeilles et lança un deuxième trombone. La bibliothèque ne changea pas de couleur. Elle n'était pas forgée. Mais ça ne l'aidait pas à récupérer la clé dans le bureau. S'il était forgé pour se souvenir de qui l'avait touché ou pour retenir sa main en otage, elle devait trouver un moyen de contrer l'effet…

Comme toute créature forgée, le bureau de Séverin était équipé d'un somno qui mettait en veille le mécanisme d'alerte. Il suffisait de trouver comment l'activer.

Parfois, les gens dissimulaient un moule en plâtre de leurs mains – Séverin en avait caché un derrière sa bibliothèque – ou un morceau de cire dissimulé avec une empreinte de pouce. La matriarche possédait peut-être aussi un dispositif du genre. Il suffisait qu'elle le trouve.

Elle tira le fauteuil en cuir, se percha dessus et fit courir ses doigts le long des rayonnages. De l'énergie s'écoulait de ses veines. Un mal de tête réduisit son champ de vision.

Tandis qu'elle fouillait les rayonnages, son esprit captait des images de contrats, de reçus, de lettres d'amour, et puis elle dénicha ce qu'elle cherchait : une empreinte de pouce dans de l'ambre. Elle était cachée entre les pages d'un recueil de poèmes d'amour. La jeune femme chercha le dos sur les étagères, ouvrit le livre et la trouva. Un jeton en ambre. Elle marmonna une prière rapide, puis lança l'objet sur le bureau. La lueur rouge disparut.

Laila sauta du fauteuil en souriant. Les bruits à l'extérieur du bureau étaient de plus en plus forts. Plus pressants. Il était inutile de passer les doigts sur le bureau pour essayer de trouver où la matriarche conservait la clé. Les objets forgés ne répondaient jamais aux lectures de la jeune femme. Elle se mit à fouiller les tiroirs et les compartiments, passant en revue les papiers aussi vite qu'elle le pouvait.

Des centaines de clés étaient entassées dans un tiroir dans le corps de gauche. Elle plongea la main dans les métaux en faisant appel à tous ses sens. Comme les clés n'étaient pas forgées, les images affluaient. Des chambres à coucher vides. Des salles du Sénat. Des ventes aux enchères de l'Ordre de Babel. Et puis… une chambre forte sombre, un plafond décoré d'une fresque étoilée, des bustes, et des centaines et des centaines de rayonnages remplis d'objets étranges. Ses yeux s'ouvrirent.

C'était la clé qui donnait accès à la bibliothèque souterraine sous la serre.

Elle attrapa le précieux sésame et courut vers la méridienne près de la porte. Elle souleva le coussin et y trouva le costume traditionnel enveloppé dans du tissu. Elle défit rapidement l'emballage, mais elle ne s'attendait pas à la nostalgie qui allait la submerger en apercevant la tenue de sa jeunesse. Soudain confrontée à ses souvenirs, son âme chancela et se replia sur elle-même. Cette blouse en soie sauvage de la couleur du plumage d'un perroquet, bordée de rouge ; les lourdes clochettes *gunghroo* et ces boucles d'oreilles *jimmikki* qui ressemblaient tellement à celles de sa mère… Laila colla le costume contre son nez et inhala profondément. Même l'odeur était indienne. Ce mélange de camphre, de teinture et d'encens. En contemplant la tenue, elle sentit une colère froide la gagner. La voix de sa mère s'immisça dans ses pensées : *Tu veux te sentir exister, ma fille ? Alors, danse. Danse et tu sauras que tu es réelle.* Laila s'était jetée corps et âme dans la danse, ne faisant qu'une avec les invocations rythmiques, racontant des histoires rien qu'avec les mouvements de ses bras et de ses jambes. C'était parfois sensuel, mais c'était toujours sacré. C'était, d'après sa mère, la *preuve* qu'elle avait une âme. Qu'elle était réelle.

Mais pour le public… ce divertissement avait un autre but.

Quel terme Hypnos avait-il employé ?

Aguicheur.

Laila changea de tenue : elle défit sa couronne de tresses et ses cheveux tombèrent dans son dos. Elle dissimula son uniforme de femme de chambre sous les coussins, replaça l'ambre avec l'empreinte de pouce à l'intérieur du recueil de poèmes et glissa la clé dans son chemisier.

Un troisième coup de cloche retentit.

Au fond de la pièce, aucune lumière n'était visible dans l'entrebâillement de la porte. Si Séverin l'avait attendue, il n'était plus là. Les danseuses *nautch* étaient probablement déjà alignées sur la scène. Elle attirerait l'attention si elle sortait maintenant. Elle releva le foulard en soie sur sa tête et s'aventura dans le couloir désert. Les invités avaient certainement déjà pris place dans le vaste amphithéâtre. Elle n'avait plus qu'à rejoindre la scène.

Le garde bâilla quand il l'aperçut.

« Vous êtes en retard, constata-t-il, l'air de s'ennuyer profondément. Le reste de votre groupe est déjà rassemblé.

— Je dois présenter un numéro en solo », affirma-t-elle en croisant les bras.

L'homme gémit en feuilletant le programme. « Si vous pouvez y aller maintenant, alors…

— Je vous suis. »

Elle scruta la foule… Séverin devait être là quelque part.

Le garde la guida vers les musiciens pour choisir un morceau. Laila reconnut leurs instruments et ressentit un pincement douloureux. Le tambour à double face, la flûte, la vina et les cymbales étincelantes…

« Quel morceau avez-vous sélectionné ? » demanda le musicien qui jouait de la vina.

Elle examina le public de derrière le rideau. Des hommes en costume. Des femmes en robe. Des verres à la main. Rien qui soit en raccord avec l'histoire qu'elle allait essayer de raconter à travers son corps. Pas de langue grâce à laquelle déchiffrer la dévotion de sa danse.

Elle ne donnerait pas sa foi en spectacle pour eux.

« *Jatiswaram*, mais accélérez le tempo. »

L'un des musiciens haussa un sourcil. « C'est déjà rapide. »

Elle le fixa d'un air légèrement menaçant. « Vous croyez que je ne le sais pas ? »

Le *jatiswaram* était la danse la plus technique, un équilibre subtil de musique et de mouvement. Un morceau où elle pouvait danser sans investir trop d'émotions.

Quelques minutes plus tard, un présentateur s'éclaircit la gorge. La scène fut plongée dans l'obscurité.

« Voici une danseuse *nautch*… »

Laila cessa d'écouter. Elle n'était pas une danseuse *nautch*. Elle était une interprète de *bharata natyam*.

Dès qu'elle commença à marcher, deux parties d'elle-même fusionnèrent. Elle avait déjà enchaîné ces pas, porté ces vêtements. L'homme qui l'avait amenée en France comme danseuse avait jeté le costume original cousu par sa mère. Laila était censée porter un *salwar kameez* personnalisé, pas cette tenue ridicule qui laissait apparaître son nombril et sa poitrine. Ses cheveux étaient censés être ornés de fleurs, dont un jasmin séché que sa mère portait lors de sa toute première représentation. Ils n'auraient pas dû être détachés et frôler sa taille. Elle regarda ses mains et son cœur se serra. Elles paraissaient nues sans henné.

Un léger murmure d'approbation parcourut le public lorsqu'elle fit son apparition. Quand elle se produisait au Palais, son moment préféré était quand elle montait sur scène avant que les lumières ne s'allument : l'adrénaline palpitait dans ses veines, l'obscurité du théâtre lui donnait l'impression qu'elle venait de naître. Mais ici, elle avait l'impression d'être emprisonnée sous du verre. Prise au piège. Entre ses seins, la clé de la bibliothèque lui faisait l'effet d'un morceau de glace. Elle balaya la salle des yeux. Devant chaque siège était placée une corbeille de pétales de roses à jeter sur l'artiste à la fin de son numéro.

La musique gagna en intensité.

Avant même que les projecteurs ne soient braqués sur elle, elle *sentit* la présence de Séverin avant de le voir. Un espace froid dans une salle surchauffée. Les lampes formaient des ombres autour des yeux du jeune homme. Elle ne voyait que ses longues jambes étendues devant lui, son menton dans sa paume à la façon d'un empereur qui s'ennuie. Elle connaissait cette pose. Le souvenir lui coupa le souffle. Elle repensa à ce soir-là… à son anniversaire… à cet instant où elle s'était sentie vibrer d'une audace à laquelle elle cédait rarement. Elle l'avait coincé dans son bureau, plus enivrée par son regard que par le champagne. Comme Séverin ne lui avait pas offert de cadeau d'anniversaire, elle avait exigé un baiser qui ne s'était pas arrêté là…

Laila perçut le moment où il réalisa qu'elle était sur scène. La raideur soudaine de son corps.

Il ne l'avait jamais vue danser… et instantanément, quelque chose changea en elle. Elle sentit la même fièvre qu'avant chaque représentation, cette impression que son sang *scintillait*.

Il fallait qu'il lui accorde toute son attention. S'il ne la fixait pas, il n'obtiendrait pas la clé à temps. Mais elle avait aussi *envie* qu'il la déshabille du regard.

Peut-être était-ce son destin d'être hantée par une nuit dont ils n'avaient jamais parlé. Mais il n'y avait aucune raison qu'elle doive souffrir seule. C'était peut-être cruel de sa part, mais la voix de sa mère résonna dans ses oreilles : *Ne capture pas leur cœur. Vole leur imagination. C'est bien plus efficace.*

Et c'est ce qu'elle fit. Elle adopta la position de départ, les hanches en avant, le menton incliné pour exposer la longue ligne de sa gorge. La musique démarra. Elle frappa ses talons contre le sol. Les mouvements étaient si précis qu'on aurait pu croire qu'elle cousait son ombre en rythme.

Tha thai toum tha.

Séverin avait l'air d'être l'élégance incarnée, assise au milieu de la foule, mais elle le connaissait. Tous ses muscles étaient tendus. Raides. Sous cette posture se cachait un animal affamé qui rôdait. Elle ne voyait pas ses yeux, mais elle sentait qu'ils la suivaient. Il avait perdu son sourire maîtrisé et restait bouche bée.

Laila ressentit un élan de satisfaction.

Je ne serai pas la seule à être hantée.

Elle fit glisser sa main sur sa poitrine. Séverin bougea sur son siège. Elle accrocha son petit doigt dans le trou de la clé. Elle tapa du pied en fixant le sol alors qu'elle dissimulait la clé dans une poignée de bracelets. Tandis qu'elle s'abaissait plus bas encore, elle sourit intérieurement.

Elle disposait d'un pouvoir de plus. Un pouvoir tapi dans son sang et sa conscience. Un moyen d'avancer dans un monde qui cherchait à la laisser sur la touche.

Vole leur imagination.

Elle glissa sur ses talons, les genoux pliés en *nritta*, tandis que le plissé émeraude de sa jupe se déployait. La musique accélérait. Le rythme devenait de plus en plus pressant.

Elle dirigea son regard vers la clé en verre dissimulée dans sa main. La tête de Séverin tourna de façon presque imperceptible, mais elle eut la certitude qu'il avait compris. Il plongea la main dans le panier de pétales. Autour de lui, les autres firent de même.

La musique s'accéléra et atteignit son apogée. Finalement, Laila le regarda directement et faillit s'emmêler les pinceaux. Séverin avait l'air abattu. Son regard illumina la peau de la danseuse. Elle se força à exécuter le mouvement, à lever les doigts et à faire un geste rapide… un signal.

Séverin jeta les fleurs en l'air. Les autres convives, le voyant faire, l'imitèrent. Une pluie de pétales s'abattit sur la scène, s'accrochant à ses cils comme de la neige, effleurant ses lèvres comme de la soie. La danseuse tendit le bras dans un dernier arc de cercle théâtral et lança la clé.

Celle-ci fendit l'air.

Séverin la rattrapa entre ses paumes. Un applaudissement. Laila parvenait parfaitement à imaginer son regard, même si elle ne le voyait pas. Ses yeux couleur crépuscule qui s'assombrissaient, fixés sur elle. Laila savait qu'elle devait regarder les autres membres de l'assistance, mais elle était incapable de voir quelqu'un d'autre que lui et ne voulait pas qu'il regarde quelqu'un d'autre qu'elle.

Tandis que la salle éclatait en un tonnerre d'applaudissements, elle eut l'attention attirée par l'homme assis derrière

Séverin. Il portait un costume couleur moutarde et son corps était trop immobile. Laila frissonna en quittant la scène. Il était penché sur Séverin comme un spectre… ou une bête sur le point d'attaquer.

17

Zofia

Zofia consulta la pendule. Séverin était en retard. Il restait déjà moins d'une heure avant qu'elle ne doive se préparer pour le bal et si elle n'avait pas un moulage de la clé, cela ne servirait à rien. C'était dommage que la matriarche n'utilisait pas l'empreinte de sa main pour ouvrir ses chambres fortes, sinon l'ingénieure aurait pu utiliser sa formule améliorée de la trace de Sia. Quoique… Elle n'avait de toute façon emporté aucun des ingrédients essentiels. Ils étaient restés dans son laboratoire à l'*Éden*.

Elle se força à s'asseoir dans un coin de la pièce. Inutile de faire les cent pas. La moitié du travail d'acquisition n'était qu'une très longue attente. Mais chaque seconde qui s'écoulait les rapprochait de leur objectif.

Plus qu'un jour.

Plus qu'un jour et tout ça serait derrière eux.

À minuit, ils se trouveraient dans la chambre forte. Comme ils connaissaient l'emplacement de l'œil d'Horus, il ne resterait plus qu'à récupérer l'objet sur une étagère. C'était un geste simple, mais avec des conséquences importantes. Une fois l'œil en leur possession, tout pourrait changer… Elle pourrait payer ses dettes et sa sœur pourrait enfin entreprendre ses études de médecine. Quand Séverin deviendrait patriarche, il tiendrait les rênes du monde dans sa main et pourrait même faire réadmettre Zofia à l'université.

À l'époque où ses parents étaient encore en vie, ils disaient que la peur prospérait dans les endroits qui n'étaient pas éclairés par le savoir. Peut-être que si elle possédait de plus amples connaissances, elle n'aurait plus jamais peur. Elle pourrait devenir scientifique ou professeure… Une personne qui passait sa vie à éradiquer l'inconnu grâce à la lumière du savoir. Elle pourrait être comme ses parents. Comme sa sœur. Elle pourrait marcher dans une rue ou au milieu d'une foule. Elle ne connaîtrait plus cette sensation de noyade, d'étouffement, simplement parce qu'on lui demandait comment s'était passée sa journée et qu'elle ne savait pas quoi répondre.

Le savoir la rendrait courageuse.

Et Zofia désirait plus que tout être courageuse.

Entre-temps, elle apprenait à s'adapter ou, du moins, à faire semblant. De l'autre côté de la pièce, son armoire lui faisait face. Une robe noire y était accrochée. Sa tenue pour le bal du soir. Il lui avait fallu des heures pour trouver comment se préparer sans Laila, mais elle avait finalement réussi.

Séverin entra soudain et referma rapidement la porte derrière lui.

Zofia se leva. « Tu es en retard. »

Séverin n'était pas dans son assiette. Il avait l'air à bout de souffle. Le regard fou. Frustré. Laila était censée lui donner la clé. Est-ce que quelque chose avait mal tourné ? Zofia se mit à paniquer.

« Est-ce que Laila est blessée ? »

À la mention du prénom de la danseuse, des taches de couleur apparurent sur le visage de Séverin.

« Tu es tout rouge. »

Il s'éclaircit la gorge. « J'ai marché vite. Et non, Laila a l'air d'aller bien. Je veux dire, elle va bien. C'est pas grave. Je vais bien. Tout va…

— Bien ?

— Oui. » Il lui tendit la clé. « Elle a dû utiliser une autre méthode de livraison pour me la transmettre. »

C'était une explication simple. Mais elle ne justifiait pas l'air bizarre de Séverin. Zofia prit la clé et se dirigea directement vers la cheminée dans laquelle elle avait fait fondre un morceau de zinc. Elle sortit un moule du fond du tiroir de son armoire et prépara l'opération.

Séverin s'appuya contre le mur et passa une main sur son visage.

« La solution piranha a fonctionné. »

Zofia n'était pas étonnée : c'était elle qui l'avait fabriquée et l'exactitude était une de ses plus grandes qualités.

Séverin poursuivit : « D'après ce que je sais, l'accès à la serre a été interdit. Selon la version officielle, un des gardes a brisé des vitres et le mélange de fumée forgée avec les plantes vénéneuses a provoqué des émanations toxiques. »

À l'heure qu'il était, Tristan et Enrique devaient se cacher dans les vastes jardins. À la neuvième heure, leurs invitations expireraient et ils quitteraient les lieux sous les yeux de l'équipe de sécurité de la maison Kore, qui retirerait leurs noms de la liste des invités. Ensuite, la voiture louée par Séverin les déposerait à l'une des entrées non sécurisées de la propriété et toute la bande se réunirait ensuite à la serre.

Zofia enfonça la clé dans la cire.

« Comme tu l'avais prévu.

— Mm. » Séverin attrapa la poignée de la porte, puis s'arrêta. Il semblait sur le point de lui demander quelque chose, puis se ravisa. « Pile à l'heure. Ensuite, tout commence. »

Zofia enfila sa robe de soirée. La pochette de velours qu'elle portait au poignet contenait une boîte d'allumettes et deux clés : l'originale et une copie reconnaissable grâce à un léger renfoncement. Un masque en plumes de cygne couleur givre cachait la moitié supérieure de son visage et disparaissait dans ses cheveux. Un filet vaporeux tressé de fins fils d'argent recouvrait sa robe. Il suffisait qu'elle le déchire pour disposer d'un filtre à air purifié pour Laila et elle, qui leur permettrait de ne pas subir les émanations toxiques de la serre.

En bas, la salle était métamorphosée. Les murs étaient tapissés de miroirs, transformant la pièce en espace infini. Un griffon translucide arpentait les couloirs, sa tête à bec effleurant le plafond. Les convives gloussèrent lorsque l'une des créatures-illusions se pencha sur eux en claquant du bec. Un splendide gâteau qui ne pouvait avoir été préparé que par Laila trônait, étincelant, dans un coin de la pièce. Il représentait huit planètes qui s'inclinaient et se balançaient doucement.

Zofia se concentra sur le sol. L'éclat d'une spirale argentée attira son regard. Elle s'arrêta et traça mentalement les contours de la courbe… Elle reconnaissait ce motif. Elle ne l'avait pas remarqué jusqu'alors. Il était inscrit dans le marbre noir du sol, mais il avait fallu que la lumière du lustre accroche les veines argentées de la spirale pour qu'elle apparaisse. Le motif était presque semblable à un nautile. Précis. Mathématique. Il lui rappelait la spirale d'or, une spirale logarithmique fondée sur le nombre d'or. On dit de deux quantités qu'elles sont dans le nombre d'or si le rapport entre elles est égal au rapport de leur somme sur la plus grande des deux. Son père lui avait expliqué cette notion en lui parlant du rectangle d'or…

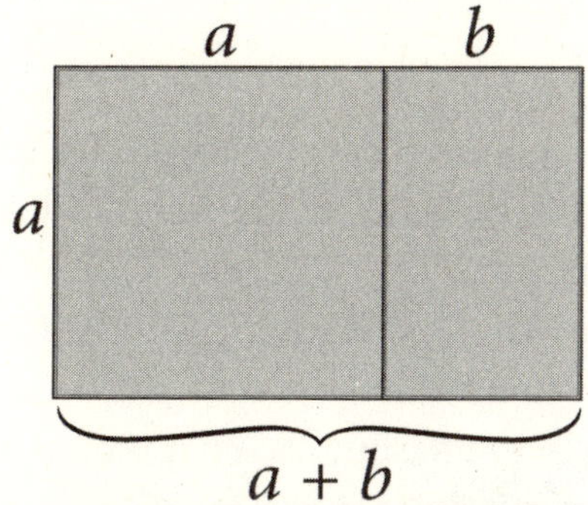

$$\frac{a+b}{a} = \frac{a}{b} \equiv \varphi.$$

La représentation numérique de ce rapport était appelée *phi* et valait environ 1,618. Son père lui avait montré que le nombre d'or s'observait aussi dans la nature : dans la spirale d'une coquille de nautile ou au cœur des tournesols et des pommes de pin… mais elle ne l'avait jamais vu dans une maison. Elle cligna des paupières, puis balaya la pièce du regard comme si c'était la première fois qu'elle y mettait les pieds. Partout où elle posait les yeux, elle voyait des exemples du nombre d'or. Dans les portes, dans les fenêtres. L'équation était partout… Les chiffres n'étaient jamais le fruit du hasard. Le nombre d'or avait été utilisé intentionnellement, et elle ignorait dans quel but. Elle s'approcha de l'une des arcades, mais un homme en costume couleur moutarde lui bloqua le passage.

« J'envie celui à qui serait destiné un regard aussi intense. Je voulais savoir quel effet ça pouvait produire, voilà pourquoi je suis venu me présenter. »

Zofia passa rapidement en revue ce qu'elle avait observé chez les autres femmes. Lorsqu'un homme qui ne leur avait pas été présenté leur adressait la parole, elles lui tendaient la main. C'est ce qu'elle fit. L'inconnu prit sa main et la porta à ses lèvres.

« Je ne vous connais pas. »

Il rit. Il portait un masque formé de petites ailes de libellules. Zofia n'avait jamais vu de sa vie un homme aussi pâle. Sa peau avait un teint maladif.

« Roux-Joubert, dit-il en lâchant ses doigts. M'accorderez-vous la première danse ? »

Elle avait à peine remarqué les couples qui tourbillonnaient autour d'elle. À partir du moment où elle s'était concentrée sur l'équation du sol, rien d'autre n'avait eu la moindre importance.

« Je...

— S'il vous plaît, la pressa-t-il bien que sa voix ne semblât pas enjôleuse. J'insiste. »

La jeune femme avait envie de refuser. Mais elle ne savait pas comment les belles dames s'y prenaient pour décliner ce genre de proposition. Elles riaient ou minaudaient, prononçaient quelques mots derrière un éventail. Jusqu'à présent, la plupart des invités l'avaient laissée tranquille, comprenant qu'elle fréquentait exclusivement M. Faucher, le haut fonctionnaire du gouvernement. Séverin lui avait servi de bouclier. Si elle disait non, on trouverait son comportement étrange. Zofia fut prise de panique, comme si on venait de l'enfermer dans une pièce. Le reste de la foule le remarquerait-il ? Est-ce qu'ils allaient l'encercler ? Demander ce qui ne tournait pas rond chez elle pour qu'elle ne supporte pas une simple danse ?

« Beaucoup de gens nous regardent, baronne », déclara l'homme. Un léger rictus déformait ses lèvres pâles. « Vous ne voudriez pas m'embarrasser, n'est-ce pas ? »

Elle s'empressa de nier de la tête et Roux-Joubert l'entraîna dans la danse. Les mains de l'homme étaient à la fois glacées et moites. Elle chercha à se dégager, mais malgré son air faible et malade, son cavalier tint bon.

« D'où venez-vous en Russie, baronne ?

— Poltava.

— Un lieu magnifique, j'en suis sûr. »

Roux-Joubert la fit tourner et elle en profita pour regarder autour d'elle si elle ne voyait pas Hypnos. Il aurait déjà dû la rejoindre. La musique s'emballa et la cadence frénétique qui tambourinait dans ses oreilles se joignait aux battements effrénés de son pouls. Elle avait l'impression que le sol était une surface de glace. Elle ne dansait pas bien, même quand elle n'était pas stressée, et, en cet instant, ses mouvements n'avaient rien de gracieux : on aurait dit qu'elle avait du mal à garder l'équilibre. Son cavalier la fit à nouveau tournoyer, la main serrée sur la sienne jusqu'à ce qu'une voix chaleureuse s'élève par-dessus l'orchestre : « Baronne. »

Hypnos.

Il se tenait derrière Roux-Joubert, sa main brune posée sur le costume moutarde.

« Puis-je ? »

Roux-Joubert fit une moue de mécontentement.

« Bien sûr », répondit-il en embrassant une nouvelle fois la main de Zofia. Elle frissonna à ce contact glacé. « J'espère vous revoir… baronne. »

Hypnos l'entraîna dans la danse. Son corps était chaud et ses mains brunes sèches et brûlantes.

« Vous êtes splendide, ma chère », déclara-t-il.

D'autres couples se déplaçaient autour d'eux en décrivant des spirales vertigineuses. Hypnos les guida vers le centre de la salle de bal, loin du regard attentif de la matriarche. Zofia se rapprocha et pencha son réticule pour qu'il puisse récupérer l'original de la clé. Elle sentit juste un instant les doigts d'Hypnos sur son poignet, puis il les retira. Il sourit et chuchota dans son oreille :

« Je le pense vraiment. Vous êtes éblouissante. En revanche, je n'aime pas l'allure de votre ami.

— Ce n'est pas mon ami.

— Et *moi,* suis-je votre ami ? »

Zofia ne savait pas quoi répondre. Hypnos avait menacé de les emprisonner… Ce n'était pas le genre de choses qu'un ami aurait fait. Mais il avait des qualités. Il était drôle. Il ne la traitait pas différemment des autres. Elle examina son visage. Elle connaissait cette disposition des traits : les yeux écarquillés, les sourcils levés, le sourire forcé. L'espoir. La vulnérabilité même.

« Qu'est-ce que notre amitié impliquerait ?

— Eh bien, le mercredi, nous devrions sacrifier un chat à Satan. »

Zofia faillit trébucher.

« Je te taquine, Zofia. »

Les joues de la jeune femme devinrent brûlantes. « Je n'aime pas particulièrement les blagues. »

Hypnos la fit tourner sur elle-même.

« J'y ferai attention à l'avenir. Alors, amis ? »

La danse touchait à sa fin. Non loin des escaliers, les horloges sonnèrent 23 heures. Zofia pesa les mots d'Hypnos avant de baisser le menton. « Amis. »

À la fin de la danse, des groupes se détachèrent de l'assemblée. De nombreuses invitations expiraient une heure après minuit et certains convives qui souhaitaient partir tôt commençaient à se diriger vers la sortie. Zofia rejoignit la queue de ceux qui patientaient pour prendre congé de la matriarche et scruta la foule en attendant de faire ses adieux. Au même moment, l'un des invités, Séverin, était en train de se diriger vers la bibliothèque et un autre, Hypnos, remettait la clé en douce dans le bureau. Tristan, Enrique et Laila devaient attendre Zofia dans la serre. Mais son esprit revenait sans cesse à l'homme qui l'avait invitée à danser. Roux-Joubert. Son contact lui rappelait quelque chose... mais quoi ?

« Avez-vous passé une bonne soirée, baronne ? »

La matriarche était en face d'elle et la contemplait avec un air légèrement préoccupé. Zofia sursauta, cherchant les mots justes. Elle avait répété cet échange, mais les sols de marbre et Roux-Joubert l'avaient déstabilisée.

« Oui, répondit-elle d'un ton pas du tout naturel. Et... et j'aime bien votre sol. »

La matriarche cligna des yeux. « Pardon ? »

Oh non. Zofia ressentit à nouveau cette tension familière... cette sensation de poser le pied sur une marche d'un escalier qui n'existait pas. Elle avait dit ce qu'il ne fallait pas. Elle aurait voulu retirer ses paroles, mais elle se souvint du conseil de Laila. Jouer un rôle, rester maîtresse de l'illusion que l'on donne de soi.

Elle se redressa de toute sa hauteur. Aussi élégamment qu'elle le pouvait, elle indiqua d'un geste le dallage de marbre.

« La spirale logarithmique basée sur le nombre d'or. C'est une des équations préférées de la nature.

— Ah ! » La matriarche battit des mains. « Vous avez l'œil, baronne. Mon défunt mari tenait à ce que tout ait un sens dans notre maison. Dommage que je n'aie pas pu laisser ouvert le terrain derrière la serre... Il mérite le détour. »

Zofia ressentit une légère pointe de culpabilité. C'était sa faute, après tout, si on ne pouvait pas accéder à la serre.

« C'est dommage, répéta-t-elle.

— C'est bien plus dommage encore pour mon paysagiste et son collègue, chuchota la matriarche. Ce qui leur est arrivé est affreux. »

Les portes d'ébène s'ouvrirent. Un brouillard humide franchit l'entrée en tourbillonnant et resta en suspension au-dessus de la rivière d'hématite. Zofia savait qu'elle était censée bouger, mais elle en était incapable. Un des serviteurs de la matriarche se pencha pour murmurer quelque chose à l'oreille de sa maîtresse. Zofia sentit l'air manquer dans ses poumons.

Elle inspira profondément et les lacets de son corset se tendirent. « Pardon ? »

La personne suivante dans la file d'attente tapa du pied. Le vacarme de la musique s'intensifia. Un serviteur apparut à côté d'elle.

« Qu'avez-vous dit à propos du paysagiste et de son collègue ? »

Des applaudissements retentirent dans la salle, couvrant ses paroles. Des acrobates cracheurs de feu firent leur apparition, chutant du plafond comme des éclairs. L'air empestait le soufre.

« J'espère vous voir au Conclave d'hiver en Russie ! » lança la matriarche par-dessus le vacarme.

La personne derrière Zofia lui fila un coup de pied dans les chevilles et elle trébucha vers l'avant juste au moment où le serviteur la tirait, sans ménagement, par le coude. Un cadeau de remerciement fut placé dans sa main. La matriarche se tourna vers la personne suivante dans la file.

Tout se passa si vite.

Les portes s'ouvrirent, puis se refermèrent. L'embarcation vint à sa rencontre en glissant sur l'eau silencieuse et forgée. Il n'y avait personne d'autre qu'elle à bord.

Il leur est arrivé quelque chose d'affreux.

Elle avait l'impression que quelqu'un avait empoigné ses pensées et les serrait très fort au creux de sa main. Qu'était-il arrivé à Enrique et Tristan ?

Une fois à quai, Zofia passa devant la structure en pierre de vérit et remit son invitation. Les gardes lui souhaitèrent une bonne soirée. Elle attendit un moment avant que le transport de Séverin ne s'arrête devant elle.

« Tout droit sur deux kilomètres, arrêtez-vous à la deuxième rangée de sycomores », ordonna-t-elle au chauffeur.

Quoi qu'il soit arrivé à Enrique et Tristan, elle le découvrirait bien assez tôt.

La nuit défilait à toute allure par la fenêtre de la voiture alors que le conducteur prenait d'étranges virages et détours pour contourner la propriété, n'empruntant que des routes sécurisées et désertes. Zofia repensa en boucle aux dernières paroles de la matriarche jusqu'à ce que la voiture ralentisse et s'arrête.

« La voie est libre de tous les côtés, annonça le conducteur. Allez-y. »

Elle sortit du carrosse. D'après les plans de la maison Kore qu'ils avaient volés, une vieille porte Tezcat installée entre deux arbres sans signe distinctif lui offrirait un accès direct aux jardins du domaine.

Zofia supposait qu'elle devait chercher un objet qui ressemblait à un miroir, comme pour les autres portes Tezcat. Mais quand elle avança vers les arbres, elle ne trouva rien. Elle repéra juste deux sycomores côte à côte perdus au cœur d'un redoutable océan d'obscurité. Elle se retourna. La route partait vers la gauche et la droite. Au-delà se profilait une prairie plongée dans la nuit. Zofia était seule et n'avait aucune idée d'où se trouvait le chemin qu'elle devait emprunter. *Peut-être qu'il fait trop sombre,* pensa-t-elle. Elle attrapa un pendentif bien précis accroché à son collier. Le phosphore était l'un des seuls matériaux capables de révéler la présence d'une Tezcat. Elle fit claquer le pendentif en phosphore entre ses doigts et il émit une lumière bleu pâle. Elle leva les yeux, aveuglée par l'éclat soudain.

Une silhouette se détacha dans l'ombre à quelques centimètres d'elle.

Un cri s'étrangla dans sa gorge. Elle trébucha et tenta d'agripper les pendentifs de son collier, lorsqu'elle remarqua que la silhouette fantôme devant elle faisait le même geste. Zofia resta immobile. Ses yeux s'ajustèrent lentement. La lampe qu'elle tenait à la main n'était pas seule. Elle avait une jumelle : un éclat bleu, en face d'elle, serré entre les doigts de la silhouette qui se détachait dans l'ombre.

Zofia contemplait son propre reflet.

Elle *se* regardait.

Fascinant, se dit-elle. La technologie permettant de fabriquer une porte Tezcat qui n'ait pas l'apparence d'un miroir avait été perdue quand la maison déchue était tombée. Elle avait en face d'elle la preuve de ce qu'ils étaient capables de faire… non seulement des pièces pour camoufler des portes, mais de véritables portails à même de réduire la distance entre deux lieux.

Zofia s'avança, les doigts tremblants. Quand elle toucha la porte Tezcat, la surface céda, ondula et absorba sa main. De l'autre côté, elle sentait le même air, le frôlement du lierre sur sa peau. Elle laissa tomber le pendentif en phosphore par terre et l'écrasa sous son talon.

Une fois de l'autre côté de la porte, elle se retrouva dans les jardins. Sans les invités, les lieux étaient inquiétants. La musique des instruments au loin paraissait hantée et discordante. Des verres cassés jonchaient le sol. De l'or s'écaillait de l'écorce des troncs. Un peu plus loin que les arbres, Zofia distinguait la serre. Il s'en dégageait une odeur toxique et son cœur palpita. Elle vérifia s'il n'y avait pas de gardes, mais les prédictions de Séverin étaient exactes : ils avaient été postés en bordure du jardin pour éviter l'inhalation de fumées nocives.

Puis, une main se posa sur son épaule.

La jeune femme sursauta.

« Chut, ce n'est que moi. »

Laila.

Zofia se retourna vers elle et fronça les sourcils.

« Qu'est-ce qui est arrivé à ton costume ? »

Elle portait la moitié d'une blouse très courte et sa jupe tombait trop bas sur ses hanches. Cette tenue paraissait bien plus confortable que ce que portaient les autres femmes.

Laila rit. « C'est mon costume.

— Oh. »

Le sourire de la danseuse s'effaça. « J'ai entendu des rumeurs quand je me cachais. Je crois qu'Enrique et Tristan sont peut-être blessés. » Sa lèvre inférieure tremblait. Elle se mit en route vers la serre et Zofia la suivit. « Dans le quartier des domestiques, tout le monde ne parlait que de ce qui s'est passé dans les jardins. Deux hommes étaient couverts de bandages et… l'un d'entre eux portait l'habit d'Enrique. »

Zofia sentit sa respiration se bloquer. Mais elle ne pouvait rien faire ou dire pour changer la situation. Ou bien ils étaient à l'intérieur de la serre et en sécurité…

Ou pas.

Elle arracha l'étoffe extérieure de sa robe, puis la déchira en deux. Une moitié pour elle, l'autre pour Laila. Elles l'enroulèrent autour de leurs visages comme un voile tandis qu'elles se rapprochaient de la serre. Malgré la protection, les émanations leur piquaient encore les yeux.

Les portes étaient ouvertes. Laila adressa à l'ingénieure un regard rempli d'espoir. Mais Zofia était hésitante. Une porte ouverte ne voulait pas dire qu'Enrique et Tristan l'avaient laissée dans cette position pour les accueillir. La matriarche pourrait avoir ordonné qu'on aère pour que les gaz toxiques se dissipent. Zofia serra les poings. *Concentre-toi.* Elle se mit à compter ce qu'elle voyait autour d'elle. Deux portes. Quatorze barres de fer. Une lune. Sept tilleuls. Quatre gargouilles suspendues au toit de la serre, les joues déformées par des sourires menaçants. Six statues aux yeux de pierre impassibles sous six chênes sombres.

Trois pas jusqu'à l'entrée.

Puis deux.

Laila entra la première, un couteau à la main. À l'intérieur, les vitres du toit se découpaient dans la lumière.

Tout était calciné. Elles avançaient lentement, à l'affût d'un creux ou d'une aspérité, du moindre indice qui indiquerait la présence d'une porte, lorsque quelqu'un toussa dans l'ombre. Laila se précipita dans la direction du bruit et projeta l'inconnu au sol. C'était un policier avec un foulard noué autour de la tête. Elle poussa un grondement menaçant et brandit son couteau.

« Vous… vous devez être un de ceux qui leur ont fait du mal. Je ne regretterai pas le geste que je m'apprête à faire. »

Le policier agita les bras et protesta, mais son débit était paniqué et étouffé. Zofia ressentit le bouillonnement de la vengeance, la douleur que celle-ci provoquait dans son cœur. Ils avaient fait du mal à Tristan et à Enrique. À ses… ses *amis*.

Le garde pratiqua une petite ouverture dans sa serviette. « … *Attendsnemetuepas !* »

Il appuya les coudes sur ses genoux, le visage rouge, et leva les yeux vers elle avec un sourire hésitant.

Enrique.

« Je suis ravi que vous vouliez me venger, mais ce n'est vraiment pas nécessaire. »

18

Enrique

Enrique siffla et Tristan sortit de l'ombre. Le nouveau venu examina Zofia, habillée de soie et de velours, puis Laila, habillée de… moins habillée, tout simplement. Il piqua un fard et Enrique lui jeta la serviette au visage.

« Tu es tellement gamin. »

Tristan se renfrogna, mais l'expression s'estompa, remplacée une fois de plus par son air paniqué. Il tirait cette tête depuis que le bonbon à la violette l'avait sauvé de l'intoxication. Le Philippin comprenait son jeune ami. Frôler la mort lui aurait aussi causé un choc terrible. Par ailleurs, Tristan n'était jamais à l'aise quand il s'aventurait hors de l'*Éden* et cette acquisition le faisait particulièrement paniquer. Pendant qu'ils attendaient de pouvoir regagner la serre, Tristan n'avait cessé de tripoter nerveusement des fleurs et avait failli détruire tout un rosier à force d'en arracher les pétales.

« Je croyais que vous étiez morts ! » s'exclama Laila en courant vers eux et en les serrant très fort dans ses bras.

Zofia n'avait pas bougé, mais elle jouait avec les rebords de sa robe. Enrique la vit le regarder, puis fixer le sol, les yeux brillants. Elle n'avait pas besoin de courir vers eux. Il savait.

« C'est le bonbon à la violette qui nous a sauvés, expliqua-t-il. Tristan a été intoxiqué, je ne sais pas comment. Je pense que le masque était défectueux et qu'il laissait passer une partie des émanations. »

Zofia leva les yeux au ciel. « Il n'était pas défectueux.

— Je sais que c'est toi qui les as conçus, mais une erreur est toujours possible. Désolé d'être celui qui t'en informe, Zofia, mais tu *es* humaine.

— Alors pourquoi tu m'appelles phénix ? »

Enrique n'avait pas de contre-argument.

Les épaules de Tristan s'affaissèrent.

« Qu'est-ce qu'il s'est passé exactement ? demanda Laila.

— Je pense que les gardes ont dû sentir les fumées et qu'ils se sont précipités pour donner l'alarme, répondit Enrique. Deux d'entre eux ont fini inconscients et couverts d'ampoules, alors on a échangé nos vêtements avec les leurs et on s'est cachés jusqu'à il y a une heure environ. »

La jeune danseuse posa les mains sur le visage de l'historien. « Je suis heureuse que vous soyez tous les deux sains et saufs. Maintenant, allons à la chambre forte. Il est presque minuit. Vous avez trouvé la porte ?

— Oui. Mais nous ne pouvions pas entrer avant que les fumées toxiques se soient suffisamment dissipées pour que les serviettes soient une protection suffisante. Je ne voulais pas prendre le risque d'utiliser les masques alors que Tristan avait été intoxiqué. »

Le jeune jardinier balaya les détritus végétaux et fit apparaître une porte métallique plate dans le sol.

« Tout le monde est prêt ? demanda Enrique. À part Tristan, bien sûr. »

Ce dernier était généralement d'accord de faire le guet pendant les acquisitions, mais lorsqu'il ouvrit le battant, ses mains tremblaient. « Soyez prudents, les implora-t-il.

— Pense à ce que nous ferons quand nous aurons fini, lui conseilla Laila d'un ton enjoué. Tu voudras un chocolat chaud ?

— Oooh… et du gâteau », ajouta Enrique.

Même Zofia sourit.

« Goliath pourra aussi se joindre à nous ? » demanda Tristan.

Les trois autres gémirent.

Sous le battant métallique, ils découvrirent un escalier sinueux qui s'enfonçait dans l'obscurité.

« Je ne comprends pas pourquoi Goliath n'est pas en laisse, marmonna l'historien en s'introduisant dans l'ouverture. Il a pratiquement la taille d'un chat !

— Hé, je t'entends ! protesta Tristan.

— *Super*. Alors, profites-en pour imaginer une laisse pour tarentule. »

L'escalier obliquait d'un côté et semblait s'étendre sur presque un kilomètre. Après quelques minutes, Enrique leva les yeux pour évaluer la distance qu'ils avaient parcourue et vérifier s'ils apercevaient encore Tristan. Il faisait trop sombre. Et les marches étaient humides, ce qui n'arrangeait rien. Ses chaussures glissaient à chaque pas.

Laila frissonna. « Il fait *glacial* ici ! »

Enrique acquiesça en claquant des dents.

Ils approchaient du bas des marches. Le Philippin s'attendait à ce que l'escalier mène directement à la vaste bibliothèque, mais cet endroit ressemblait plus à un gigantesque atrium. Les murs de forme ovale étaient humides et scintillaient comme ceux d'une grotte. Des racines pendaient au-dessus de leurs têtes. Quand Enrique respira, une odeur minérale et gluante lui tapissa la gorge. Au centre de l'atrium, un piédestal circulaire dépassait du sol comme un rocher. Trois bâtons de métal en émergeaient. On aurait dit des leviers, même s'il ne voyait pas ce qu'ils auraient pu activer. Il ne savait même pas si c'était de cela qu'il s'agissait. La seule lumière provenait de la petite fusée éclairante que Zofia tenait à la main et qui ne projetait qu'une flaque de lumière autour d'eux.

« Où se trouve la bibliothèque ? » demanda Laila.

Zofia agita la fusée. Elle éclaira les murs de la grotte, avant de dessiner les contours d'un trou.

« Un tunnel, souffla Enrique. C'est peut-être là, en bas ? »

Il regardait encore l'antre sombre quand sa semelle quitta la dernière marche et toucha le sol. Une seconde à peine s'écoula avant qu'il ne ressente… un tremblement dans la terre. Enrique fit un pas en arrière pour planter fermement ses deux pieds sur la marche.

« Vous sentez ça ? demanda-t-il d'une voix tout à coup aiguë.

— Vous avez *vu* ça ? » rétorqua Zofia.

Elle pointa le doigt vers l'avant. Plus loin dans le tunnel, une torche était allumée. La lumière de sa flamme s'accrochait aux contours d'une porte ambrée.

« Ça doit être l'entrée de la bibliothèque », déclara Laila avec un immense sourire. Elle descendit les deux dernières marches d'un bond.

« Attends, Laila… »

Le sol était étrange. Comme s'il *réagissait* à leur présence. Mais Enrique ne put arrêter la jeune femme à temps. Elle atterrit à pieds joints sur le sol. Le tremblement reprit, secouant les escaliers cette fois.

Enrique trébucha, agita les bras pour tenter de garder l'équilibre, mais tomba sur la terre dure. Zofia s'effondra à côté de lui. Sa fusée éclairante lui échappa et roula plus loin.

De la lumière – bien trop vive pour provenir du pendentif-fusée de Zofia – inonda le sol.

Lentement, Enrique leva les yeux. Le tunnel s'éclaircissait progressivement. Là où il y avait une torche un peu plus tôt, il y en avait maintenant des centaines. Et elles n'étaient pas seules. Ce tremblement émanait de quelque chose… D'une grosse boule de pierre qui roulait dans le tunnel. À chaque rotation, elle prenait feu à cause des torches, brûlait et illuminait l'atrium de pierre. L'historien examina les alentours. Un sentier encaissé s'enroulait en spirale autour de la pièce pour rejoindre le centre.

Il se releva. « Réflexion faite, l'obscurité et le froid ne me dérangent pas. »

Laila attrapa son poignet et celui de Zofia pour les tirer vers l'autre côté de l'atrium.

« Si on sort de sa trajectoire, la boule peut s'écraser contre le mur. Il suffit de courir jusqu'au tunnel et à la porte. Ce n'est pas comme si le sol allait… »

Ce dernier se craquela tout autour d'eux.

La chaussure d'Enrique se coinça dans une crevasse qui n'existait pas un instant plus tôt. Les fissures s'étendaient à travers le sol en pierre, comme si c'était une vulgaire plaque de glace qui fondait. Enrique chuta violemment. Il rampa en arrière, mais sa main glissa.

À quelques centimètres de ses doigts se trouvait un gouffre vertigineux. Une rivière glacée coulait tout en bas, sombre et rugissante. Le sol avait dû être forgé pour s'assembler à la façon d'un puzzle et être posé au-dessus d'une rivière afin que les intrus soient brûlés par la boule de feu, ou bien noyés. Le seul aspect positif de la sphère enflammée qui se rapprochait, c'est qu'elle éclairait la salle.

« On bouge ! » prévint Zofia.

Elle était affalée sur une étroite dalle de roche, pas très loin d'Enrique. Laila était debout de l'autre côté, en équilibre instable sur un fragment de sol pas plus large qu'une assiette.

Au loin dans le tunnel, la boule de feu prenait de la vitesse, prête à suivre une trajectoire en tire-bouchon qui les rattraperait bientôt.

Enrique jeta un coup d'œil à la rivière. Sa position avait changé. Il vit la vaste salle se transformer lentement. Tous les fragments, y compris ceux sur lesquels ils étaient perchés, dérivaient en une rotation lente autour du piédestal au centre de la pièce.

« Tous les mécanismes de défense forgés ont un somno ! hurla-t-il par-dessus le vacarme de la rivière et de la boule de feu. Il suffit de le trouver ! Ce piédestal central doit être la clé. Laila, tu vas l'atteindre la première. Sois prête à nous dire ce qu'il est écrit ! »

Elle hocha la tête. Elle bondit à nouveau, sautant gracieusement d'une plaque de roche à une autre, se rapprochant du piédestal.

Enrique examina une nouvelle fois l'atrium. Il ne ressemblait pas à la salle de livraison de la vente aux enchères. Pas d'ours en onyx avec un poignet entre les crocs. Pas de corps en pierre à tâter pour dénicher les bosses et les creux d'un mécanisme. Il était trop loin des parois de la grotte pour voir s'il y était écrit quoi que ce soit. D'après ce qu'il voyait, les plaques de pierre n'étaient que de la roche.

« Redressez bien haut le menton, leur cria Zofia.

— Ce n'est vraiment pas le moment de nous sortir des phrases de motivation à la con !

— *Enrique*. Il y a quelque chose d'écrit, là-haut. »

Il leva la tête. En descendant les marches, il n'avait rien remarqué au-dessus en dehors des racines qui pendaient du plafond. Grâce à la lumière de la boule de feu, il voyait mieux la voûte et il y avait un motif sculpté dans les racines… un arrangement précis de lettres. La pierre sur laquelle il se tenait se mit à tourner plus vite et il dut pivoter sur ses talons pour tenter de déchiffrer les mots…

E ? Mut ? Surg ?

Il plissa les yeux.

Il pivota vers Zofia, espérant qu'elle serait en mesure d'aider, mais elle était assise les jambes croisées sur le rocher, aussi confortablement installée que si elle était dans la salle d'observation des étoiles de l'*Éden*. Elle fixait le vide d'un air absent, tandis que ses doigts traçaient lentement une spirale dans l'air. Laila n'était plus très loin de la plateforme.

La pierre d'Enrique bougeait plus vite que jamais, elle tourbillonnait autour de la pièce et se rapprochait elle aussi du piédestal. Il étira le cou pour déchiffrer les lettres aussi vite qu'il le pouvait, jusqu'à ce qu'il les ait toutes sous les yeux.

EADEM MUTATA RESURGO

« Qu'est-ce que ça dit ? » cria Zofia.

C'était du latin. Et la phrase lui était familière, même s'il ne savait pas où il l'avait entendue…

« Ça veut dire… *déplacée, je réapparais à l'identique*.

— Zofia ! Enrique ! » appela Laila. Elle agitait les mains et indiquait le piédestal. « Il y a treize leviers avec des chiffres dessus ! Ils semblent attachés à une sorte de… cadran ? Je crois ? Je… je ne le vois plus, mais vous allez bientôt arriver dessus ! »

Des leviers.

C'était encourageant, car cela signifiait que le mécanisme pouvait être contrôlé.

« Si les leviers ont des cadrans, ça ne veut pas dire qu'il doit y avoir une logique numérique ? suggéra Zofia.

— Comme une clé », compléta Enrique en hochant la tête.

S'ils mettaient de l'ordre dans les leviers, la boule de feu devrait s'arrêter et l'atrium se redresser.

« Déplacée, je réapparais à l'identique », se murmura-t-il à lui-même avant de risquer de jeter un coup d'œil à la boule de feu. Elle avait doublé de volume et ressemblait maintenant à un chariot enflammé qui leur roulerait dessus d'ici quelques minutes.

Zofia traîna son doigt dans la terre pour dessiner quelque chose.

« Réfléchis, réfléchis », marmonna l'historien en tapant des pieds.

Il avait remarqué l'agencement des jardins de la maison Kore… les formes géométriques sacrées accrochées aux arbres, et même la grande spirale sur le sol en marbre du hall d'entrée. Mais ça ne l'aidait pas à trouver la séquence. Réapparaître ? Mais en restant identique ? Est-ce que c'était une chose qui se construisait sur elle-même ?

« Une spirale, déclara Zofia.

— Quoi ?

— Nous nous déplaçons en spirale. »

Il cligna des yeux. « Merci, Zofia, on avait remarqué…

— Mais nous nous déplaçons en suivant une spirale spécifique, poursuivit-elle. Elle correspond au motif du sol de la maison Kore. Et la spirale correspond à l'énigme ! *Déplacée, je réapparais à l'identique*. C'est une spirale logarithmique. Ce qui signifie que l'angle entre la tangente et le rayon vecteur sera le même en *tout point* de la spirale… »

L'historien avait la tête qui tournait et pas seulement parce que son fragment de sol semblait se déplacer plus rapidement encore.

« Mais il faudrait que ce soit quelque chose qui se répète », précisa Zofia. Elle parlait rapidement maintenant. « Quelque chose avec des racines anciennes aussi. Une sorte de séquence… »

Enrique observa la spirale formée par la vaste salle et le couloir. Même le tremblement du sol semblait se déplacer selon un *rythme* particulier. Un rythme qu'on aurait pu trouver dans la nature ou la poésie. Ils étaient si proches de la plateforme qu'il apercevait les leviers.

Devant eux, Laila était accroupie sur une dalle de pierre, le corps orienté vers la plateforme et ses treize leviers.

« Ne saute pas ! » la mit en garde Zofia.

Juste à ce moment-là, les pierres tanguèrent.

Laila vacilla. La pierre sur laquelle elle se tenait bascula, s'inclinant brusquement d'un côté. La danseuse roula sur la dalle et se rattrapa de justesse aux bords. Ses pieds pendaient au-dessus de la rivière glacée. Un tremblement furieux parcourut l'atrium, tandis que plus de lumière encore éclaboussait les murs de la grotte. La boule de feu prit de la vitesse et… de l'élan. Enrique réalisa qu'elle était sur le point de quitter le tunnel et de foncer à travers la pièce où ils étaient tous les trois.

« Tout va bien ! » cria Laila en se hissant sur sa dalle.

Mais sa pierre avait été entraînée dans le tourbillon de la spirale… et s'ils ne parvenaient pas à arrêter la sphère en feu à temps, elle déboulerait dans l'atrium et la jeune femme serait coincée pile dans sa trajectoire.

« Les énigmes sont une séquence, la séquence est la clé », récita Enrique à voix haute. Il avait l'impression de devoir voler chaque souffle qu'il aspirait dans ses poumons. La pièce était devenue plus chaude et la sueur ruisselait dans son dos. « Treize leviers. Une énigme. Une clé. Un plancher mobile. »

Lentement, une image se forma dans sa tête. Il ne voyait qu'une seule séquence historique correspondant à cela.

« La suite de Fibonacci », s'exclama-t-il, le sang tambourinant dans sa tête.

Enrique se souvenait de cette séquence uniquement parce qu'il avait essayé d'impressionner une jolie Italienne dans sa classe de linguistique. Ça n'avait pas plu au fiancé de la belle, mais l'historien n'avait pas oublié les chiffres…

« Zéro, un, un, deux, trois, cinq, huit, treize, vingt et un…, énuméra Zofia rapidement. Chaque nombre est formé en ajoutant les deux précédents. Cela correspond à l'énigme. »

Le piédestal était presque devant lui, avec ses treize leviers anciens et juste assez d'espace pour que deux personnes puissent se tenir debout.

« Ça se rapproche ! » prévint Laila.

Enrique dressa la tête, la boule de feu avait encore grandi et Laila se trouvait en plein sur sa trajectoire.

Elle s'était hissée sur le pan de roche pour ne pas tomber dans l'eau, mais elle était coincée.

« Nous avons le code ! l'avertit Enrique. Tiens bon ! »

Quand le piédestal fut assez proche, Enrique adressa un signe de tête à Zofia.

« À mon signal, on saute. Un, deux, *trois*… »

Il bondit. Pendant un moment, tout lui parut en apesanteur. Le sol s'effondra et un gouffre d'obscurité s'ouvrit sous ses pieds. Il se pencha en avant le plus possible, sans respirer jusqu'à ce que ses doigts entrent en contact avec le piédestal. Zofia trébucha à côté de lui. Il parvint à se redresser et l'attrapa par le bras. Zofia s'accrocha de toutes ses forces alors que le sol sur lequel ils étaient quelques instants plus tôt se dérobait et plongeait dans la rivière glacée.

« Est-ce que c'est le bon moment pour avouer que je ne connais la séquence de Fibonacci que jusqu'à vingt et un ?

— J'ai la séquence, lui assura Zofia. Je n'ai besoin de rien d'autre. Commence à l'extrême gauche. »

Sur chacun des treize leviers, trois chiffres étaient affichés. Il tâtonna le haut de l'un d'eux pour trouver les petits boutons qui permettraient de faire tourner les chiffres du cadran pour former le nombre voulu.

Pour le premier :

0 0 0

Puis sur le second :

0 0 1
0 0 1
0 0 2

Et ainsi de suite : trois, cinq, huit, treize… jusqu'à ce qu'il arrive au huitième levier et fasse tourner le cadran au sommet pour que les chiffres indiquent 0 2 1.

Au loin, Laila poussa un cri. La boule de feu derrière elle grondait, rougeoyante comme un soleil à l'aube. Elle se détourna de la chaleur.

« Attends ! » lui lança Zofia.

Des larmes coulaient sur son visage, tandis que ses doigts pâles s'agitaient à toute vitesse sur le mécanisme des leviers.

« Trente-quatre, cinquante-cinq, quatre-vingt-neuf, cent quarante-quatre. Deux cent trente-trois ! »

D'un coup, le sol s'immobilisa. Zofia trébucha et manqua de tomber de leur refuge. Enrique la rattrapa de justesse. La boule de feu cessa sa course. Elle se mit à reculer lentement. La chaleur retombait peu à peu. Laila s'était jetée sur une autre dalle dès qu'elle avait été assez proche. Autour d'eux, le sol se recomposait. La pierre et l'acier grincèrent et gémirent jusqu'à ce qu'il soit à nouveau *entier*.

Le cœur de Zofia battait à tout rompre. Elle sentait sa peau, fiévreuse et moite, à travers sa tunique de lin. Dès que le calme revint dans l'atrium, elle abandonna Enrique et courut pour voir comment allait Laila. L'historien se laissa glisser sur le sol et se massa les tempes.

Quand il leva les yeux, les deux filles le fixaient.

Laila lui adressa un grand sourire. « *Mon héros.* »

Elle l'embrassa sur la joue et Enrique rayonna de fierté. Il n'était pas tout à fait semblable aux héros qu'il avait rêvé de devenir. Il n'avait pas sauvé un pays de l'oppression, il ne s'était lancé à la rescousse de personne sur son cheval blanc... mais il se trouvait quand même assez impressionnant. Il se tourna vers Zofia et s'apprêtait à la féliciter lorsqu'elle croisa les bras.

« Ne compte pas sur moi pour t'embrasser comme Laila. »

De la cendre noire striait ses bras et le haut de ses pommettes. Ces traînées faisaient ressortir ses yeux, qui ressemblaient à des flammes bleues et ses cheveux à une lueur de bougie. Il n'avait pas envisagé une seconde de l'embrasser, mais quand elle en parla, il ne put s'empêcher d'examiner ses lèvres. Elles étaient rouges comme des bonbons. Brusquement, il se pinça l'arête du nez. Il avait dû se cogner la tête parce que des pensées très étranges n'arrêtaient pas de lui traverser l'esprit.

« J'allais juste dire que nous formons une bonne équipe, phénix. »

Elle esquissa un demi-sourire. « Je sais. »

Et c'était vrai. Les maths de Zofia, les connaissances en histoire d'Enrique. Il se dit qu'ils étaient un peu comme une équation dont la somme est plus grande que les parties qui la composent.

Devant eux, le tunnel était plongé dans la pénombre. Pourtant, il aperçut le reflet d'une porte ambrée, la véritable entrée de la bibliothèque de la maison Kore. Ils allaient devoir marcher, mais l'adrénaline qui affluait encore dans ses veines l'empêchait de ressentir la moindre douleur musculaire ou osseuse.

« Quel était le code du piédestal ? » voulut savoir Laila.

Zofia s'éclaircit la gorge. « Zéro, un, un, deux...

— C'était la suite de Fibonacci », l'interrompit Enrique.

Si Zofia commençait à parler de chiffres, ils allaient y passer la journée.

« Merci Fibonacci, déclara Laila, en serrant ses paumes l'une contre l'autre en signe de reconnaissance.

— Eh bien, enchaîna Enrique, une partie du mérite revient à Fibonacci, mais pas tout. Il était brillant, bien sûr. Mais saviez-vous que... »

Zofia gémit. Enrique l'ignora et poursuivit :

« ... la séquence de Fibonacci apparaît dès le VIe siècle dans les traités sanskrits du mathématicien indien Pingala. N'est-ce pas fascinant ? »

Laila fit la grimace. « Alors, qui devons-nous remercier ?

— *Moi,* naturellement. »

Ils arrivèrent au bout du tunnel et se retrouvèrent tous les trois devant l'entrée de la bibliothèque. L'adrénaline dans les veines de l'historien avait disparu, il se sentait gagné par l'épuisement.

Il se prépara à affronter ce qui se trouvait de l'autre côté de la porte. L'œil d'Horus. Tandis que Zofia saisissait la poignée, il se demanda s'il était possible que le temps s'arrête et se dilate, comme une pupille gigantesque qui s'élargit pour laisser entrer la lumière. Parce qu'il avait l'impression de sentir chaque seconde s'écouler sur sa peau. Comme si chacun de ses rêves était à portée de main, prêt à être cueilli comme un fruit mûr. Si Marcelo Ponce et le reste du groupe des Ilustrados pouvaient le voir en cet instant, peut-être qu'ils ne le considéreraient plus comme un simple *mestizo* intelligent, mais comme un héros en devenir. Comme le Dr Rizal. Comme quelqu'un qui illumine l'obscurité.

La porte s'ouvrit.

De l'air chaud souffla sur eux et Enrique fut parcouru d'un frisson. Passant de l'obscurité à la lumière, ses yeux prirent quelques instants pour s'adapter.

De l'autre côté de la pièce, une autre porte s'ouvrit et deux ombres s'étendirent sur le sol.

19

SÉVERIN

Le cinquième père de Séverin était un homme qu'il appelait Orgueil. C'est grâce à un mariage qu'il avait rejoint l'Ordre de Babel. Sa défunte épouse était la deuxième fille d'un patriarche. Bien qu'elle fût née riche, un investissement hasardeux dans des mines de sel lointaines avait laissé la famille sans le sou, les forçant à vendre tous leurs biens. L'amertume n'avait cessé de grandir et formait une sorte de croûte autour de la maison d'Orgueil. Le père leur montrait les catalogues des collections de l'Ordre, murmurant à chaque fois quels objets avaient appartenu à sa femme et à lui. Il expliqua à Séverin et Tristan comment reprendre ce qui est dû. Comment fabriquer un harnais pour se glisser sur les toits et par les fenêtres, comment soudoyer des gardes, comment se déplacer à pas de loup.

Il n'employait jamais le mot voler.

« Prenez ce que le monde vous doit par tous les moyens, disait-il. Le monde a une mémoire de merde. Il ne paiera jamais ses dettes, sauf si on lui force la main. »

Séverin pensait justement à Orgueil au moment où il retrouva Hypnos devant l'entrée de la bibliothèque souterraine. Ce dernier glissa la copie de la clé sous la porte ambrée. Le battant s'ouvrit sur une longue volée de marches qui descendaient dans l'obscurité. Séverin prit un moment pour courber l'échine et réciter ce qu'il avait de plus proche d'une prière. Il murmura les mots qu'Orgueil prononçait chaque fois qu'il allait reprendre possession d'un objet : « Je suis venu chercher mon dû. »

La bibliothèque souterraine s'étendait devant lui. La pièce était de la taille d'un amphithéâtre et bien que le plancher et le plafond fussent en terre battue, des reflets aquatiques dansaient sur la voûte. Des douves étroites entouraient la pièce. Il semblait s'agir d'un système de refroidissement destiné à réguler la température de la salle du trésor. Des lanternes forgées et des encensoirs flottaient le long des allées soignées qui sortaient du sol. Des objets se profilaient devant les yeux de Séverin : des cariatides et des gobelets en corne, des couronnes brisées et des vases canopes, des miroirs flottant dans l'air et une cruche azurée qui versait du vin en un flot continu.

« Oh non, des objets brillants, gémit Hypnos, en serrant les mains contre son cœur. C'est mon point faible. »

Même si le contenu de la bibliothèque aurait pu mettre des rois à genoux, ce n'était pas ce que Séverin désirait. Il avança entre les rayonnages et se dirigea vers le mur du fond où une porte ambrée identique à celle par laquelle ils étaient arrivés semblait soudain s'ouvrir. Trois personnes entrèrent. Enrique, l'air abasourdi ; Zofia, désorientée et serrant son collier ; et enfin Laila… le visage zébré par une substance noire qui ressemblait à de la suie. Elle portait toujours le costume de danse qu'il n'était pas parvenu à chasser de ses pensées depuis qu'elle lui avait lancé la clé.

Hypnos les salua d'un geste, puis se pencha pour murmurer à l'oreille de Séverin : « Ce n'est pas poli de fixer les gens comme ça. »

Le propriétaire de l'*Éden* détourna brusquement le regard et fouilla dans sa veste pour sortir la boîte en argent contenant ses clous de girofle. Il en glissa un entre ses lèvres.

« Vous avez eu des soucis ? s'enquit-il.

— Oui, répondit Zofia d'un ton détaché. Il y avait une boule de feu, le sol s'est fissuré sous nos pas et nous avons cru que Tristan et Enrique étaient morts.

— *Quoi ?*

— Tristan va bien, le rassura Laila. Il est en haut, il monte la garde.

— Une boule de poils ? demanda Hypnos. Un chiot ? Comme c'est mignon.

— Elle a dit boule de *feu*.

— Oh. C'est beaucoup moins mignon… »

Séverin frappa dans les mains et tout le monde se tut.

« Le convoi qui amène la relève de la garde arrive dans une heure. Cinq places y sont réservées pour nous permettre de partir d'ici, alors il est grand temps de se mettre au travail. Nous savons que l'œil d'Horus est dans le quadrant Ouest et la huitième travée, mais des surprises sont toujours à prévoir. Zofia ? »

La jeune Polonaise déchira la deuxième couche de sa robe. Dès qu'elle la toucha, le tissu se décomposa en cinq bandes qui tombèrent sur le sol. Elle en enroula une autour de ses mains et l'étoffe moula instantanément leur forme, se transformant en une paire de gants translucides.

« C'est du caoutchouc forgé, expliqua-t-elle en levant les paumes. Comme ça, aucun objet ne peut détecter de contact humain. »

Laila frissonna. « Oui, j'ai pas trop envie de rester collée à un objet rien qu'en le touchant.

— Et nous ne laisserons pas d'empreintes non plus, renchérit Enrique.

— Ni de sang », ajouta Séverin en jetant un regard furieux à Hypnos. Il ne comptait plus se laisser piéger comme avec la lettre. « Enrique ? »

L'historien désigna les étagères. « Les collections peuvent être traîtresses. Parfois, il peut y avoir des leurres à la place des objets. L'œil d'Horus devrait être de la taille d'une paume, avec une pupille en verre ou en cristal permettant de voir à travers, mais les années ont pu la ternir et la faire paraître opaque. »

Hypnos examina le groupe, comme s'il les voyait pour la première fois.

« Vous savez que dans cette lumière vous avez l'air redoutables.

— Dans *toutes* les lumières », corrigea Enrique.

Dès que tous eurent enfilé leurs gants, Séverin les conduisit vers la huitième travée.

« Une fois que nous aurons l'œil d'Horus, nous sortirons…

— C'est tout ? l'interrompit Enrique en élevant la voix. Mais il porte la marque de la maison…

— Chut, mon beau », le rassura Hypnos. Il tendit la main, où brillait son anneau : un croissant de lune étincelant. « Cet anneau est soudé à ma peau. S'il est enlevé et n'est pas remis à un héritier de sang dans les quinze jours, la marque de la maison s'efface. Et je sais avec certitude que la matriarche n'a pas eu le temps de transmettre le sien à son abominable neveu.

— Alors… » Enrique regarda autour de lui. « *Techniquement…* nous pourrions emporter n'importe quoi ?

— Concentre-toi », le mit en garde Séverin.

La bibliothèque s'étendait sur près d'un kilomètre sous terre. La maison Kore possédait la plus grande collection d'antiquités égyptiennes au monde, ses étagères regorgeaient par conséquent de trésors forgés pillés dans les tombes des pharaons et de parchemins entreposés dans du verre et du sable, récupérés dans les fondations de temples en ruine. Même si les propriétaires de ces objets et les artisans qui les avaient fabriqués étaient décédés depuis longtemps, le pouvoir qu'ils contenaient crépitait encore. Des scarabées en verre dont la carapace était striée d'éclairs couraient sur les étagères. Une ou deux fois, l'œil d'un télescope se tourna vers Séverin, mais au lieu d'y apercevoir le sol en terre battue et les trésors qui se reflétaient derrière lui, il découvrit un crâne planant au-dessus de sa tête et deux roses arrachées se tenant en suspension de chaque côté de son visage. Secoué, il continua à marcher.

Alors qu'ils approchaient de la huitième travée, un vent froid balaya l'immense salle. Zofia saisit son collier. Laila resta en retrait pour effleurer les planches en bois des étagères. Elle se tourna vers Séverin et lui adressa un petit geste du menton pour lui signifier : *nous pouvons y aller sans crainte*.

Séverin entra le premier, puis s'arrêta. Il entendit les autres débouler derrière lui et leurs pieds se figer brusquement. Enrique, qui était à hauteur de son épaule, gémit.

« Dites-moi que c'est une blague. »

La huitième section était entièrement occupée par… des yeux d'Horus. Ils étaient en bronze et de la taille d'une main. Ils avaient tous une pupille de verre en parfait état et semblaient absolument identiques. Seuls les objets entassés entre eux sur les étagères les distinguaient. Des bricoles qui n'étaient pas dignes de figurer dans le catalogue : des *ankhs* en argent pendaient à de minces crochets et des canopes brisés avaient été poussés à côté de fragments de poterie sur les rayonnages.

Zofia s'avança. « Les yeux d'Horus ne sont pas tous forgés.

— Comment le sais-tu ? » lui demanda Enrique.

Zofia toucha sa propre paume, sans regarder personne directement. « Ils ne sont pas forgés, c'est tout.

— Elle a raison », confirma Laila en retirant sa main de l'œil d'Horus le plus proche d'elle.

Hypnos l'examina d'un air songeur et la danseuse désigna d'un geste les étagères. « C'est pratiquement impossible qu'il y en ait autant que ça ici. Qu'il en existe autant, même.

— Je suis d'accord, dit Enrique. Dans ce cas, nous cherchons un œil d'Horus spécial parmi les leurres. Quand on regarde à travers le vrai, il est censé révéler un fragment de Babel, pas le sol en dessous de vous. On y verra n'importe quoi, mais pas ça. »

Hypnos gémit. « Il doit y en avoir des centaines !

— Raison de plus pour s'y mettre tout de suite. » Séverin se dirigea vers la première étagère. « On y va ? »

Il y avait cinquante divisions dans les étagères, ce qui en faisait dix par personne. Séverin se lança sans attendre. Chaque fois qu'il apercevait ses chaussures à travers le verre, il reposait un œil et en prenait un autre. Systématiquement. Et, à chaque fois, il voyait le sol se refléter. Trois sections entières : rien que des leurres.

Alors qu'il en remettait un à sa place, un morceau de tissu argenté tomba. Quand il voulut l'attraper, ses doigts glissèrent sur la surface comme s'il s'agissait d'une plaque de glace. Il n'avait jamais rien vu de semblable. Et le tissu était *lustré,* comme un miroir qu'on aurait coulé dans le sol. Il pinça un bord, le souleva et rangea le bout d'étoffe.

En face de lui, Laila interrompit un instant son inspection des yeux d'Horus. Son regard passa du visage de Séverin à la poche de sa veste et s'y attarda. Il ne semblait pas pouvoir lui cacher quoi que ce soit.

Il se racla la gorge. « Enrique ? Zofia ? Vous avez trouvé quelque chose ? »

L'historien fit non de la tête. L'ingénieure ne répondit pas. Séverin se retourna et s'apprêtait à se concentrer sur son rayonnage lorsqu'il remarqua que Laila avait du mal à retirer un œil d'Horus de son étagère. Un gros livre noir était posé à côté. La base du volume semblait collée à la planche de bois.

« Je n'arrive pas à l'atteindre ! se plaignit la jeune femme. L'œil est coincé derrière ce bouquin. »

Sans qu'il puisse expliquer pourquoi, Séverin sentit les poils de sa nuque se hérisser soudainement. Il trouvait bizarre que ce volume soit collé à l'étagère. Ça semblait délibéré. De plus, il y avait quelque chose d'intrigant : la tranche des pages était tachée d'encre et la reliure en cuir calciné paraissait trop lisse pour être en peau d'animal. Même la bibliothèque paraissait trop immobile et silencieuse en cet instant. Avant qu'il ne puisse mettre Laila en garde, elle tira sur le livre. Au moment où elle l'arracha de son emplacement, il s'ouvrit au milieu. Des plumes indigo s'échappèrent des pages.

« Recule ! » cria Séverin.

La jeune femme lâcha l'ouvrage et une obscurité terrible se mit à sourdre des feuilles. Au milieu de ces ténèbres, un objet blanc glissa vers le sol. C'était une fine plume immaculée.

Un instant plus tôt, il avait trouvé que la bibliothèque était figée et silencieuse. Il s'était trompé. *Ça*, c'était le silence. Tous les sons qu'il avait pris pour acquis – les froissements de tissu, le vrombissement d'ailes d'insectes, l'eau qui coulait – s'étaient tus. Les ombres s'infiltraient de tous les côtés de la salle, se précipitant pour donner une nouvelle forme à la brume qui s'échappait du livre. Un museau se forma. Des dents scintillèrent. Des pattes couvertes d'une fourrure imbibée de sang se dressèrent. La bouche de Laila avait la forme d'un cri. Séverin se faufila entre les pattes de la créature pour rejoindre son amie, juste au moment où un grognement sourd résonnait dans la pièce. Lentement, ils levèrent tous les yeux.

La créature de l'ombre les surplombait. Le sommet de sa tête s'étendait bien au-dessus des hautes étagères. L'avant de son corps était celui d'un lion, l'arrière celui d'un hippopotame et sa tête se balançait d'avant en arrière en claquant des mâchoires de crocodile. Elle frappa le sol de sa patte.

« Mettez-vous à l'abri ! » hurla Séverin.

Ils coururent tous le long des rayonnages, chacun dans une direction différente.

« Âmmout, déclara Enrique d'une voix forte.

— Quoi ?

— C'est le nom de ce truc. La dévoreuse d'âmes de la mythologie égyptienne.

— Mais on n'est pas en Égypte ! protesta Hypnos. Qu'est-ce qu'elle fiche ici ?

— Je suppose qu'elle a été amenée ici pour protéger un puissant œil d'Horus, avança Enrique.

— Ce qui signifie que tu as dû trouver le vrai », conclut Séverin.

Le sol gronda. L'air s'emplit des reniflements d'un animal qui cherche quelque chose dans l'air.

« Si nous retournons chercher l'œil, elle disparaîtra peut-être », suggéra Zofia.

Hypnos étouffa un rire. « Je *te* laisse tenter l'expérience, ma chère. Fais-toi plaisir. *Moi,* je n'y remets pas les pieds.

— Nous ne sommes pas tous obligés d'y aller », souligna Séverin.

Il regarda par-dessus son épaule.

Âmmout respirait lourdement, la tête baissée, les yeux mi-clos et perdus dans le lointain. Près de sa patte se trouvait la plume blanche qui était tombée sur le sol. Elle faisait les cent pas sans s'en éloigner. Sa fourrure était hérissée tandis qu'elle montait la garde pour veiller sur les étagères.

« Elle protège quelque chose, c'est sûr », affirma Séverin.

Il ne leur restait plus qu'à l'attirer loin de la chose en question.

« Vous quatre, passez de l'autre côté du rayonnage et approchez de l'endroit où se trouve l'œil d'Horus. Quand vous serez assez près, faites-moi signe. Je sortirai de ma cachette. Âmmout me suivra. Ensuite, tout ce que vous aurez à faire, c'est de fermer le livre et d'attraper l'œil. Compris ? »

Ils se mirent à avancer à pas de loup vers l'autre côté de l'étagère. Tous, sauf… Laila.

« Tu aimes beaucoup trop jouer au martyr, *Majnun*. Je ne te quitte pas. »

Pas encore, pensa-t-il.

« C'est ta tombe, Laila.

— Tant que c'est mon choix. »

Ils regardèrent entre les rayonnages. Zofia, Hypnos et Enrique s'approchaient… Âmmout ne bougeait pas. Tout son corps était rigide et tourné vers Séverin et Laila. Zofia s'avança sur la pointe des pieds, les doigts à quelques centimètres du livre. Hypnos et Enrique s'accroupirent de chaque côté d'elle.

Puis, l'historien croisa le regard de Séverin et hocha une fois la tête.

Zofia attrapa le livre. Le cou d'Âmmout se tordit, comme si elle allait se retourner. Séverin bondit hors de sa cachette.

« Tu as faim ? »

La créature rugit.

De la vapeur s'échappa de ses naseaux. Elle frappa le sol de ses pattes, puis chargea. La terre trembla. Des objets s'entrechoquèrent. Une puanteur terrible s'échappait de la créature, couvrant l'odeur minérale de l'air. Séverin s'arc-bouta en enfonçant les talons dans le sol. Au loin, il vit Zofia attraper les deux côtés du livre et le refermer d'un geste vif. À côté d'elle, Enrique s'empara de l'œil d'Horus sur l'étagère.

« Au revoir ! » cria Séverin avec un signe de la main.

Mais la créature continuait à charger.

Il vit Zofia froncer les sourcils, lever les yeux, puis les baisser sur le livre. Elle l'ouvrit et le referma, mais rien ne se passait. Il tenta d'évacuer la panique. Certains mécanismes de défense forgés mettaient du temps à être désactivés. Dans un instant tout allait rentrer dans l'ordre. Cela *devait* marcher. Âmmout approchait en courant. Séverin sentit son haleine fétide, qui rappelait l'odeur de la chair laissée pourrir au soleil. Il fut pris d'un haut-le-cœur. Le monstre leva la patte et ouvrit la gueule. Des crocs maculés de sang scintillèrent et au fond de celle-ci, une fournaise ardente rougeoyait. Elle avait exactement la forme d'une plume. On aurait dit une serrure attendant une clé. Séverin se figea. Pendant un bref instant, il se détourna du monstre pour chercher des yeux la plume blanche sur le sol, elle devait être la clé pour activer le somno de la créature. Il suffisait qu'il enfonce la plume blanche dans la gueule.

Mais il s'était désintéressé de la créature une seconde de trop.

L'ombre d'Âmmout l'engloutit. Avant qu'il ne puisse lever les mains pour se protéger, Laila bondit d'une étagère et le repoussa juste à temps hors de portée de la morsure.

Il lâcha un grognement et se retrouva allongé sur le sol. La jeune danseuse le tira par le bras et l'entraîna derrière un rayonnage juste au moment où Âmmout fonçait sur eux et s'encastrait dans le mur. La créature renifla et secoua la tête.

« La plume, ordonna Séverin. Va la chercher. »

Laila s'éloigna en courant. Quelques secondes plus tard, Âmmout s'était libérée de la paroi. Elle se cabra et se tourna vers les allées de la bibliothèque. Séverin avança en rampant. Enrique et Zofia brandissaient des lances qu'ils avaient sans doute trouvées sur un rayonnage. Hypnos serrait l'œil d'Horus contre son cœur. C'était Laila qui était la plus proche de la créature. La plume blanche brillait dans sa main. Âmmout fixa la jeune fille comme une proie, en inclinant la tête sur le côté. Comme si la dévoreuse d'âmes réfléchissait.

Séverin eut l'impression que le reste du monde s'écroulait.

Pas elle.

« Non… non non non », ahana-t-il en tentant de se lever. Il agita les bras. « Par ici ! »

Mais Âmmout ne se laissait pas distraire.

Laila regarda tour à tour Séverin, puis la créature. Elle ferma les paupières. Elle n'avait aucun moyen de donner la plume à Séverin. Elle tendit la main et la bête fonça sur elle. Séverin entendait les autres crier au loin. Il ne pensait pas avoir émis le moindre son, pourtant tout son corps hurlait. Âmmout fonça sur Laila et la plaqua au sol d'un coup de patte. La jeune femme avait les traits déformés par la douleur, mais elle se défendait et tendit la plume, qui disparut dans la gueule du monstre. La tête d'Âmmout pivota et Séverin ne vit plus le visage de Laila. Un hurlement puissant résonna entre les rayonnages, puis la main de Laila retomba mollement sur le sol.

Séverin n'avait plus conscience de rien en dehors de cette main inerte. C'était dingue à quel point il connaissait bien les mains de Laila. Il savait qu'elles étaient toujours froides même en temps de canicule et qu'il y avait une petite brûlure au bout de l'index. Il s'en souvenait parce qu'il était en cuisine avec elle quand elle avait poussé un cri après avoir touché une casserole brûlante. Il avait voulu appeler un médecin, un contingent d'infirmières, déclarer la guerre aux casseroles s'il avait pu… mais Laila avait refusé.

« *Ce n'est qu'une petite brûlure, Majnun,* avait-elle déclaré en se moquant de sa panique.

— *Je sais.* »

Mais je ne supporte pas de te voir souffrir.

Âmmout rejeta la tête en arrière. Le monde se mit en apesanteur. Des fissures d'un bleu crépusculaire particulièrement sinistre apparurent sur le corps de la créature. Puis, dans un déluge de lumière, elle disparut pour de bon. Laila gisait immobile sur le sol.

Séverin fonça vers elle, la serra contre lui. Elle paraissait trop légère dans ses bras. Les autres s'approchèrent avec prudence, mais il ne se retourna pas.

« Laila ? » appela-t-il en la secouant.

Ouvre les yeux.

Sa tête dodelina sur le côté et quelque chose en lui se brisa. Il approcha ses lèvres de l'oreille de la danseuse et murmura :

« Laila, c'est ton *Majnun.* » *Ton fou,* pensa-t-il, bien qu'il ne le dît pas. « Et tu me rendras vraiment fou si tu ne te réveilles pas tout de suite… »

Elle remua en gémissant. Puis elle ouvrit ses yeux sombres et insondables.

« Dieu merci », souffla Enrique, en se signant.

Zofia était pâle et semblait terrorisée. Même Hypnos avait les larmes aux yeux, alors que Séverin était convaincu qu'il ne les considérait que comme un moyen d'arriver à ses fins. Enrique aida Laila à se mettre debout et Séverin se leva aussi. Il s'épousseta et défroissa son costume. Il n'osait pas regarder dans la direction de Laila.

« Vous pouvez remercier tous les panthéons de divinités pour Laila et Zofia parce que vous deux, vous ne servez à rien ! » décréta-t-il en désignant Enrique et Hypnos.

Le patriarche de la maison Nyx porta la main à sa gorge. « J'avais peur. Tu sais l'effet que ça a sur le teint ?

— Non, vas-y, éclaire-moi. »

Hypnos battit des paupières. « Eh bien, je ne sais pas *exactement*, mais rien de bon, je peux te le dire.

— On a l'œil », se défendit Enrique.

Il se tourna, comme s'il allait donner l'artefact à Hypnos, mais Séverin l'arrêta d'un geste. « Ne le lui donne pas.

— Pourquoi ? demanda Hypnos.

— Tu me fais d'abord passer le test d'héritage, *puis* tu pourras avoir ton œil. »

L'intéressé croisa les bras. « Mes conditions étaient…

— … Nous devions acquérir l'œil et, en échange, je récupérais mon héritage, récita Séverin. Tu n'as jamais précisé que l'œil devait être en ta possession dès qu'on le récupérait. »

Hypnos ouvrit la bouche et la referma. Finalement, il sourit jusqu'aux oreilles. Il n'était pas fâché le moins du monde… en fait, il semblait soulagé.

« Touché. »

Il partit à la recherche du paquet qu'il avait confié à la maison Kore. Quelques minutes plus tard, il revint avec une lourde boîte noire.

« Pour vous, mes chéris. »

Il retira le couvercle. À l'intérieur brillaient cinq uniformes de garde et les couvre-chefs assortis. Ils enfilèrent rapidement les vêtements. Puis, ils se dirigèrent vers la sortie séparément.

« Je serai à l'*Éden* après-demain pour honorer ma promesse », déclara Hypnos. Il posa les yeux sur chacun d'entre eux, le regard affamé et scrutateur. « Je me réjouis à l'idée d'être en présence d'un autre patriarche. »

L'escalier menant à la serre n'était pas très éloigné et pourtant la distance suffisait à rendre Séverin impatient. Il avait envie d'être déjà sur la première marche. Il aurait voulu être à l'*Éden*, déambuler dans le hall, tendre sa paume cicatrisée pour le test des deux anneaux et observer le visage de la matriarche de la maison Kore lorsqu'elle le déclarerait héritier de sang de la maison Vanth. Quand il clignait des yeux, il voyait l'avenir se dérouler devant lui, riche et doré comme le miel des légendes dont chaque cuillerée était une prophétie réalisée :

Tristan souriant, les poches pleines de fleurs ; Enrique enseveli sous le poids des livres ; Zofia et ses combustions spontanées ; Laila, ayant enfin accompli la quête qui lui tenait tant à cœur, étendue en face de Séverin avec un sourire qu'elle réservait à lui seul. Il ressentit une douleur si vive qu'elle le fit grimacer, c'était une joie inédite. Du genre qui explose furieusement derrière les côtes. Il ne savait pas ce qu'il devait en faire. Il aurait voulu la tenir à bout de bras avant qu'elle ne puisse le gagner, mais il sentit Enrique tirer sur sa manche.

« Zofia a pris une lance. »

Séverin se retourna. « Zofia, j'ai dit de ne rien emporter en dehors de l'œil d'Horus. » Il montra l'arme. « Tu ne peux pas la garder. »

L'ingénieure le fusilla du regard. « Tu as volé un tissu argenté et il est dans la poche de ta veste. »

Il réfléchit un instant. « C'est bon, tu peux la garder.

— C'est pas juste ! protesta Enrique. Moi, je n'ai rien pris !

— Tu auras droit à une récompense d'un autre genre.

— Ah oui, répondit l'historien d'un air rêveur. Le destin. La délivrance. Le *dessert*.

— Plus de dette, ajouta Zofia.

— Que vas-tu faire, Laila ? demanda Enrique.

— Oh, tu me connais. J'irai là où mes recherches me mèneront », décréta-t-elle avec un sourire secret.

Les autres croyaient qu'elle rêvait de rentrer chez elle, les bras chargés de trésors. Mais Séverin savait ce qu'elle cherchait. Il savait que Paris n'était qu'une étape sur sa route et cette pensée mit fin à sa joie intérieure tout en renforçant sa détermination. S'il la laissait faire, elle lui briserait probablement le cœur. Puis il se ressaisit. C'était Laila : *L'Énigme*. Personne ne pouvait savoir si elle voudrait à nouveau de lui un jour.

« Et Tristan ? s'interrogea Enrique. Qu'est-ce qu'il va faire ? »

Zofia leva sa lance. « Assembler une armée d'araignées. »

Ils éclatèrent de rire, même Séverin, mais sa joie était tendue. En haut de l'escalier, il poussa la porte.

« Tristan ? appela Laila.

— On s'est fait attaquer par un hippopotame ! » s'écria Enrique.

Séverin ne bougeait pas. Il balayait la serre du regard. Quelque chose clochait. De lourdes émanations gazeuses et des voiles de brume obscurcissaient le sol et se déplaçaient lentement sur la terre rongée par l'acide. Un reflet noir attira son attention. La nuée commençait à se dissiper. Un léger bourdonnement se mit à résonner dans ses oreilles. Le son de la peur qui hurlait dans son esprit.

« Tristan », fit-il doucement.

À présent, le brouillard avait entièrement disparu et il remarqua qu'une chaise de jardin avait été traînée au milieu de la pièce. Tristan était assis dessus, la tête penchée sur le côté. Et sur son front, un engin qui hantait les cauchemars de Séverin. Un diadème en métal pâle parcouru d'une lueur bleue. Un casque de Phébus. Les mots de Colère lui revinrent en tête.

Votre imagination vous blesse bien plus que tout ce que je pourrais jamais vous infliger.

Avec une telle pression, votre esprit pourrait même… craquer.

Il voulut courir vers lui, mais des couteaux forgés se matérialisèrent dans l'air et l'une des lames lui frôla la gorge. Une seconde plus tard, l'œil d'Horus était arraché de sa main.

« Merci, mon cher garçon », déclara une voix faible.

Séverin tourna lentement la tête. Roux-Joubert se tenait devant lui, maigre et tremblant. Il se tamponna la bouche à l'aide d'un mouchoir tacheté de sang. Une broche en forme d'abeille reconnaissable entre toutes brillait à son revers.

« Bien qu'en réalité, je devrais plutôt remercier votre ami ici présent. » Il se tapota la tempe. « Grâce à son amour, sa peur et son esprit fêlé, il a été facile de le convaincre qu'en vous trahissant, il vous sauvait. Même s'il a eu un peu d'aide de la charmante baronne. Ce sont ses mains qui m'ont conduit jusqu'à vous. »

Zofia leva lentement ses paumes, l'air horrifié. Roux-Joubert avait dû glisser quelque chose sur elle… mais comment ?

L'homme au costume moutarde s'inclina. « Merci, mademoiselle, d'avoir été une complice aussi bien disposée. J'adore les idiotes. »

Derrière la chaise de jardin, des couteaux forgés s'élevèrent dans les airs et foncèrent vers le cou de Tristan.

« STOP ! cria Séverin.

— Vous ne voulez pas mettre fin à ses souffrances ? demanda Roux-Joubert avec douceur. Je dois admettre que je n'ai pas toujours été aussi… bienveillant que j'aurais pu l'être. Mais si vous le voulez vivant, alors faisons un marché, monsieur Montagnet-Alarie. D'après Tristan, vous êtes en contact avec Hypnos, le patriarche de la maison Nyx. »

Séverin ne répondit pas.

« Je prends votre silence pour une confirmation, poursuivit-il avec un sourire cruel. Dans trois jours, vous nous retrouverez, mon associé et moi, à l'intérieur de l'exposition consacrée aux superstitions coloniales, à minuit. À cette heure, vous m'apporterez l'anneau de Babel de la maison Nyx. J'ai déjà celui de la maison Kore et maintenant je voudrais l'ensemble. Marché conclu ? »

Tristan fut pris de violentes secousses sur la chaise. Ses paupières étaient hermétiquement closes. L'un des couteaux se mit à tourner et sa pointe effleura le bouton supérieur de sa chemise…

« … Oui, répondit Séverin, le souffle court. Oui, je suis d'accord. »

Le couteau s'arrêta.

À côté de lui, Laila tremblait de rage. « Vous ne trouverez jamais le fragment de Babel…

— Le trouver ? s'esclaffa Roux-Joubert. Oh, ma chère. Je sais déjà où il se trouve. » Il s'interrompit pour tousser dans son mouchoir tacheté de sang. « Trois jours, monsieur Montagnet-Alarie. Trois jours pour me donner l'anneau. Ou je brûlerai votre monde et tout ce que vous aimez avec… »

Il consulta sa montre.

« Vous avez établi un planning très détaillé, monsieur. Vous feriez mieux de faire partie de ce convoi de gardes. Je ne voudrais pas que vous ratiez le transport qui doit vous ramener chez vous. » Il agita l'œil d'Horus. « Pas alors que vous avez tant à faire.

— Je…

— … Vous me retrouverez ? compléta Roux-Joubert en riant doucement. Non, vous ne me trouverez pas. Nous nous cachons depuis des lustres et personne ne nous a jamais dénichés. Quand le moment sera venu, nous nous ferons connaître. Après tout, c'est le début d'une révolution. »

QUATRIÈME PARTIE

Extrait des archives de l'Ordre de Babel

Les Origines de l'Empire
Maîtresse Marie Ludwig Victor, maison Frigg de la faction prussienne de l'Ordre
1828, règne de Frédéric-Guillaume IV

Dans les temps anciens, il y avait un débat pour savoir si les fragments de Babel étaient des artefacts séparés et distincts ou s'ils faisaient autrefois partie d'une même entité… qui aurait été ensuite séparée et disséminée sur le territoire de différents royaumes.

Je crois pour ma part que s'ils sont tombés du ciel séparément, c'est qu'ils n'étaient pas destinés à être réunis.

Dieu a toujours Ses raisons.

20

Laila

Laila se trouvait dans le jardin des Sept Péchés.

L'atelier de Tristan dans les profondeurs de l'Envie n'avait pas changé. Il y avait sa vieille truelle, dont le manche en bois était noirci et sculpté par la pression de ses doigts. Un terrarium inachevé contenant une seule fleur dorée. Une règle que Zofia lui avait fabriquée parce qu'il n'aimait pas que les plantes soient disposées à intervalles irréguliers. Le paquet de graines des Philippines, cadeau d'Enrique, que Tristan avait prévu de planter en été. Une assiette provenant des cuisines sur laquelle une fine pellicule de moisissure recouvrait un biscuit. Il avait dû la voler pendant qu'elle ne regardait pas, puis se laisser distraire et l'oublier totalement.

Le bout des doigts de Laila était engourdi. Le froid les teintait de bleu. C'était trop, son corps protestait. Mais Laila ne pouvait pas s'arrêter. Les mots de Roux-Joubert au sujet de Tristan la hantaient.

Grâce à son amour, sa peur et son esprit fêlé, il a été facile de le convaincre qu'en vous trahissant, il vous sauvait.

Un esprit fêlé. C'était indéniable que certaines personnes étaient plus sensibles aux effets du forgeage d'affinité mentale que d'autres, mais Tristan…

Il détestait Hypnos.

Il devait laver le sang de ses paumes à chaque fois qu'il s'enfonçait les ongles dans la peau.

Il souffrait.

La culpabilité noua la gorge de la jeune danseuse.

La veille, tout s'était passé en un clin d'œil. Le convoi. L'échange. Les gardes déguisés en Tristan et Enrique placés dans un bus de l'infirmerie, leurs vêtements échangés sans que personne remarque quoi que ce soit. Puis le trajet en carrosse pour rentrer chez eux, les mains vides et les nerfs à vif.

Dans le carrosse, Séverin les avait regardés tour à tour dans les yeux en parlant :

« Cette acquisition n'est pas finie. Nous allons récupérer l'œil d'Horus avant que ces trois jours soient écoulés. Et dès que nous l'aurons fait, nous sortirons Tristan de ce pétrin. Notre priorité numéro un, c'est de savoir qui est Roux-Joubert et où il se cache. Nous ne pouvons pas sauver Tristan si nous ne savons pas entre les mains de qui il est prisonnier. »

Laila était venue ici pour chercher des indices sur l'identité de Roux-Joubert ou sur l'endroit où le trouver, mais elle avait fini par tenter de comprendre qui était Tristan. Elle avait tout lu dans son atelier, mais n'avait rien trouvé. Rien d'autre que ce qu'elle savait depuis le début. Son rire. Sa timidité. Sa curiosité. Son amour. Pour chacun d'eux. Pour Séverin, surtout.

Derrière elle, Laila entendit un léger craquement de branches. Elle se retourna brusquement. Séverin avait troqué son uniforme de garde contre un costume sombre. Ses cheveux étaient ébouriffés et des mèches tombaient en vagues sur son front. Alors que l'aube se levait autour d'eux, le directeur de l'hôtel ressemblait à un vestige de la nuit qui refusait obstinément de disparaître. Elle en eut le souffle coupé.

« Alors ? »

Il s'appuya contre le chambranle, mais n'entra pas.

« Rien. »

Elle l'examina attentivement. Sa mâchoire était crispée. Ses épaules tendues. Elle ne voyait pas ses yeux, mais elle s'imaginait qu'ils devaient être fiévreux.

Elle s'avança vers lui. Il ne bougea pas, ne changea pas de position. Elle ne réalisa même pas ce qu'elle faisait avant de l'avoir fait. Elle le toucha… referma ses mains sur les siennes. Elle serra même quand un tremblement parcourut les doigts du jeune homme. Comme si son âme avait tressailli.

« Je n'ai rien trouvé *du tout*. Tu me comprends ? »

Regarde-moi, l'implora-t-elle en silence. *Regarde-moi.*

Il le fit.

Ses yeux violets étaient glacés. Elle y lut la culpabilité qu'elle ressentait aussi. Qu'est-ce qui leur avait échappé pour que Roux-Joubert parvienne à capturer Tristan… et à lui faire du mal ? Qu'avaient-ils fait de travers ? Ils restèrent comme ça, serrés l'un contre l'autre. Peut-être était-ce simplement parce que la nuit n'était pas encore tout à fait achevée et que le souvenir de ce moment se dissoudrait avec la lumière du soleil ? Ou peut-être parce que dans ce vaste silence d'incertitude, ils sentaient le pouls de l'autre au bout de leurs doigts, et cette cadence signifiait qu'ils pouvaient être bien des choses, mais pas seuls.

Une seconde s'écoula. Puis deux. Cet instant partagé leur faisait du bien, le fait de tenir et d'être tenu, mais il finit par la lâcher. Il lâchait toujours le premier.

Laila enfonça ses mains dans les poches de son déguisement de garde, le visage brûlant.

Séverin fit un signe de tête en direction de l'*Éden*. « Hypnos est en route.

— Tu... tu vas lui dire que Roux-Joubert veut son anneau en échange de Tristan ? »

Le regard de Séverin se durcit. « Tu me demandes si je vais le trahir ? »

Oui.

« Non, bien sûr que non ! s'empressa-t-elle de répondre. Tu ne vas pas le faire, si ? »

Il haussa un sourcil. « Est-ce que tu trouves que je ressemble à un loup, Laila ?

— Ça dépend de l'éclairage. »

Le coin de sa bouche se releva. L'ombre d'un sourire.

« Je n'ai pas l'intention de foncer dans un piège. Par contre, je compte en poser un. »

Hypnos était assis, terriblement raide sur son fauteuil, dans la salle d'observation des étoiles.

Il les regarda tour à tour, les mains posées à plat sur le haut de ses cuisses. Laila ressentit de la pitié. Bien qu'Hypnos fût le plus grand d'entre eux, on eût dit un enfant. Ses épaules étaient voûtées. Depuis qu'ils lui avaient expliqué ce qui était arrivé à l'œil d'Horus, il affichait la même expression hébétée. Mais il avait été encore plus choqué quand Séverin lui avait avoué que Roux-Joubert avait proposé un échange.

L'anneau de Babel d'Hypnos contre Tristan.

Hypnos entrelaça ses mains. « Bon. Si je comprends bien, vous m'avez fait venir pour m'expliquer que vous allez remettre mon anneau de Babel à Roux-Joubert, parce que vous préférez me poignarder par-devant plutôt que dans le dos ? »

Zofia inclina la tête sur le côté. « Ça change quelque chose ? »

Laila grimaça. Hypnos eut l'air horrifié, puis… blessé.

« Pourquoi est-ce que vous me racontez tout ça ? » voulut-il savoir.

Séverin se pencha en avant sur son siège. « Pour savoir si tu accepterais de servir d'appât. »

Hypnos les contempla avec un visage étonnamment impassible.

« Tu… tu ne vas pas me livrer à lui ?

— Et laisser les deux anneaux disparaître dans la nature ? Non. »

Le patriarche de la maison Nyx se leva lentement. « Mais la solution la plus simple, c'est de *vous* protéger.

— Je suis perdu. Tu *veux* que je le fasse ?

— Bien sûr que non, mon cher ! Je veux juste m'assurer que je comprends bien ce qui se passe. »

Laila fronça les sourcils. Pourquoi Hypnos semblait-il si ravi ? Elle savait qu'il était dépité que Tristan ait été capturé. Tout son visage avait été ravagé par le chagrin quand il avait appris la nouvelle. Elle avait même lu sa veste pour en être absolument certaine, mais les objets ne mentaient pas. Hypnos n'était en rien lié au rapt de Tristan.

« Ce qui se passe, c'est que j'ai besoin que tu joues le rôle d'appât », déclara Séverin, choisissant ses mots avec soin.

Hypnos eut l'air terriblement soulagé.

« Ce qui se passe, répliqua-t-il en élevant la voix tandis qu'un sourire bizarre se formait sur ses lèvres, c'est que je *compte* pour vous. Nous sommes tous amis. Nous sommes des *amis* qui vont en sauver un autre ! C'est… c'est *incroyable*. »

Laila eut envie de le serrer dans ses bras.

« Je n'ai jamais dit ça…, rectifia Séverin, un peu inquiet.

— Les actes sont bien plus révélateurs que les mots. »

Enrique, qui avait été occupé à rassembler les derniers éléments d'une projection, leva les yeux et secoua la tête.

« On dit *les actes valent mieux que les paroles.*

— Peu importe. Je préfère ma version. Maintenant. Parlons de cette histoire d'ami appât.

— Cette histoire *d'appât* », corrigea Séverin dans sa barbe. Il attrapa sa boîte de clous de girofle. « Avant de planifier quoi que ce soit, nous devons savoir à qui nous avons affaire. Et il est temps que tu nous avoues la vérité. »

Hypnos cligna des yeux. « … la vérité ? »

La boîte de clous de girofle de Séverin se referma avec un claquement ferme.

« Roux-Joubert a non seulement admis avoir volé l'anneau de la matriarche de la maison Kore, mais il a aussi dit qu'il savait déjà où était caché le fragment de Babel de l'Occident. Alors à quoi sert l'œil d'Horus ? Quelle serait son utilité à part la localisation d'un fragment de Babel ?

— Qu'est-ce qui nous prouve qu'il ne ment pas ? » intervint Enrique.

Laila savait que leur adversaire disait la vérité. Roux-Joubert avait jeté son mouchoir sur le sol quand il était parti. Les mensonges laissaient toujours une pellicule gluante à la surface quand elle les lisait ensuite. Mais il n'y avait rien de tout cela sur le mouchoir.

« L'instinct, affirma Séverin avec désinvolture, mais ses yeux se tournèrent vers Laila pour obtenir une confirmation. Par ailleurs, je sais que tu mens, Hypnos. Même dans la bibliothèque, quand nous avons trouvé le véritable œil d'Horus, ton regard était fuyant. Alors, vas-y, dis-nous la vérité, mon ami. »

Hypnos soupira. « Bien. Je n'ai pas été particulièrement transparent, mais ce n'est pas ma faute… C'est un secret que mon père m'a confié avant sa mort. Il ne m'a jamais expliqué le rôle précis de l'œil d'Horus, mais il m'a confié que si jamais l'anneau de la maison Kore était dérobé, je devais trouver l'œil d'Horus et le placer en sécurité. Il m'a dit que l'œil avait un effet sur le fragment.

— C'est-à-dire qu'il révèle son emplacement ?

— Je ne suis pas sûr.

— Il n'a pas précisé quel *genre* d'effet ? »

Hypnos sembla avaler une boule qui obstruait sa gorge. « Il n'en a jamais eu l'occasion.

— Alors pourquoi voulais-tu obtenir la boussole aux enchères ? demanda Enrique.

— Mon père la cherchait, justifia Hypnos d'une voix tendue. Il ne voulait pas que la moindre rumeur concernant les capacités de l'œil tombe entre de mauvaises mains.

— La maison Kore savait-elle ce que l'œil d'Horus permettait de faire ?

— Pas tout à fait, admit Hypnos. D'après mon père, la maison Kore croyait que regarder à travers l'œil d'Horus permettait de voir les somnos sur les armes et c'est pour cette raison qu'ils ont tous été détruits pendant la campagne de Napoléon.

— Et l'Ordre ? Ils sont au courant ? demanda Enrique.

— Non, assura Hypnos avec un peu de suffisance. Le secret n'était connu que de la faction française et, d'après ce que j'ai compris, seulement de la maison Nyx.

— Qu'est-ce que Roux-Joubert veut faire avec l'œil d'Horus alors, s'il sait où se trouve le fragment de l'Occident ? intervint Laila. Sans oublier qu'il possède l'anneau de Babel de la maison Kore et qu'il veut maintenant celui d'Hypnos aussi. »

Hypnos se mordilla la lèvre inférieure, puis leva les yeux vers eux. Il montra sa main et son anneau de Babel. Le simple croissant de lune à l'éclat bleu pâle scintilla brièvement.

« Mon anneau ne garde pas seulement l'emplacement du fragment de Babel… On dit qu'il a un autre pouvoir, bien que j'avoue ne pas savoir comment il fonctionne…

— Qu'est-ce que c'est ?

— Eh bien, il est censé *réveiller* le fragment de Babel de l'Occident.

— Le réveiller ? répéta lentement Laila. Quoi, ça veut dire qu'un fragment de Babel est quelque chose qui dort sous le sol ? Je croyais que c'était une pierre.

— C'est ce que la plupart des gens pensent, mais en vérité personne ne sait à quoi ça ressemble. » Hypnos hocha laconiquement la tête. « C'est aussi pour ça que tous les siècles, l'information sur l'emplacement du fragment change et passe à un autre groupe de maisons, toujours dans l'Occident. L'Ordre utilise un outil spécial d'affinité mentale pour que ceux qui connaissent l'emplacement l'oublient instantanément après cent ans. Ils l'utilisent sur eux-mêmes également. C'est un objet que personne n'est censé voir. »

Ils se turent, puis Enrique prit la parole : « Mais tu ne sais pas si pour réveiller le fragment de l'Occident, il faut, disons, les deux anneaux de Babel ou un seul ? »

Hypnos secoua la tête. « L'Ordre ne l'a jamais précisé. Certaines légendes disent qu'il en faut trois. Parfois, qu'il n'en faut qu'un seul. Qui sait ? Les fragments de Babel n'ont pas été dérangés depuis des milliers d'années. Personne n'oserait le faire.

— Que s'est-il passé la dernière fois que quelqu'un a réussi à perturber le fragment d'un pays ? s'enquit Laila.

— Vous avez déjà entendu parler de l'Atlantide ?

— Non ? s'exclama Zofia.

— Exactement.

— C'est une ville mythologique, souligna l'historien.

— Eh bien, *aujourd'hui*, oui.

— Mais nous ne comprenons toujours pas ce que Roux-Joubert veut faire avec le fragment de l'Occident, insista Séverin. Le dernier groupe qui a tenté de perturber le fragment, c'était la maison déchue et ils cherchaient à rassembler tous les fragments. Peut-être que Roux-Joubert veut les imiter, mais nous ne savons même pas pourquoi la maison déchue a cherché à faire ça. Tu le sais, toi ?

— Oui, soupira Hypnos en jetant un coup d'œil rapide autour de lui, mais d'abord, où est le vin ? Je ne peux pas discuter de la fin de la civilisation sans boire un coup.

— Tu pourras en avoir après », répondit Séverin.

Hypnos grommela. « La maison déchue croyait que le forgeage était un sous-ensemble de l'alchimie. Vous voyez, transformer la matière, changer les choses en or et tout ça. Mais ce n'était qu'une partie de la maîtrise des alchimistes. L'aspect majeur était la théurgie.

— C'est-à-dire… ? » l'interrogea Zofia.

Enrique colla ses paumes sur ses paupières. « La théurgie signifie le fonctionnement des dieux. »

La jeune Polonaise fronça les sourcils. « Donc la maison déchue voulait comprendre comment les dieux fonctionnent ?

— Non, corrigea Séverin, un sourire sinistre déformant sa bouche. Ils voulaient devenir des dieux. »

Laila frissonna. Le silence s'abattit dans la salle, interrompu seulement par le tintement métallique de Séverin ouvrant sa boîte de clous de girofle.

« Nous ne retrouverons pas Tristan si nous ne découvrons pas qui est Roux-Joubert. Nous savons qu'il n'est ni de la maison Nyx ni de la maison Kore. Quand il était au dîner, la matriarche ne l'a pas reconnu et il ne s'est pas assis avec les autres membres des maisons. Le plus probable est donc qu'il fonctionne en dehors de l'Ordre ou qu'il agit pour quelqu'un au sein de l'Ordre. Nous savons également qu'il a accès à l'Exposition universelle parce que c'est là qu'il a piégé pour la première fois Enrique et Zofia et c'est là qu'il exige que nous procédions à l'échange. Dans trois jours. Pile au moment de l'inauguration officielle.

— Et alors ? demanda Zofia.

— Ça veut dire qu'il attend un public qu'il a choisi. Il a prévu quelque chose à cette date. Vous avez entendu les discours qu'il tient sur la révolution ? Quelle meilleure caisse de résonance pour la lancer que l'Exposition universelle ? »

Hypnos avait l'air abattu. « Ça ne nous apprend rien.

— On sait aussi que Roux-Joubert porte une broche en forme d'abeille, intervint Enrique.

— Et alors ? répliqua Hypnos. Aujourd'hui, je porte des sous-vêtements. Ça n'a rien d'extraordinaire. »

Zofia plissa le front. « Pourquoi as-tu précisé *aujourd'hui*… »

L'historien l'interrompit : « L'homme qui nous a accostés à l'exposition consacrée aux objets forgés portait au bout d'une chaîne un pendentif en forme d'abeille lui aussi. »

La chaîne en question était actuellement dans les mains de Laila. Zofia la lui avait confiée pendant qu'ils attendaient l'arrivée d'Hypnos. La chaîne n'était pas vraiment forgée. Quelque chose dans ce bijou tiraillait les sens de Laila. Mais les images qui auraient dû apparaître dans son esprit étaient floues, comme si elles avaient été enduites d'huile. Quelqu'un avait trafiqué la chaîne. La seule chose dont elle était certaine c'était que Roux-Joubert se trouvait… quelque part sous terre. Elle le sentait. Le froid et l'absence de lumière. L'humidité sur les murs. De la terre coincée sous les ongles. Et un symbole gribouillé dans la lumière… pointu. Comme une étoile.

« Roux-Joubert est également doté d'une puissante affinité de forgeage, admit Zofia à contrecœur. Il a réussi à trafiquer une formule de trace de Sia. Normalement, la formule copie les empreintes des mains, mais en théorie, on peut aussi l'utiliser comme balise de repérage. Il a dû avoir trouvé comment faire et c'est ce qui l'a conduit jusqu'à nous.

— Mais rien ne dit que c'est lui qui dispose de cette affinité, souligna Laila. Ça peut très bien être quelqu'un qui travaille pour lui. »

Enrique frissonna. « N'oubliez pas l'homme au chapeau melon qui nous a attaqués dans le pavillon. Ça pourrait être lui. Que savons-nous d'autre ?

— Roux-Joubert se trouve sous terre », les informa Laila.

Ils se tournèrent tous les quatre vers elle. Hypnos appuya le menton sur sa main et l'examina avec méfiance.

« Et comment est-ce que *nous* le savons ?

— Je ne suis pas obligé de te révéler toutes mes sources, la défendit Séverin avant de demander à Hypnos : Roux-Joubert te rappelle-t-il quelqu'un ? »

Le patriarche de la maison Nyx fit non de la tête. « Désolé, mon cher, je n'ai jamais entendu ce nom. Je peux toujours retourner à Erebus et vérifier, bien sûr. Ma maison détient de nombreux secrets. »

Enrique s'éclaircit la gorge. « En tout cas, les abeilles doivent avoir une signification. Je commence à me dire que ce n'est pas une coïncidence si l'homme de l'exposition et lui en portaient tous les deux.

— Tu ne vas pas recommencer, gémit Hypnos. C'est juste un symbole… »

Laila émit un sifflement désapprobateur discret. Enrique était si furieux qu'elle avait l'impression de le voir dégainer une épée.

« Juste un symbole ? répéta-t-il tranquillement. Les gens meurent pour des symboles. L'espoir renaît grâce aux symboles. Ce ne sont pas que de simples lignes tracées. Ce sont des histoires, des cultures, des traditions qui prennent forme. »

Hypnos rougit et rajusta son gilet.

Enrique se tourna vers Séverin. « Tu peux éteindre ? »

Séverin claqua des doigts et des tentures s'abaissèrent pour couvrir les baies vitrées. Il les claqua à nouveau et un grand écran noir se glissa sur l'imposant dôme en verre qui les surplombait.

Hypnos lâcha un petit ricanement. « Et on m'accuse d'être théâtral. »

L'historien ignora la remarque et remonta ses manchettes. « J'effectue des recherches sur la symbologie des abeilles depuis un certain temps. Mais ce n'est que récemment que j'ai établi le lien entre les paroles de Roux-Joubert et l'homme qui nous a attaqués dans la salle d'exposition. Ils ont tous les deux parlé de révolution. Et ils portaient tous les deux un bijou représentant une abeille. Or, historiquement, les abeilles ont une certaine résonance mythologique et je pense avoir trouvé une piste…

— Normalement, tu devrais jubiler », fit remarquer Laila.

Enrique soupira. « Espérons que je me trompe. »

Il posa une petite sphère de projection sur la table basse. Lorsqu'il la toucha, deux images apparurent côte à côte. Elles semblaient être des scans mnémos de pages de manuels scolaires ou de fiches explicatives sorties d'un musée.

La première affichait une plaque carrée dorée sur laquelle était représentée une femme ailée. De la tête jusqu'à la taille, elle était humaine, mais à partir de la taille, elle avait un corps d'abeille. L'image suivante montrait une peinture défraîchie d'une déesse hindoue, des abeilles rayonnant de l'auréole autour de sa lourde couronne.

« Les divinités abeilles ne sont pas rares dans la mythologie, expliqua l'historien. L'image que vous voyez ici est une représentation d'une des Thries, un trio de déesses abeilles qui possédaient le don de prophétie. Ces trois déesses sont un motif courant. L'autre est une représentation de Brahmari, la déesse hindoue des abeilles. Est-ce que je prononce son nom correctement, Laila ?

— C'est Brouh-mah-rii », corrigea-t-elle doucement.

Enrique en prit note et continua : « Là où le motif de l'abeille devient intéressant et nous relie potentiellement à la France, c'est que les abeilles étaient emblématiques du règne de Napoléon, bien que les raisons pour lesquelles il a choisi de symboliser son règne par une abeille soient sujettes à controverse. »

L'image sur le mur changea pour montrer une abeille brodée sur un riche manteau de velours.

« Certains affirment que lorsqu'il a emménagé dans le palais royal des Tuileries, il ne voulait pas consacrer trop de ressources pour changer la décoration, mais refusait de conserver l'emblème royal français traditionnel, la fleur de lys, qui était brodée partout, alors il l'a simplement retourné. À l'envers, ça ressemblait à une abeille et voilà. »

Séverin se redressa. « Penses-tu que Roux-Joubert a un lien quelconque avec Napoléon ?

— C'est possible. Napoléon a mené de multiples campagnes en Afrique du Nord et au Moyen-Orient. Il avait un corps d'au moins deux cents experts, dont plusieurs linguistes, des historiens, des ingénieurs et… des émissaires de l'Ordre de Babel qui lui fournissaient des services de forgeage. Leurs découvertes – il se tut pour appuyer sur l'insecte mnémo et changer l'image – étaient fascinantes. »

La projection suivante montrait une dalle de pierre sombre, couverte de ce qui semblait être des rangées de texte.

« En 1799, ce corps d'explorateurs a découvert la pierre de Rosette et a suscité un intérêt mondial pour les anciens artefacts égyptiens. De nombreux instruments ou objets forgés ont directement rejoint les collections de la maison Kore. Les abeilles étaient sacrées dans l'Égypte ancienne, car on disait qu'elles étaient nées des larmes de Râ, le dieu du soleil. Mais je pense que l'autre raison pour laquelle elles avaient un tel intérêt pour l'Ordre de Babel, c'était à cause de leurs nids.

— Les nids-d'abeilles ? » demanda Laila. Les nids-d'abeilles étaient délicieux, mais elle trouvait étonnant qu'un mets, aussi délicieux soit-il, puisse intéresser l'Ordre.

« Je n'y avais pas pensé jusqu'à ce que je me souvienne d'une remarque formulée par Zofia.

— Moi ? »

Des taches de couleur apparurent sur les joues de la jeune Polonaise.

« C'est toi qui as signalé que les nids-d'abeilles étaient des prismes hexagonaux parfaits.

— Qu'est-ce qu'un hexagone a de si génial ? s'étonna Hypnos.

— Géométriquement parlant, les prismes hexagonaux sont la forme la plus efficace parce qu'ils nécessitent le moins de longueur totale de cloisons, expliqua Zofia en élevant légèrement la voix. Les abeilles sont les mathématiciennes de la nature.

— *Ça*, c'est un hexagone, annonça Enrique en changeant encore une fois l'affichage.

— Et moi, je suis un humain », ironisa Hypnos, qui trouvait visiblement le sujet ennuyeux.

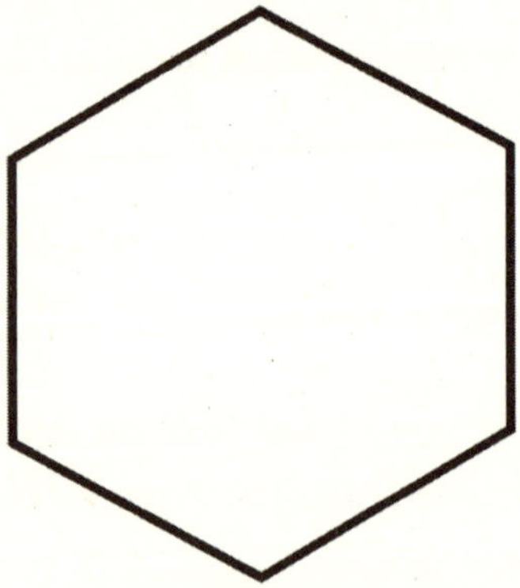

Séverin contempla l'image bouche bée. « Je le vois.

— Tu vois quoi ? » demandèrent Zofia et Hypnos en même temps.

Séverin se leva. « Si on prolonge les lignes, on obtient… »

Le sourire d'Enrique était sinistre. « Exactement.

— On obtient quoi ? » voulut savoir Laila, mais l'image sur le mur changea et elle vit ce qui se formait lorsqu'on prolongeait les lignes d'un hexagone.

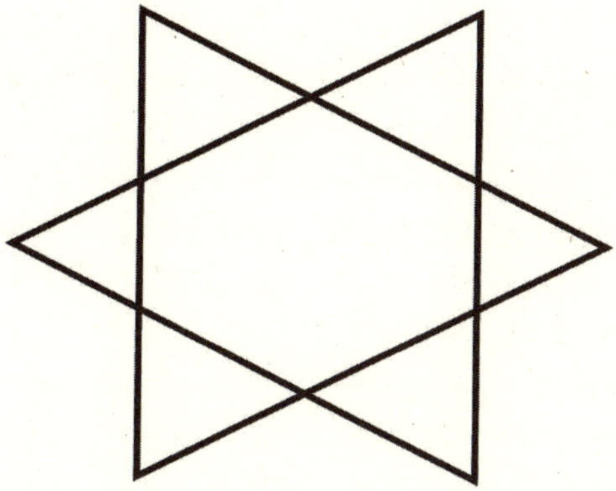

Elle sentit son sang se glacer. Elle reconnaissait le symbole qu'elle avait aperçu dans les images floues du collier. Dans ses mains, le pendentif lui parut plus froid que la chaîne.

« C'est un hexagramme, détailla Enrique. Un ancien symbole qui a pris des significations multiples à travers diverses cultures, mais c'est aussi…

— … le blason d'une maison de l'Ordre », compléta Séverin en fixant l'étoile à six branches.

Il passait distraitement son pouce le long de la cicatrice qui barrait sa paume. « Une maison qui était censée être éteinte. »

Hypnos agrippa l'accoudoir. « Vous ne croyez pas que… »

Séverin le coupa d'un signe de tête. Son regard semblait hagard.

« La maison déchue est ressuscitée. »

21

ZOFIA

Zofia n'arrivait pas à se concentrer. Chaque fois qu'elle clignait des yeux, elle entendait les mots de Roux-Joubert revenir comme un écho : *J'adore les idiotes.*

Idiote.

C'était un mot, rien de plus. Il n'avait pas de poids, pas de numéro atomique, pas de structure chimique à laquelle se raccrocher pour devenir réel. Mais ça faisait mal quand même. Elle ferma les paupières et serra la table noire de son laboratoire si fort que ses jointures blanchirent. Le mot lui faisait l'effet d'une gifle. À Głowno, un jour, elle avait posé une question théorique sur la physique. Son professeur lui avait répondu : « Tu ferais mieux de mettre le feu à ton bureau et de voir si la réponse apparaît dans la fumée. »

C'est ce qu'elle avait fait.

Elle avait 10 ans.

Quand elle était arrivée à l'École des beaux-arts, c'était à peu près pareil. Elle était trop curieuse, trop juive, trop étrange. Au point que personne ne s'était opposé à l'idée de l'enfermer dans le labo de l'école.

Pourtant jamais personne n'avait été heurté par sa façon de penser. Ou plutôt, par sa façon de ne *pas* penser.

Mais Tristan ? Affalé sur une chaise, des couteaux flottant devant sa gorge… c'était la faute de Zofia. Les larmes lui piquaient les yeux. Elle était capable de résoudre des énigmes les yeux fermés. Mais une simple conversation était un labyrinthe. Et dans ses efforts pour s'en sortir, elle avait conduit Roux-Joubert droit à leur cachette dans la serre.

Quelque chose clochait chez elle.

« Zofia ? »

Elle releva la tête et battit rapidement des paupières. Séverin se tenait dans l'embrasure de la porte. Un tissu d'argent pendait de sa main.

« Je peux entrer ? »

Elle hocha la tête. Le moment était venu. Il allait lui demander de partir. Lui expliquer qu'elle n'était plus la bienvenue ici après ce qu'elle avait causé comme dégâts. Mais il ne fit rien de tout ça. Il fit glisser le tissu argenté sur la table noire. Zofia reconnut le morceau qu'il avait subtilisé dans la bibliothèque de la maison Kore. Elle le toucha délicatement. On aurait dit de la soie froide, qui pesait étrangement lourd. Zofia avait l'impression qu'il repoussait sa main.

« Il nous reste deux jours avant de retrouver Roux-Joubert avec l'anneau d'Hypnos.

— Tu vas le lui donner ?

— Je vais le lui montrer. »

Elle fronça les sourcils. « Quelle est la différence… ?

— Laisse-moi m'en soucier. J'ai demandé aux autres d'essayer de localiser le quartier général de la maison déchue. Mais je peux te promettre que nous ne les laisserons pas s'emparer de l'anneau. Et nous ne leur laisserons pas Tristan. »

Zofia ressentit une pointe de déception. Tous les autres avaient une mission. Pas elle.

« Mais j'ai gardé un travail important pour toi, reprit-il doucement. »

Elle s'immobilisa. « C'est vrai ?

— Tu es le seul phénix dont je dispose, commenta-t-il avec un petit sourire. Roux-Joubert ne l'a pas remarqué, ce qui est à notre avantage, tu ne crois pas ? Il l'ignore probablement en ce moment. Mais il le saura bientôt. »

La jeune Polonaise serra le poing. Elle avait l'impression qu'un feu venait d'embraser son ventre. *Il le saura*. C'est à ça que devait ressembler le désir de vengeance. Elle avait l'impression d'être… affamée.

« Que veux-tu que je fasse ? »

Séverin désigna le tissu argenté. « Est-ce que tu peux comprendre comment ça fonctionne ? Je pense que ça pourrait être utile.

— Oui, bien sûr », répondit-elle, le souffle court.

Dès qu'elle attrapa le tissu, le reste du monde disparut. On aurait pu mettre le feu à son laboratoire, elle ne l'aurait pas remarqué. Quand elle se plongeait dans le travail, elle se donnait à fond. Une nouvelle cadence semblait bourdonner dans ses veines : elle n'était pas idiote, elle ramènerait Tristan à la maison, elle allait arranger la situation.

Il faisait presque nuit quand elle leva les yeux de sa table de travail, parce qu'on frappait à sa porte. Laila entra avec un plateau de nourriture, une tasse de thé fumante et un seul biscuit rond.

« Tu n'as pas mangé de la journée. »

L'estomac de Zofia gronda bruyamment quand elle vit la nourriture. Elle le tapota distraitement. Elle n'avait même pas remarqué.

La chef pâtissière posa le plateau sur la table. « Mange. »

La vue de Zofia de son espace de travail la dérangeait à présent. Le plateau dépassait dans le vide. Il n'était pas droit. Ça faisait désordre.

« Zofia, je n'enlèverai le plateau et le déposerai ailleurs que quand je verrai que tu as pris cinq bouchées. Et ne me fusille pas du regard. »

La jeune ingénieure enfourna consciencieusement cinq bouchées de nourriture.

Laila désigna la tasse de thé du menton. « Bois. »

Zofia s'exécuta.

Ce n'est qu'ensuite que Laila retira le plateau, le plaça sur le côté d'un autre meuble et le positionna juste comme il faut, sans qu'aucun des coins ne dépasse des bords et que le bord soit parallèle au mur.

« Tu as découvert quelque chose ? »

Zofia contempla le tissu argenté devant elle. Elle commençait à se dire que pour accomplir ce que Séverin lui avait demandé, elle ne pourrait peut-être pas tout faire sans quitter l'*Éden*.

« Ça fonctionne comme une porte Tezcat. Les fils sont en obsidienne. »

Laila inclina la tête sur le côté. « C'est pour cette raison que ça ressemble à un miroir ? »

L'ingénieure acquiesça. « Mais il fait plus que ça. » Elle fouilla dans sa boîte à outils et en sortit un couteau aiguisé.

« Euh, Zofia… »

La jeune Polonaise plongea la lame dans l'étoffe. Au lieu de se déchirer, elle se plia, comme si elle absorbait l'impact.

Laila marmonna un juron inintelligible. « Qu'est-ce que c'est que ce *truc* ?

— Il repousse la matière. Aucun objet solide ne peut le pénétrer. »

Laila fit glisser ses doigts sur la surface du couteau.

« Qu'est-ce que Séverin veut en faire ? »

Zofia se mordilla les lèvres. Elle n'était pas sûre de pouvoir déjà répondre, car cela dépendait de quelque chose qui se trouvait dans les allées sombres de l'exposition consacrée au forgeage. Un endroit qu'elle ne se réjouissait pas de devoir explorer à nouveau.

« Les autres ont trouvé le quartier général de la maison déchue ? »

Laila soupira. « Non. Ils pensent que la réponse se trouve dans une vieille pendule en os. Apparemment, elle indiquait autrefois le lieu des réunions de la maison déchue ou… autre chose. Ne me lance pas sur le sujet. Personnellement, je pense qu'on devrait utiliser le lieu où on doit les retrouver et simplement surveiller qui y entre et qui en sort. »

Zofia repensa à l'homme qui les avait attendus, Enrique et elle. La sphère de détection n'avait pas repéré sa présence et les deux accès étaient verrouillés, ce qui signifiait qu'il était entré d'une autre manière. Elle n'avait pas remarqué quoi que ce soit qui ait pu dissimuler leur assaillant, mais l'examen du tissu argenté la poussait à se dire que quelque chose lui avait peut-être échappé.

« Ça ne marchera pas.

— Pourquoi ?

— Ils utilisent un autre passage.

— C'est impossible. Il n'y a que l'entrée et la sortie et les deux donnent sur la même rue. »

Zofia attrapa sa boîte d'allumettes et la chaîne avec les pendentifs au phosphore, glissa le tout dans les poches de sa blouse noire. Si la théorie qui lui trottait dans la tête était exacte, alors elle n'avait plus une minute à perdre. Tristan comptait sur elle.

Elle se dirigeait déjà vers la porte quand Laila la bloqua.

« Où vas-tu ?

— Je dois aller à l'Exposition universelle. Il faut que je trouve un moyen d'entrer dans l'exposition consacrée aux superstitions coloniales. Je peux escalader les murs, assommer les gardes ou ce qu'il faut…, expliqua-t-elle, même si elle sentait la panique la gagner.

— Zofia, l'apaisa Laila. Laisse-moi t'aider. Nous pouvons entrer et sortir et, avec un peu de chance, personne ne devra sauter par-dessus les barrières. »

L'ingénieure la regarda perplexe. « Nous ? »

Laila lui décocha un clin d'œil.

« Oui.

— … Comment ?

— Tu as tes talents. J'ai les miens. »

Puis elle examina la tenue de Zofia.

« Mais tu ne peux pas porter ça.

— Pourquoi pas ?

— Parce que, ma chère, nous n'avons pas d'armure. Mais la beauté à elle seule est une armure redoutable. Fais-moi confiance. »

Zofia ne tenait plus en place.

« Je déteste cette robe », déclara-t-elle en tirant sur la tenue que Laila lui avait fait enfiler.

La couleur était assez jolie. Rose pâle. Avec des volants autour du corsage et un décolleté qui parvenait à la fois à gratter et chatouiller.

« Les vêtements sont un art, philosopha Laila en avançant d'un pas rapide.

— Je n'arriverai jamais à retirer ce truc.

— Pour certains, se déshabiller est aussi un art. »

Zofia grommela, mais continua à marcher. Le jour s'éteignait peu à peu. Les lumières s'étendaient sur la Seine. Devant elles se dressait la tour Eiffel, marquant l'entrée de l'Exposition. Zofia avait suivi la construction de la tour, qui l'avait fait passer de simple échafaudage à une tour élancée et pointue. C'était un treillis de rivets et de boulons d'acier audacieux et fascinants. Personne ne la trouvait belle, mais cela n'avait guère d'importance pour Zofia. La beauté en général ne parvenait pas à l'émouvoir, mais la tour Eiffel, si. Elle était horriblement embarrassante. Si les rues semblaient avoir été brodées par une main soigneuse, alors la tour Eiffel était l'aiguille disgracieuse qui maintenait tout en place. Elle s'élançait par-dessus les grands boulevards, les coupoles élégantes et les immeubles ornés de divinités sculptées. Elle refusait de se fondre dans la masse, elle exigeait qu'on la contemple de partout. La jeune femme était convaincue que si la tour Eiffel avait pu parler, elles se seraient parfaitement comprises toutes les deux.

Au-delà de la tour Eiffel s'étendait l'esplanade des Invalides. Malgré l'obscurité grandissante, Zofia fut stupéfaite par la vue. Elle avait l'impression d'avoir quitté Paris. Les boulevards familiers et les cafés dociles avec leurs chaises en osier avaient disparu et cédé la place à d'imposantes tentes qui couvraient les rues. Sur les trottoirs, des tables basses étaient encombrées de narguilés. Des hommes en longues tuniques et des femmes à la tête couverte marchaient d'un pas vif dans des ruelles pavées.

Laila indiqua la fontaine, le minaret en forme de cloche et la mosquée recouverte de carreaux bleu vif. Le bâtiment religieux était entouré de salons de coiffure et de restaurants. L'odeur de nourriture exotique était si forte que Zofia eut envie de tirer la langue.

« Nous sommes dans la rue du Caire », l'informa la chef pâtissière à voix basse.

Bien que Paris soit remplie de touristes, l'Exposition n'avait pas encore officiellement ouvert ses portes et les rues étaient vides à l'exception de quelques très riches visiteurs qui s'étaient procuré des billets en avant-première. De petites unités de gardes patrouillaient avec diligence, s'assurant que personne ne s'était faufilé à l'intérieur avant l'ouverture au public. De l'autre côté de la rue, Zofia aperçut quelques agents de sécurité qui marchaient dans leur direction.

« Reste calme, lui souffla Laila. Tu ressembles à n'importe qui d'autre. Tu as l'air parfaitement à ta place ici, il n'y a donc aucune raison pour qu'ils soient alarmés. *En aucun cas* tu ne dois t'enfuir en courant. »

Le garde s'approcha d'elles. Zofia pensait qu'il allait poser des questions à Laila, mais c'est à elle qu'il s'adressa :

« Je suis désolé, mademoiselle, votre femme de chambre et vous ne pouvez pas être ici. Nous avons eu quelques problèmes de sécurité, un souci en particulier, ici, la semaine dernière. Nous devons vous demander de vous diriger vers un autre secteur de l'Exposition universelle. »

À côté de Zofia, Laila se raidit.

« Ce n'est pas ma femme de chambre », répondit automatiquement Zofia.

La chef pâtissière grimaça. Et Zofia se rendit compte que ce n'était pas ce qu'elle était censée dire.

« Je veux dire… »

Un deuxième agent de sécurité se dirigeait vers elles, le front plissé.

« Mademoiselle, comment vous appelez-vous ? s'enquit le premier garde.

— Je… je… »

Zofia tira nerveusement sur la gaine de soie qui recouvrait sa robe. Une boîte d'allumettes était dissimulée dans sa manche, des éperons pointus étaient cachés dans les talons de ses chaussures. Mais elle ne voulait pas les utiliser.

Laila intervint. « Ma maîtresse ne donne pas son nom comme s'il s'agissait d'une piécette ! »

Le premier garde eut l'air interloqué.

« Je ne voulais pas l'offenser…

— Vous devriez tout de même vous excuser ! le gronda Laila.

— C'est juste qu'elle semble correspondre à la description d'une personne impliquée dans les troubles récents. Une fille de sa taille. Avec des cheveux blond-blanc. Ce n'est pas une couleur très répandue.

— C'est une fleur rare et magnifique, rétorqua Laila en tirant sur le bras de Zofia. Allons-y, madame. Nous étions perdues, c'est tout...

— Si elle pouvait juste rester un peu, mon collègue pourrait confirmer qu'il ne s'agit pas de la femme que nous cherchons. Je suis terriblement désolé, mais le protocole est assez strict avec l'inauguration qui approche. »

Zofia reconnut le deuxième garde qui n'était plus très loin. C'était lui qui avait serré dans ses bras son collègue tué par l'inconnu au chapeau truqué. Il s'arrêta net en la voyant et porta la main au dispositif forgé qu'il portait à la hanche.

Zofia attrapa le bras de Laila.

« COURS ! » cria-t-elle en sprintant dans la rue.

Laila fonça sur ses talons. Le cœur de Zofia battait dans ses tempes. Elle entendait les gardes crier. Derrière elle, des auvents s'écrasaient et des tables étaient renversées par Laila qui les jetait au sol pour ralentir la course de leurs poursuivants.

« Par ici ! » fit Laila en tirant son amie dans l'une des rues tortueuses.

Des cris retentirent derrière elles. La jeune Polonaise passa à toute allure devant une table couverte d'épices et renversa des piles de cannelle et de poivre sur le sol. Une flopée d'insultes dans une langue étrangère s'élevèrent dans son sillage, mais elle n'eut pas le temps de s'excuser. Elle suivit Laila dans les allées labyrinthiques des pavillons coloniaux jusqu'à ce qu'elles atteignent un recoin plongé dans l'obscurité.

De l'autre côté de la ruelle, l'atmosphère changeait complètement. Du Caire, on passait à un village annamite, où des huttes aux toits pointus en bois étaient alignées. Un pousse-pousse coloré orné de rubans passa à toute vitesse en direction d'un grand théâtre décoré de feuilles de palmiers. Plus bas dans la rue, elle discernait dans l'obscurité l'arche de l'exposition consacrée aux superstitions coloniales.

Et dans leur dos, elle entendait encore les pas des gardes marteler les pavés.

Laila se mit à agiter frénétiquement les mains.

« Je n'arrive pas à attirer l'attention du conducteur du pousse-pousse ! » cria-t-elle.

Les bruits de pas approchaient. Zofia eut une idée. Elle sortit les allumettes de ses manches, en frotta une contre ses dents et la colla contre la gaine de sa robe avant de sauter au milieu de la rue. Elle arracha la première couche qui s'embrasait et formait désormais une longue colonne de feu.

Le conducteur du pousse-pousse freina brutalement.

« C'est bon, j'ai attiré son attention », annonça-t-elle en éteignant le feu à coups de semelle. Le reste de sa robe, faite de soie ignifugée forgée, resplendissait, complètement intact.

La bouche de Laila s'ouvrit, puis se transforma en un large sourire. Elle secoua une bourse remplie de pièces.

« Pour vos services. Et votre silence. »

Le conducteur, un garçon qui n'avait pas plus de 13 ans, leur adressa un large sourire édenté. Elles sautèrent dans le rickshaw au moment où les gardes apparaissaient.

« Baisse-toi ! » lança Laila à sa complice.

Zofia se glissa plus bas sur la banquette. Le pousse-pousse n'était guère plus qu'un tricycle couvert. Mais au moins il pouvait les mener au pavillon qui les intéressait.

La chef pâtissière murmura des indications au conducteur. Une fois qu'ils filèrent sur la route, elle se renversa en arrière sur son siège et tenta de reprendre son souffle.

« Tu vois ? Qu'est-ce que je t'ai dit tout à l'heure ? »

Zofia s'accrocha au bord de son siège. « Que certaines personnes considèrent le déshabillage comme un art ?

— Non, pas ça ! répondit Laila alors que le chauffeur rougissait. J'ai dit que la beauté était une armure. »

La jeune Polonaise réfléchit à la question. « Je n'aime toujours pas les robes. »

Laila se contenta de sourire.

À l'intérieur de l'exposition consacrée au forgeage, l'éclairage était tamisé. Les seules sources de lumière se trouvaient au bas des piédestaux. Zofia restait collée près du mur.

« Qu'est-ce qu'on cherche, Zofia ? Une autre entrée ? Une porte dérobée ? »

L'ingénieure secoua la tête. « Nous. »

Elle attrapa le pendentif phosphoreux de sa chaîne, se rappelant qu'il avait révélé l'emplacement de la porte Tezcat de la maison Kore. Ce miroir avait été offert par la maison déchue. Et si la maison déchue était derrière le vol de l'anneau de la maison Kore, peut-être que quelque chose leur avait échappé, à Enrique et elle, quand ils étaient venus la première fois. Peut-être que pendant tout le temps où ils marchaient dans l'espace d'exposition, pensant que personne ne les voyait, quelqu'un les observait depuis un miroir caché ?

À cause du forgeage, pour détecter la présence d'une Tezcat, il fallait faire brûler une formule contenant du phosphore. Zofia fit craquer son pendentif phosphoreux comme une allumette. Elle le tendit devant elle, on aurait dit un fragment de flamme bleue.

« Ne marche pas devant la flamme », prévint-elle.

Laila acquiesça. Elles avancèrent lentement dans l'exposition. L'ingénieure promena la lumière du pendentif phosphoreux le long des murs de brocart. Sur la gauche, rien ne bougea. Elle se dirigea vers l'emplacement où l'homme au pendentif en forme d'abeille les avait attendus comme s'il venait de sortir du papier peint. La lumière grimpa lentement le long du brocart, faisant scintiller les broderies dorées, puis…

Laila étouffa un cri de surprise.

Le mur était en train de changer. Là où il n'y avait qu'un simple tissu, la surface se mettait à onduler, devenant liquide et argentée. Elles venaient de trouver un miroir Tezcat. Dans son reflet, Zofia attira l'attention de la jeune femme.

« C'est par ici qu'ils passent. »

22

Enrique

Enrique était suspendu à l'envers dans son fauteuil. Il gémit d'une voix forte : « Ça n'a *aucun* sens. »

Hypnos, assis sur une chaise en bois noir en dessous de lui, leva son verre de vin presque vide. C'était son troisième, si la mémoire de l'historien était exacte.

« Essaye le vin.

— Je doute que ça aide.

— Probablement pas, mais au moins tu oublieras. » Hypnos vida son verre, puis le mit de côté. « Comment se fait-il que tu aies un fauteuil ? J'en veux un.

— Parce que je vis ici.

— Hmpf. »

Enrique trouvait qu'il réfléchissait parfois mieux quand il était suspendu la tête en bas. Depuis son perchoir, il examinait le sol où les documents concernant la maison déchue qu'ils avaient trouvés étaient étalés sur le tapis. Et au milieu de tout ça, sous une cloche de quartz : la pendule en os.

C'était un régal autant pour un amateur de symboles que pour un historien. Ce n'était pas une horloge ordinaire, bien qu'elle dispose d'un cadran, de chiffres et d'aiguilles pour indiquer les différentes heures de la journée. De multiples symboles sinueux s'étendaient autour de la pendule. Des vierges sculptées qui se couvraient le visage d'un voile. Des bêtes souriantes qui disparaissaient sous un feuillage d'argent. Des sépulcres qui s'ouvraient et se fermaient si vite qu'on se demandait si quelque chose ne s'était pas glissé hors de la tombe. Au début, Enrique pensait que les symboles forgés étaient intentionnels. Mais après plusieurs heures d'observation, il avait perdu ses illusions. Les symboles avaient une signification, mais ils pouvaient aussi n'avoir été placés là que pour tromper l'œil. Une information qu'il n'était pas encore prêt à partager avec Hypnos.

Toute sa vie, les symboles avaient été une source de réconfort pour Enrique. Il les considérait comme des histoires qui n'étaient pas limitées par les contraintes du temps. Et pourtant, tout dans cette pendule semblait le narguer. Pour ne rien arranger, chaque fois qu'il examinait l'objet, il remarquait le temps qui s'était écoulé, toutes les heures qui avaient filé alors que la vie de Tristan était en jeu.

Un gros soupir interrompit ses pensées.

« Comment suis-je censé réfléchir dans ces conditions ? se plaignit Hypnos. Qu'est-ce qui est arrivé au vin ?

— Tu pourrais essayer l'eau pour changer, répliqua la voix de Séverin depuis l'embrasure de la porte.

— L'eau, c'est d'un ennui… »

Enrique regarda Séverin entrer dans la salle d'observation des étoiles. Aux yeux de quelqu'un de moins familier, il ne devait pas paraître différent de d'habitude. Vêtu d'un élégant costume ; irritable, mais retenu ; comme si ce léger contretemps ne l'inquiétait pas. Mais plus il approchait, plus les petits détails devenaient évidents. Ses épaules affaissées, les cernes sous ses yeux, les taches d'encre sur ses doigts, l'extrémité de ses manches qui s'effilochaient.

Séverin se délitait.

Il fit deux pas dans la salle avant de s'arrêter.

« Tu ne trouves pas de place ? » demanda Hypnos.

Enrique se redressa. Bien sûr, Hypnos plaisantait. Il y avait plusieurs sièges vides, mais pour Enrique c'étaient en quelque sorte des fantômes. Il y avait le coussin noir posé à même le sol où Tristan aurait dû se trouver, cachant Goliath dans sa poche ; la méridienne en velours vert d'où Laila aurait brandi sa tasse de thé comme une reine son sceptre ; le haut tabouret avec son coussin en lambeaux sur lequel Zofia se penchait en avant en faisant tourner une boîte d'allumettes dans sa main ; et puis le siège de Séverin, la chaise en bois de merisier noir, dans lequel Hypnos était assis en ce moment.

Finalement, Séverin choisit de rester debout.

Enrique jeta un coup d'œil derrière lui en direction de la porte. « Où sont les filles ? »

Séverin fouilla dans sa poche et lui montra un message.

« Laila et Zofia sont allées vérifier quelque chose à l'exposition consacrée au forgeage. »

Enrique se raidit sur son fauteuil, les pieds en bas. « Quoi ? Mais ça grouille d'agents de sécurité dans ce coin-là. Et si un membre de la maison déchue s'y trouve, alors… »

Hypnos éclata de rire. « Oh mon cher. Tu aurais voulu qu'elles demandent la permission ?

— Bien sûr que non, répondit l'historien en rougissant.

— Ah, fit Hypnos en plissant les yeux. Alors tu es peut-être un peu vexé de ne pas avoir été invité. Je me demande laquelle des deux filles te préoccupe tant…

— On peut se remettre au travail ?

— C'est Laila ? La déesse vivante ? »

Enrique leva les yeux au ciel.

« Ou bien la petite reine des glaces ?

— Aucune des deux », trancha sèchement le Philippin.

Mais alors même qu'il prononçait ces mots, il ne put s'empêcher de repenser à l'une des dernières fois où il s'était trouvé dans cette pièce avec Zofia. À eux deux, ils avaient décrypté le code du carré Sator. Ensemble, ils avaient fait une découverte. Il s'était dit alors qu'ils formaient une bonne équipe. Mais il revoyait Zofia dans le compartiment du train. La lumière qui se reflétait sur ses cheveux brillants comme des bougies. Ses doigts pâles qui traçaient le contour de l'encolure de sa robe de velours alors qu'elle s'entraînait à une chose improbable : à *flirter*.

Enrique se ressaisit. Sa tête bourdonnait, submergée par le mélange d'émotions. Les yeux fermés de Tristan, les chiffres de la pendule en os qui semblaient le fixer d'un air menaçant, l'odeur poivrée de la peau d'Hypnos et la lumière qui formait des reflets dans les cheveux de Zofia.

« Quand est-ce qu'elles rentrent ?

— Dans une heure. Où en sommes-nous avec la pendule ?

— Nulle part, grommela Hypnos.

— Vous avez essayé d'enlever la protection en verre ?

— Qu'est-ce que ça ferait ? demanda Enrique. Elle est déjà trop fragile comme ça. C'est peut-être pour ça qu'on l'appelle la pendule en os, d'ailleurs. Le squelette, ça casse pour un rien. J'ai soulevé le boîtier une fois, je l'ai examiné avec des gants en cuir de chevreau et l'argent a immédiatement commencé à s'écailler.

— Bon, bon », admit Séverin, bien qu'il n'eût pas l'air convaincu. Il se tourna vers Hypnos. « Des avancées concernant la maison déchue ?

— Il n'y a rien ici dont nous n'ayons pas encore discuté. La maison déchue était convaincue que c'était son devoir sacré de reconstruire la tour de Babel. Ils ont essayé de le faire en… – il marqua une pause et plissa les yeux tout en approchant un morceau de parchemin de son nez pour le déchiffrer – …

exploitant le pouvoir des morts. Je n'ai aucune idée de ce que ça signifie. Ça paraît à la fois sinistre et terriblement démodé.

— Ils ont toujours été cryptiques, si je comprends bien », commenta Enrique en désignant d'un geste la fameuse pendule en os.

Au sommet de sa puissance, la maison déchue n'avait jamais révélé où se tenaient leurs réunions. Seules leurs tristement célèbres pendules en os, ces objets de communication forgés, pouvaient indiquer le lieu d'une assemblée. L'horloge était aussi censée contenir un dispositif sécurisé permettant à un non-membre de la maison de les trouver en cas d'urgence, mais Enrique commençait à penser que ce n'était qu'une rumeur.

« Comment savons-nous que Roux-Joubert est encore au lieu de rencontre original de la maison déchue ? » demanda Enrique.

Séverin fit tourner dans sa main la chaîne avec le pendentif en forme d'abeille. « Il doit en faire un point d'honneur. Comme s'il entretenait intentionnellement un héritage. »

Hypnos ricana. « Lui et *qui d'autre* ? Vous m'avez dit que cet homme n'arrêtait pas de parler à la première personne du pluriel, mais l'Ordre a surveillé tout ce qui pouvait ressembler de près ou de loin à un recrutement pour la maison déchue. Je vous rappelle qu'ils ont fait exécuter le dirigeant et les autres ont dû choisir entre la mort ou une altération de l'affinité mentale pour effacer tout souvenir de la maison déchue.

— Mais la plupart de ces membres devaient avoir appartenu à la maison déchue pendant la majeure partie de leur vie adulte, l'affinité mentale ne les transformerait pas en…

— … ombre d'eux-mêmes ? enchaîna Hypnos. Oui. C'est pour ça qu'un nombre stupéfiant d'entre eux a préféré mourir. Des fanatiques.

— Certains ont tout de même pu échapper à la fois à la mort et au châtiment, supposa Séverin. Peut-être se sont-ils retranchés dans la clandestinité.

— À mon avis, c'est un homme intelligent un peu timbré, flanqué d'un seul acolyte, celui dont vous avez parlé, qui porte un chapeau à lames. La maison déchue aimait se déplacer en meute, à la façon des loups. Croyez-moi, s'il avait d'autres personnes dans ses rangs, il les aurait amenées pour la confrontation dans la serre », leur assura Hypnos. Même Séverin était d'accord avec cela. « Et d'ailleurs, *qui porte un chapeau à lames* ? Il pourrait glisser et vous taillader le visage… Une horreur. »

Enrique frissonna et se signa. « Au rythme auquel on progresse, on ne va trouver ni Roux-Joubert ni son acolyte. Rien sur cette pendule n'est utile. Pas même l'annotation. »

Il indiqua le seul mot griffonné juste en dessous du six :

Nocte.

Minuit.

« C'est le nom de l'horloger, déclara Séverin.

— Je n'en serais pas si sûr…, répondit Enrique. Il pourrait s'agir d'une instruction, d'une règle pour nous indiquer comment regarder la pendule…

— Puis-je simplement la voir sans la protection ? demanda le propriétaire de l'*Éden*.

— Si tu promets de ne pas la casser.

— C'est promis. »

Enrique l'observa un instant avec méfiance, puis désigna du menton l'horloge en os. Séverin souleva le réceptacle en verre. Il étudia la pendule, la feuille d'argent suspendue aux magnifiques statues.

Puis il la poussa par-dessus le rebord et elle s'écrasa sur un flanc.

Hypnos poussa un petit couinement ravi. Enrique bondit de son fauteuil.

« *Qu'est-ce que tu as fichu ?*

— Ce que je voulais. C'est ma pendule.

— Tu avais *promis* !

— C'est vrai, mais je croisais les doigts. »

Hypnos feignit un soupir. « Oh non ! Il croisait les doigts ! »

Enrique lui décocha un regard cinglant. « Séverin, tu as peut-être endommagé un indice, une information cruciale et maintenant nous ne retrouverons jamais Tristan...

— Je t'ai laissé près de quatre heures, lui rappela Séverin. Tu es brillant. S'il y avait quelque chose à trouver, tu l'aurais déjà flairé. Le fait que tu ne sois arrivé à rien est une preuve suffisante que, dans son état normal, cette pendule n'avait rien à nous apprendre.

— Je... », hésita l'historien.

En réalité, il se sentait à la fois flatté et insulté. Mais en regardant l'endroit où la pendule en os avait atterri, une horreur indicible remplaça toutes les autres émotions. De la poussière d'argent flottait dans l'air, rappelant la délicate feuille d'aluminium qui recouvrait les symboles de l'horloge. La lumière du soir se reflétait à la surface de la pendule, projetant des ombres nettes et minces sur la machine.

« Bravo, tu as réussi, s'exclama Hypnos. Il a perdu la parole !

— Oh, la ferme, Hypnos... », commença Séverin.

Enrique ne les écoutait pas. Il avançait lentement, le cœur battant à tout rompre. Un nouveau motif était apparu sur la structure de la pendule, comme si de l'encre avait coulé le long des veines du bois. Des mots semblaient sculptés dans la lumière, l'argent et l'ombre. Là où le métal s'était écaillé, une pâleur terne était apparue. Un blanc cassé. Comme... comme...

Hypnos rampa en arrière sur ses mains.

« Mon Dieu, cette pendule est *vraiment* en os ? »

Au même moment, Séverin plissa les yeux.

« ... il y a quelque chose d'inscrit. »

C'était invisible avant la chute : l'écriture serrée était difficile à déchiffrer. C'était du latin qu'Enrique traduisit à la volée :

Je t'ai accompagné tout au long de ta vie
Même si je n'apparais que lors des pires conflits
Ma quantité te permettra de saisir
Tout ce que ce monde était censé devenir

Enrique se rapprocha, les doigts planant au-dessus des quatre vers.

Quand l'historien leva la tête vers Séverin, il aperçut une lueur nouvelle dans son regard. Un enthousiasme qui n'était pas présent jusqu'alors. Ils s'assirent tous les trois sur le sol. Hypnos les genoux repliés contre son torse ; Séverin, jambes croisées, bras croisés, et Enrique, joyeusement étendu, un stylo et un carnet à portée de chaque main. Il se mit à retranscrire les mots de l'énigme. C'était leur première avancée depuis des heures et il avait l'impression qu'un rayon de soleil lui réchauffait soudain les veines.

« Ma quantité, énonça Séverin d'un air songeur. Ça suggère que la réponse est double. À la fois la réponse à l'énigme et le rapport avec l'horloge. Peut-être que la quantité a quelque chose à voir avec les chiffres indiqués sur le cadran de la pendule ?

— Oui, mais elle ne va que jusqu'à douze, souligna Hypnos. Qu'est-ce qui se trouve dans le corps en moins de douze exemplaires et qui n'apparaît qu'en période de conflits ? »

C'est par cette question que commença l'heure la plus atroce de la vie d'Enrique. Au début, il fut question de dents, une piste que Séverin écarta d'emblée :

« Personne n'a que douze dents. »

Ensemble, ils passèrent au crible plusieurs autres pistes pour résoudre l'énigme, mais rien ne convenait. Les minutes s'écoulaient. Ils n'avaient pas touché à la pendule, qui était toujours sur le sol. Hypnos s'était levé depuis longtemps et tournait en rond, réclamant à boire. Séverin s'était de nouveau replié sur lui-même et tripotait les pampilles du coussin de Tristan.

« Stupide pendule en os… ou en n'importe quoi », maugréa Enrique.

Séverin releva la tête. « Qu'est-ce que tu as dit ?

— J'ai dit que la pendule était peut-être en os, mais peut-être pas.

— Os.

— Tu crois que ça pourrait aller ? Comme réponse ?

— *Je t'ai accompagné tout au long de ta vie,* lut Hypnos à haute voix. C'est juste. Ce serait compliqué, sinon. Même si je crois que certaines personnes naissent sans colonne vertébrale. Ensuite nous avons *Même si je n'apparais que lors des pires conflits.* Zut. Je ne pense pas que ça colle. »

L'historien garda le silence. La partie sur les conflits l'avait déconcerté aussi, au début. Les os n'apparaissaient pas lors des conflits, ils ne flottaient pas devant les gens comme des fantômes. En revanche, ils se voyaient. Il en avait été témoin aux Philippines, lorsqu'il accompagnait son père dans ses déplacements dans les provinces de Capiz et de Cavite pour vérifier la production dans les rizières qu'ils possédaient. Des mendiants étaient accroupis sur la route, adossés à des églises blanchies à la chaux et à des maisons qui semblaient pouvoir être emportées par une grosse rafale de vent. Jeunes ou vieux, cela n'avait pas d'importance. Leurs yeux étaient tous les mêmes : éteints et creusés, le visage de quelqu'un qui a perdu tout espoir et porte les stigmates d'une vie trop dure. Là-bas, Enrique avait vu des enfants dont les côtes saillantes étaient visibles sous leurs habits. Des coudes noueux et sales. Des yeux hagards qui mangeaient un visage rongé par la famine.

« Je pense que *os* convient », déclara-t-il tranquillement.

Hypnos lui jeta un coup d'œil étrange. Comme Enrique n'avait aucune envie d'être le centre de cette attention, il ajouta :

« Les deux derniers vers collent aussi. Nous savons que la maison déchue avait des pratiques macabres. Ils pouvaient utiliser des os. Dans ce cas, le vers *Tout ce que ce monde était censé devenir* pourrait correspondre à leurs pratiques et pas à celles de tous les humains sur Terre. Ce qui laisse l'avant-dernier, *Ma quantité te permettra de saisir* comme dernier indice. Peut-être que ça signifie le nombre d'os qu'on trouve dans un corps humain. Combien y en a-t-il d'ailleurs ?

— Deux cent six », répondit Séverin du tac au tac.

Enrique fronça les sourcils. « Est-ce que j'ai envie de savoir pour quelle raison tu connais cette réponse avec tant de précision ? »

Le propriétaire de l'*Éden* lui adressa un sourire carnassier. « À mon avis, non.

— Mais comment fait-on pour que le chiffre deux cent six apparaisse sur une horloge ? »

Séverin laissa échapper un petit rire. Comme s'il se souvenait de quelque chose.

« 2 h 06. Deux zéro six. Deux et six. »

Ils fixèrent tous les trois le cadran. Une énergie crépitante semblait soudain en émaner. Enrique avait l'impression étrange que la pendule sentait qu'ils avaient compris comment lui extirper ses secrets.

Lentement, il poussa l'aiguille des heures et des minutes. Hypnos et Séverin s'étaient rapprochés sans qu'il s'en aperçoive. Il vit la scène, tout à coup, dans son esprit, comme s'il la regardait de loin : trois jeunes hommes agenouillés autour d'une pendule en os, la lumière découpant avec netteté leurs ombres comme si elles étaient vivantes. Il sentait l'avidité qui les unissait tous les trois en cet instant au point que leurs âmes auraient été impossibles à différencier.

Il attendit.

Il attendit que le pouvoir du forgeage se déploie dans l'air, les repousse. Mais il ne sentit rien.

« Ça ne marche pas, conclut Hypnos. Est-ce qu'on s'est trompés ? »

Le cœur d'Enrique se serra. Il espérait que non, mais…

« Nous n'avons pas suivi toutes les instructions, déclara Séverin en montrant la petite inscription sur le croissant de l'horloge : *minuit*.

— Il faudra attendre des heures avant les coups de minuit !

— J'en tirerais bien un, moi, de coup… », murmura Hypnos.

Les deux autres l'ignorèrent. Le regard de Séverin vacilla. Il frotta la cicatrice de sa paume, puis prit sa boîte de clous de girofle. Il en mâcha un pensivement, ne prêtant pas attention à la tension qui montait chez Enrique et Hypnos. « Au moins d'ici là, les filles seront rentrées », marmonna-t-il.

Séverin partit peu de temps après pour s'occuper de l'*Éden*, laissant les deux jeunes hommes seuls dans la salle d'observation des étoiles. L'historien ne savait pas trop quoi faire. Finalement, ils se remirent à ce qu'ils faisaient avant… Ils se plongèrent à nouveau dans les documents déchiquetés de la maison déchue. Chercher des indices dans les détritus. Les ombres du soir s'étendirent sur eux. La nourriture avait été commandée et mangée sans qu'aucun des deux lève la tête de ses recherches. La pendule en os continuait à les fixer. À attendre. À les narguer. Quand Enrique examina la pièce, il prit conscience de l'étrange atmosphère funèbre qui y régnait. Les coussins retournés. L'oreiller de Tristan poussé sous une chaise pour que personne ne puisse s'y asseoir.

« Pourquoi nous aides-tu ? »

L'historien réalisa que les mots étaient sortis de sa bouche avant même qu'il ait pu y penser.

Hypnos leva les yeux, le visage étonnamment sincère.

« C'est impensable à tes yeux que je puisse avoir de bonnes raisons de vouloir qu'on retrouve l'anneau de Babel ?

— Ce n'est pas une réponse. Tu pourrais faire ce travail chez toi. J'ai entendu dire que la bibliothèque de la maison Nyx faisait l'envie des érudits. Tu n'es pas obligé d'être ici. »

Le patriarche garda le silence un moment, puis croisa les mains sur ses genoux.

« Si j'avais quelqu'un de mon côté… quelqu'un qui soit mon égal, peut-être que la vie dans l'Ordre serait… plus facile. »

Enrique encaissa cet aveu. « Tu *veux* que Séverin devienne patriarche ? »

Hypnos acquiesça. « Quand nous étions gamins, je me disais que quand nous serions grands, nous deviendrions des rois ou quelque chose du genre. Que nous nous partagerions un royaume. » Il foudroya l'historien du regard. « Ne lui répète pas ça. »

Enrique mima une fermeture à glissière qui scellait ses lèvres et Hypnos se détendit à nouveau. Il avait l'air si jeune, le visage si lisse, et pourtant ses yeux couleur de glace semblaient déjà vieux.

« La vérité, c'est que j'ai besoin de quelqu'un de mon côté, reprit-il en passant les bras autour de ses genoux. Quelqu'un qui pourrait comprendre ce que ça signifie de vivre dans deux mondes comme moi. J'ai essayé et j'ai échoué. Je ne peux être à la fois le descendant d'une esclave haïtienne et le fils d'un aristocrate français, même si c'est ce que je porte en moi. J'ai dû choisir et peut-être que l'Ordre m'a forcé la main. Mais ce que personne ne te dit, c'est que même quand tu décides dans quel monde tu vas vivre, l'univers ne te voit pas toujours comme tu le voudrais. Parfois, il exige que tu te comportes de façon scandaleuse et que tu trahisses ta propre peau. Que tu changes ton nom, la couleur de tes yeux. Que tu te crées un mythe et que tu y vives, de sorte que tu n'appartiennes plus qu'à toi-même et à personne d'autre. »

Enrique avait la bouche sèche. Il savait exactement ce dont Hypnos parlait. Le sentiment que sa propre peau le trahissait.

Que ses rêves ne correspondaient pas à son visage et ne se réaliseraient donc jamais.

« Je comprends. »

Hypnos émit un ricanement dubitatif. Il renversa la tête en arrière contre le canapé et la lumière s'accrocha aux longues veines de son cou. On aurait dit un séraphin qui a passé toute sa vie au soleil. Il avait toujours été beau, mais en cet instant la lumière soulignait sa beauté et lui conférait un caractère surnaturel. Jadis, les sentiments d'Enrique provoquaient en lui une certaine honte… Jadis, il priait pour qu'en matière d'attirance, son corps choisisse entre les hommes et les femmes et n'hésite pas entre les deux. Puis son deuxième frère aîné, destiné à la prêtrise, lui avait dit que Dieu n'avait pas commis d'erreur en créant leurs cœurs et leurs corps, qu'il devait donc s'accepter, car il avait été créé selon les plans de Dieu. Enrique n'avait pas encore tout à fait analysé son rapport à la foi, mais grâce aux paroles de son frère, il avait cessé de se détester. Il avait arrêté de repousser ce qui était en lui et accueillait ses sentiments à bras ouverts. Mais ce n'est que lors de son arrivée en Espagne pour étudier à l'université qu'il avait commencé à faire plus que regarder les beaux garçons. En contemplant Hypnos, il repensait à cette période… et il était bien trop plongé dans ses souvenirs pour se rendre compte que l'autre l'avait remarqué.

Hypnos se passa un pouce sur les lèvres. « J'ai quelque chose sur la bouche ?

— Non, pas du tout », lui assura Enrique, en se détournant rapidement.

Le patriarche marmonna une réponse qui ressemblait presque à : *dommage*.

Minuit approchait avec régularité.

Laila et Zofia étaient rentrées. Ils avaient partagé tous ensemble les découvertes concernant la pendule et la Tezcat cachée et s'étaient installés dans la salle d'observation des étoiles pour attendre l'heure fatidique. Les sièges avaient perdu un peu de leur allure fantomatique et tout le monde avait regagné sa place, laissant seulement le coussin de Tristan vide.

Au cours des derniers instants qui précédaient minuit, Enrique avait l'impression de tout sentir… la chaleur émanant de la main d'Hypnos posée juste un centimètre trop près, le scintillement des cheveux de Zofia sous la lueur des bougies alors qu'elle penchait la tête pour inspecter sa dernière invention, les cristaux de sucre sur le biscuit que Laila lui avait donné en douce ou même la colère froide de Séverin qui fixait la pendule. Enrique, qui avait toujours rêvé de sentir un jour l'effet que produisait la magie, pensait l'éprouver en ce moment : les mythes et palimpsestes, la lueur des étoiles qui flotte dans l'air et la sensation douloureuse que laisse l'espoir, lorsqu'il est partagé avec de vrais amis.

Sur le coup de minuit, ils réglèrent les aiguilles à la bonne position : 2 h 06.

Un éclair de lumière traversa la pièce.

Laila fit un bond en arrière, mais Zofia se pencha avec curiosité vers la lumière.

« Ça fonctionne exactement comme un insecte mnémo », observa-t-elle.

La vision contenue dans la pendule s'étendit dans la pièce, masquant les étoiles au-dessus de leurs têtes.

C'était une salle remplie d'os. Des crânes grimaçants entassés les uns sur les autres. De la terre battue dans laquelle un grand motif en spirale comme le sol logarithmique de la maison Kore s'étendait face à un auditorium abandonné. Enrique avait même l'illusion de sentir l'odeur alors que le dispositif ne projetait que l'image. De grandes croix étaient formées par des fémurs et des stalactites laissaient couler leurs larmes minérales à la surface d'une étendue d'eau sinistre.

Ils avaient enfin déniché la cachette secrète de la maison déchue. Ce lieu relié à l'exposition sur les objets forgés, cet endroit où Tristan devait être enfermé quelque part dans l'obscurité.

Enrique ne savait pas qui avait parlé en premier, mais la vérité des paroles prononcées parcourut sa peau et hérissa les poils de sa nuque.

« La maison déchue nous attend dans les Catacombes. »

23

Séverin

Séverin appelait son cinquième père Avarice. C'était un beau voleur avec une maigre rente, qui n'hésitait pas à s'emparer des biens des autres. Avarice aimait tenir Séverin à l'œil pendant qu'il faisait ses « courses ». À l'une de ces occasions, Avarice s'introduisit dans la maison d'une riche veuve. Il vida le cabinet de curiosités, qui était rempli d'objets précieux en porcelaine et en verre, puis il remarqua qu'au sommet du meuble trônait une pendule en jade. Séverin était resté dans la rue pour faire le guet. Quand il entendit le bruit régulier des sabots d'un cheval, il siffla, mais Avarice le fit taire. Il tendit les mains vers l'horloge, mais l'échelle sur laquelle il se tenait glissa. La lourde pendule lui tomba sur la tête et le tua sur le coup.

Avarice apprit à Séverin à toujours veiller à ne pas viser trop haut.

Séverin plaça un clou de girofle sur sa langue et le mâchouilla lentement en passant en revue les informations dont il disposait.

Ils savaient à présent où se cachait la maison déchue.

Ils savaient ce que leurs adversaires souhaitaient : réunir les fragments de Babel.

Tout le reste n'était qu'une question de tempo.

Alors que la projection de la pendule en os se dissipait, Hypnos soupira.

« Techniquement, tous les dirigeants des maisons sont censés informer l'Ordre des éventuelles activités de la maison déchue.

— Techniquement ? répéta Séverin. Techniquement, nous ne savons pas si Roux-Joubert ne travaille pas pour quelqu'un de l'Ordre.

— C'est pour ça que j'ai dit "techniquement". Je dois présenter un rapport à l'Ordre, mais ils n'ont jamais spécifié *quand* je devais le faire. Je pourrais attendre d'avoir trouvé Roux-Joubert, quand nous serons sûrs que personne de la maison Kore n'a été impliqué dans le vol de l'anneau.

— Sournois.

— Je ne fais que suivre l'exemple.

— Tu penses vraiment que quelqu'un de l'Ordre pourrait être derrière tout ça ? demanda Enrique. Est-ce que ce ne serait pas une trahison des objectifs premiers de l'Ordre ?

— Il ne faut jamais sous-estimer la capacité de trahison des humains », souligna tranquillement Laila.

Comme les autres, elle avait évité de s'installer à sa place habituelle sur la méridienne en velours. Elle était appuyée contre la bibliothèque, la traîne de sa robe verte en soie repliée sur ses jambes. Elle se massa la nuque et ses doigts disparurent derrière son col pour tracer les contours de sa cicatrice. Elle la considérait comme une couture, comme si cette marque faisait d'elle une poupée de chiffon plutôt qu'une humaine, mais pour Séverin, ce n'était rien de plus qu'une cicatrice. Les cicatrices sculptent les gens pour en faire ce qu'ils sont… ce sont les éraflures laissées par les poings du chagrin quand ils nous ont serrés et, pour Séverin en tout cas, c'était la preuve d'une réelle humanité. Puis tout à coup, le souvenir d'avoir touché cette cicatrice lui revint spontanément : elle était froide comme du verre et aussi lisse. Il se rappela comment Laila s'était crispée lorsqu'il l'avait effleurée à cet endroit. Il avait embrassé la marque sur toute sa longueur, voulant lui montrer qu'il savait ce qu'elle signifiait et que ça n'avait pas la moindre importance. Pas pour lui. Soudain, la jeune femme leva les yeux et leurs regards se croisèrent. Ses joues rougirent très légèrement et il se demanda si elle se remémorait aussi ces instants. Elle détourna brusquement le visage.

« Quel est le plan ? » demanda-t-elle.

Séverin se força à se tourner vers les autres. « Nous infiltrons le lieu de réunion de la maison déchue dans les Catacombes. Nous reprenons l'anneau de la maison Kore *et* l'œil d'Horus.

— Je doute qu'ils laissent l'anneau traîner par terre, commenta Laila. Roux-Joubert le portera sûrement, non ? »

Hypnos remua les doigts. « Il ne peut pas. Il a peut-être réussi à l'arracher, mais il est toujours soudé à nous. »

Séverin acquiesça, puis ajouta : « Regarder à travers l'œil d'Horus nous permettra de connaître l'emplacement du fragment. En supposant que rien n'indique que la maison Kore était impliquée dans le vol, nous pourrons alors le transmettre directement à la matriarche. Ainsi, l'Ordre pourra envoyer des gens pour protéger le site du fragment et immobiliser Roux-Joubert et son complice.

— Comment allons-nous entrer dans les Catacombes ? s'enquit Laila.

— Par l'entrée normale de la rue des Enfers.

— Mais ils peuvent s'échapper par la Tezcat cachée dans l'exposition », fit remarquer Hypnos.

De là où elle était assise, Zofia sortit le tissu d'argent et le balança devant eux. « Non, ils ne pourront pas.

— Ce *bout de chiffon* est censé m'impressionner ? demanda Hypnos, horrifié.

— Ce tissu est impénétrable, expliqua l'ingénieure.

— C'est vrai, leur assura Laila. Elle a poignardé ce pauvre tissu.

— Fascinant, mais il n'est pas plus grand qu'un mouchoir, souligna Hypnos.

— Je sais, admit Zofia. Je peux le reproduire.

— *Cent* mouchoirs ? Je tremble de peur.

— Tu devrais, commenta l'ingénieure d'un ton léger.

— Zofia, si tu parviens à manipuler la taille du tissu argenté, je me demande si tu serais capable d'agrandir autre chose. »

Séverin sortit un insecte mnémo de sa poche. Il était petit, léger et froid au toucher. Pourtant son corps forgé pouvait contenir les images perçues par quelqu'un et les projeter.

« Un *insecte mnémo* ? gémit Enrique. Qu'est-ce qu'il va faire ? Enregistrer les derniers instants avant notre mort inéluctable ? J'ai pas trop envie de me souvenir de ça.

— Fais-moi confiance.

— Peut-être que je pourrais rester en retrait, suggéra le patriarche de la maison Nyx. Je pourrais être notre point de contact dans la rue ou…

— Où est passé ton enthousiasme pour le travail d'équipe ? demanda Séverin.

— C'était avant que je réalise le peu de considération que vous avez pour la mortalité.

— Si tu suis le plan, tu n'as rien à craindre pour ta vie. »

Hypnos avait l'air plus que dubitatif. « Et quel est ton plan, *mon cher* ? »

Avant que Séverin ne puisse répondre, Zofia frotta une allumette contre sa mâchoire. « Dents de crocodile. »

Ils se tournèrent tous les quatre vers elle. Séverin éclata de rire. Zofia avait deviné exactement ce qu'ils allaient faire.

« Les grands esprits se rencontrent. »

Zofia fronça les sourcils. « Pas du tout. Sinon, on n'aurait pas dû se donner tant de mal pour retrouver ce Roux-Joubert. Son esprit aurait rencontré le nôtre sans effort. »

Séverin avait la bouche en feu, mais il prit quand même un autre clou de girofle. Il ne savait pas où il avait entendu dire que cet aromate aidait à préserver la mémoire. Un client ou une cliente de l'hôtel, peut-être, qui lui avait laissé un cadeau avant de quitter les lieux. Maintenant, il n'était plus capable d'arrêter. Les souvenirs le perturbaient. Il détestait l'idée que quelque chose ait pu lui échapper et il ne voulait pas que le temps déforme la façon dont il se rappelait les événements, parce qu'il savait que ses impressions finiraient par s'altérer. Et il avait besoin de souvenirs objectifs, car ce n'était qu'avec une impartialité absolue qu'il pourrait repérer où il s'était trompé. Alors qu'il se dirigeait vers le grand hall de l'*Éden*, il passa en revue – pour la millième fois – ses derniers instants avec Tristan. Le paysagiste avait essayé de le prévenir de quelque chose et Séverin avait refusé de l'écouter. Était-ce à ce moment-là ? Est-ce que Tristan était sorti et s'était fait piéger par la maison déchue ? Avait-il essayé de l'assommer quand ils lui avaient montré le casque de Phébus, comme il le faisait quand ils étaient chez Colère ? Les mots de Roux-Joubert lui revinrent en mémoire avec une parfaite clarté et Séverin regretta un instant que les clous de girofle qu'il mâchait fonctionnent si bien : *Grâce à son amour, sa peur et son esprit fêlé, il a été facile de le convaincre qu'en vous trahissant, il vous sauvait…*

La culpabilité lui retourna l'estomac. Il aurait dû l'écouter.

Séverin s'arrêta au pied du grand escalier qui donnait sur le hall d'entrée et surveilla l'*Éden*. Sauf que Tristan n'était pas là et que Séverin était seul. Puis une petite voix aiguë demanda derrière lui :

« Maman ? »

La colonne vertébrale de Séverin se raidit.

Il se retourna et vit un jeune garçon qui serrait dans ses bras un ours en peluche tout usé. Les enfants séjournaient rarement à l'hôtel avec leurs parents. Il avait expressément interdit tout ce qui pourrait renforcer une atmosphère familiale et avait réussi jusqu'à présent. Il resta cloué sur place un instant à contempler le petit. Il ne voyait pas souvent de jeunes enfants. Et il avait oublié qu'il avait été si petit, arrivant à peine à la hanche des adultes et complètement perdu.

« Maman ? » répéta la petite voix.

Qu'est-ce qui était arrivé à ses parents ? Est-ce qu'ils avaient décidé de l'abandonner… ici ?

De grosses larmes roulaient sur le visage de l'enfant et Séverin lutta contre l'envie de lui crier dessus.

Pourquoi pleurer ceux qui ne veulent pas de toi ? avait-il envie de hurler. *Tu t'en sortiras bien sans eux.*

Puis une femme passa devant lui en courant et prit le garçon dans ses bras en riant. « Mon chéri, tu ne m'as pas entendue dire que j'allais juste voir le concierge quelques minutes ? »

Le petit secoua la tête en sanglotant et sa mère rit encore en le serrant contre elle. Séverin ressentit une vive jalousie qui vrilla son cœur et battit dans ses veines. Évidemment, il n'avait pas été abandonné. Évidemment, il s'était juste égaré.

« J'ai vraiment un problème », murmura-t-il en se détournant de la scène.

À travers la foule de clients, son factotum attira son attention avec un signe de la main. Séverin attendit au pied de l'escalier, hochant de temps en temps la tête pour saluer différents clients jusqu'à ce que son employé apparaisse. Il tenait une petite boîte à bout de bras, l'air profondément dégoûté. « Monsieur, nous pouvons facilement trouver quelqu'un d'autre pour effectuer cette… tâche. »

Séverin prit la boîte. À l'intérieur, une poignée de grillons brunâtres grésillaient et sautillaient.

« Je préfère m'en occuper moi-même.

— Très bien, monsieur. »

Du coin de l'œil, le propriétaire de l'*Éden* vit un guépard élancé traverser le hall. « Et veuillez informer la Marchessa di Castiglione que si Imhotep mange encore le caniche d'un client, l'hôtel ne sera pas responsable. »

Son factotum soupira. « Oui, monsieur. Autre chose ? »

Séverin serra les poings. « Ceux qui viennent d'arriver avec l'enfant… dites-leur que leur chambre est en rénovation. Trouvez-leur un logement similaire ailleurs. *Le Savoy* peut-être. »

Son employé le regarda avec méfiance. « Très bien, monsieur. »

À l'entrée de l'atelier de Tristan, Séverin pinça la feuille de lierre doré de la porte Tezcat avant de s'arrêter net.

Il n'était pas seul.

La silhouette de Laila se découpait à la lueur d'une bougie. Elle était penchée sur un terrarium en verre et chantait une berceuse – même si elle ne le faisait pas particulièrement bien – en laissant tomber des grillons dans la cage de Goliath. Il regretta soudain de ne pas avoir laissé quelqu'un d'autre venir nourrir la bête. Il détestait la voir comme ça… accomplir sa routine, trouver sa place dans une vie qu'elle avait hâte d'abandonner.

Il fit un pas en direction de la table. Autour d'elle brillaient les mondes miniatures que Tristan avait créés. Des tours minuscules dominant un ciel peint, des jardins dans lesquels les pétales de porcelaine prenaient la poussière. Au milieu de tout cela, Laila ressemblait à une icône. Ses cheveux étaient tirés sur une épaule et Séverin avait l'impression de pouvoir sentir le sucre et l'eau de rose qu'elle vaporisait au creux de son cou.

Ne voulant pas lui faire peur, il posa la boîte de grillons, mais la plaça trop près du bord de l'établi, elle faillit glisser et tomber par terre. En se précipitant pour la rattraper, il se piqua le pouce sur une épine cachée. La jeune femme se retourna.

« *Majnun* ? Qu'est-ce que tu fais ici ? »

Séverin grimaça et indiqua d'un geste la boîte de grillons. « Comme toi, on dirait. Même si tu as réussi à t'en charger sans te blesser, toi. »

Elle s'avança vers lui.

« Laisse-moi faire. Je sais qu'il garde des bandages quelque part par ici. » Elle fouilla un des tiroirs jusqu'à trouver une bande de gaze et une paire de ciseaux. « J'ai cru un instant que tu étais l'insaisissable tueur d'oiseaux. »

Séverin secoua la tête. C'était un problème épineux, mais il y avait de fortes chances que ce soit juste un chat.

« Désolé de te décevoir. » Il porta son doigt blessé à ses lèvres, avec l'intention de le sucer comme il le ferait avec n'importe quelle coupure, mais Laila repoussa sa main.

« Tu pourrais l'infecter ! le gronda-t-elle. Maintenant, tiens-toi tranquille. »

Elle attrapa la main de Séverin, qui lui obéit. Il resta figé comme une statue. Il avait l'impression d'être assailli par sa présence, dans l'air, contre sa peau. Quand elle se pencha pour attacher la gaze, ses cheveux caressèrent le bout des doigts de Séverin. Il ne put s'empêcher de tressaillir. Laila tourna la tête. Ses pupilles étaient fascinantes, si sombres et si brillantes qu'elle lui rappelait le regard d'un cygne. Qui le fixait.

Elle esquissa un demi-sourire.

« Qu'est-ce qu'il y a ? Tu crois que je vais te lire ? »

Le pouls du jeune homme s'emballa. Elle lui avait déjà dit qu'elle ne pouvait lire que les objets. Pas les gens. Jamais les gens.

« Tu ne peux pas le faire. »

Elle leva un sourcil fin. « Ah non ?

— Ce n'est pas drôle, Laila. »

Elle le laissa mariner quelques secondes, puis elle leva les yeux au ciel.

« Ne t'inquiète pas, *Majnun*. Tu ne risques rien avec moi. »

Elle avait tort sur ce point.

Pendant les dix-huit heures qui suivirent, aucun d'entre eux ne dormit. Enrique passait tellement d'heures à parcourir les livres de la bibliothèque que Laila y avait fait envoyer sa literie. On voyait rarement Hypnos sans un verre à la main – *pour m'aider à mieux réfléchir !* – et il passait tout son temps à correspondre avec ses espions, ses complices et ses gardes. Quant à Zofia, elle s'était montrée digne de son surnom, car elle passait la moitié de la journée immergée derrière des voiles de fumée. Et Laila… les maintenait en vie. Ses mains étaient sans cesse occupées… à verser du thé, à porter de la nourriture, à masser les cuirs chevelus fatigués, à effleurer les bords des objets, sans jamais se départir de son sourire complice.

Un jour, puis deux, et à présent, les douze coups allaient sonner.

Loin des paillettes et du glamour, l'atmosphère de minuit imprégnait les rues. Les mendiants dormaient blottis dans les coins et des chats maigres s'aventuraient dans les ruelles pavées. Une odeur sombre et putride flottait dans l'air par-dessus les têtes endormies. Séverin et Laila marchaient d'un pas léger, les épaules voûtées pour éviter les regards curieux. Séverin n'avait jamais éprouvé l'envie de visiter les Catacombes. Il savait que c'était un ossuaire souterrain contenant les restes de millions de personnes. Ses voûtes accueillaient les corps de duchesses et d'aristocrates, victimes de la peste et d'autres dont la tête avait été tranchée par la lame d'une guillotine. D'innombrables anonymes en étaient réduits à former par leurs ossements d'horribles couloirs et des salles voûtées où se côtoyaient crânes grimaçants et mâchoires brisées. Laila frissonna quand ils approchèrent de l'entrée. Lentement, elle retira ses gants, puis tendit la main pour toucher la barrière métallique entourant l'accès. Elle ferma les paupières, puis adressa un signe de tête décidé à Séverin. *Roux-Joubert était là*. Cette nouvelle apaisa le jeune homme d'un coup… Il pensa aux histoires des Enfers qu'il avait entendues dans son enfance. Le mythe d'Orphée qui s'était retourné et avait tout perdu. Il ne lui arriverait pas la même chose. Il descendrait dans les Catacombes et remonterait. Tout ce qu'il perdrait, ce serait juste un peu de temps. Il avala la boule que le doute avait formée au fond de sa gorge et s'engagea dans les escaliers. Au-dessus de sa tête, un avertissement gravé dans la pierre indiquait :

Arrête ! C'est ici l'empire de la mort.

CINQUIÈME PARTIE

D'après les archives de l'Ordre de Babel

Les Origines de l'Empire
Maîtresse Hedvig Petrovna, maison Dažbog de la faction russe de l'Ordre
1771, règne de l'impératrice Catherine Alexeyevna

Nous devons rester vigilants avec les limites de notre travail.

Nous protégeons et préservons.

Nous ne prétendons pas être des dieux.

Nos anneaux de Babel ont le pouvoir de révéler les fragments, mais certains ont oublié que ce pouvoir ne fait pas de nous des dieux. Nous aurions mieux fait de les appeler ailes de cire. Cela aurait servi de rappel à l'Ordre pour ceux qui cherchent à atteindre ce qu'ils ne devraient pas. Il y a les Icares, les Sampatis, les Kuafus et les Bladuds. Ceux qui ont voulu voler trop haut et ont échoué. Leur chute est là pour nous servir d'avertissement. Leurs os brisés sur le sol sont un présage du sort réservé à ceux qui l'oublient.

24

Zofia

Deux heures avant minuit

Zofia regardait fixement son lit, sur lequel trois tenues différentes étaient posées. L'une était foncée, une autre claire et la troisième couverte de broderies multicolores. Elle avait vaguement conscience qu'elle devait aussi prêter attention à d'autres caractéristiques, mais elle n'avait pas la moindre idée desquelles et ne chercha pas plus loin. Elle attrapa la lettre épinglée à l'une des manches. C'était une liste rédigée de l'écriture soignée de Laila.

> ***Étape 1*** *: Zofia, brosse-toi les cheveux. J'ai voulu venir t'aider avant de partir, mais je ne t'ai pas trouvée. À moins que ce soit toi que j'ai aperçue de loin dans le couloir près des glycines ?*

Zofia fut traversée par un sentiment de culpabilité. La chef pâtissière *l'avait* vue. Mais Zofia avait reconnu la brosse dans sa main et avait disparu dans un autre couloir.

Étape 2 : *Je t'ai préparé trois robes. La plus sombre sera la moins dérangeante pour toi parce qu'elle n'a pas de volants asymétriques. La plus claire sera la plus confortable. La robe brodée, c'est pour contrer la nervosité : tu pourras compter les points pendant que tu attends.*

Zofia se brossa les cheveux et choisit la robe brodée.

Étape 3 : *Sur ta coiffeuse, il y a un pot de rouge et un pot de khôl. Utilise-les uniquement si tu le souhaites. Les cosmétiques ne sont pas indispensables. Mais tu peux les utiliser comme tu le sens : comme amélioration, comme armure, etc.*

Zofia réfléchit à la dernière étape. Elle ne pouvait pas expliquer pourquoi, mais ces gestes la calmaient. Sur sa coiffeuse, elle trouva les pots de cosmétiques dont Laila avait parlé. Faciles à repérer, il n'y avait pas grand-chose d'autre pour sa toilette qu'un lavabo et une serviette propre. À la maison, elle ne s'occupait jamais longtemps de ses cheveux ni de son visage. Elle finissait inévitablement par être frustrée et faisait appel à Hela. Mais elle n'était pas là. Pas encore, en tout cas. Et si cette soirée se passait mal, peut-être qu'elle ne la rejoindrait jamais.

Une fois qu'elle fut habillée, Zofia vérifia deux fois les poches et les jupes. Tous ses vêtements étaient forgés d'une manière ou d'une autre et la robe brodée ne faisait pas exception. Sa pelisse était faite d'une soie sulfureuse forgée qui pouvait s'enflammer, cependant le tissu était parfumé pour ne pas l'incommoder, et elle avait modifié ses chaussures ainsi que celles d'Enrique et d'Hypnos pour insérer des lames dans le talon. Son petit sac fermé par un cordon contenait un insecte mnémo et le fameux tissu argenté. Zofia resserra avec un peu de difficulté le cordon, car ses mains étaient humides. Au moment où elle s'apprêtait à quitter sa chambre, elle aperçut une faible lueur sur sa table de chevet. Elle s'arrêta. C'était une fleur de lune, forgée par

Tristan pour s'imprégner de la lumière des étoiles et servir de veilleuse au cas où elle aurait faim la nuit et aurait voulu se rendre discrètement aux cuisines. Tristan consacrait tout son temps à des inventions botaniques, exactement comme Zofia passait tout le sien à élaborer des subtilités d'ingénierie. Elle sourit en pensant au dernier gadget sur lequel il travaillait : des bouchées de nuit. Des projectiles d'encre capables d'aveugler temporairement une personne, au grand désespoir de Laila.

Zofia toucha délicatement la fleur de lune. Ces derniers jours, la jeune Polonaise avait dormi dans son laboratoire et n'avait pas exposé la fleur de lune près de la fenêtre pour qu'elle absorbe la lumière des étoiles. Un résidu de lumière s'accrochait à ses pétales, projetant un doux halo lumineux sur le bois de sa table de nuit. Elle ramassa précautionneusement l'objet et le posa sur les autres dans son sac à main. Tristan avait toujours une fleur sur lui, dans sa poche ou entre les doigts. Il lui en faudrait une pour le trajet de retour.

Elle se dirigea vers le hall d'entrée. Sur le mur, la torche forgée semblait éblouissante. Elle se frotta la peau, brûlée. Normalement, elle n'entrait pas dans les salles où des gens pouvaient la voir, mais les instructions laissées par Séverin avant son départ étaient très claires.

Être vue.

Cette pensée lui donnait la nausée. Zofia jeta un coup d'œil en bas depuis le sommet de l'escalier. Pendant une fraction de seconde, elle eut l'impression que les marches ne formaient pas une pente, mais une chute abrupte, comme si son corps était penché au bord d'un précipice et allait s'écraser sur le sol. Elle se mit à tanguer…

« Ça va, phénix ? »

Enrique était à ses côtés, un bras autour de sa taille. Il le retira immédiatement.

« Excuse-moi. J'ai cru que tu allais trébucher. »

La jeune femme agrippa la rampe.

« J'allais tomber. »

Zofia jeta un coup d'œil à son compagnon. Comme elle, il était habillé avec soin. Elle reconnaissait l'armure discrète que formaient ses vêtements. Les boutons en forme de billes qu'elles avaient conçus et qui pouvaient faire glisser un poursuivant, le carré de soie dans sa poche qui pouvait se transformer en bouclier de métal. Mais son regard monta encore… jusqu'à son visage. Elle avait posé les yeux dessus au moins une fois par jour depuis environ sept cent trente jours et il n'avait pas changé du tout. Il était toujours objectivement beau. Elle avait repéré les regards persistants qui le suivaient dès qu'il entrait dans une pièce, mais la conscience qu'elle avait de ses traits en cet instant était… différente. Plus aiguë.

« Euh… Zofia ? »

Elle battit des cils et se rendit compte qu'elle avait levé la main pour toucher la figure de l'historien. Elle la retira et le contempla d'un air songeur.

« Ton visage est différent. »

Enrique se tapota délicatement les joues. « C'est positif ou négatif ? Je suis toujours beau, au moins ? »

De la chaleur parcourut la base de la colonne vertébrale de Zofia. Comme c'était étrange. Inconfortable, mais pas douloureux.

« Oui », répondit-elle, puis elle descendit les escaliers.

Ils se faufilèrent à travers la foule. Dans un coin du hall d'entrée, des princes turcs étaient assis autour d'une partie d'échecs. Une femme dont les cheveux ressemblaient à une cascade d'encre de Chine passa devant eux, ses manches rouge vif touchant le sol. Le bureau du concierge était en effervescence : des clés de chambres passaient de main en main, se cognant aux poignets des clients comme des chiens excités par une friandise.

« Combien de temps devons-nous rester ici ? demanda-t-elle.

— Jusqu'à ce que l'horloge sonne 11 heures. »

Zofia leva les yeux vers le grand cadran près de l'entrée de l'*Éden*. Plus que dix minutes.

« Où est Hypnos ?

— Il suffisait de demander, *ma chère*. »

Le patriarche apparut à leurs côtés, vêtu d'un manteau de velours d'un violet vif. Il agita les doigts. Son anneau de Babel y scintillait.

« Tu l'exhibes ! le gronda Enrique.

— Détends-toi, c'est un faux. »

Zofia l'examina. Où avait-il caché le sien, alors ? Un patriarche ou une matriarche ne pouvait jamais laisser son anneau, car il est soudé à eux.

Enrique soupira.

« D'accord. Mais ta tenue ? Qu'est-ce que c'est que cet accoutrement ? s'insurgea-t-il. Séverin avait recommandé la discrétion.

— N'importe qui pourrait me reconnaître. Et si on me reconnaît, une tenue discrète ne ferait que soulever des questions bien naturelles : ce n'est pas mon style. D'ailleurs, j'ai emporté tous mes porte-bonheur. » Hypnos souleva son revers pour leur montrer d'énormes broches en pierres précieuses taillées. « J'arbore une bonne partie de mon héritage en réalité…

— Tu ressembles à un insecte. »

Hypnos porta la main à sa poitrine. « Quelle impolitesse ! Zofia, suis-je un insecte ? »

Elle fit non de la tête.

« Merci…

— Tu n'as pas les caractéristiques d'un insecte. Il te faudrait deux paires d'ailes, un corps segmenté en trois parties et six pattes, pour en être un. »

C'est Tristan qui lui avait appris ça.

Enrique éclata de rire.

Quand l'horloge sonna 11 heures, ils s'entassèrent dans une voiture. Le trajet jusqu'à l'Exposition universelle fut bref et, quand ils sortirent du fiacre, une foule épaisse se pressait le long du Champ-de-Mars. Des ampoules clignotaient sur la tour Eiffel et les feux d'artifice éclairaient le ciel nocturne. Zofia se fraya un chemin à travers la foule, sentant la panique monter dans ses poumons. Les gens l'encerclaient de tous côtés. Elle ne voyait même pas la route et ils avaient à peine fait cinq pas…

« Laissez passer ! » cria Hypnos en repoussant les badauds avec sa canne.

Enrique avait l'air horrifié. Il cacha son visage derrière une main. Puis le patriarche soupira.

« Ils l'auront voulu. » Il dévissa le pommeau. « Couvrez-vous la bouche et le nez, mes chéris. »

Zofia ne vit rien, mais elle sentit une fine brume sur sa peau. Un par un, les gens plissèrent le nez et s'éloignèrent d'Hypnos, qui dégageait ainsi un chemin vers l'Exposition. Quand ils furent arrivés de l'autre côté, Hypnos reboucha la canne et sourit.

« J'ai engagé un artiste forgeur avec des affinités mentales pour qu'il me fabrique un répulsif contre les gens. Malheureusement, l'effet ne dure pas plus d'une minute, mais ça rend mon bâton de marche délicieusement agréable. »

Enrique avait l'air envieux. « Le *mien* émet une lumière vive. »

Zofia ressentit une pointe de fierté. C'était elle qui l'avait conçu.

Hypnos leva le menton : « Le mien peut… »

Elle ne les écoutait plus. Cela ne l'intéressait pas d'entendre deux gamins comparer les mérites de leurs bâtons respectifs.

Au-delà des rues grouillant de vendeurs de souvenirs et de brasseries proposant des menus exotiques s'élevait la nef de verre et de métal de la galerie des machines, un écrin pour les inventions qui les ferait entrer dans le nouveau siècle. Et juste à côté, l'exposition sur les superstitions coloniales, décorée avec les drapeaux de centaines de colonies. Plus tôt dans la journée, Hypnos avait posté des gardes de la maison Nyx à l'exposition et quand ceux-ci les virent, ils s'écartèrent pour les laisser entrer. L'endroit était vide à cette heure de la nuit, la plupart des touristes ayant quitté l'exposition pour admirer le feu d'artifice tiré depuis les flancs de la tour Eiffel.

Comme auparavant, des rangées nettes de vitrines illuminées barraient le sol. Des descriptions de l'objet forgé exposé et la mention de son pays d'origine figuraient sur chaque estrade. Zofia attrapa l'insecte mnémo dans son sac à main.

Le mur dissimulant la porte Tezcat se dressait devant Zofia. Comme elle mesurait un peu moins d'un mètre cinquante, elle avait l'habitude de se sentir petite, mais c'était ce qui se trouvait de l'autre côté de la porte qui lui donnait l'impression d'être minuscule. Elle avait vu les secrets projetés par la pendule en os : une salle décorée d'ossements formant ce qui ressemblait à une gigantesque spirale logarithmique. Des crânes encastrés dans les murs.

Lors de la plupart des acquisitions, elle restait en retrait ou se cachait dans leur dernier lieu de réunion pour créer des interférences si nécessaire. Elle n'était jamais à l'avant-plan. Elle n'était jamais celle qui contrôlait l'avancée de l'opération. Zofia ravala la boule d'appréhension qui lui nouait la gorge. La situation était différente, ce soir. Tristan avait besoin d'elle.

Il n'était pas question de le décevoir.

Le tissu argenté qu'elle avait mis des heures à forger lui échappa des mains et glissa sur le sol. Elle se ressaisit, examina ses manches et se mit à compter les points de broderie réguliers jusqu'à ce qu'un agréable bourdonnement recouvre ses pensées. Hypnos et Enrique étaient accroupis de chaque côté du mur.

La jeune femme fit semblant d'admirer l'un des objets exposés, puis murmura d'une voix douce :

« Allez-y. »

Ses deux complices attrapèrent les extrémités du tissu argenté, pour le coller sur toute la largeur du mur. Le tissu lui-même était impénétrable, mais on pouvait l'arracher de la paroi. Pour éviter que ce soit possible, elle avait recouvert le tissu d'adhésif forgé. Même si quelqu'un entrait après leur départ, il ne parviendrait jamais à le retirer depuis ce côté.

Comme un seul homme, ils firent claquer leurs talons l'un contre l'autre. Les échasses forgées dissimulées dans leurs chaussures se déployèrent, les élevant dans les airs. Ils déroulèrent le tissu argenté du sol au plafond, comme une cascade inversée, pour qu'il couvre l'entièreté du mur.

Une fois la mise en place achevée, Zofia attrapa l'insecte mnémo et frotta le petit bouton inséré dans son aile droite. Chaque fois que sa peau entrait en contact avec l'appareil, un bourdonnement enivrant parcourait ses veines. Bien que la mécanique de l'insecte fasse appel à une affinité pour la matière, son mécanisme interne utilisait l'affinité de l'esprit. L'objet était lié à la façon dont le cerveau de Zofia traitait les images et pouvait projeter cette représentation mentale sous forme d'hologramme.

« Que dois-je faire, ma belle ? demanda Hypnos. Chanter ? Danser ?

— Pourquoi est-ce que je dois être dans le champ de vision de l'insecte mnémo ? se plaignit Enrique. Je ne peux pas simplement m'en aller ? Me mettre sur le côté ?

— Que ferait Séverin ?

— Il bouderait sans doute de façon adorable en fixant le vide.

— Et il mâcherait un clou de girofle.

— Ça, c'est sûr.

— Maintenant ? s'enquit Hypnos.

— Pas encore », répondit Zofia. Leur timing devait être parfait, sinon Séverin et Laila pourraient en payer les conséquences.

L'horloge sonna 11 heures.

Zofia ajusta l'objectif, puis ordonna : « Vous pouvez poser. »

25

LAILA

Une heure avant minuit

Le pied de Laila dérapa sur le sol glissant des Catacombes. Le pouls dans ses oreilles lui parut soudain irrégulier. Elle avançait avec mille précautions dans l'obscurité. Plus loin devant elle, elle distinguait à peine Séverin. Sa silhouette imposante se frayait un chemin à travers les ombres menaçantes des salles où s'alignaient les ossements.

Elle n'osait pas toucher les os qui tapissaient les murs. Elle n'avait jamais testé son don sur un crâne. En Inde, les morts étaient incinérés. La légende disait que ceux qui n'étaient pas enterrés correctement devenaient des *bhuts*, des fantômes. Même si elle savait qu'elle ne pouvait pas lire les êtres vivants, elle n'osait pas tenter le coup avec les morts.

Au-dessus d'elle, des orifices de la taille de pièces de monnaie percés dans les plafonds caverneux projetaient une lumière verte sur le sol. La jeune femme frissonna en pensant à l'avertissement à l'entrée des Catacombes.

Arrête ! C'est ici l'empire de la mort.

Elle avait du mal à regarder cet endroit. Même l'air l'agressait. Il avait la texture froide et délaissée d'une sépulture et elle sentait qu'il lui glaçait la gorge à chaque inspiration. En tournant à un coin, elle tomba nez à nez avec un crâne qui avait dû appartenir à un enfant et elle sentit son estomac se soulever. Tout dans cet endroit semblait la prévenir qu'il y avait un *prix* à payer et Laila ne savait pas combien avait coûté sa création. Était-ce ce matériau que le *jaadugar* avait utilisé quand il avait fabriqué son corps ?

« Ici », murmura Séverin.

Laila se dirigea vers lui. Plus elle s'approchait, plus elle avait la sensation qu'une main muselait ses pensées. Quand la pendule leur avait révélé l'emplacement de la maison déchue, Laila avait vu plus qu'une simple image, elle avait reçu bien d'autres informations. Elle secoua la tête. Elle n'aimait pas l'impression qu'elle ressentait, comme si un parasite chevauchait ses pensées, tirant les rênes de son esprit.

Maintenant qu'elle se trouvait à côté de Séverin, elle se dit qu'il devait y avoir une erreur. Il n'y avait rien de plus que des os entassés. Ici, ils formaient une espèce d'étagère en forme de voûte dont le sommet était occupé par une rangée de crânes grimaçants en équilibre précaire. Un faible rai de lumière brillait à travers les orbites creuses des têtes de mort. Laila retint son souffle lorsque Séverin posa sa main sur la paroi en ossements. Sa main s'enfonça jusqu'au poignet et disparut.

« Encore une Tezcat, annonça-t-il avec un sourire carnassier. Et elle n'est même pas protégée. »

La maison déchue croyait qu'il suffisait de tenir leur emplacement secret pour se protéger. Tout au long des couloirs, à chaque fois qu'ils avaient tenté de détecter des pièges, ils n'avaient rien décelé du tout.

« Prête ? »

Laila hocha la tête. L'objectif principal de Séverin était de trouver Tristan. Quant à Laila, tout ce qu'elle avait à faire était de lire la pièce. Littéralement. Quelque part de l'autre côté se trouvaient non seulement l'anneau de Babel de la maison Kore, mais aussi l'œil d'Horus volé dans la bibliothèque souterraine. Ensuite, Hypnos pourrait relayer les informations à l'Ordre de manière à ce que Roux-Joubert et son complice soient arrêtés.

« Je passe en premier », dit Séverin.

Pendant un instant, Laila voulut l'arrêter. Cet endroit la mettait mal à l'aise. Mais peut-être était-ce simplement de la superstition. Finalement, elle le regarda s'enfoncer dans le mur d'os, les battements de son cœur résonnant dans ses oreilles.

Elle attendit un moment. Sa main effleura la petite sacoche à sa hanche. Elle l'écarta pour retirer le couteau attaché à sa cuisse. Elle inspira profondément, repoussa le dégoût que lui inspirait l'air humide, puis traversa le mur à son tour.

De l'autre côté se trouvait l'auditorium, identique à celui que la pendule en os leur avait affiché. Des gradins en terre creusés dans les murs descendaient en pente douce vers une large scène. La scène elle-même lui rappelait la coquille d'un escargot. On aurait dit un étrange tourbillon creusé profondément dans le sol. Quand ils avaient aperçu la salle dans la projection de la pendule, Zofia avait noté qu'il s'agissait à nouveau d'une spirale logarithmique, avant de se lancer dans des explications que Laila n'avait pas réussi à écouter. Séverin, lui, pensait que c'était autre chose. Un chemin mécanisé, un peu comme une roue à aubes activée par le mouvement d'un liquide ou la boule de feu qui se déplaçait en spirale dans la maison Kore. Mais ils n'avaient aucun indice sur ce à quoi ce passage était censé mener. Derrière la scène, des rideaux écarlates usés pendaient du plafond, immobiles. Quelques broderies dorées ternies ornaient le tissu. Les symboles des quatre maisons de France. Un ouroboros – un serpent qui se mord la queue – au bord, pour la maison Vanth. Un croissant de lune en forme de rictus pâle et effrayant au centre pour la maison Nyx. Des épines et des bourgeons étroitement enlacés quadrillaient l'espace entre le serpent et la lune, pour la maison Kore. Et à l'intérieur de celui-ci, un hexagramme géant dont les six pointes touchaient le corps couvert d'écailles. C'était la maison déchue. Laila devina que derrière ces lourdes tentures devait se trouver l'entrée vers l'exposition consacrée aux superstitions coloniales. Elle essaya de ne pas penser à Hypnos, Enrique et Zofia. Ils étaient tout proches et pourtant inaccessibles. Elle murmura une prière en examinant le reste de la salle.

À gauche de la scène se trouvait une porte fermée. Elle entendait à peine la mélodie d'un violon et les chuchotements d'une personne qui parlait à voix basse. Les poils de sa nuque se hérissèrent, mais elle ne paniqua pas. Tout était comme ils l'avaient prévu. C'était normal que Roux-Joubert et son partenaire soient là. Dans une heure, ils allaient franchir la Tezcat dans l'espoir de récupérer l'anneau de Babel d'Hypnos avant de regagner les Catacombes. Un mouvement à droite de la scène attira l'attention de Laila. Elle saisit la dague qu'elle portait à la hanche. Au même moment, Séverin lui retint la main avec une poigne de fer.

Tristan.

Il était affalé dans un fauteuil. Le casque de Phébus était toujours fixé autour de son front. Même à cette distance, la jeune Indienne voyait des étincelles bleues scintiller sur le verre comme s'il était traversé par des éclairs. Elle examina le corps de son ami. Ses yeux se posèrent sur ses mains qui se cramponnaient avec force aux accoudoirs. Elle remarqua que ses jambes étaient crispées, tendues et serrées l'une contre l'autre. Elle ferma les paupières et ravala les larmes qui lui piquaient les yeux.

« Pourquoi ne lui ont-ils pas enlevé ce maudit appareil ? demanda-t-il d'une voix rauque. Pourquoi lui font-ils encore du mal ? »

Il n'attendait pas de réponse…

« On va le retirer, promit-elle. Ce sera bientôt fini. »

Séverin pâlit, mais réussit à lui adresser un petit signe de tête. Laila se força à détacher les yeux du visage de leur ami pour examiner les alentours. Un vaste établi était encombré d'une foule de pièces mécaniques : des extrémités d'outils, un poinçon en bois, un bocal rempli de boutons. Et, posé sur un morceau de velours… l'œil d'Horus. Quelque chose d'autre brillait juste derrière. Elle était trop loin pour en être sûre, mais ce reflet bleuté lui redonna le moral. C'est peut-être l'anneau de Babel.

Séverin tendit la main. Laila fouilla dans sa sacoche. À côté d'une petite pochette contenant les bouchées de nuit de Tristan était rangée une petite tabatière. Elle l'ouvrit et tendit à Séverin une nouvelle réserve de la précieuse poudre miroir. Il en prit une pincée, en recouvrit ses mains et toucha le sol en terre battue. Son image se mit à onduler et se fondit dans les gradins. Lorsqu'il se déplaçait, on aurait dit qu'une bosse dévalait de façon presque imperceptible le terrain en pente. Laila se rendit invisible à son tour avant de descendre les marches. Elle progressait sur la pointe des pieds, malgré les clochettes forgées qui étouffaient les sons. Son instinct de danseuse la poussait à se déplacer avec précision. Le sol était glissant, couvert de débris et de gravier. Une chute entraînerait un éboulement de petits cailloux et trahirait leur présence.

Arrivés au pied des gradins, ils longèrent la scène pour rejoindre l'alcôve sombre dans laquelle Tristan était assis. Séverin courut vers lui et attrapa son poignet. Il attendit un moment, puis relâcha la respiration qu'il contenait.

« Son pouls est très rapide. »

Au moins, son cœur battait encore.

Séverin s'accroupit pour détacher avec des doigts tremblants les sangles qui entravaient ses jambes. Vu de près, le casque autour de la tête de Tristan brillait d'un bleu sinistre. Des volutes lumineuses traversaient le sommet de l'appareil, comme si des tentacules ondulaient sur son crâne. Ses yeux se déplaçaient à toute allure derrière ses paupières closes.

« Qu'est-ce qu'ils t'ont fait ? » murmura Séverin dans sa barbe. Il se tourna vers Laila. « Prends l'œil et essaie de trouver l'anneau. »

Mais la jeune femme était clouée sur place. Quelque chose n'allait pas. Ce pressentiment ne la quittait pas, provoquant des picotements dans sa nuque.

« Séverin, attends.

— Je l'emmène », déclara-t-il avec détermination. Le premier nœud défait, il s'attaqua aux sangles de l'autre jambe. Tristan ne bougeait pas, ne tressaillait pas. Comme s'il ne sentait rien. « Ma décision est prise. »

La danseuse examina l'établi. Il y avait l'œil d'Horus. À côté, l'anneau, prêt à être cueilli. Mais elle ne parvenait pas à saisir les objets. Quelque chose retenait sa main. À la place, elle entra en contact avec la surface en bois en face de Tristan. Les images dont l'établi avait été témoin affluèrent dans son cerveau, l'emmenant loin de l'instant présent. *La scène. Les tentures qui s'écartaient pour laisser passer l'homme affublé de son chapeau melon. Roux-Joubert qui toussait, du sang s'échappait de son mouchoir et éclaboussait la table en bois. Tristan qui hurlait, un tissu enfoncé dans sa bouche.*

Laila retira sa main, le cœur battant à tout rompre. Du coin de l'œil, elle percevait la présence de Séverin. Ses mains qui s'efforçaient de défaire le nœud.

Au loin, elle l'entendit.

« Laila, prends l'œil et l'anneau. Qu'est-ce que tu attends… ? »

Elle se vit toucher l'œil d'Horus. Elle avait l'impression d'être à l'extérieur de son propre corps. Elle sentit qu'elle aiguisait sa perception pour essayer de lire l'artefact, comme elle l'aurait fait avec n'importe quel objet non forgé. Mais l'œil *était* forgé et les secrets qu'il renfermait résistaient à son contact. Elle posa ensuite les doigts sur l'anneau.

Les images se bousculèrent dans sa tête.

Les outils sur la table. Un moule pour du zinc. Des lumières bleues sur un fil. Tristan qui hurlait pendant la fabrication de l'anneau.

« Tais-toi, petit, ou je soude ce casque de Phébus sur ton crâne. C'est ça que tu veux ? Tu ne vois pas le rôle que tu joues dans la grande révolution ? Tu ne comprends pas ce qui doit être accompli pour réveiller le futur ? »

Laila retira brusquement sa main.

Elle n'aurait pas dû être capable de le lire.

C'était un faux.

« Séverin ! » appela-t-elle, sans se soucier que sa voix soit montée d'un ton, qu'on risque de l'entendre. Elle essaya d'attraper la main de son ami au moment où il touchait le casque. Mais elle ne fut pas assez rapide. Il avait tendu les deux mains. Lorsqu'il souleva l'objet pour l'écarter du crâne de Tristan, les lumières bleues s'éteignirent brusquement. La tête du jeune paysagiste ballotta sur le côté. Ils lui avaient laissé ses vêtements de jardinier. Il était couvert de terre. Séverin se tourna vers Laila. Un sourire victorieux se dessinait déjà sur son visage. La jeune femme cligna des yeux. Tout se passa très vite. Les lumières bleues qui s'étaient éteintes réapparurent une fraction de seconde plus tard, comme une *explosion*. Des éclairs sinueux s'enroulèrent autour des bras de Séverin. Il tomba à la renverse, la tête projetée en arrière, le corps pris de tremblements…

« NON ! » hurla Laila.

D'un coup de pied, elle écarta le casque de ses mains et essaya de rattraper son ami, dont les yeux étaient révulsés.

« *Majnun*. »

Il ne bougeait plus. Au loin, Laila entendit une porte s'ouvrir. Des voix de plus en plus insistantes. Le grincement du métal sur le métal alors que les rideaux étaient tirés. Laila ne savait que faire. Elle devait s'enfuir de toute urgence. Ou cacher Séverin ici, le recouvrir suffisamment de poudre miroir pour que personne ne le trouve, avant que les autres ne la rejoignent. Au moins, elle avait l'œil d'Horus.

Laila posa son poids sur ses talons pour se relever, puis d'un coup grimaça de douleur. Quelque chose s'était enfoncé dans sa nuque. Elle palpa et sentit de la peau. L'épiderme froid et moite d'un poignet. Et un peu plus bas, une lame.

Elle se figea, retira sa main lentement, le dos rigide comme une planche. Elle allait devoir se retourner. Sans geste brusque, elle fit pivoter sa tête. Au même moment, elle glissa une main dans sa sacoche. Elle était toujours ouverte et pendait plus bas que sa taille. Ses doigts se refermèrent sur une bouchée de nuit.

« S'il te plaît », l'implora une voix tremblante derrière elle. La voix de la personne qui la menaçait d'un couteau. « S'il te plaît… »

Quelque chose se brisa en elle. Elle avait l'impression de tomber dans un précipice sans fond. Elle connaissait toutes les inflexions de cette voix. La façon dont elle explosait de rire et s'élevait dans l'excitation. Elle osa enfin jeter un coup d'œil derrière elle : Tristan.

Des larmes s'étiraient sur les joues du jeune homme. Mais même s'il sanglotait, il ne lâchait pas le couteau qu'il tenait contre sa gorge.

« S'il te plaît », supplia-t-il. Il n'avait pas l'air d'être lui-même, on aurait dit qu'il était hanté et aux abois. « S'il te plaît, tu ne comprends pas. »

26

Séverin

Quinze minutes avant minuit

Séverin ouvrit les yeux.

Il était à genoux. Pas de doute là-dessus. Ses genoux lui faisaient mal, les muscles de son cou palpitaient. Quand il baissa les yeux, il remarqua que ses mains étaient attachées l'une à l'autre, comme s'il priait. Il avait un goût aigre dans la bouche. Une légère trace de clou de girofle brûlait sa langue.

« Savez-vous où vous vous trouvez, monsieur Montagnet-Alarie ? »

Séverin leva les yeux. Roux-Joubert l'observait. Le jeune homme déplaça son poids d'un genou à l'autre et sentit le poids de l'ourlet de la jambe gauche de son pantalon. Avant de descendre dans les Catacombes, il avait placé un sac de terre de diatomées et de soufre dans la doublure, qui devait laisser une piste dans son sillage. Mais il n'était pas sûr que les autres la trouveraient à temps.

Il se mordit la lèvre, espérant que la douleur lui rafraîchirait la mémoire. Il se souvenait d'avoir pénétré dans les Catacombes, d'avoir vu les étranges rainures tracées dans le sol de la scène. Il redoubla d'efforts et de nouvelles images lui revinrent. *Laila.* Laila qui criait et essayait de le retenir au moment où il touchait le casque qui enserrait la tête de Tristan.

« Il va bien, mon petit », lui assura Roux-Joubert comme s'il était capable de lire dans ses pensées.

Séverin retint un grognement.

Roux-Joubert leur avait tendu un piège. Et il avait placé un appât irrésistible pour Séverin : Tristan.

Séverin leva les yeux. Les rideaux écarlates étaient maintenant écartés. La porte Tezcat se dressait devant lui, le surplombant comme un monstre d'obsidienne polie. À travers la Tezcat, il voyait l'exposition consacrée au forgeage. Des objets étaient en suspension au-dessus de piédestaux noirs, la lumière tamisée des lampes à soufre drapait la scène dans un jeu d'ombres. Mais ce n'était pas tout. Juste de l'autre côté de la porte, les pieds fermement plantés dans le sol du pavillon, les mains enfoncées dans les poches et des sourires suffisants sur le visage, Enrique et Hypnos. Séverin détourna le regard, le cœur battant à tout rompre dans sa cage thoracique. Il examina la scène de l'auditorium, au fond des Catacombes. Seules deux personnes s'y trouvaient. Roux-Joubert, vêtu d'un costume noir, sa broche en forme d'abeille polie bien en évidence sur son revers. Derrière lui, un homme corpulent, coiffé d'un étrange chapeau melon, dont les bords luisaient comme si… comme si c'était une lame circulaire.

Séverin essaya de tordre son cou pour regarder derrière lui, mais il n'y parvint pas. Laila et Tristan avaient disparu.

« Où sont-ils ? croassa-t-il.

— Ils attendent d'être témoins de la scène. »

Il fit un pas vers Séverin, puis s'arrêta. Il sortit un mouchoir de sa poche et toussa violemment. Même si sa tête tournait encore à cause de l'effet des cauchemars, Séverin comprenait que son interlocuteur n'allait pas bien. Le mouchoir était maculé de sang. Le propriétaire de l'*Éden* s'apprêtait à parler quand l'homme au chapeau sortit un objet de derrière son dos : le casque.

Des étincelles bleues parcoururent l'extérieur en verre et Séverin frissonna. C'était la dernière chose qu'il avait touchée avant de s'effondrer. Il se souvenait que l'appareil avait envahi ses pensées. Des images s'étaient infiltrées dans son esprit, agrippant son âme dans un étau serré. Sa mère lui criant : *Cours ! Cours, mon amour ! Cours !* Tristan accroupi dans un buisson de roses. Les griffures d'épines zébrant sa peau. Un faisan doré sur un plat. La main de Laila retombant mollement sur le sol. Les os d'ortolan lui coupant l'intérieur de la bouche.

Des cauchemars. Tous simultanément.

« Je n'ai pas besoin de vous présenter le casque de Phébus, déclara Roux-Joubert. Bien que vous sembliez surpris de le voir. Il a été interdit il y a environ dix ans par l'Ordre de Babel. C'est dommage, car il donne d'excellents résultats. On n'est jamais mieux motivé que par soi-même. Et qui vous connaît mieux que… vous-même ? »

Séverin se souvenait du visage de Tristan quand il avait retiré le casque. Les cernes terribles sous ses yeux. Comme s'il n'avait pas dormi depuis des jours.

« C'est étonnant ce que l'on peut révéler dans ses pires cauchemars », poursuivit Roux-Joubert.

L'homme au chapeau melon lui approcha une chaise et il s'assit, croisa les jambes tendues devant lui et lissa sa veste comme s'ils s'apprêtaient à prendre le thé.

« Y compris l'acquisition d'une pendule en os de la maison déchue. »

Le regard de Séverin se durcit.

« Oh, ne vous en faites pas, mon garçon. C'est tout de même impressionnant que vous ayez été capable de découvrir tout ça.

Franchement, je n'étais pas sûr que vous y arriveriez, mais j'ai tendu le piège au cas où. »

Séverin se débattit contre les cordes qui lui entravaient les poignets, mais elles ne cédèrent pas d'un millimètre.

Roux-Joubert se leva de sa chaise. Dans l'éclairage au soufre des Catacombes, ses traits paraissaient tirés. Son teint maladif était jaunâtre.

« Allons, allons… Ne vous épuisez pas. Vous allez vous faire mal. Laissez quelqu'un d'autre s'en charger à votre place. Sinon, où est le plaisir ? »

Il toucha le visage de Séverin, faisant glisser un ongle sur sa joue, mais, tout à coup, Roux-Joubert grimaça de douleur. Il attrapa sa manche, comme si elle cachait une blessure qu'il devait soigner d'urgence. Il remonta lentement le tissu et Séverin aperçut une longue entaille couverte d'un bandage taché de jaune.

« C'est le prix à payer pour devenir des dieux, déclara le vieil homme d'une voix éraillée. Un prix que nous avons déjà tenté de régler une fois. »

Séverin jeta un coup d'œil derrière Roux-Joubert. Enrique et Hypnos étaient toujours là, clairement à l'intérieur de l'exposition. Ils papotaient en lançant un objet en l'air comme s'ils avaient tout le temps devant eux. Séverin s'humecta les lèvres. Sa voix était rauque, mais il avait besoin de parler. Besoin, surtout, de continuer à faire parler Roux-Joubert.

« Des dieux ?

— Bien sûr », répondit l'autre. Une lueur folle brillait dans ses yeux. « Vous ne vous êtes jamais demandé pourquoi seuls certains humains pouvaient forger ? C'est une essence un peu semblable au sang. Une essence que le pouvoir du fragment de Babel peut exploiter. Dieu nous a créés à Son image. Ne sommes-nous donc pas des dieux ? »

Une fois de plus, il releva sa manche. Il arracha le bandage taché de jaune, révélant une peau pâle et lardée de cicatrices.

« C'était dur, admit-il. Se faire mal. S'écorcher. Mais… »

Il sortit de sa poche un couteau étincelant et le fit glisser sur son bras. La douleur lui déforma les traits, mais quand son sang s'écoula, il était doré et non rouge. Doré comme de l'ichor. Comme du sang divin.

« … cela en vaut la peine. La maison déchue a fait une découverte à propos de notre sang, il y a des années de cela. Avec les bons outils, nous pouvions exploiter l'essence en nous qui offre à certains l'affinité de forgeage. Mais ce n'est qu'un début. Cette technique ne permet pas seulement de manipuler la matière ou l'esprit, elle permet de contrôler le mental des autres hommes. Je vais vous montrer. »

Séverin voulut reculer, mais les cordes le maintenaient en place. Roux-Joubert s'avança. Il appuya la pointe du couteau contre la joue du prisonnier et fit glisser la lame. Le jeune homme se crispa. Sa respiration devint saccadée, son pouls s'emballa. Quand Roux-Joubert eut terminé de pratiquer l'entaille, il colla la peau déchirée de son bras contre le visage de Séverin. Celui-ci poussa un cri, mais le représentant de la maison déchue se contenta d'appuyer plus fort.

Sa voix était basse et humide dans le cou de Séverin. « Je pourrais faire de vous un ange, monsieur Montagnet-Alarie. »

Une douleur fulgurante se répandit dans le dos de Séverin. Il hurla. Quelque chose transperçait ses omoplates. Il laissa échapper une expiration tremblotante, puis regarda derrière lui. Les pointes fines d'une paire d'ailes apparaissaient à travers son costume, effilées comme des fleurons. Des plumes humides, aussi pâles qu'une perle, se redressaient en séchant.

« Ou je pourrais faire de vous un diable. »

Séverin se plia en deux sous la douleur terrible qui irradiait à travers ses tempes. Sa vue se troubla, puis se rétablit au moment où des cornes sortaient de son front et s'incurvaient derrière ses oreilles.

« Je pourrais vous changer. »

Les cellules de tout son être frémirent avant que, d'un coup, les sensations ne s'arrêtent brusquement. Les cornes se rétractèrent dans son crâne. Les ailes se replièrent contre sa colonne vertébrale.

Roux-Joubert étouffa un cri. Séverin ne savait pas si c'était de triomphe ou de douleur. Il leva les yeux et vit son tortionnaire accroupi, se balançant d'avant en arrière. Il affichait un sourire si large que Séverin crut que ses dents allaient craquer. Roux-Joubert se lécha les lèvres, mais pas une goutte de sang ne tomba. C'était de l'or qui tombait en flocons sur son menton, éclaboussant le devant de sa veste.

« Mais on ne peut pas refaire le monde avec le pouvoir d'un seul fragment, vous comprenez ? Si nous parvenions à les *réunir*, alors peut-être que les illusions que j'ai pu créer seraient permanentes. Je pourrais vous remodeler. Resculpter toute la race humaine à l'image de nouveaux dieux. Imaginez. Fini ce hideux mélange de sangs. Une pureté totale. Garantie et filtrée par les saintes reliques qui nous ont été transmises depuis la nuit des temps. »

Séverin lutta contre une vague de douleur. Sa langue était lourde comme du plomb. « Vous savez, on raconte qu'une ancienne civilisation des Amériques fabriquait des dieux en sacrifiant des humains. » Il sourit avant de conclure : « Si vous voulez que je vous enfonce un pieu dans le cœur, il suffit de demander. »

Roux-Joubert éclata de rire. « Il est bien trop tard pour ça. L'heure de la révolution. Bientôt, les fragments de Babel seront réunis… mais il faut d'abord les réveiller. Ce n'est qu'alors que nous pourrons accomplir la promesse et libérer le potentiel que le Seigneur a mis entre nos mains. »

Malgré la douleur qui lui embrumait l'esprit, le cerveau de Séverin s'accrocha à une phrase : *il faut d'abord les réveiller…*

« Et de quelle promesse s'agit-il ? demanda-t-il.

— De refaire le monde, bien sûr. »

L'homme au chapeau melon souleva le casque de Phébus. Séverin recula. Il était prêt à tout – à tout – pour ne plus devoir porter ce maudit appareil.

« Et le moment est presque venu », affirma Roux-Joubert.

Il jeta un coup d'œil par-dessus son épaule et sourit largement à l'image d'Enrique et d'Hypnos.

« Vos amis ont été très utiles. Ce qui me fait penser que je vous dois peut-être quelque chose… un remerciement, en quelque sorte. Depuis tout ce temps, vous vouliez savoir où se trouvait le fragment de Babel de l'Occident, n'est-ce pas ? Vous vouliez peut-être alerter l'Ordre ? Le prévenir, même ? »

Séverin ne répondit pas. Son regard se posa sur l'image d'Hypnos et d'Enrique, toujours occupés à rire.

Ne regarde pas…

« Vous allez bientôt le savoir, poursuivit Roux-Joubert en souriant. Vous savez, je vous apprécie. Je pense que vous pourriez très bien intégrer nos rangs, monsieur Montagnet-Alarie. Si le docteur décide de vous laisser la vie sauve, bien sûr. »

Séverin fit tourner le mot dans sa tête, malgré son esprit vaseux. *Docteur*. De quel *docteur* parlait-il ? Roux-Joubert toussa à nouveau, plus violemment cette fois. Il se tamponna la bouche, tandis que de la salive brillait sur son menton.

Un bruit résonna sur la scène. Séverin se força à lever les yeux. Laila était là. Derrière elle, tenant un couteau sur sa gorge… Tristan. Séverin était incapable de détourner le regard de son ami. Les yeux de Tristan avaient leur gris perçant habituel, mais son regard ne semblait pas être celui d'un traître, Séverin semblait y lire surtout du chagrin… et lorsque Tristan le vit, ses yeux s'écarquillèrent. Sa bouche s'ouvrit comme s'il voulait parler, mais quelque chose le retint. Le regard de Séverin se porta sur Laila, qui… *articulait* quelque chose en silence. À côté d'elle, les yeux de Tristan brillèrent.

Séverin ne parvenait pas à lire sur les lèvres de la jeune femme. Il avait encore le cerveau embrouillé par le casque de Phébus. Mais il observait les mains de Laila avec attention. Elles serraient le poignet de Tristan, non pas comme si elle se défendait, mais… le rassurait.

Devant lui, Roux-Joubert arracha la broche en abeille de son revers. Il la fit tournoyer rapidement et le sol se brisa sous leurs pieds.

« C'est parti », annonça-t-il.

Séverin tenta de profiter du chaos. Il bondit en avant, mais un objet tranchant fendit l'air en sifflant. La lame du chapeau du complice de Roux-Joubert s'accrocha au bord de sa veste et le cloua au sol.

« Ce serait une manœuvre aberrante de votre part, monsieur Montagnet-Alarie. »

Séverin n'eut d'autre choix que de regarder le sol se transformer sous ses pieds. Les profonds sillons en spirale creusés dans la terre se mirent à briller d'une lueur bleu pâle. Les os se détachèrent des murs. Ils se mirent à s'assembler, à former des structures effrayantes, des trônes et des croix, tandis que des squelettes grotesques arboraient des couronnes au milieu de bêtes aux silhouettes menaçantes. Il sentait que le cataclysme était proche, celui engendré par le vrai pouvoir du forgeage, pas l'utilisation ornementale et protocolaire qu'en faisait l'Ordre, mais le pouvoir brut qui s'était immiscé dans l'humanité.

« Connaissez-vous le mot *apothéose*, monsieur ? » demanda Roux-Joubert, alors que de l'ichor coulait de sa lèvre.

Séverin ne réagit pas.

« C'est… un moment *d'ascension*. De mortel à immortel. D'homme à Dieu. Et vous serez témoin de cette merveille, mais vous ne serez pas seul. Le docteur verra ce que j'ai fait et ma gloire sera sans commune mesure », déclara-t-il d'une voix sifflante.

Roux-Joubert leva les mains. Le long des murs, les os tremblèrent. Ils se détachèrent des parois, les crânes, les fémurs, les colliers de dents… et descendirent le long des gradins en s'emmêlant. Les ossements s'entrechoquaient dans un vacarme assourdissant.

Les tentures écarlates étaient entièrement écartées et l'image sur le miroir Tezcat ondula. De l'autre côté, Enrique et Hypnos n'avaient pas perçu le danger. Ils souriaient et continuaient à discuter sans même lever les yeux.

« Séverin », appela doucement Laila. Ses yeux sombres étaient écarquillés et brillants. Sa voix était suppliante.

Séverin ne savait pas comment répondre. Parce que Roux-Joubert avait peut-être raison. Peut-être qu'il n'y avait aucun espoir. Ils avaient l'intention de livrer l'œil d'Horus à l'Ordre. Pour leur montrer où le fragment de Babel était caché. Ils pensaient que ce dernier serait dissimulé loin de la maison déchue.

À cet instant, le sol bascula. Séverin s'étala de tout son long alors que de la terre se soulevait et venait s'écraser sur son visage. Sa peau brûlait encore à cause de l'entaille que Roux-Joubert avait laissée près de sa tempe. Le jeune homme resta étendu à tenter de se libérer, la joue enfouie dans la terre meuble des Catacombes. Il prit une inspiration frémissante. En fin de compte, leurs suppositions étaient fausses.

Le fragment de Babel se trouvait *ici*… profondément enfoui sous le sol des Catacombes.

Roux-Joubert laissa tomber l'anneau de la maison Kore. Il s'enfonça dans la terre et des éclairs crépitèrent dans le sol. Puis, de sa veste, le représentant de la maison déchue sortit un autre anneau. Celui-là était terni par le temps. Une étoile à six branches grossièrement sculptée. L'anneau disparu de la maison déchue. Il rejoignit celui de la maison Kore et les squelettes se mirent à flotter en suspension.

« Il se réveille », annonça Roux-Joubert.

Séverin leva les yeux. Les squelettes se jetèrent contre la porte Tezcat. Séverin devinait ce qu'ils faisaient. Ils essayaient de briser la barrière. Et une fois qu'ils y seraient parvenus, le monde entier les verrait… car de l'autre côté se trouvaient des foules de touristes, tous les visiteurs de l'Exposition universelle, en première ligne pour assister à la renaissance de la maison déchue.

Roux-Joubert souffla péniblement, puis placarda un faux sourire sur son visage. « Allons saluer vos amis, d'accord ? »

27

Enrique

Minuit

Enrique vit un squelette se jeter sur son visage.

Il se tourna vers Zofia qui, avec Hypnos, était accroupie à ses côtés dans l'obscurité des gradins des Catacombes. Il se creusa la tête pour trouver une blague. « J'étais content de ma tenue, je croyais qu'elle déclencherait l'enthousiasme… mais là, elle me semble d'un ennui mortel, tu vois ce que je veux dire ? »

Zofia le fixa de ses yeux bleus impitoyables.

« Non. »

Hypnos poussa un cri étouffé en serrant sa main baguée contre son cœur. Ses yeux brillaient. « Ils sont en train de le réveiller… »

Le fragment de Babel.

Pendant tout ce temps, Enrique l'avait imaginé comme tout le monde… comme une espèce de pierre probablement, un objet assez maniable pour être transporté. Mais en cet instant, il *sentait* la puissance du fragment envahir les Catacombes. Ce n'était pas une pierre. Peut-être que ce n'était même pas un objet, mais une force terrible qui avait été enfermée sous le sol.

Les yeux écarquillés, il vit une lumière bleue se répandre sur la scène. De plus en plus d'ossements se détachaient des murs, s'assemblant pour former des squelettes disgracieux. Une odeur âcre flottait dans l'air : des minéraux et de la pluie accumulés dans des bassins en pierre, des cheveux brûlés et du métal. Un tremblement parcourut le sol, les gradins furent secoués et de la terre s'effrita des murs, s'infiltrant entre le col de sa chemise et sa nuque. Enrique eut un mouvement de recul, mais il ne quitta pas la scène des yeux. Tristan, sanglotant, se tenait debout, un couteau collé contre la gorge de Laila.

Mais Séverin… Séverin s'était fait attraper. Enrique ignorait comment. Ils étaient arrivés juste à temps pour entendre Roux-Joubert jubiler. *Pour refaire le monde*. Pour réinitialiser la race humaine. Une boule se forma dans la gorge de l'historien. Il pensait à tous ceux qu'il avait rencontrés au fil des ans. Des gens à la peau foncée et d'autres à la peau claire, ceux dont la langue avait des accents épicés, ceux qu'on avait parqués dans des villages fabriqués de toutes pièces pour divertir les foules. Ceux qui regardaient, ricanaient ou ceux qui étouffaient le dégoût qui les envahissait. Ceux qui avaient envie de marcher ouvertement main dans la main dans la rue et qui ne pouvaient jamais le faire. Tous ceux-là. Les mailles d'une tapisserie qui n'aurait jamais de fin. La maison déchue ne pouvait pas les effacer. Cela semblait impossible… pourtant, il suffisait qu'Enrique regarde la silhouette repliée de Séverin pour se souvenir. Les profondes entailles dans le dos de sa veste. Une plume sale accrochée à sa chaussure. Des restes d'ailes que le sang de Roux-Joubert contre sa peau déchirée avait fait pousser.

Hypnos leva lentement la main et examina son faux anneau.

« Je croyais… je croyais que mon anneau pourrait être la pièce manquante qui empêcherait le fragment de se réveiller, mais je me trompais… »

Sur scène, Roux-Joubert laissa échapper un rugissement. Il tendit le bras et gifla du revers de la main Séverin, qui tomba sur le sol. Laila semblait vouloir crier, mais elle serra les lèvres plus fort.

« Qu'avez-vous fait au Tezcat ? s'énerva Roux-Joubert. Le docteur ne peut pas entrer ! »

Grâce à l'adhésif de Zofia et au tissu d'argent, la porte Tezcat résistait. C'était une petite victoire. Et si la Tezcat ne pouvait pas s'ouvrir, celui qui était de l'autre côté ne pouvait pas entrer… Ils avaient toujours cru que Roux-Joubert avait pour seul complice l'homme au chapeau melon tranchant.

Ils s'étaient trompés.

Les squelettes se jetèrent contre le verre d'obsidienne. Une fissure toute fine se forma, quelques éclats tombèrent sur le sol. L'image d'Enrique et Hypnos commença à se dérégler. Ils souriaient, tournaient la tête, souriaient à nouveau. Ce n'était qu'un enregistrement mnémo projeté sur le tissu argenté. Et pourtant, à chaque éclat, un fragment se dévoilait, montrant en temps réel l'exposition sur le forgeage. Quand ils étaient partis, la salle était vide. Maintenant, ils entrevoyaient la forme sombre d'une foule qui se pressait et dont les silhouettes se découpaient dans la lumière tamisée.

Les gens attendaient.

Attendaient d'entrer.

Séverin hurla lorsque le casque de Phébus fut enfoncé sans ménagement sur sa tête.

Hypnos se pencha tellement en avant qu'il faillit révéler leur position. Zofia le retint par le poignet.

« Séverin nous a dit de ne pas y aller. Quoi qu'il arrive.

— C'était avant qu'il ne se fasse attraper ! Il a besoin d'aide ! Si le fragment de Babel est réveillé, nous devons le rendormir… il ne peut pas rester comme ça ! C'est toute la civilisation qui est en jeu, vous ne comprenez pas ? Vous ne le sentez pas ?

— Réfléchissons un instant, suggéra Enrique, le cœur battant la chamade. Roux-Joubert voulait l'œil d'Horus pour une bonne raison. Hypnos, tu as expliqué que l'artefact aurait un effet sur le fragment, tu te souviens ?

— Mais je ne sais pas quel effet…

— Vous n'arrêtez pas de dire que le fragment s'éveille, fit remarquer Zofia. C'est un objet. Il ne peut pas être éveillé. À moins que vous ne suggériez qu'il s'apparente à une créature forgée. Dans ce cas, il doit avoir un somno pour le désactiver. »

Hypnos ferma les paupières.

« L'œil d'Horus, dit-il lentement. Et s'il endormait le fragment ? »

Enrique déglutit et se détourna de la scène cauchemardesque qui se déroulait sur la scène.

« Cela expliquerait pourquoi il ne voulait pas que nous ayons l'œil. Pour ne pas qu'on puisse les arrêter.

— Et mon anneau, alors ? demanda Hypnos. S'il en a déjà deux, pourquoi voulait-il le mien ? »

Enrique grimaça. Il pensa à Roux-Joubert qui continuait à torturer Tristan… à Séverin qui souffrait sous leurs yeux… au rêve de Roux-Joubert de refaire le monde.

« Le pouvoir et la cupidité sont insatiables. S'emparer de ton anneau permettrait de satisfaire cette faim. »

La mâchoire d'Hypnos se contracta. « Alors nous devons lui donner ce qu'il souhaite. Ou, au moins, une illusion. »

Enrique acquiesça. Il jeta un regard hors de leur cachette pour vérifier que l'œil d'Horus était toujours posé sur la table en bois, oublié de tous. Peut-être Roux-Joubert pensait-il avoir remporté la partie et qu'il n'y avait pas besoin de le protéger, car personne d'autre ne savait à quoi pouvait servir l'artefact.

Zofia baissa subitement les yeux au sol. Elle se pencha pour ramasser quelque chose dans la terre, une traînée de poudre pâle dont elle prit une pincée et qu'elle frotta entre ses doigts.

« Curieux... »

Hypnos serra le faux anneau contre sa poitrine. « Nous étions censés apporter l'œil d'Horus à l'Ordre. On ne peut plus le faire maintenant. Et nous ne pouvons pas les abandonner tous les trois. »

Enrique contempla l'anneau, puis les broches et les bijoux qui reposaient sur le riche velours de la veste du patriarche. *Une bonne partie de mon héritage*, avait-il dit. Ce qui voulait dire qu'ils portaient la marque de la maison.

« Si nous ne pouvons pas aller à l'Ordre, alors nous pouvons amener l'Ordre à nous », déclara-t-il lentement. Un plan se formait dans sa tête. « Hypnos, donne-nous tout ça. Je veux envoyer un signal. »

Les yeux d'Hypnos s'écarquillèrent et un sourire effleura ses lèvres. « Les Sphinx. »

Enrique hocha la tête. Les Sphinx pouvaient traquer tout ce qui portait la marque de la maison, même si cela les menait dans les Catacombes. De plus, leurs yeux pouvaient enregistrer des images... et l'Ordre serait bien obligé d'admettre que la maison déchue s'était relevée. Hypnos arracha les broches. La lumière bleue qui apparaissait au dos des bijoux vira au rouge. Il les fit rouler une par une sur le sol.

Enrique jeta un coup d'œil à l'auditorium en contrebas. Le sol ondulait, des pans de terre tombaient en cascade.

« Il est presque là », annonça Roux-Joubert. Il attrapa Séverin par les revers de sa veste. « Dites-moi comment ouvrir la Tezcat. Qu'est-ce que vous avez fait ? »

Enrique entendit au loin la réponse cinglante de Séverin. « Pour quelqu'un qui veut jouer les dieux, vous ne semblez pas vraiment omniscient. »

L'historien se retira dans sa cachette, mais entendit tout de même un craquement sourd lorsque Roux-Joubert décocha un violent coup de poing dans la mâchoire de Séverin.

« Vite, vite… », murmura Enrique, se balançant sur ses talons. Il regrettait de ne pas avoir emporté son chapelet. Il avait besoin de s'occuper les mains. Il ne pouvait pas se contenter de regarder.

Un bruit de frottement retentit à côté de son oreille, le crépitement d'une allumette. En bas, Roux-Joubert se figea. Enrique se tourna : Zofia venait de craquer une allumette et l'approchait du sol.

« Zofia, qu'est-ce que…

— Il m'a dit qu'il laisserait une trace sur le sol en cas de problème, expliqua-t-elle en montrant la traînée de poudre pâle près de ses pieds. Cette substance est hautement inflammable. »

Enrique sentit le coin de ses lèvres remonter spontanément avant même de réaliser qu'il souriait. Mettre le feu aux Catacombes leur ferait gagner du temps. Mais c'était dangereux… il fallait faire vite.

« Alors je t'en prie, phénix. Mets le feu. »

Zofia approcha l'allumette de la poudre.

Sur la scène, des rais de lumière bleue strièrent le sol. Leur forme représentait une sorte de nautile et s'étendait sur les murs. Enrique ne voyait pas ce que les autres faisaient, mais il sentait le pouvoir du fragment de Babel. Il paraissait capable de renverser les rois et de défier l'immortalité.

Il ouvrit la bouche : il voulait recevoir ce pouvoir comme un sacrement.

Hypnos bondit et attrapa Zofia et Enrique par le col.

« Écartez-vous ! » cria-t-il.

Il les tira en arrière, juste au moment où une rafale de vent balayait le dédale souterrain. Enrique frissonna, alors qu'une chose sans nom s'insinuait en lui. Il la sentait dans les recoins de son âme. Une certitude, comme l'empreinte du pouce d'un créateur. Il était trop tard pour empêcher Roux-Joubert de réveiller le fragment.

Parce qu'il était bel et bien réveillé.

28

LAILA

Une minute après minuit

Laila fut projetée au sol par la puissance du fragment de Babel. Sa vue se brouilla. Des stries bleues zébraient la terre, comme la surface d'un lac gelé qui se fendille. Une lumière vive fouetta le sol alors qu'un gouffre sombre s'ouvrait au milieu de la scène, un abîme terrifiant d'un noir intense, où les étoiles elles-mêmes semblaient pouvoir être défaites.

Laila toucha le sol, écarta les doigts dans la terre dure, la sentant s'insinuer sous ses ongles. Elle n'avait jamais été capable de lire quoi que ce soit de forgé. Le résultat était toujours aussi brutal qu'une lumière qu'on éteint dans une pièce. Mais cette fois… cette fois elle parvint non seulement à lire la puissance forgée qui traversait la pièce.

Mais elle la comprit instantanément.

L'immensité de la chose la fit sortir de son propre corps. Elle était partout, en tout, en cet instant précis. Elle était au sommet d'une montagne, de la neige dans les cheveux. Elle était sur le sol d'un palais, une résine odorante lui piquait le nez. Elle était serrée dans la main d'un prêtre, placée dans la bouche d'un dieu, forgée, dans le sens ancien et original du terme, son existence forgée à coups de marteau, dans le fourneau du temps. Des points de connexion se multiplièrent dans son esprit. Sa conscience se dispersa. Elle était infinie.

Laila étouffa un cri.

Elle retira sa main de la terre. Des points bleus clignotaient et s'atténuaient peu à peu sur sa peau. Qu'est-ce que cela signifiait qu'il l'appelle de cette façon ?… Si c'était un endroit où les étoiles pouvaient être défaites… et elle, alors ? Est-ce qu'elle allait se déliter ici ?

Qui était-elle ? *Qu'est-ce* qu'elle était ? Sa mère l'appelait sa bien-aimée. Son père la qualifiait de blasphématoire. Paris la nommait L'Énigme.

« Laila ? » souffla Tristan.

Laila.

Elle était Laila. La fille qui s'était faite toute seule. Ce moment intense – éblouissant, mais déjà lointain – se dissipa. Ses sens lui revinrent à toute allure et, avec eux, la peur. Elle savait que ce n'était pas son imagination désespérée qui lui faisait entrevoir la lueur d'une allumette plus haut dans les gradins. Zofia. Enrique. Ils étaient là. Séverin était toujours à genoux et se balançait d'avant en arrière. Son entaille à la joue saignait le long de sa bouche. Elle sentait les mains de Tristan sur ses épaules, froides et tremblantes. Elle toucha délicatement le poignet de son ami, après avoir laissé ses cheveux retomber sur son visage pour que Roux-Joubert n'aperçoive pas son geste.

Il n'y avait pas que la terre qu'elle avait lue.

Lorsqu'elle avait posé un genou sur le sol à côté de Séverin, inconscient, Tristan avait brandi une lame devant elle. Ensuite il lui avait mis de force la poignée dans la main. *S'il te plaît. Fais que ça s'arrête.* La poignée en bois s'était enfoncée dans les paumes de Laila, des échardes lui avaient irrité la peau, des images avaient défilé dans son esprit. Dans ses visions, elle avait vu Tristan soumis à des vagues de cauchemars qui déformaient ses doutes et les faisaient passer pour des réalités. Il avait été torturé. Ils lui avaient fait croire qu'il était responsable de ce qui s'était produit. Laila lui avait rendu le couteau, avait refermé les doigts autour des siens, dans les secondes qui précédaient l'arrivée de Roux – et de son associé.

Je sais ce qu'ils ont fait. Ce n'est pas ta faute.

Tristan avait sangloté contre elle. Il ne lui avait même pas demandé comment elle savait, il lui avait simplement fait confiance et le poids de cette confiance était encore douloureux pour elle. Elle ne laisserait personne faire pleurer Tristan. Plus jamais.

« Laila ? » chuchota Tristan.

Elle secoua la tête, prenant bien soin de ne pas parler. La bouchée de nuit était froide sur sa langue. Elle n'aurait qu'une seule occasion de l'utiliser et elle devait choisir le bon moment. Elle leva les yeux, se concentrant sur Séverin. Même maintenant, même blessé, il avait la prestance d'un roi. Son regard était sévère. Implacable. Mais il n'était pas posé sur elle.

Roux-Joubert cria plus fort : « Ouvrez cette Tezcat ! »

L'homme au chapeau melon se fit tout petit. Les éclats d'obsidienne de la Tezcat s'étaient détachés, s'étaient écrasés sur le sol en mouvement et s'étaient brisés en mille morceaux. Mais la Tezcat n'avait pas cédé. De l'autre côté, la foule des gens masqués ne bougeait pas.

Le reste de la maison déchue.

Laila frissonna en les regardant… si pâles… si immobiles.

« Monsieur, c'est impossible… quelque chose la bloque, se défendit l'associé en enlevant son chapeau et en le posant sur sa poitrine. Je… Vous pourriez peut-être utiliser votre sang ?

Comme vous l'avez fait tout à l'heure ? La puissance de votre ichor sera sûrement suffisante. »

Roux-Joubert déglutit, le regard fou. Il toucha son bras avec précaution. « Je n'aime pas faire attendre le docteur. Mais je n'ai plus rien à donner. »

Tristan serra le poignet de Laila. Elle sentait sa panique, sa respiration rapide.

« Mais vous..., poursuivit Roux-Joubert en se tournant vers Séverin. Quelle essence se trouve dans les veines de l'héritier de sang de la maison Vanth ? On m'a dit de ne pas faire couler votre sang... preuve, peut-être, que le docteur perçoit en vous une certaine valeur, mais je suis tenté. »

Laila décocha un coup de coude à Tristan. Il hésita, puis serra les cheveux de la jeune femme dans son poing fermé, lui tirant la tête. La danseuse grimaça de douleur. Mais ça faisait partie du plan.

« S'il vous plaît, murmura-t-elle. Accordez-moi un moment. »

Les yeux de Roux-Joubert s'agrandirent. Il sourit et la peau cireuse autour de ses lèvres se craquela sous l'effort.

« Vous avez une pute dévouée, mon garçon, déclara-t-il à Séverin d'un ton sarcastique. Elle veut vous faire ses adieux, on dirait. Pourquoi pas. J'ai toujours eu l'intention de me montrer bienveillant. »

Séverin s'immobilisa. Il plongea le regard dans celui de Laila. Celle-ci se laissa guider par Tristan. Puis elle toucha légèrement le poignet de celui-ci. Il fallait qu'elle fasse comprendre à Séverin qu'elle avait vu ce qui s'était réellement passé. Qu'il devait lui faire confiance.

Séverin cligna lentement des yeux. Dans la pénombre des Catacombes, ses cils projetèrent des ombres en pointes sur son visage. Quand il leva son regard vers elle, du bleu scintilla dans ces profondeurs violettes.

Tristan la poussa en avant.

Laila n'attendit pas. Elle attrapa le visage de Séverin, glissa les doigts dans ses cheveux et posa ses lèvres contre les siennes. Les souvenirs et les promesses s'entremêlèrent.

Nous ne pouvons pas recommencer.

Je sais.

Les yeux de Séverin s'ouvrirent d'un coup, ses pupilles dilatées. Il écarta les lèvres au contact de celles de Laila et elle goûta son haleine, où le sang se mêlait au clou de girofle. Elle appuya la main sur l'entaille à sa joue et le sentit grimacer.

Les baisers ne devaient pas ressembler à ça. C'étaient les étoiles qui devaient en être témoins. On ne s'embrassait pas en présence de la mort. Mais alors que les os tourbillonnaient autour d'eux, elle aperçut des fractales de blanc. On aurait dit de pâles constellations et elle songea que, peut-être, pour un baiser comme celui-ci, même l'enfer était prêt à offrir des étoiles.

29

SÉVERIN

Séverin n'aurait jamais dû fermer les yeux. Il ne s'était même pas rendu compte qu'il le faisait, car tout lui sembla se produire en dehors du champ de la réalité. Bien sûr, elle l'embrassait alors que le monde s'écroulait autour d'eux. Pourquoi pas. Il repoussa toute pensée logique quand Laila posa ses lèvres contre les siennes.

Séverin attrapa sa bouche, la sentit céder, la goûta.

Elle avait une saveur impossible.

Comme un clair de lune confit.

Et puis quelque chose de dur roula sur sa langue. Une bouchée de nuit. Il se souvint que, dans la précipitation, elle l'avait glissée dans sa sacoche juste avant leur départ. La logique reprit le dessus. L'horizon qui basculait de façon délirante dans son esprit se stabilisa, retrouva son équilibre.

Bien sûr, ce n'était pas un vrai baiser.

Ils avaient juré de ne plus recommencer.

Roux-Joubert la tira en arrière. « Mon moment de compassion est terminé. »

Séverin plissa les yeux. « Alors, venez me tuer. »

Le sourire de Roux-Joubert brillait d'un éclat de folie. « Si vous insistez. »

Il sortit un couteau. Séverin attendit, crispé.

Approche.

Roux-Joubert tenait l'arme devant lui.

Puis, tout là-haut, au sommet des gradins, Séverin entendit le craquement d'une allumette. Un crépitement illumina l'air. Le soufre couvrit la puanteur de la mort. Une chaleur soudaine lui réchauffa le dos, éclairant le visage de Roux-Joubert alors que des flammes prenaient vie dans l'obscurité des Catacombes.

Séverin fit glisser la bouchée de nuit devant ses dents. Dès que son adversaire se retourna, il cracha.

L'encre gicla partout. L'obscurité jaillit de sa bouche et se répandit sur Roux-Joubert. Séverin bondit en arrière alors que la lame frôlait son cou. Roux-Joubert trébucha. Il était pris dans un tourbillon d'encre. L'homme au chapeau se précipita vers lui. Séverin se débattit contre ses liens.

Il essaya de se traîner sur les genoux pour s'écarter. Il dérapa sur le gravier glissant et bascula en avant. De la lumière se refléta sur la lame et sa respiration se coupa…

Tristan se jeta sur l'acolyte au chapeau. Séverin s'écroula et sa tempe alla heurter une grosse pierre. Laila courut vers lui et défit les nœuds. Elle tituba en essayant de le libérer. Le sol était traître. Tristan s'empressa de les rejoindre, les yeux écarquillés.

« Séverin…

— Plus tard. » Il tendit la main, serra celle de Tristan, puis il s'écarta.

Roux-Joubert hurla au loin, mais Séverin décida de ne pas y prêter attention.

Laila se débattait encore avec les liens.

« De rien », déclara-t-il quand ses entraves glissèrent de ses poignets.

Laila l'aida à se remettre debout. « Pardon ?

— De rien », répéta-t-il avec un grand sourire. Il sentait déjà la tension dans l'air. Il devait la briser maintenant, s'ils voulaient remettre le fragment de Babel à sa place pour qu'il repose en paix à tout jamais, s'ils voulaient vivre le reste de leur vie. « Tu devrais me remercier de t'avoir offert une excuse en or pour m'embrasser. »

Elle eut l'air abasourdie, mais elle n'eut pas eu l'occasion de répliquer.

« Heureusement que Zofia était là », souffla Tristan.

Le sol se remit à trembler... le fragment de Babel venait de percer le sol des Catacombes. Il était aussi large que la scène, mais Séverin ne savait pas quelle profondeur il pouvait avoir. Son instinct lui disait que dès qu'il arriverait à l'air libre, ils n'auraient plus d'options.

« L'œil d'Horus, déclara Tristan d'une voix faible. Il mettra le fragment de Babel au repos. C'est ce qu'il a dit. Nous devons le placer quelque part dans le sol... Il y a une logique à respecter, je... »

Le reste de sa phrase se perdit en bégaiement.

« Je vais chercher l'œil », répondit Laila avec un hochement de tête rapide.

L'artefact était toujours sur l'établi en bois, près de l'emplacement où ils avaient trouvé Tristan. La jeune femme courut sur les ossements entassés. La terre continuait de trembler tandis que le fragment de Babel s'élevait en sortant du sol. Tout ce que Séverin avait à faire, c'était de trouver où placer l'œil d'Horus.

Un cri fendit l'air. Séverin se retourna et poussa Tristan à l'abri derrière lui...

Roux-Joubert avait découvert une nouvelle source de pouvoir.

L'homme au chapeau était mort. Du sang jaillissait de sa gorge tranchée. Roux-Joubert avait plongé ses doigts dans l'entaille et marmonnait. L'encre des bouchées de nuit éclaboussait encore son visage, mais elle s'estompait de plus en plus vite… Une lueur dorée s'enroulait autour de ses mains.

« Il n'y en a pas assez, pas assez du tout, grommela-t-il d'une voix rauque. Mais je devrai m'en contenter. »

Il avança en titubant et alla coller ses mains contre la Tezcat. Une odeur de brûlé et de métal fondu emplit la pièce. Il y eut un moment d'incandescence totale… de la lumière brilla à travers les fissures. De l'autre côté, l'homme masqué approcha un seul doigt…

La porte Tezcat commença à se fissurer, puis se brisa.

30

Zofia

Cinq minutes après minuit

Zofia jeta un coup d'œil hors de leur cachette. La Tezcat s'était brisée en deux. De la fumée s'échappait par la porte qui permettait désormais de voir toute l'exposition sur le forgeage. Ce n'était pas censé arriver. Cela allait à l'encontre de tous ses calculs. Il fallait suivre les règles. Si on suivait les règles, tout le monde s'en sortirait sain et sauf. Si on suivait les règles, la maison déchue serait hors d'état de nuire.

Mais rien ne se passait comme prévu. Au bas des gradins, elle voyait un cadavre. L'homme au chapeau melon tranchant gisait sur le sol. Du sang s'accumulait autour de sa gorge béante. Roux-Joubert collait les mains contre la Tezcat, une substance fondue dégoulinait le long de ses bras tandis qu'il les levait le plus haut qu'il pouvait. L'obsidienne s'écaillait comme des pétales. Ce n'était pas censé être possible, se dit Zofia, incapable de détacher les yeux de la scène. Mais après tout… la maison déchue n'aurait jamais dû survivre. Alors que les fissures béantes de la Tezcat s'agrandissaient, le sol se souleva plus haut encore. Des lustres en os s'entrechoquaient au plafond. La jeune femme sentit que quelque chose s'était emmêlé dans ses cheveux. Elle secoua la tête et des dents issues de crânes oubliés s'éparpillèrent sur ses genoux.

« Ils veulent utiliser l'œil d'Horus ! s'exclama Hypnos avec enthousiasme. Laila est en train d'aller le chercher en ce moment même ! »

En effet, la chef pâtissière se dirigeait vers l'artefact laissé sans protection sur l'établi en bois.

Mais cela ne suffirait pas.

Ils savaient maintenant que l'œil d'Horus devait être placé dans un endroit bien spécifique pour activer le somno du fragment de Babel occidental.

La question était de savoir *où*.

De là où ils étaient accroupis, Zofia pouvait voir un motif s'élever du sol. C'était le cœur d'une spirale logarithmique, identique à celle qui ornait le sol de la maison Kore. Mais Laila ne le devinerait jamais.

« Il faut qu'on leur montre où se trouve le centre, annonça-t-elle, ils ne le repéreront pas tout seuls.

— On ne peut pas aller là-bas ! objecta Hypnos. Séverin nous a interdit d'y aller. »

L'hésitation de Zofia ne dura qu'une fraction de seconde. Un rapide calcul mental fit pencher la balance. À une époque, les instructions lui paraissaient claires. Elles traçaient des lignes dans sa vie, et tant qu'elle se tenait à l'intérieur de ces limites, elle ne courait aucun risque. Mais ça ne fonctionnait plus. Elle n'avait pas été en sécurité dans la salle de classe de l'École des beaux-arts. Elle s'était sentie en danger lorsque Roux-Joubert l'avait coincée dans la salle de bal de la maison Kore. Et personne n'était à l'abri en cet instant… ici, dans ce décor cauchemardesque d'ossements projetés dans tous les sens, de sang qui imbibait la terre battue, de lames affûtées et de pierres qui se délitaient. Ses amis étaient en difficulté. Une *force colossale* s'élevait des profondeurs de la terre et souillait l'air.

Les instructions n'avaient pas leur place ici.

« Je me fiche de ce qu'on nous a *dit* de faire », décréta-t-elle.

Le visage d'Enrique se fendit d'un large sourire. D'une main, il attrapa le bâton de marche et la bombe légère qui y était cachée. De l'autre, il prit une corde.

« Allons-y. »

Ils se préparèrent, mais Hypnos hésitait encore.

« Si je viens avec vous, je mourrai.

— Les probabilités sont fortes, admit Zofia, mais ce n'est pas une certitude.

— Ce n'est pas très rassurant », fit remarquer Enrique.

Ils observèrent Hypnos. Ses yeux pâles étaient perdus dans le vide. Sa bouche afficha soudain une moue décidée, puis il serra les poings.

« Je viens avec vous. »

Zofia dévala les marches. Ses pieds glissaient sur le sol instable. Elle fouilla dans ses manches et en sortit une fine tige forgée en argent pur. Le forgeage de cet artefact exigeait une volonté pour s'activer et celle de la jeune femme crépitait en elle. *Allume-toi.* Des éclairs jaillirent et s'enroulèrent le long du métal.

Laila fut la première à lever les yeux et à l'apercevoir. La danseuse tenait dans les mains le précieux œil d'Horus.

« Zofia ! »

La jeune ingénieure sentit de la chaleur l'envahir, mais elle ne s'arrêta pas. Elle passa devant son amie pour rejoindre un disque en terre plat. Il n'était pas éclairé, et lorsqu'elle s'agenouilla pour dégager la surface, elle constata qu'il était *peint*. Elle leva les yeux vers Séverin et les autres qui la regardaient faire.

Elle tendit le bâton lumineux pour éclairer le disque. « C'est ici qu'il faut placer l'œil d'Horus pour activer le somno du fragment. »

Trop de terre recouvrait la dépression où l'œil devait être placé. Séverin se précipita pour l'aider, Tristan sur ses talons. Les six se mirent à creuser en rejetant la terre. De la poussière vola dans les yeux de Zofia, dans sa bouche aussi. Mais elle ne s'arrêta pas. Elle ne ralentit même pas quand Roux-Joubert se mit à rire bruyamment et que la porte Tezcat, maintenant entièrement fondue, pouvait servir de point d'accès pour tous les autres membres de la maison déchue.

« Plus vite, plus vite..., les encouragea Séverin.

— Pas possible. Mes ongles. Manucurés », haleta Hypnos.

Mais ils furent séparés par une explosion de lumière. Zofia fut projetée en arrière.

« Zofia ! » hurla Enrique.

Elle se releva, le sang battant dans ses oreilles, elle empoigna le bâton lumineux qu'elle avait glissé dans sa manche, mais lorsqu'elle leva les yeux...

Ils étaient encerclés.

Un homme portant un casque qui le faisait ressembler à un insecte les fixait, la tête penchée sur le côté. Des silhouettes vêtues de longues capes les entouraient, les mains levées, des abeilles métalliques incrustées dans leurs paumes. L'explosion les avait tous fait reculer. L'œil d'Horus était là, au milieu, enfoui sous la terre. Hypnos voulut se remettre à creuser, mais un membre de la maison déchue lui attrapa le poignet.

Roux-Joubert s'agenouilla sur le sol à côté de l'homme au casque d'insecte en se balançant d'avant en arrière.

« Je vous en prie, docteur. S'il vous plaît, vous m'avez promis et j'ai donné tout ce que je pouvais... », implora-t-il en dévoilant ses bras déchiquetés.

Zofia frémit. Roux-Joubert ne saignait pas comme un humain normal. Un liquide jaune et visqueux avait formé des croûtes d'une teinte ocre. Ce sang étrange avait aussi éclaboussé le devant de sa tunique et taché son pantalon.

« Je vous ai apporté l'anneau de Babel, chuchota Roux-Joubert. Le moment de mon apothéose n'est-il pas venu ? »

L'homme qu'elle supposait être le docteur leva une main gantée. « Vous nous avez apporté l'anneau de Babel… mais pas que ça. » Sa voix était monocorde. Elle ne trahissait pas la moindre émotion ou accent. « J'admire la ténacité, jeunes gens. Vraiment. Mais vous ne comprenez pas à quoi vous vous opposez. Mais c'est votre choix. Le libre arbitre était un cadeau de sa part et j'ai l'intention de le conserver pour le nouvel âge. Votre sang marquera-t-il le passage de cette nouvelle ère ? Ou contribuera-t-il à la forger pour la faire exister ? »

Zofia sentit le regard de Séverin s'attarder sur elle, alors qu'il balayait le groupe du regard. Cependant, ce ne fut ni elle ni lui qui répondit au docteur, mais Tristan. Le jeune paysagiste attrapa le chapeau melon qui se trouvait près de lui et le lança en direction des adeptes de la maison déchue. Le docteur l'esquiva et Tristan poussa un grognement de dépit. L'homme au casque joignit les paumes, comme pour prier, et déclara : « J'ai ma réponse, si je comprends bien. »

Les membres de la maison déchue dégainèrent leurs couteaux.

31

Enrique

Enrique avait souvent imaginé ce qu'on doit ressentir quand on est un héros.

Ce n'est pas comme ça qu'il avait imaginé les choses.

Il s'était vu brandissant *au moins* une épée enflammée. Et pas un simple bâton. Même s'il était lumineux. Alors qu'il se tournait vers les membres de la maison déchue qui les encerclaient, une certitude encourageante lui traversa l'esprit : les héros se débrouillent toujours avec ce qu'ils ont sous la main.

Il balança le bâton lumineux contre les membres les plus proches de lui. Il devait y en avoir une vingtaine tout au plus, mais la brèche dans la porte Tezcat restait ouverte et, même si personne n'utilisait le passage en cet instant, d'autres pouvaient encore franchir la porte. Le chaos se déchaîna autour de lui. Séverin se débattit contre une des personnes masquées, la repoussant violemment. Il sortit de sa chaussure un mince fil d'argent que Laila attrapa au vol. Ensemble, ils tournèrent en courant autour de cinq des silhouettes encapuchonnées pour les ceinturer. Tristan cracha un jet d'encre noire et poussa un cri joyeux.

« Maintenant, Zofia ! » hurla Séverin.

Zofia bondit en avant avec le bâton de foudre. La lumière argentée rendait ses cheveux et sa peau incandescents. Elle balança son bâton et un courant électrique parcourut le fil d'argent en crépitant. Des silhouettes masquées hurlèrent avant de perdre connaissance et de s'effondrer.

Mais un personnage se tenait à l'écart de l'affrontement : le docteur avec son masque d'insecte. Roux-Joubert était effondré sur le sol à côté de lui, les yeux vides et hébétés, les lèvres bleues. Il était assis et se balançait d'avant en arrière en marmonnant, serrant contre sa poitrine son bras mutilé.

Dès qu'ils en avaient l'occasion, ils creusaient encore le sol, essayant de dégager l'espace exact où l'œil d'Horus pourrait être placé… mais les membres de la maison déchue continuaient à donner l'assaut.

« Ils devraient bientôt être là », dit Hypnos, les yeux fous, en jetant constamment des coups d'œil vers le plafond.

Il avait abandonné la moitié de ses biens marqués par la maison là-haut, les Sphinx auraient dû être attirés. Mais l'Ordre n'était pas venu. Aucune aide n'arrivait.

Laila s'effondra sur le sol à côté de lui, le visage hagard. Dans ses mains se trouvait l'œil d'Horus. Devant eux, le sol était presque dégagé, mais plusieurs lames forgées fendirent soudain les airs, pointés vers leurs cous.

« Je pense que votre petit jeu a assez duré, vous ne trouvez pas ? » demanda le docteur d'une voix posée.

Enrique n'apercevait pas ses yeux, mais il sentait le regard de l'homme posé sur Hypnos et sur lui.

« Vos amis vont mourir. Et ensuite vous mourrez aussi. Mais il n'est pas trop tard pour éviter ce désastre… Un nouveau monde nous attend. Tous. Je vois votre cœur, jeune patriarche. Je vois que vous avez des difficultés… que vous hésitez entre deux mondes, que vous ne savez pas auquel vous appartenez. Vous avez l'impression que la couleur de votre peau déterminera votre avenir. Tout peut encore changer : rejoignez-nous. » Le docteur marqua une pause et Enrique l'imagina sourire derrière son masque. « Sauvez-vous… Sauvez vos *amis*. Elle ne posera pas l'œil d'Horus tant qu'elle ne sera pas certaine d'avoir tout perdu. La seule chose que vous avez à faire, c'est me donner votre anneau. »

Enrique vit Hypnos se remettre debout avec difficulté. Il se tourna pour observer Tristan, Séverin, Laila, Zofia et finalement… Enrique. Les épaules du patriarche s'affaissèrent et sa bouche s'aplatit en une ligne tendue. Il pâlit, puis fit un signe de tête. Il fouilla dans sa veste, grimaçant sous l'effort, et sortit son véritable anneau.

« Ah, je vois que le jeune patriarche revient à la raison », approuva le docteur.

Le visage de Séverin se ferma, mais il resta immobile. Le choc se lisait sur celui de Zofia. Comment Hypnos pouvait-il faire une chose pareille ? Ils étaient *amis*, non ? N'avaient-ils pas passé des heures dans la salle d'observation des étoiles ? Enrique s'était-il fait des illusions ?

L'historien baissa les yeux vers le sol, la surface dégagée où le moule parfait d'un œil d'Horus était maintenant presque dégagé. La lame pointée sur sa gorge remonta le long de sa peau, comme si elle sentait ce qu'il s'apprêtait à faire. Laila croisa son regard par-dessus le couteau forgé, ses yeux sombres emplis de fureur.

Hypnos s'avança en leur tournant le dos.

« Je vais vous la remettre », déclara-t-il.

Laila cria : « Qu'est-ce que tu fiches ? »

Le patriarche ne se retourna pas et ne répondit rien. Il n'était plus qu'une ombre rigide. Roux-Joubert sanglotait aux pieds du docteur. « Le moment est enfin venu… Je vais devenir un dieu. »

Lentement, les lames s'écartèrent de leurs gorges. Enrique inspira profondément, quelque chose dans sa poitrine se dégagea enfin. Quand il leva les yeux, il vit un petit sourire apparaître sur le visage de Laila qui observait Hypnos. Enrique fronça les sourcils, puis examina à son tour le patriarche. Il était toujours debout, en conversation avec le docteur.

« Je veux l'assurance qu'il ne leur arrivera rien.

— Pas de problème. Mais avant tout, donnez-moi votre anneau… »

Dans son dos, Hypnos tendit trois doigts.

Trois.

Il replia son annulaire…

« Attendez », protesta le docteur.

Deux.

Il y eut une seconde de silence.

« Ce n'est pas le véritable anneau, poursuivit-il en élevant soudain la voix. Vous êtes vraiment prêt à trahir vos semblables comme ça, patriarche ? Pour ces… gens ?

— Je les apprécie », avoua Hypnos.

Il tourna enfin la tête vers eux avec un léger sourire.

« Mais alors… », commença Roux-Joubert.

Enrique écarta frénétiquement la terre pour dégager l'espace.

« Maintenant ! » s'exclama Laila.

Elle se jeta en avant et enfonça l'œil d'Horus dans l'emplacement qui lui était réservé. Une lumière vive se mit à clignoter autour d'eux. Le halo bleu du fragment qui s'élevait encore sembla diminuer. Peu à peu, l'énergie terrible qui inondait les Catacombes se replia sur elle-même, comme une créature de glace qui se retire sous la banquise pour se reformer et effacer toute trace de son passage.

Le docteur grogna, mais dès que l'œil d'Horus toucha le sol, il recula. Comme s'il était incapable de le toucher.

Puis, du haut des gradins résonna un grondement terrible, à faire dresser les cheveux sur la tête : les Sphinx venaient d'arriver.

« Mon seigneur, implora Roux-Joubert depuis le sol. Je vous en prie. »

Le médecin recula son pied.

« Vous nous avez attirés dans un *piège*.

— Je ne peux pas continuer à vivre comme ça.

— Alors peut-être que vous ne vivrez plus très longtemps. » Le médecin fit un geste de la main et les membres de la maison déchue qui n'étaient pas blessés s'enfuirent à travers la Tezcat et disparurent de l'autre côté. Le fragment de Babel s'était retiré sous terre pour se reposer… et deux frêles lumières scintillaient sur le sol. L'une était l'anneau de la maison déchue. L'autre, celui de la maison Kore. Le docteur essaya de les attraper tous les deux, mais il lâcha un râle comme s'il ressentait une vive douleur. Il laissa tomber l'anneau de la maison Kore par terre, puis glissa l'autre à son doigt avant de s'enfuir par la Tezcat.

La pièce se retrouvait presque déserte. Les quatre amis étaient toujours blottis les uns contre les autres. Quelques membres inconscients de la maison déchue jonchaient le sol. Du sang suintait encore sous le corps du complice de Roux-Joubert, qui gisait, son chapeau melon près de lui. Roux-Joubert toussa et se couvrit la bouche avec des mains crasseuses. Dans toute la salle, les ossements retombaient sur le sol et regagnaient les niches où ils avaient été empilés pendant des siècles…

Enrique titubait légèrement, il avait l'impression qu'une foule courait vers lui, que les membres des maisons hurlaient, que le miroir se refermait avec un fracas terrible. Mais à part la poignée de membres inconscients, il ne restait rien de la maison déchue.

Non loin de lui, il entendit Laila pousser un cri. Il se retourna et vit Hypnos étalé de tout son long, la lumière sourde des Catacombes dansant sur sa peau.

32

SÉVERIN

Séverin ne bougea pas jusqu'à ce qu'il sente la main de Tristan lui serrer l'épaule.

« On est vivants. »

On ne pouvait pas en dire autant de tout le monde. Les membres de la maison déchue avaient peut-être à nouveau disparu de l'autre côté de la Tezcat, mais ils avaient laissé des adeptes derrière eux. Bientôt, ils seraient démasqués, leurs identités connues et leur localisation enregistrée. Séverin leva la tête vers la rangée des Sphinx qui descendait les gradins… leurs yeux enregistraient tout ce qu'ils voyaient. Bientôt, l'Ordre tout entier saurait qui les avait trahis.

En face de lui, Hypnos se réveilla en gémissant.

« Je suis *mort* », se lamenta-t-il.

Laila fut la première à se précipiter vers lui. Elle posa la tête du patriarche sur ses genoux.

« Eh bien, en voilà la meilleure preuve : un ange examine mon corps sans vie », poursuivit-il en posant le bras sur son front.

Séverin se retint de sourire. Il ne s'attendait à être aussi intimement touché quand il avait cru qu'Hypnos les trahissait. On aurait dit qu'un couteau s'enfonçait dans ses tripes.

« Hypnos n'est pas si mal que ça, admit Tristan à contrecœur. Mais je t'en prie, ne le lui répète pas.

— Je ne lui dirai rien, répondit Séverin, à condition que tu me pardonnes de ne pas t'avoir écouté plus tôt. »

Tristan soupira. « Ça dépend d'une seule chose.

— Quoi ?

— Est-ce que quelqu'un a nourri Goliath ? »

Séverin éclata de rire et son hilarité - brute, spontanée - lui racla les poumons.

« Tu as échappé de peu à la mort et la première chose dont tu t'inquiètes, c'est ton araignée ? s'offusqua Enrique. Et *nous* alors ? On vient de risquer notre vie et notre intégrité physique pour te sauver, espèce d'ingrat !

— Techniquement, Goliath est une tarentule », signala Zofia.

Elle contemplait Tristan avec une joie non feinte.

Hypnos se redressa sur ses coudes. « Quelle est la différence... ?

— Bravo, tu l'as lancé, on ne pourra plus l'arrêter, soupira Laila.

— Eh bien, les *Mygalomorphae*..., commença Tristan, mais Séverin lui plaqua une main sur la bouche.

— Il te l'expliquera plus tard, dit-il d'un ton fatigué.

— Plus tard, répéta Hypnos. Par exemple... en prenant le thé ? Demain ? »

Séverin sourit. « Pourquoi pas. »

Dans les Catacombes, d'autres voix se joignirent au vacarme des Sphinx qui fouillaient les ossements et les décombres, à la recherche d'objets marqués.

« Nous devrions y aller, déclara Séverin. Laissez l'Ordre se charger du nettoyage. C'est-à-dire toi », conclut-il en se tournant vers Hypnos.

Celui-ci se renfrogna. « Et bientôt, toi aussi. Ne prends pas cet air suffisant. »

Séverin avait envie de saisir cette réponse et de la garder précieusement… Bientôt, il ferait partie de l'Ordre. La maison Vanth allait renaître. Et l'Ordre, ceux-là mêmes qui l'avaient renié, le supplierait de lui apporter son aide.

Enrique tenait l'anneau de la maison Kore. Il le donna à Hypnos.

« Ne t'attribue pas tout le mérite.

— Je ne pourrais pas, même si je le voulais. Ces Sphinx ont probablement tout vu. »

Mais il ne pouvait s'empêcher de sourire en parlant.

« Rentrons à la maison », insista Séverin.

Un calme relatif était revenu dans les Catacombes. Les squelettes, qui avaient été animés par le puissant fluide doré de Roux-Joubert et de son associé, avaient regagné leur demeure éternelle. Roux-Joubert se tordait encore sur la scène, en sanglotant et en hurlant. Il rampa pour essayer d'attraper la cheville de Séverin, mais celui-ci le repoussa.

« Vous *me* l'avez enlevé », geignit-il.

Séverin l'ignora. L'Ordre s'occuperait de lui. Ils repartirent tous les six en direction des escaliers qui menaient hors des Catacombes.

Séverin avait du mal à réaliser ce qu'ils venaient de faire. Ils avaient affronté la maison déchue et avaient survécu. La matriarche de la maison Kore allait apprendre ce qui s'était passé et, grâce à l'intercession d'Hypnos, ils viendraient à l'*Éden* lui faire passer le test des deux anneaux. La maison Vanth serait restaurée. Pourquoi ne pouvaient-ils pas collaborer comme ça pour toujours tous les cinq ? Tous les six, si on comptait Hypnos.

Tant de choses se mélangeaient dans la tête de Séverin en cet instant. Il pensait au masque d'insecte et au mystérieux docteur.

Il s'humecta les lèvres et crut goûter le reste du non-baiser de Laila. Il risqua un regard dans sa direction et se rendit compte qu'elle l'observait déjà. Ses yeux sombres étaient écarquillés, une rougeur était visible sur ses joues et le long de son cou. Séverin détourna le regard le premier. Il y avait trop de joies à assimiler d'un coup. Enrique et Zofia se chamaillaient pour savoir si la clé pour déverrouiller le fragment de Babel était basée sur les mathématiques ou sur la symbologie.

« ... Impossible à repérer sans déterminer le centre de la spirale logarithmique !

— D'accord, mais *après ça*. C'est moi ! Pourquoi ne peut-on pas partager le mérite à parts égales ?

— Si tu veux diviser ça statistiquement, j'ai droit à soixante-quinze pour cent.

— *Soixante-quinze ?* »

Laila souriait, lissant de temps en temps les cheveux de Tristan sur son front, malgré ses récriminations.

« J'ai faim, soupira Enrique. Une bonne côte à l'os, ce serait parfait. »

Les autres lui jetèrent des regards étranges. Il examina les catacombes autour de lui et haussa les épaules.

« Quoi ? J'ai faim. Et toi, Tristan ? Qu'est-ce que tu veux ?

— Ceci, répondit-il à voix basse. Je n'ai besoin de rien d'autre. »

SIXIÈME PARTIE

Extrait des archives de l'Ordre de Babel

Les Origines de l'Empire
Maître Emanuele Orsatti, maison Orcus de la faction d'Italie de l'Ordre
1878, règne du roi Umberto Ier

Je pense que le plus grand de tous les pouvoirs est la foi car, sans elle, un dieu ne serait pas grand-chose.

33

Enrique

Enrique ouvrit un paquet-cadeau envoyé par Laila. Au creux d'un nid de soie noire se trouvait un demi-masque doré représentant une tête de loup, qui laissait la moitié inférieure du visage apparente. Le masque avait été forgé par une main experte et les poils courts et brillants se hérissaient, comme s'ils étaient soulevés par un vent invisible. Enrique se demanda s'il allait se mettre à hurler quand il le poserait sur son visage. Il trouva dans l'étoffe soyeuse un petit mot de Laila :

Pour la fête de la pleine lune au Palais ce soir… que cet événement marque le début d'une nouvelle phase pour nous tous.

Il sourit malgré lui. Demain, Hypnos et la matriarche de la maison Kore viendraient à l'hôtel et feraient passer à Séverin le test d'héritage une nouvelle fois. Tout était en train de changer. Il le sentait presque dans l'air, comme le soleil qui apparaît encore sur la rétine quand on a fermé les paupières.

Raison de plus pour faire la fête.

Pourtant, il ne parvenait pas à oublier ce qui s'était passé dans les Catacombes. Une semaine s'était écoulée et toutes les nuits, il se réveillait en sursaut, une horrible odeur lui brûlant les narines… persuadé que ses draps de soie étaient de la terre humide jonchée d'os. D'après Séverin, l'Ordre avait déjà commencé à interroger les membres de la maison déchue qu'ils avaient arrêtés et avait appris que le groupe était en quête d'un autre objet : un livre ancien dont on ne connaissait que le titre : *Les Paroles divines*.

Enrique fouilla les papiers sur son bureau, ignorant la dernière lettre de refus de *La Solidaridad* et l'invitation pressante des Ilustrados à prendre le thé… Quelque chose dans le titre de cet ouvrage l'interpellait sans qu'il parvienne à mettre le doigt dessus. Lorsque la pendule sonna, il laissa échapper un juron. Il chercherait plus tard.

L'heure était venue de se rendre à la fête.

Enrique attacha les rubans du masque dans sa nuque et s'engagea dans le hall de l'hôtel. Une calèche les attendait en bas et, s'ils arrivaient assez tôt, il aurait peut-être le temps de manger un bol entier de fraises enrobées de chocolat. Juste avant d'arriver aux marches de l'entrée, il s'immobilisa en voyant une silhouette familière. « Tu n'as pas ta propre maison ?

— Bonjour à toi aussi, riposta Hypnos. À vrai dire, je réside de façon permanente dans un ensemble de suites de l'*Éden*. J'imagine que je te verrai plus souvent de toute façon.

— Tu es une vraie plaie !

— Qu'as-tu dit ? » Hypnos mit une main en coupe autour de son oreille avec un grand sourire. « C'est vrai que je te plais ? »

Enrique leva les yeux au ciel.

« En fait, je suis obligé de séjourner ici. Pour les affaires officielles de l'Ordre. C'est mon devoir en tant que patriarche de la maison Nyx. »

Zofia apparut de l'autre côté de la réception, vêtue de son habituelle blouse de travail en cuir noir et d'un bonnet ajusté qui laissait apparaître une seule boucle de cheveux clairs. Partout où elle allait, une odeur de laboratoire l'accompagnait, comme si elle était légèrement en train de brûler. Enrique réalisa que ce parfum commençait à lui plaire.

« Tu ne vas tout de même pas porter ce truc à la fête du Palais, s'exclama Hypnos, horrifié.

— Je n'y vais pas.

— Pourquoi ? On fait tous la fête ce soir ! »

Zofia fit la moue. « J'ai du travail…

— Oh, au diable ! Viens avec nous ! Change-toi et on file ! Profite de ce que la ville a à offrir ! Porte un toast à la vie !

— Et ta tenue ? fit-elle.

— Qu'est-ce qu'elle a, ma tenue ? » se défendit-il en tirant sur son costume en velours tape-à-l'œil. Le col s'était ouvert et laissait entrevoir le haut de son torse. Enrique se rappela que son pouls s'était emballé quand ils avaient fait connaissance. Il repensa aux doigts d'Hypnos qui étaient descendus le long de sa poitrine.

Enrique se ressaisit et se tourna vers Zofia. « Viens avec nous, phénix. Ton travail ne va pas s'envoler en fumée si tu t'accordes une soirée de congé.

— C'est vrai, renchérit Hypnos. D'ailleurs, tu n'as pas oublié que nous avons décidé d'être amis ? »

La jeune femme lui décocha un regard noir. « Ah non, ne propose pas que nous allions sacrifier un chat à Satan. Nous ne sommes même pas mercredi.

— Les *amis*, poursuivit-il en ignorant son commentaire, peuvent passer la soirée ensemble. Aller au théâtre. Ou assister à des concerts. » Il jeta un coup d'œil au sarrau de Zofia. « Ils pourraient même suggérer une tenue moins ascétique. Si tu décides de te joindre à nous, nous t'attendrons ici. »

Zofia soupira et tourna les talons sans commentaire. Enrique la regarda partir avec un léger pincement au cœur. Il comprenait ce qu'elle ressentait. Elle était encore ébranlée par ce qui s'était passé dans les sous-sols de Paris. Elle avait envie de se concentrer sur une tâche concrète pour éviter d'y repenser.

« Je crois que tout le monde a besoin de se changer les idées pour évacuer la semaine, décréta Hypnos. Surtout toi. »

Enrique leva les yeux et fut surpris de voir à quel point leur nouvel ami était près de lui. Il ne l'avait pas remarqué avant. Autour d'eux, les lumières du hall de l'hôtel étaient tamisées. Le seul éclairage provenait des motifs baroques dorés le long du mur. Hypnos sentait le néroli et le jasmin, le parfum étant plus concentré à la base de son cou. L'historien avait l'impression de distinguer une trace un peu grasse là où le patriarche devait avoir appliqué de la brillantine.

« Tu as peut-être besoin que je te convainque ?

— À moins que tu ne possèdes un trésor de bijoux et d'instruments forgés qui n'ont pas encore été découverts, je ne vois pas ce que tu aurais d'intéressant à offrir, plaisanta Enrique.

— Eh bien, ceci, pour commencer. »

Hypnos se pencha et l'embrassa.

34

Zofia

Zofia contempla les robes qui recouvraient son lit. On aurait dit qu'un arc-en-ciel avait fondu sur sa couette : le moindre centimètre était tapissé de couleurs vives qui semblaient presque comestibles. C'était la faute de Laila.

La veille, la chef pâtissière avait disposé une traînée de biscuits entre son laboratoire et la chambre de Zofia. Quand celle-ci avait ouvert sa porte, elle avait trouvé une armoire remplie de robes lilas pâle, gris tourterelle, marron foncé ou encore beiges avec des veines dorées.

« Voilà ! avait annoncé Laila en exécutant une profonde révérence.

— Quoi ?

— Ta nouvelle garde-robe ! J'ai pris tes mesures en cachette et j'ai fait faire ces vêtements. Tu peux même les porter en dessous de cette blouse de boucher qui te sert d'uniforme. »

Zofia s'était approchée et avait caressé délicatement la soie. Le tissu était doux et froid. Elle préférait de loin cette étoffe aux autres, ce qui avait fait rire Laila. *Qui aurait cru que l'ingénieure aurait des goûts de luxe ?*

« Jusqu'à quand ? demanda Zofia.

— Comment ça ? »

Elle avait toujours dû rendre les robes qu'elle portait pour les acquisitions et y était habituée. Même à Głowno, Hela et elle n'avaient qu'une seule belle robe qu'elles se partageaient.

« Elles sont à toi. Tu peux les garder. Et les porter. Ce qui veut dire que tu dois *vraiment* les porter. »

Elles étaient à *elle*. Zofia était impressionnée. Ces toilettes valaient bien plus que son salaire et, pourtant, avec un aussi large choix, elle pouvait même en envoyer une à Hela. Cette pensée la fit rougir. Qu'est-ce qu'elle pouvait dire à quelqu'un qui lui avait offert pareil cadeau ? « Merci » n'était pas suffisant. Il fallait qu'elle analyse la succession d'instants qui l'avaient conduite ici. Elle inspecta le sol où un biscuit mordu était abandonné sur un plateau.

« Tu m'as attirée ici avec un chemin de biscuits.

— Qui a dit que c'était un chemin ? C'était peut-être juste des gâteaux éparpillés avec soin. C'est toi qui en as fait un chemin en le suivant et en supposant qu'il y avait une intention cachée.

— Je…

— Je sais. »

Et elle n'avait pas eu besoin d'en dire plus.

Zofia passa la main sur les robes. Elle en attrapa une que Laila avait décrite comme « aussi bleue que le ciel ». Une fois qu'elle eut fermé tous les boutons, elle contempla son reflet. Ses cheveux ressemblaient à un nuage de neige. Ses yeux étaient bleus. C'est tout ce qu'elle remarquait. S'observer dans le miroir pendant plus d'une minute était horriblement ennuyeux. Elle se détourna pour enfiler ses gants ivoire. Elle se pinça les joues une ou deux fois – comme elle avait vu Laila le faire – puis se dirigea vers la porte, le cœur battant la chamade.

Elle n'avait jamais fait cela et ne savait pas trop à quoi s'attendre. Toute sa vie, elle s'était sentie trop analysée par les autres pour se mettre volontairement dans la ligne de mire. Mais peut-être que ça pourrait changer. Elle devait remercier Laila et Enrique. Avec eux, elle n'avait jamais l'impression que chaque phrase qu'elle prononçait était comme une expédition dans un labyrinthe. C'était un peu plus compliqué avec Séverin. Il ne disait souvent que la moitié de ce qu'il voulait faire comprendre, d'après Laila. Hypnos, en revanche, disait tout ce qui lui passait par la tête, mais Enrique l'avait prévenue qu'elle ne devait en prendre que *la moitié* au sérieux, ce qui rendait l'assimilation de ses phrases un peu pénible. En leur présence, elle n'avait pas l'impression d'être incomplète. Elle avait l'impression d'être courageuse quand elle s'aventurait en terrain inconnu comme maintenant, sans se sentir différente de tous les autres autour d'elle. Peut-être qu'elle avait tout ce qu'il fallait… que sa compagnie pouvait être désirée et recherchée comme celle de n'importe qui d'autre.

Devant elle, les lumières du couloir de l'hôtel s'étaient éteintes. La musique d'un violon et d'un piano-forte montait depuis le pied du grand escalier. Les hautes fenêtres en ogive laissaient entrevoir un ciel nocturne clair parsemé d'un nombre incommensurable d'étoiles.

Lorsqu'elle arriva au bout du hall d'entrée, Zofia s'arrêta net. Enrique et Hypnos n'avaient pas bougé. Ils se regardaient droit dans les yeux, leurs visages très proches, en pleine conversation, puis, d'un coup, la conversation fit place à autre chose.

La jeune femme resta clouée sur place. Un tourbillon glacé s'insinua en elle, partant des nouvelles chaussures à talons brodées que Laila avait cachées à côté de ses bottes de travail, grimpant le long de ses jambes, de sa nouvelle robe et de ses gants ivoire qui étaient déjà froissés et retombés de ses coudes. Elle regarda Hypnos passer la main autour du cou d'Enrique et l'embrasser plus fort. Cela lui rappela tout ce qu'elle était incapable de déceler. Tout ce qu'elle était incapable de faire. Elle pouvait entrer en trombe dans une pièce, mais elle ne pouvait pas attirer l'attention des personnes présentes par son charme. Elle pouvait s'examiner dans un miroir, mais elle ne pouvait pas éveiller l'imagination avec son visage.

Zofia recula d'un pas. Elle devait se cantonner au monde qu'elle connaissait.

Et ne pas chercher à s'aventurer en terrain inconnu.

Lentement, elle tourna les talons et prit soin de marcher sur la pointe des pieds pour que personne ne l'entende ni ne la voie. Une fois dans sa chambre, elle retira sa robe bleue et ses longs gants.

Puis elle en enfila d'autres en caoutchouc et sa blouse noire.

Elle avait du travail.

35

Séverin

Du bout de sa canne, Séverin écarta les rideaux de velours de la voiture et scruta les rues humides. Le *Palais des Rêves* se dressait au loin, projetant des cônes de lumière ambrée qui fendaient la nuit comme des ailes. Si Laila était là, elle dirait que les lumières ressemblaient à des plumes d'ange tombées du ciel comme une bénédiction. Il sourit. Si c'était vrai, ce n'était pas une bénédiction, mais une déclaration. Il n'y avait que Paris pour arracher des ailes de séraphin et les accrocher à ses immeubles comme pour dire :

Ce n'est pas un endroit pour les anges.

Il cogna la paroi du fiacre avec sa canne. « Arrêtez ! »

Tristan, qui s'était assoupi à côté de lui, se réveilla en sursaut. « On est déjà arrivés ? » demanda-t-il en se frottant les yeux.

Tristan n'avait pas bien dormi cette semaine. Parfois, Séverin le trouvait recroquevillé dans la serre, des pinces à la main, entouré de terrariums inachevés… notamment une création dans laquelle des pétales de jasmin ondulants ressemblaient étrangement à des ossements d'un blanc laiteux enfouis dans la terre.

« Où sont les autres ? voulut savoir Tristan.

— Sans doute déjà à l'intérieur. »

Enrique était surexcité d'assister à la fête de la pleine lune du tristement célèbre Palais et Séverin aurait parié qu'il essaierait d'y arriver tôt, rien que pour se ruer sur les desserts.

« N'oublie pas le masque.

— Oh, bien sûr. »

Chacun d'entre eux avait reçu un masque de loup. Séverin le porterait, mais il n'était pas question de hurler à la lune ou de se prêter à toute autre fantaisie prévue par le Palais.

Tristan sauta du fiacre, puis s'arrêta et tapota l'une des poches de sa veste.

« J'ai oublié que j'avais ceci, déclara-t-il, en sortant une enveloppe. Le factotum m'a demandé de te la donner. Il a dit que c'était urgent. »

Séverin prit la lettre. « Cela vient de qui ?

— La matriarche de la maison Kore », répondit-il avec une moue désapprobatrice.

Il ne s'était pas encore fait à l'idée que Séverin puisse récupérer sa maison, une fois qu'il aurait passé le test d'héritage le lendemain. Tous les jours, il fallait promettre à Tristan que rien ne changerait… et Séverin le rassurait chaque fois que c'était nécessaire. Il ne voulait pas l'ignorer comme la dernière fois.

Séverin glissa la lettre dans sa poche. « Elle prétend toujours que c'est urgent. » Ça commençait à devenir agaçant. Une invitation à prendre le thé ? Urgente. Une demande de renseignements concernant son état civil ? Urgente. Des réflexions sur le temps qu'il faisait ? Urgentes.

Ce soir-là, le Palais ressemblait à un rêve diabolique de paradis, peuplé de loups en or aux dents étincelantes, couverts d'étoiles blanches comme du lait. À l'intérieur, le bâtiment avait été redécoré pour les festivités de la pleine lune. Les serveuses couraient entre les tables en traînant derrière elles des ailes de séraphin en feu. Le sol d'obsidienne ressemblait à du vide moucheté d'étoiles. Des clients arborant des masques de loup étaient assis sur des chaises en velours, vidant d'un trait leur verre d'alcool et hurlant de rire.

Partout où Séverin regardait, il ne voyait que des loups dorés. Et sans qu'il sache trop pourquoi, il se sentait parfaitement à l'aise. Les loups étaient partout. En politique, sur les trônes, dans les lits. Ils se faisaient les dents sur l'Histoire et prospéraient grâce aux guerres. Il ne s'en plaignait pas. Mais, comme les autres loups, il voulait sa part.

Demain, il l'aurait.

Au centre de la salle, près de l'estrade, Enrique et Hypnos lui firent signe de les rejoindre. Séverin se dirigea vers eux et s'enfonça dans un fauteuil.

« Où est Zofia ?

— Elle a décidé de ne pas venir, je ne sais pas pourquoi », répondit Hypnos.

Enrique eut l'air triste un instant, mais il le dissimula rapidement derrière un sourire.

« Ça me laisse plus de fraises, déclara-t-il en tendant la main vers le bol argenté rempli de friandises. Et puis, vous êtes en *retard*. Vous avez de la chance que le spectacle de L'Énigme ait été décalé et passe plus tard.

— Quoi ? » s'exclama Séverin d'un ton cassant.

Il avait chronométré leur arrivée précisément pour qu'ils *ratent* la représentation. Quand Laila dansait, il ressentait la même chose que tous les autres spectateurs. Il avait l'impression que le salut de son âme reposait sur le mouvement du poignet de la danseuse, sur la façon dont elle redressait le menton. Il ne pouvait pas revivre ça.

« Pour quelle raison ? » demanda-t-il.

Enrique haussa les épaules. Même derrière son masque, Séverin trouva son regard un peu trop complice. « Demande-lui toi-même. »

Il la vit trop tard s'approcher. Contrairement aux autres, elle ne portait pas de masque de loup, mais une coiffe blanche de laquelle s'échappaient de longues plumes de paon de la même couleur. Son corps était moulé dans une robe dont la teinte rappelait un clair de lune. Presque toutes les têtes tournaient pour la suivre des yeux. Elle affichait un sourire radieux, et pour cause. D'après Hypnos, ils avaient probablement trouvé une piste qui mènerait au livre ancien qu'elle cherchait depuis deux ans. Elle allait peut-être enfin disposer d'un moyen de quitter Paris.

Elle ne salua personne, mais fonça droit sur Séverin. Elle appuya les mains de chaque côté de son fauteuil et se pencha vers son visage. « Éclate de rire », lui chuchota-t-elle. Son souffle était chaud. « Maintenant.

— Pourquoi ? murmura-t-il.

— Parce que le propriétaire de l'*Éden* n'a jamais mis les pieds à l'intérieur du *Palais des Rêves* et ta présence a causé une certaine agitation. Plusieurs danseuses veulent savoir si tu as quelqu'un dans ta vie et, même si je les aime beaucoup, je n'ai pas envie qu'elles débarquent à l'hôtel et se mettent à te tourner autour. »

Séverin sentit de la chaleur parcourir sa colonne vertébrale. Elle voulait qu'il fasse semblant d'être en couple avec elle.

« La jalousie te va bien, Laila », déclara-t-il en souriant.

Elle émit un petit ricanement moqueur, mais serra un peu plus fort le fauteuil. « J'ai une réputation à soigner, c'est tout. Et toi aussi. Ça va attirer trop d'attention. Alors, ris.

— Qu'est-ce que tu me proposes en échange ? »

C'était peut-être la fumée dans l'air ou les lumières tamisées et les masques dorés, mais ces mots, destinés uniquement à la taquiner, n'eurent pas l'effet escompté. Laila s'écarta très légèrement et posa les yeux sur les lèvres de Séverin. En cet instant, tout le public aurait pu disparaître, il ne l'aurait pas remarqué. Dans son regard, il vit une réponse… *quelque chose*. Un éclair. Et pour la première fois, il se demanda si elle pensait comme lui à cette nuit volée. Si le souvenir la hantait également.

Mais un coup de cymbale annonçant sa performance retentit et elle s'éloigna sans s'attarder. Il laissa échapper un rire à retardement, espérant qu'il serait suffisant.

« Voici L'Énigme ! » annonça le présentateur.

Les projecteurs du plafond se braquèrent sur elle et Laila se retourna sans répondre. Séverin pesta dans sa barbe. Qu'est-ce qui lui avait pris ? Il courba les épaules et sentit le coin pointu de l'enveloppe dans sa veste.

« Qu'est-ce qui s'est passé ? voulut savoir Enrique.

— Rien du tout », riposta Séverin d'un ton brusque.

Il n'avait pas besoin de voir les yeux d'Hypnos ou de Tristan pour savoir quel genre de regard ils échangeaient. Les joues en feu, il sortit l'enveloppe et la déchira d'un geste rageur. Mieux valait avoir l'air énervé qu'humilié, se dit-il.

L'Énigme entra en scène et un tonnerre d'applaudissements retentit dans le théâtre. Les spectateurs se levèrent et martelèrent le sol à coups de talons. Le vacarme était tel que Séverin eut du mal à lire la lettre, puis les mots lui sautèrent au visage :

ROUX-JOUBERT S'EST ÉCHAPPÉ.
***NE QUITTEZ PAS* L'ÉDEN.**

Le message lui tomba des mains. Il avait l'impression de se déplacer sous l'eau. Il ne pouvait pas se lever assez vite. Autour de lui, les acclamations du public se transformaient en cris.

« Au feu ! » cria quelqu'un à côté de lui.

Les rideaux s'étaient embrasés en un instant. Des flammes gagnaient les balcons, se déplaçant à une vitesse anormale.

Tristan s'agrippa à son bras. « Mon Dieu… »

Séverin suivit son regard : Roux-Joubert venait de franchir l'entrée de la salle en trombe. À chaque pas, il projetait des étincelles sur le sol. D'autres hautes tentures de velours s'enflammèrent et une fumée épaisse emplit l'air.

Au plafond, le lustre oscillait dangereusement tandis que la foule se pressait pour évacuer la salle. Depuis la scène, le présentateur criait pour faire venir les gardes, appelait au *calme*…

Mais tout ce que Séverin entendit, ce fut Roux-Joubert.

« Ça ne marche pas comme ça, mon garçon, lança-t-il en souriant. Vous ne pouvez pas partir sans rien abandonner. »

Le regard du représentant de la maison déchue se porta sur Laila. Elle avait réussi à descendre de la scène et courait vers leur table. Elle tendit la main et Hypnos la saisit. Le chapeau melon vola en tourbillonnant dans leur direction. Séverin s'élança de son fauteuil et se jeta sur la danseuse, la recouvrant de son corps jusqu'à ce qu'ils s'écrasent tous les deux sur le plancher.

Le cœur de la jeune femme battait furieusement contre le sien et il aurait voulu être bercé par cette cadence pour toujours. Autour d'eux, des pas martelaient le sol, des cris résonnaient. Il ferma les paupières et se raidit tout entier pour encaisser un coup qui ne vint jamais.

« Oh non, oh non », hurla Enrique.

Séverin ouvrit les yeux, se dégageant de Laila pour se relever. Mais elle devait avoir vu quelque chose, car elle laissa échapper un cri étranglé.

Il se retourna et eut l'impression que la terre avait arrêté de tourner.

Il s'était trompé. Laila n'avait jamais été la cible du chapeau à bords tranchants. Une odeur métallique lui frappa les narines. Tristan tanguait. Il ouvrit la bouche, comme s'il allait parler. Le chapeau melon était tombé sur le sol à l'envers, sa lame étincelait. Une fine ligne rouge tachait le col de la chemise de Tristan. L'entaille s'élargit. Du sang se mit à sourdre sur le devant de sa veste. Il s'effondra et sa tête tomba en arrière, heurtant le plancher.

Séverin ne se rappelait pas s'être précipité vers lui. Il ne se souvenait pas d'avoir ramassé la dépouille de Tristan et de l'avoir serrée contre lui. Les autres s'étaient rapprochés. Il savait qu'ils criaient, couraient chercher de l'aide, se déplaçaient à toute vitesse comme si la réalité n'allait pas réussir à les rattraper. Mais il avait conscience de la vérité. Il avait compris au moment où il avait touché le menton de Tristan pour le tourner vers lui. Ses yeux gris étaient encore grands ouverts, mais la mort avait terni leur éclat à tout jamais.

SEPTIÈME PARTIE

Extrait des archives de l'Ordre de Babel

Les Origines de l'Empire
Maîtresse Hedvig Petrovna, maison Dažbog de la faction russe de l'Ordre
1771, règne de l'impératrice Catherine Alexeyevna

On dit que lorsque l'un d'entre nous meurt, la mémoire de son sang se trouve dans l'anneau.

L'anneau sait toujours qui est son véritable maître ou sa véritable maîtresse.

36

SÉVERIN

Trois semaines plus tard…

Séverin était assis dans son bureau et attendait ses invités. La lumière de l'après-midi, épaisse et dorée comme du jaune d'œuf, se répandait sur le bois de sa table de travail. Ça le surprenait parfois. Que le soleil ait l'audace de se lever après ce qui s'était passé.

La porte s'ouvrit et la matriarche de la maison Kore entra avec Hypnos. Le patriarche était vêtu de noir, ses yeux pâles étaient cerclés de rouge.

« Tu as raté les funérailles », déclara-t-il.

Séverin ne répondit pas. Il ne voulait pas faire son deuil. Il voulait se venger. Il voulait retrouver les membres de la maison déchue et leur trancher la gorge.

La matriarche le regarda et sursauta lorsqu'elle le reconnut. La stupéfaction se lisait son visage. Il espéra que sa main lui faisait encore mal.

« Vous… », commença-t-elle en levant un bras. Mais elle aperçut son anneau et croisa les mains sur ses genoux. « Le gouvernement français et l'Ordre de Babel vous sont redevables, à vous et à vos amis, pour les services que vous nous avez rendus en retrouvant mon anneau et en empêchant ce qui aurait pu être la fin de la civilisation », déclara-t-elle avec raideur.

Hypnos joignit les doigts devant lui. « Il n'y a aucune raison de retarder le processus plus longtemps. La maison Vanth sera restaurée. Tu seras patriarche. »

Il retira l'anneau de son doigt et le posa sur le bureau. Puis il fixa la matriarche jusqu'à ce qu'elle fasse de même. De sa poche de poitrine, Hypnos sortit une petite lame.

« Cela ne fera mal qu'un instant, promit-il avec douceur, et ensuite tu pourras réclamer ce qui t'appartient. Tu pourras devenir patriarche à temps pour le Conclave d'hiver en Russie. L'Ordre tout entier reconnaîtra ta légitimité. »

La matriarche évitait le regard de Séverin et ses lèvres étaient pincées. Séverin gardait les yeux rivés sur son bureau. C'était le moment pour lequel il avait travaillé si longtemps… un nouveau test des deux anneaux. Il s'était imaginé cet instant mille fois. Son sang, celui dont on avait nié la légitimité et qu'on avait déclaré faux, étalé sur leurs anneaux, la lumière bleue s'élevant en spirale le long de ses bras, s'insinuant dans sa peau. Il s'était imaginé cet instant comme une délivrance. Comme si des ailes se détachaient de sa peau. L'impossible devenu réalité : le monde serait comestible, le ciel un tissu qu'il pouvait retirer et enrouler autour de ses poings. Il n'avait jamais pensé qu'il se sentirait dans un tel état. Vide.

« Qu'est-ce qu'un peu plus de sang versé », déclara-t-il en poussant les anneaux sur son bureau.

Hypnos l'examina bizarrement. « Je pensais que c'était ce que tu voulais. »

Séverin regarda les deux bijoux rouler sur le bois. Il cligna des paupières et aucune lumière bleue ne flotta derrière ses yeux. Il entrevit des cheveux clairs, des ongles incrustés de terre. Des yeux gris baissés.

Pourquoi ça ne peut pas être suffisant ? Parfois, j'aimerais bien que tu n'aies même pas envie d'être un patriarche.

Un souvenir remonta, sans qu'il le veuille, celui du jour où Hypnos l'avait obligé à prêter serment. Séverin se rappelait avoir observé Zofia, Tristan, Enrique et Laila à travers la porte vitrée. Ils avaient bu du thé et du cacao, mangé des biscuits. Il se souvenait d'avoir souhaité pouvoir garder ce moment à l'abri sous une vitre. Voilà où ça l'avait mené. Il avait juré de protéger Tristan et son ami était mort. Il avait promis de veiller sur les autres… et la maison déchue, qui avait vu *tous* leurs visages, courait toujours. Et attendait. Sans ses amis à ses côtés, ils ne trouveraient jamais la maison déchue. Et s'ils étaient avec lui, ils auraient à tout instant la mort aux trousses. Il ne pouvait pas risquer qu'il leur arrive quoi que ce soit. Mais il ne pouvait pas leur permettre de s'approcher trop près non plus. Quand il cligna des yeux, il repensa au corps de Laila sous le sien, à la cadence des battements de son cœur. Le chant des sirènes. La culpabilité interrompit ses pensées. À cause de l'appel de ses battements de cœur, il aurait toujours le sang de Tristan sur les mains.

Les yeux de la matriarche s'élargirent.

« Le voulez-vous ? demanda-t-elle. Voulez-vous faire le test ?

— Non. » Il se leva brusquement et se précipita vers la porte en les poussant à l'extérieur. « Plus maintenant. »

37

Laila

Trois mois plus tard…

Laila se tenait dans le couloir devant le bureau de Séverin. Dans ses mains, elle serrait la dernière pile de rapports. Il lui avait dit que ce n'était pas nécessaire de les lui faire parvenir personnellement, mais elle ne pouvait plus se retenir.

Elle se demandait si le chagrin pouvait parfois briser les gens. Ils portaient tous des fractures, de nouvelles marques. Enrique ne quittait pratiquement plus la bibliothèque où il restait plongé dans ses recherches. Zofia vivait dans son laboratoire. Le charme d'Hypnos paraissait entaillé au couteau, endommagé.

Le chagrin la submergeait parfois par surprise et elle ne savait pas trop comment y faire face. Le mois dernier, elle s'était mise à pleurer parce que le cacao dans les cuisines était périmé. Personne n'en buvait jamais, à part Tristan. Et puis, il y avait eu cette bouchée de nuit égarée qu'elle avait retrouvée dans la poussière sous son lit. Elle avait cessé de porter du crêpe noir depuis deux mois, mais ça ne l'empêchait pas d'errer dans les jardins de l'*Éden*, comme si elle pouvait encore apercevoir une tête blonde et entendre la pointe de son rire.

En réalité, ces derniers temps, Laila ne savait plus trop quoi faire. Séverin lui envoyait des objets à lire, mais elle commençait à penser que le chagrin avait affecté ses capacités de lecture.

Tout avait commencé après l'enterrement.

Laila s'était rendue dans l'atelier de Tristan. Elle ne savait pas trop ce qu'elle y cherchait. Un objet symbolique, peut-être. Quelque chose d'heureux qui pourrait éloigner la dernière image de son ami, les cheveux couverts de sang, les yeux gris perdant leur éclat tandis que le visage de Séverin paraissait dévasté par les rêves brisés.

Mais ce qu'elle avait trouvé n'était pas du bonheur.

C'était un tiroir secret, un tiroir dont même Séverin n'avait pas connaissance. Il contenait les corps épinglés d'oiseaux sans ailes. Laila avait frissonné en tombant dessus par hasard. C'était là que le mystère des terres sans oiseaux de l'*Éden* trouvait son explication. Lentement, elle avait touché l'une des épingles de fer qui les clouaient dans une mort indéfinie et une image lui était apparue. Tristan posant des pièges. Tristan attrapant des oiseaux, roucoulant pour les apaiser, pleurant lorsqu'il leur arrachait des plumes pour adoucir l'univers miniature qu'il avait créé avec tant d'amour dans l'obscurité de son atelier. Elle l'avait entendu chuchoter aux créatures qui se débattaient : « Tu vois ? Ce n'est pas si mal, tu n'as pas besoin de t'envoler. »

Bien malgré elle, elle se remémora les paroles de Roux-Joubert dans la serre : *Grâce à son amour, sa peur et son esprit fêlé, il a été facile de le convaincre qu'en vous trahissant, il vous sauvait…*

Elle avait tout brûlé. Toutes les preuves. Et maintenant, elle ne savait même plus si ce qu'elle avait aperçu était vrai. Quand elle cherchait à s'en souvenir, elle avait l'impression d'appuyer sur une blessure récente. Elle n'en avait jamais parlé à Séverin. Elle n'avait pas eu le courage de lui montrer ce spectacle. Il errait déjà dans les couloirs de l'*Éden* comme s'il avait vu assez de fantômes pour toute une vie. Pourquoi lui montrer des démons en plus ?

Laila hésita devant la porte et était sur le point de tourner les talons quand le battant s'ouvrit d'un coup.

Séverin se tenait devant elle, les yeux fous, choqué de la trouver là. Elle sentit ses joues s'enflammer. Le moment où elle s'était penchée sur lui, le soir où il lui avait murmuré avec avidité « Qu'est-ce que tu me proposes en échange ? », ressemblait à une antiquité d'une autre époque.

« Laila, dit-il en soupirant et en prononçant son prénom comme si c'était une malédiction dont il souhaitait se débarrasser. Qu'est-ce que tu fiches ici ? »

Laila avait attendu ce moment. Elle avait rassemblé tout son courage pour prononcer les mots qu'elle s'apprêtait à lui dire. Pendant les deux dernières années, elle pensait que le fait que sa vie ait une date limite la contraignait à garder ses distances… mais la mort de Tristan avait changé sa perception.

Elle ne voulait pas traverser la vie sans éprouver de sentiments. Elle voulait tout connaître tant qu'elle le pouvait encore. Elle ne voulait pas être hantée par les regrets, simplement parce qu'elle n'avait pas osé franchir une porte. Elle ne voulait pas d'une simple nuit. Elle voulait une chance. Et c'est cette détermination, plus que toute autre chose, qui la poussa à lâcher tous les rapports sur le sol, à s'avancer vers Séverin et à l'embrasser.

38

SÉVERIN

Séverin avait baptisé son septième père Luxure.

Luxure lui apprit qu'un cœur brisé faisait une excellente arme, car ses morceaux étaient redoutablement tranchants.

Un jour, Luxure devint complètement obsédé par un jeune homme du village qui l'aimait en retour. Séverin et Tristan passèrent plusieurs nuits à rire de tous les sons étranges qui résonnaient dans les couloirs. Mais le jeune homme finit par se présenter à leur villa, annonçant qu'il était tombé amoureux d'une femme choisie par sa famille et qu'il devait l'épouser dans les quinze jours.

Luxure était furieux. Il détestait se sentir rejeté et décida d'aller voir la jeune femme. Il la fit rire, la fit tomber amoureuse de lui. Et quand elle lui annonça qu'elle portait son enfant, il l'abandonna. La fille se suicida et le jeune homme qu'elle aurait dû épouser perdit la raison.

Séverin soupçonnait Luxure d'avoir lui aussi perdu le sens commun. Il passait des journées entières assis sur le balcon en pierre, les pieds suspendus dans le vide, le corps penché en avant comme s'il mettait le monde au défi de lui faire pousser des ailes à la dernière seconde.

La veille du départ de Séverin et de Tristan pour Paris, Luxure lui chuchota : « La luxure est moins dangereuse que l'amour, mais les deux peuvent entraîner ta perte. »

Séverin mit fin au baiser et s'écarta d'un bond.

« Qu'est-ce que c'était que ça ? » demanda-t-il, furieux.

La confusion se lisait sur le visage de Laila, mais elle la masqua rapidement.

« C'est un rappel », répondit-elle d'un ton hésitant, les yeux baissés. Elle finit par les lever vers lui et ajouta : « Qu'il faut vivre à nouveau… »

Vivre ?

« Les morts ne méritent pas qu'on se transforme en fantôme. »

Elle se rapprocha. Son expression manifestait tellement d'espoir qu'il sentit une douleur dans sa chair. Le souvenir le frappa comme une gifle. Il repensa au fait que c'était sur elle qu'il s'était jeté pour faire un bouclier de son corps et pas sur Tristan, celui qu'il avait pourtant juré de protéger. Comment osait-elle parler de ce que les morts méritaient ?

De la glace s'infiltra dans son cœur. Un rictus tordit sa bouche et il rit en regagnant son bureau. Il s'appuya dessus.

« Laila. Que veux-tu que je dise ? Veux-tu que je te récite des poèmes ? Que je te chuchote que tes lèvres ont un pouvoir magique qui m'a ressuscité ? »

Elle tressaillit. « Je pensais que dans les Catacombes…

— Tu as vraiment cru que ce baiser signifiait quoi que ce soit ? demanda-t-il en souriant. Qu'une nuit aurait la moindre importance ? Je m'en souviens à peine. Sans vouloir te vexer, bien sûr.

— Arrête, Séverin. On sait tous les deux que ça voulait dire bien plus que ça.

— Tu délires, affirma-t-il froidement.

— Prouve-le », dit-elle d'une voix qui ressemblait à un murmure.

Séverin rouvrit les yeux. Elle était juste en face de lui, ses pas avaient été amortis par l'épais tapis sous leurs pieds. Il se tint bien droit pour toucher la joue de Laila. Le corps de la jeune femme fut parcouru d'un léger tremblement.

« Tu rougis alors que je t'ai à peine touchée », souligna-t-il. Il se força à afficher un nouveau rictus méprisant, tandis que son imbécile de cœur faisait des bonds dans sa poitrine. « Tu veux vraiment que j'aille jusqu'au bout de l'expérience pour te prouver ma sincérité ? Ça ne fera que t'humilier... »

Laila passa les bras autour de son cou et l'attira contre elle. Les mains de Séverin s'agrippèrent à sa taille, comme si c'était une ancre. Comme s'il se noyait. Et peut-être que c'était le cas. Un soupir emprisonné dans sa gorge se transforma en gémissement, quand elle glissa la langue dans sa bouche.

« Laila », chuchota-t-il. Il répéta son nom, le murmurant comme une prière.

Il la souleva du sol, se retourna brusquement et la déposa sur le bureau. Les jambes de la danseuse se retrouvèrent de chaque côté des hanches de Séverin. Ils étaient si proches l'un de l'autre que la lumière de son bureau en néphrite ne parvenait pas à se faufiler entre eux. Il agrippa la soie noire de ses cheveux. C'était l'effet de ce baiser qui soi-disant ne signifiait rien : il avait l'impression qu'il ne pourrait jamais la toucher assez, la goûter assez, que cette unique étreinte le laisserait en manque, comme un toxicomane. Le cou de Laila était de la soie chaude contre ses lèvres. Il était comme ivre. Puis, il sentit la main de la jeune femme frôler l'endroit où sa chemise rejoignait son pantalon et il s'arrêta net.

Il recula. Les jambes de Laila, enroulées autour de la taille de Séverin quelques instants plus tôt, retombèrent et les talons de la jeune femme heurtèrent l'avant du meuble.

« Tu vois ? déclara-t-il d'une voix rauque. Je te l'avais dit. Rien. »

La fureur déforma les traits de la danseuse. « Tu sais que c'est faux. Et si tu le penses vraiment, tu es un idiot, *Majnun.* »

Ce dernier mot le fit grimacer intérieurement. Quand il la regarda enfin, elle avait le regard à vif. Il ne se souvenait même pas d'avoir tenté de prononcer les mots qui s'échappèrent de ses lèvres, mais le venin qu'ils contenaient lui fit froid aux dents. « Tu peux m'appeler comme tu veux. On ne peut pas être blessé par quelqu'un qui n'est même pas réel. »

Il ne pouvait pas se douter de ce qu'il allait ressentir ensuite, une sorte de coup de tonnerre qui sembla fendre l'air, lorsque quelque chose en Laila se brisa.

39

Séverin

Deux mois plus tard... Novembre 1889

Séverin brandissait une gigantesque étole qui, jusque très récemment, aurait pu être un renard argenté. Ou peut-être une belette au poil lustré. Il était incapable d'identifier ce genre de bête. Des éclats grenat brillaient dans la fourrure, de sorte qu'elle semblait tachée de sang.

« Qu'est-ce que c'est que ça ?

— C'est ton cadeau d'anniversaire, mon cher ! s'exclama Hypnos en applaudissant. Tu ne le trouves pas *splendide* ? C'est parfait pour notre voyage. Il fait glacial en Russie et au Conclave d'hiver de l'Ordre, il ne faut surtout pas que tu passes pour un snob parce que tu trembles de froid. Ce serait inconvenant. »

Séverin tint l'étole à bout de bras.

« Merci. »

Il ouvrit le protocole du Conclave d'hiver. Ils séjourneraient dans un palais, semblait-il, avec des suites séparées réservées aux – il approcha la page de son visage pour déchiffrer le mot – *maîtresses*. Il leva les yeux au ciel. Bon nombre de factions de l'Ordre du monde occidental seraient présentes, en particulier celles qui gardaient le fragment de Babel d'un continent. Si la maison déchue cherchait à rassembler tous les fragments de Babel, le problème dépassait largement le seul territoire de la France.

« Et Laila ? » s'enquit Hypnos.

Le papier glissa des mains de Séverin.

« *Quoi* Laila ? » demanda-t-il, sans lever les yeux.

Il ne l'avait pas vue depuis cette fameuse soirée dans son bureau. Il chassa ce souvenir.

Si tout se passait comme prévu, ils trouveraient son précieux livre. Elle quitterait Paris et il serait libéré de sa culpabilité.

« Vous ne travaillez plus ensemble ?

— Si. »

Enrique était devenu, contre son gré et avec beaucoup de mauvaise volonté, leur intermédiaire. Laila ne parlait peut-être plus à Séverin, mais c'était toujours lui qui avait ce dont elle avait besoin : l'accès aux artefacts et aux renseignements récoltés par l'Ordre. Et elle avait toujours ce dont lui avait besoin : la capacité de lire les objets qui détenaient de précieux secrets. Séverin remplissait un carton avec les effets personnels de tel ou tel collectionneur ou conservateur et les lui envoyait, accompagné d'un rapport sur l'avancement des recherches pour retrouver la maison déchue. La danseuse renvoyait la boîte avec des notes concernant la personne en question, ainsi que tout ce qu'elle avait pu apprendre au *Palais des Rêves*. C'était une méthode qui leur convenait à tous deux.

« Tu lui as demandé de se joindre à nous au Conclave d'hiver ? »

Séverin acquiesça.

« Et elle a répondu ? »

Il soupira. « Non. »

C'était un autre problème. Il n'arrivait pas à savoir ce qu'elle souhaitait, ce qui la convaincrait de se joindre à eux.

« Ah, les querelles d'amoureux, déplora Hypnos.

— Laila n'est pas ma bien-aimée.

— Dommage pour toi, mon cher. » Hypnos haussa les épaules et consulta la pendule au-dessus de la porte du bureau. « Ta fête d'anniversaire bat son plein en bas. Tu es au courant ?

— Mm.

— Tu comptes y faire une apparition ?

— La soirée est tellement avancée, je doute que quelqu'un se souvienne de ma présence. »

Hypnos leva les yeux au ciel, s'inclina devant lui et sortit de la pièce. Séverin réprima un bâillement. Il voulait rester dans son bureau, mais n'avait rien à y faire. *Joyeux anniversaire,* en effet. L'année précédente, Tristan avait eu la brillante idée de préparer un entremets vivant et de le remplir de vingt-quatre merles en hommage à la comptine que Séverin trouvait drôle quand il avait 8 ans. Zofia avait construit un gâteau cage avec un mécanisme forgé qui s'ouvrait lorsque Séverin soufflait les bougies. Enrique avait déniché une édition originale d'un recueil contenant la fameuse comptine. Laila avait préparé la confiture. Mais une fois les bougies soufflées et la cage ouverte, aucun oiseau n'avait voulu s'envoler, car ils préféraient de loin le gâteau de Laila. Puis Tristan avait voulu les garder. Et Enrique avait été furieux parce qu'il y avait des fientes d'oiseaux sur les livres de la bibliothèque. L'entremets était immangeable après cela, mais Laila lui avait préparé un cupcake et l'avait posé sur son bureau le lendemain avec une petite bougie.

Séverin faillit s'esclaffer, mais l'éclat de rire mourut à mi-chemin de ses lèvres.

Il n'y aurait jamais plus d'anniversaire comme celui-là.

Juste avant de sortir, il prit un masque d'ouroboros sur son bureau. Celui-ci, en laiton, formait un motif complexe en forme de huit qui dissimulait ses yeux, et lui permettait d'observer les festivités du haut de la rampe. Ce soir-là, un bal masqué était organisé à l'*Éden*. Des acrobates descendaient en tourbillonnant du plafond, des masques grimaçants plaqués sur le visage. Tout le monde était de la partie. Zofia portait un masque au bec pointu, ses cheveux en forme de nuages s'enroulant autour d'elle comme des plumes ébouriffées. Enrique était à côté d'elle, un masque de singe souriant sur la figure, une queue factice accrochée au bas de son dos. Hypnos préférait aborder une traîne en forme de phénix forgée pour produire un effet de flammes qui s'entortillent.

Douze femmes portant des plumes de paon franchirent les portes en file indienne et se déversèrent dans le hall de l'hôtel. Elles étaient éblouissantes.

Mais elles n'étaient pas Laila.

Dans son dos, Séverin entendit son factotum crier : « Veuillez accueillir les étoiles du *Palais des Rêves*, qui vont exécuter une danse *très* spéciale en l'honneur de l'anniversaire de M. Montagnet-Alarie ! »

La foule applaudit. Séverin tourna les talons. Sa suite était juste à côté de l'alcôve ouest, dissimulée derrière une porte Tezcat : un long miroir ovale cerné par un ouroboros. Le serpent était forgé de façon à ce qu'il ondule à l'infini et poursuive éternellement sa propre queue. Ce n'est qu'en l'attrapant par la gorge comme si on l'étranglait que le serpent s'arrêtait. C'était aussi avec ce geste qu'on pouvait accéder à la suite.

La chambre de Séverin était plutôt spartiate, ce qu'il appréciait beaucoup. Le lit était large, avec une tête en ébène. Le baldaquin transparent et doré était forgé pour que, si quelqu'un le touchait entre 2 et 4 heures du matin – les heures de prédilection pour les assassinats, lui avait-on dit –, l'inconnu se retrouve pris dans les fils du tissu.

Séverin se massa la nuque, laissa tomber le masque de serpent sur le sol, ôta ses chaussures et sortit sa chemise de son pantalon. Lorsqu'il inspira profondément, il se demanda s'il ne commençait pas à perdre la tête. C'était impossible : il avait l'impression de sentir l'odeur de Laila. Du sucre dans l'air. Un léger arôme d'eau de rose. Elle le hantait. Il appuya ses paumes contre ses yeux.

Qu'est-ce qui ne tournait pas rond chez lui ? Il fit quelques pas, prêt à s'effondrer dans son lit, avant de s'arrêter brusquement.

Il était déjà occupé.

« Bonjour, *Majnun*. »

Laila était perchée au bord du matelas. Elle portait une robe qui semblait taillée dans un ciel de nuit. Elle se déplaça sous son regard et des étoiles scintillèrent et traversèrent sa toilette d'un bout à l'autre. Séverin se demanda si c'était bien elle. Ou si elle n'était qu'un fantasme créé par ses désirs. Mais elle lui adressa un sourire complice et il fut ramené à l'instant présent.

Ils ne s'étaient plus adressé la parole depuis des semaines, et pourtant, la *façon* de lui parler – les échanges de petites piques – lui revint en mémoire, aussi naturellement que les mouvements de respiration. Elle n'avait plus le regard écarquillé et meurtri qu'elle avait eu la dernière fois qu'ils avaient discuté dans le bureau. Au contraire, elle ressemblait à une icône. Redoutable et magnifique.

Intouchable.

Et il était là. Débraillé et fatigué et ne voulant pas le montrer.

« Qu'est-ce qui amène la star du *Palais des Rêves* dans mon lit ? »

Elle rit et, même s'il était habillé, il aurait tout aussi bien pu être nu.

« Une proposition », répondit-elle avec légèreté.

Il haussa un sourcil. « Une proposition qui a à voir avec mon lit ?

— Comme si tu savais quoi faire de moi dedans », répliqua-t-elle en examinant ses ongles.

Il le savait parfaitement…

« Ma proposition est en rapport avec le Conclave d'hiver en Russie.

— Tu viens avec nous ?

— À mes propres conditions.

— Qu'est-ce que tu veux ? »

Elle se pencha en avant. La lumière s'accrochait à sa peau. « Je veux un accès spécial. Je ne veux pas me cacher dans un gâteau. Ou me faire passer pour une femme de chambre. »

Tout à coup, il comprit.

« Tu veux que je fasse de toi ma maîtresse.

— Oui. Hypnos a refusé, ce qui ne laisse que toi comme option envisageable. La fête est dans trois semaines, je peux difficilement déployer des efforts pour m'attirer les faveurs d'un inconnu. »

Il essaya de ne pas penser au fait qu'elle avait d'abord demandé à un autre homme, mais il n'y parvint pas.

Elle approcha la main et il remarqua qu'elle portait des bijoux. De lourdes pierres brutes sur ses index et de fins fils d'or martelé aux poignets. Elle n'avait jamais porté ce genre d'accessoires à l'hôtel parce qu'ils la gênaient pour cuisiner.

Quand elle le toucha, il se raidit.

« Qu'en dis-tu, *Majnun* ? Ce ne sera qu'une façade, je t'assure. » Sa voix était basse, son ton empreint d'une séduction presque professionnelle qui coupa le souffle de Séverin, alors qu'il luttait de tout son être pour lui résister. « Tu as besoin de moi. Tu le sais. Si je ne suis pas là, tous tes plans pour trouver *Les Paroles divines* tombent à l'eau. »

Les doigts de la jeune femme traçaient maintenant les contours du cou de Séverin, de sa mâchoire. Il n'arrivait plus à respirer.

« D'accord, lâcha-t-il.

— Promis ? chuchota-t-elle. J'ai besoin de te l'entendre dire. »

Il déglutit. « Je promets de te faire passer pour ma maîtresse et de t'emmener à la fête de l'hiver.

— Promets-moi que tu partageras avec moi toutes tes découvertes », pressa-t-elle.

Elle avait défait le premier bouton de la chemise du jeune homme. Elle posa les mains sur son torse.

« D'accord, oui, c'est promis », répondit-il d'une voix rauque.

Laila se pencha plus près, son visage à quelques centimètres du sien, ses lèvres couleur prune s'écartèrent doucement.

« Bien », fit-elle.

Quelque chose brûlait la peau de Séverin. Il retint un cri et baissa les yeux vers son poignet : la pile de bracelets qu'elle avait au bras n'était pas du tout des bracelets, mais du fil de fer forgé dans le même matériau qu'un tatouage de serment. La marque était désormais gravée dans sa peau par sa promesse. La brûlure ne dura qu'un instant, puis le métal disparut sous son épiderme.

« J'ai appris à ne pas me fier à tes paroles. Alors j'ai pris mes précautions.

— Comment…

— J'ai appris des meilleurs », déclara-t-elle en lui tapotant la joue.

Il lui attrapa le poignet.

« Tu devrais être plus prudente avec les promesses que tu soutires, la prévint-il à voix basse. Tu sais quel contrat tu viens de passer ?

— Je sais exactement ce que je fais, répliqua-t-elle en plissant les yeux.

— Ah oui ? Parce que tu viens d'accepter de passer la nuit dans mon lit pendant les trois semaines à venir. Je te le rappellerai.

— Je le sais, *Majnun,* dit-elle avec plus de douceur cette fois. Et je sais aussi que ce ne sera pas une tentation pour toi. Tu seras peut-être même obligé de m'embrasser de temps en temps, juste pour prouver que je suis bien ta maîtresse. Mais tu te souviens ? Ça ne signifie rien. »

Elle se glissa au bas du lit et se dirigea vers la porte.

« Bon anniversaire, *Majnun,* lança-t-elle alors que le battant se refermait. Dors bien. »

Il ne ferma pas l'œil de la nuit.

40

Hypnos

Hypnos marchait d'un pas vif dans les couloirs d'Erebus. Il faisait froid dehors et les feux avaient été mis en veilleuse pour la nuit, ce qui signifiait que la matriarche de la maison Kore serait accueillie de façon glaciale. Elle serrait fermement son étole de fourrure contre son corps. Si elle n'avait pas pris la peine de l'enlever, sa visite ne serait pas longue.

« Pourquoi êtes-vous venue ici à cette heure ? » demanda-t-il d'un ton las.

Elle était probablement offensée par son absence de cérémonial, mais ne le montra pas.

« Le Conclave d'hiver approche à grands pas.

— Au risque de vous surprendre, madame, je possède un calendrier. »

Elle s'humecta les lèvres et ses yeux se posèrent sur la porte.

« Votre ami, M. Montagnet-Alarie… êtes-vous certain qu'il ne nous demandera pas de lui faire passer le test des deux anneaux ? »

Hypnos fronça les sourcils. Qui pouvait dire avec certitude ce qui se passait dans la tête de Séverin ? Peut-être redemanderait-il ? Le chagrin l'avait poussé à refuser, mais avec suffisamment de temps, il se dirait peut-être que son héritage pourrait en valoir la peine.

« Je ne peux pas l'affirmer avec certitude. »

La matriarche ferma les paupières. « Assurez-vous qu'il ne le demande pas. Du moins, pas avant qu'il n'ait aidé l'Ordre à retrouver la maison déchue.

— Il y a quelque chose que vous ne me dites pas... »

Elle hésita avant de répondre avec réticence : « Nous lui avons fait passer ce test après que l'ancien patriarche de la maison Vanth a été tué dans un incendie.

— Je suis au courant et tout le monde sait que les résultats ont été falsifiés...

— Non, ils n'ont pas été truqués. »

Hypnos marqua une pause. « Que voulez-vous dire ?

— Qu'il n'est pas l'héritier de sang de la maison Vanth et qu'il ne doit jamais l'apprendre. »

REMERCIEMENTS

Pendant longtemps, j'ai cru que je ne parviendrais pas à écrire ce livre. La tâche me semblait incommensurable. Les énigmes étaient des nœuds de non-sens. Les personnages me montraient les dents quand je m'approchais trop près. Mais j'ai réussi à trouver mon chemin dans ce monde et j'ai gardé la tête hors de l'eau grâce aux personnes suivantes.

À ma famille chez Wednesday Books, je vous suis très reconnaissante pour votre soutien. Merci à Eileen, qui a fait de moi une lectrice de romances et qui a suivi cette histoire depuis ses origines quand elle n'était qu'une masse informe de mots et un tableau sur Pinterest. À Brittani, Karen, et DJ, merci d'avoir mis le feu aux poudres ! À Thao, vous êtes une agente de rêve qui apporte un soutien indéfectible. Je ne voudrais être dans les tranchées avec personne d'autre. Merci aussi à ma famille de l'agence littéraire Sandra Dijkstra pour tout ce que vous faites, et surtout à Andrea, qui a porté ces histoires à l'étranger. À Sarah Simpson-Weiss, assistante extraordinaire, comment ai-je pu exister sans vous ?

À Noa, je vous suis très reconnaissante pour tous vos conseils, votre humour et vos précieux commentaires.

À mes amis extraordinaires... Merci à Lyra Selene, ma merveilleuse critique qui a lu cette histoire des milliers de fois. À Ryan : un millier de *hiiiiii* ! À Renée et JJ, oracles illuminés et glamour. À Eric, qui m'a laissée emprunter son nom. À Russell et Josh, qui m'ont patiemment vue dans toutes les situations de panique pour tenir des délais. À Marta, Zan et Amber, qui m'ont permis de rester saine d'esprit, les pieds sur terre, et de rire. À Katie, qui m'a aidée pour les maths. À Niv, Victoria, et Bismah : je n'aurais pas pu écrire une histoire d'amitié sans vous.

À mon incroyable famille : maman, papa, Ba et Dadda, Lalani, mes oncles et tantes et mes futurs beaux-parents. Votre soutien m'a amenée ici et me permet de continuer. Un remerciement spécial à mes Alpesh Kaka et Alpa Kaki, chez qui j'ai lu pour la première fois les récits de chasse au trésor palpitants qui ont servi de base à mon projet. Shiv, Renuka, Aarav (je n'oublierai jamais quand je t'ai rencontré), Sohum, Kiran et Alisa, Shraya – je ne le dis pas assez souvent, mais je vous aime. Un remerciement spécial à mon cousin, Pujan, dont la vision brillante du monde de l'art m'a fait repenser ma façon d'observer les œuvres de l'histoire. À Pog et Cookie, les bêta-lecteurs qui seront les premiers à me dire : « Qu'est-ce que c'est que ce truc chelou ? » Je suis extrêmement fière d'être votre sœur.

À Panda et Teddy, qui ne savent ni lire ni écrire, mais qui semblent devenir de plus en plus duveteux pour absorber mon désespoir d'écrire. Merci.

À Aman. Je ne voudrais pas faire ce voyage avec quelqu'un d'autre. Tu apportes de la magie à mon monde.

Et enfin, à mes lecteurs, merci beaucoup. Vous emplissez mon cœur de joie.

NOTE DE L'AUTRICE

Je prenais mon petit-déjeuner en écoutant la radio publique NPR par hasard, quand j'ai entendu parler pour la première fois du zoo humain où avaient été exposés des Philippins. Le village philippin était l'une des attractions les plus importantes et les plus visitées de l'Exposition universelle de 1904 à Saint-Louis, dans le Missouri. Les visiteurs étaient particulièrement attirés par la tribu « primitive » des Igorots forcés de dépecer et de manger des chiens.

Cette émission m'a choquée. Je n'arrivais pas à croire que je venais d'entendre les mots *zoo humain*.

C'est cet épisode de l'histoire qui m'a guidée vers l'univers des *Loups dorés* et, plus précisément, les événements de l'Exposition universelle de 1889, qui s'est tenue à Paris et dont l'attraction principale était un zoo humain – appelé à l'époque « Village nègre » – visité par vingt-huit millions de personnes.

En tant que Philippine et Indienne, le colonialisme coule dans mes veines. Je n'arrivais pas à réconcilier les horreurs de cette époque avec l'image glamour que je me faisais jusqu'alors du XIXe siècle : les courtisanes, le *Moulin-Rouge,* les fêtes où ruisselaient paillettes et champagne.

Je voulais comprendre comment une période appelée la Belle Époque pouvait conserver ce nom malgré une tache pareille. Je voulais explorer la beauté et l'horreur à travers les yeux des gens au ban de la société. Et, enfin, j'avais envie de partir à l'aventure.

Mes recherches ont été une véritable aventure. J'ai appris que le héros national philippin José Rizal avait vraiment séjourné à Paris en 1889. J'ai récolté beaucoup trop d'informations concernant l'histoire de la production de glace, qui ne s'est jamais retrouvée dans le livre. J'ai également appris que si le Paris de la Belle Époque a connu des avancées artistiques et scientifiques, il a aussi perpétué l'antisémitisme profond qui se répandait en Europe, en particulier dans l'Empire russe.

Bien que j'aie pris de nombreuses libertés avec le cours du temps et la vérité, il ne m'a jamais semblé juste de démêler la beauté de l'horreur du XIXe siècle.

Lorsque nous gommons l'horreur et que nous aseptisons le grotesque, nous risquons d'effacer les chemins qui ont mené l'humanité jusqu'à nous.

L'histoire est un mythe façonné par les langues des conquérants. Ce qui semble juste peut finalement tourner au vinaigre et laisser un goût amer dans nos esprits collectifs. Ce qui semble cruel peut plus tard fleurir et s'illuminer. Je voulais écrire cette trilogie non pas pour instruire ou condamner, mais pour poser des questions…

Pour remettre en question ce qui est en or et ce qui brille.

À PROPOS DE L'AUTRICE

© Aman Sharma

Roshani Chokshi est une autrice figurant sur les listes best-sellers du *New York Times*. Elle écrit des livres pour enfants (la saga *Aru Shah,* optionnée par Paramount Pictures et figurant dans la liste du *Time Magazine* des 100 meilleurs romans de fantasy de tous les temps) et des romans Young Adult (*The Star-Touched Queen*) qui s'inspirent de la mythologie et du folklore.

Ses œuvres ont été sélectionnées pour les prix Locus et Nebula et ont souvent figuré sur les listes des meilleurs livres de l'année de Barnes and Noble, Forbes et Buzzfeed entre autres. Elle est membre du National Leadership Board du Michael C. Carlos Museum et vit en Géorgie avec son mari et leur chat dont les plans diaboliques doivent régulièrement être déjoués.

www.roshanichokshi.com
@Roshani_Chokshi
@roshanichokshi

Composition et mise en pages
Nord Compo à Villeneuve-d'Ascq

Certifié PEFC
Ce produit est issu de forêts gérées durablement et de sources contrôlées
PEFC/18-31-280
www.pefc-france.org

Le papier intérieur de cet ouvrage est composé de fibres naturelles, renouvelables, recyclables et fabriquées à partir de bois issu de forêts plantées expressément pour la fabrication de pâte à papier.

ISBN : 978-2-37876-098-4 (broché)
ISBN : 978-2-37876-113-4 (relié)

Dépôt légal : juin 2022

N° d'édition : 0064-030-01-01 (broché)
N° d'édition : 0065-030-02-01 (relié)

Achevé d'imprimer en Italie par L.E.G.O. – Lavis